Randall Munroe ist der Autor von vier internationalen Bestsellern, *What if – Was wäre wenn? Bd. 1 u. Bd. 2*, *Der Dinge-Erklärer* und *How to – Wie man's hinkriegt*, außerdem Erfinder des beliebten Webcomics »xkcd« und des Wissenschaftsblogs »what if?«. Der einstige Roboteringenieur verließ 2006 die NASA, um sich ausschließlich dem Zeichnen und Schreiben seiner Comics widmen zu können. Er lebt in Massachusetts.

Außerdem von Randall Munroe lieferbar:

What if – Was wäre wenn? Wirklich wissenschaftliche Antworten auf absurde hypothetische Fragen

What if – Was wäre wenn? Jubiläumsausgabe

Der Dinge-Erklärer – Thing Explainer. Komplizierte Sachen in einfachen Worten

How to – Wie man's hinkriegt. Absurde, wirklich wissenschaftliche Empfehlungen für alle Lebenslagen

www.penguin-verlag.de

Randall Munroe

what if? 2

Was wäre wenn?

Aus dem Amerikanischen von
Benjamin Schilling, Ralf Pannowitsch und Bernd Schuh

PENGUIN VERLAG

Die Originalausgabe erschien 2022
unter dem Titel *What if? 2 – Additional Serious Scientific Answers to Absurd Hypothetical Questions*
bei Riverhead Books, New York.

MIX
Papier | Fördert gute Waldnutzung
FSC® C014496

Penguin Random House Verlagsgruppe FSC® N001967

1. Auflage

Neumarkter Straße 28, 81673 München
produktsicherheit@penguinrandomhouse.de
(Vorstehende Angaben sind zugleich
Pflichtinformationen nach GPSR.)

Redaktion: Meiken Endruweit
Umschlaggestaltung: Favoritbuero, München,
nach einer Vorlage von Christina Gleason, Riverhead Books
Umschlagabbildungen: Randall Munroe
Satz: GGP Media GmbH
Druck und Bindung: GGP Media GmbH
Printed in Germany 2025
ISBN 978-3-328-11265-5
www.penguin-verlag.de

DIE FRAGEN

WARNUNG DES AUTORS

Bitte nicht zu Hause ausprobieren!
Der Autor dieses Buches ist Cartoonzeichner,
aber kein Gesundheits- oder Sicherheitsexperte.
Er mag es, wenn etwas Feuer fängt oder explodiert,
und das bedeutet, dass er nicht gerade das Beste
für die Allgemeinheit im Sinn hat. Verlag und Autor
übernehmen keinerlei Verantwortung
für schädliche Folgen, die direkt oder indirekt
aus in diesem Buch enthaltenen
Informationen entstehen können.

EINLEITUNG

ICH MAG IRRWITZIGE FRAGEN, weil man von niemandem erwartet, eine Antwort darauf zu wissen. Es ist also okay, erst einmal irritiert zu sein.

Ich habe Physik studiert, und so gibt es eine Menge, was ich eigentlich wissen sollte – etwa, welche Masse ein Elektron hat oder warum Ihnen die Haare zu Berge stehen, wenn Sie einen Luftballon daran reiben. Wenn Sie mich fragen, wie viel ein Elektron wiegt, überläuft mich ein kleiner Angstschauer; es ist, als säße ich in einer unangekündigten Klassenarbeit und würde Probleme bekommen, wenn ich die Antwort nicht wüsste, ohne irgendwo nachzuschauen.

Aber wenn Sie mich fragen, wie viel alle Elektronen in einem Großen Tümmler wiegen, ist das eine völlig andere Situation. Kein Mensch weiß diese Zahl aus dem Stegreif – es sei denn, er hat einen *extrem coolen* Job. Es ist also in Ordnung, sich erst einmal verwirrt und sogar ein wenig blöd zu fühlen und sich dann eine Weile Zeit zu nehmen, um dies und jenes nachzuschauen. (Falls Sie mal jemand danach fragen sollte: Alle Elektronen in einem Delfin wiegen zusammen etwa ein halbes Pfund.)

Manchmal stellen sich einfache Fragen als unerwartet knifflig heraus. Warum stehen unsere Haare eigentlich ab, wenn wir mit einem Ballon daran reiben? Die übliche Antwort aus dem Physikunterricht lautet: Elektronen werden aus unseren Haaren in den Ballon übertragen, und so verbleibt im Haar eine positive Ladung. Die aufgeladenen Haare stoßen einander ab und stehen zu Berge.

Aber da wäre noch etwas … Warum werden denn die Elektronen aus den Haaren in den Luftballon übertragen? Warum wandern sie nicht in umgekehrte Richtung?

Das ist eine große Frage, und die Antwort lautet: Niemand weiß es. Die Physik hat keine gute umfassende Theorie dafür, weshalb manche Materialien bei Kontakt Elektronen von ihrer Oberfläche verlieren, während andere Materialien welche aufnehmen. Dieses Phänomen heißt triboelektrischer Effekt und ist ein Gegenstand der Spitzenforschung.

Man braucht ein und dieselbe Wissenschaft, um ernsthafte Fragen zu beantworten und alberne. Triboelektrische Aufladung ist wichtig, wenn man begreifen will, wie in Gewitterstürmen Blitze entstehen. Physiker zählen die Menge subatomarer Teilchen in einem Organismus, wenn sie Strahlungsrisiken modellieren wollen. Wenn wir versuchen, alberne Fragen zu beantworten, führt uns das manchmal direkt zu ernsthaften Wissenschaftsbereichen.

Und selbst wenn die Antworten überhaupt keinen Nutzen haben, ist es lustig, sie zu kennen. Das Buch, das Sie in den Händen halten, wiegt etwa so viel wie die Elektronen in zwei Delfinen. Diese Information ist vermutlich völlig unnütz, aber ich hoffe, Sie haben trotzdem Spaß dabei.

SUPPITER

Was würde passieren, wenn man das Sonnensystem bis zum Jupiter mit Suppe füllen würde?

Amelia, 5 Jahre

BITTE SORG DAFÜR, DASS ALLE aus dem Sonnensystem raus und in Sicherheit sind, bevor du es mit Suppe auffüllst.

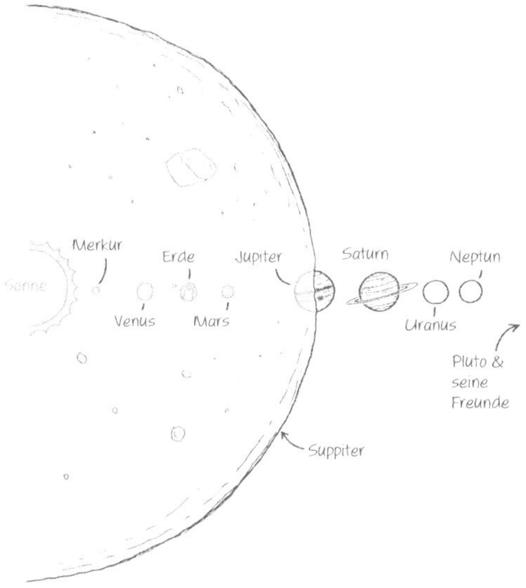

Wenn das Sonnensystem bis zum Jupiter voller Suppe wäre, wäre für manche Leute für ein paar Minuten vermutlich alles okay. Dann, für die folgende halbe Stunde, wäre definitiv für niemanden mehr irgendwas okay. Danach würde die Zeit enden.

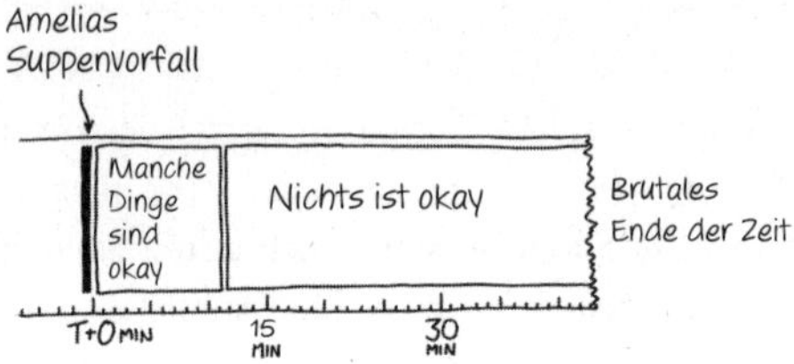

Zum Befüllen des Sonnensystems wären etwa 2 x 10^{39} Liter Suppe nötig. Falls es sich dabei um Tomatensuppe handelt, beläuft sich das auf umgerechnet rund 10^{42} Kalorien – mehr Energie, als die Sonne im Laufe ihrer gesamten Existenz abgegeben hat.

Die Suppe wäre so schwer, dass nichts ihrer gigantischen Anziehungskraft entkommen könnte; sie wäre ein Schwarzes Loch. Der Ereignishorizont dieses Schwarzen Lochs – der Bereich, in dem die Anziehungskraft so stark ist, dass nicht mal Licht entkommen kann – würde sich bis zur Umlaufbahn des Uranus' erstrecken. Pluto läge anfangs noch außerhalb des Ereignishorizonts, was aber nicht heißt, dass er davonkommen würde. Er hätte lediglich noch die Chance, eine Radiobotschaft abzusetzen, bevor er ebenfalls eingesaugt würde.

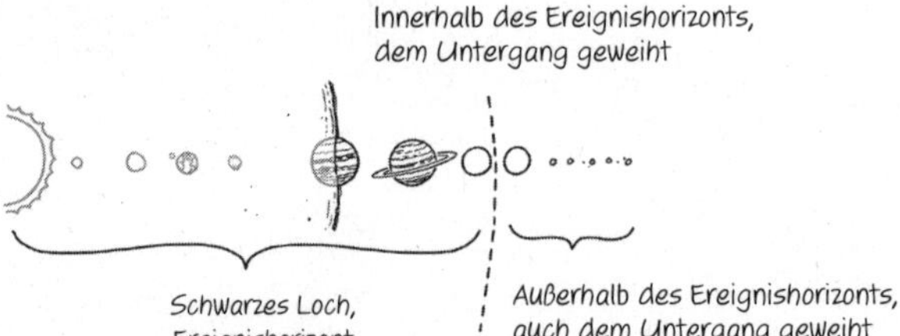

Wie würde die Suppe von innen aussehen?

Man würde nicht gern auf der Erdoberfläche stehen wollen. Wenn wir davon ausgehen, dass sich die Suppe im Einklang mit den Planeten des Sonnensystems im Kreis dreht, sodass kleine Whirlpools jeden einzelnen Planeten umgeben und die Suppe dort, wo sie deren Oberflächen berührt, unbewegt ist, dann würde der durch die Erdanziehung bedingte Druck alles und jeden auf dem Planeten binnen Sekunden zermalmen. Die Schwerkraft der Erde ist vielleicht nicht so stark wie die eines Schwarzen Lochs, aber stark genug, um einen Ozean aus Suppe so stark nach unten zu ziehen, dass er uns zermatscht. Schließlich kann der Druck unserer normalen Ozeane aus Wasser unter dem Einfluss der Erdanziehung das auch, und Amelias Suppe ist viel tiefer als der Ozean.

Wenn du dagegen fernab der Erdanziehung zwischen den Planeten durch die Gegend treiben würdest, dann wäre kurzzeitig alles mit dir in Ordnung, was irgendwie schräg ist. Denn selbst wenn die Suppe dich nicht umbrächte, befändest du dich noch immer im Inneren eines Schwarzen Lochs. Müsste man da nicht sofort sterben an … was-auch-immer?

Seltsamerweise nein! Wenn man einem Schwarzen Loch nahe kommt, reißen die Gezeitenkräfte einen normalerweise in Stücke. Doch die Gezeitenkräfte größerer Schwarzer Löcher sind geringer, und das Schwarze-Jupiter-Suppen-Loch hätte ungefähr ein 1/500 der Masse der Milchstraße. Das ist – selbst für astronomische Verhältnisse – ein Monster und wäre mit seiner Größe vergleichbar mit den größten uns bekannten Schwarzen Löchern. Amelias sup(p)ermassereiches Schwarzes Loch wäre groß genug, dass die verschiedenen Teile Ihres Körpers in etwa die gleiche Anziehung erfahren würden und Sie deshalb keine Gezeitenkräfte spüren könnten.

Doch selbst wenn Sie nicht in der Lage wären, die Anziehungskraft der Suppe zu *spüren*, würde sie Sie dennoch beschleunigen, und Sie würden unmittelbar anfangen, zum Zentrum hin zu stürzen.

Bereits nach der ersten Sekunde wären Sie 20 Kilometer gefallen und würden sich mit einer Geschwindigkeit von 40 Kilometern pro Sekunde fortbewegen, was schneller ist als die meisten Raumschiffe. Weil die Suppe aber mit Ihnen gemeinsam Richtung Zentrum stürzen würde, hätten Sie trotzdem nicht das Gefühl, dass irgendetwas ungewöhnlich wäre.

Sobald die Suppe zum Zentrum des Sonnensystems hin nach innen kollabieren würde, würde das die Moleküle darin enger zusammenpressen und den Druck steigen lassen. Es würde ein paar Minuten dauern, bis dieser Druck ein derart hohes Niveau erreicht hätte, dass er Sie zerquetscht. Falls Sie sich in einer Art Suppen-Tauchkapsel aufhielten, einem jener Druckbehälter, die die Leute zur Besichtigung von Tiefseegräben verwenden, könnten Sie womöglich sogar 10 oder 15 Minuten durchhalten.

Es gäbe nichts, was Sie tun könnten, um der Suppe zu entkommen. Alles darin würde nach innen, in Richtung der Singularität treiben. Im ganz normalen Universum werden wir alle durch die Zeit nach vorn gezogen, ohne in irgendeiner Weise anhalten oder zurückgehen zu können. Innerhalb des Ereignishorizonts eines Schwarzen Lochs hört die Zeit in gewissem Sinne auf, *vorwärts* zu verlaufen, und beginnt stattdessen, *nach innen* zu fließen. Alle Zeitlinien konvergieren zum Zentrum hin.

Aus der Sicht eines unglückseligen Beobachters im Inneren unseres Schwarzen Lochs würde es ungefähr eine halbe Stunde dauern, bis die Suppe und alles darin zum Zentrum hin stürzen würde. Im Anschluss daran versagt unsere Definition von Zeit – und unser Verständnis der Physik im Allgemeinen.

Außerhalb der Suppe würde die Zeit weiterhin vergehen, und es würde auch weiterhin zu Problemen kommen. Das Schwarze-Suppen-Loch würde nach und nach den Rest des Sonnensystems aufschlürfen, angefangen fast unmittelbar mit Pluto und kurz darauf mit dem Kuipergürtel. Im Verlauf der nächsten paar Tausend Jahre würde das Schwarze Loch eine enorme Schneise durch die Milchstraße schlagen, wobei es Sterne verschlingen und sich weiter in alle Richtungen ausbreiten würde.

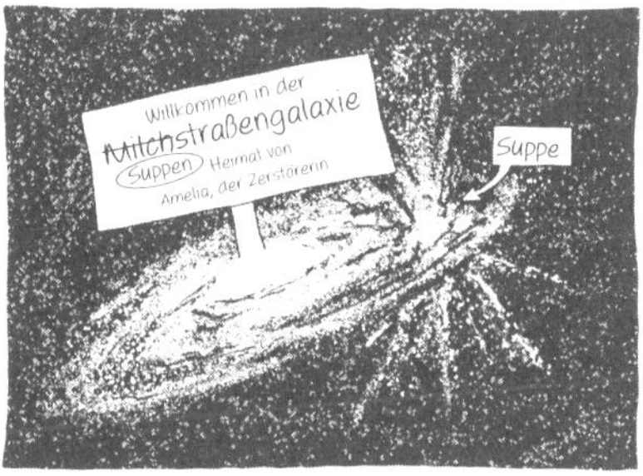

Bleibt nur noch eine Frage: Um welche Art von Suppe handelt es sich hier eigentlich?

Falls Amelia das Sonnensystem mit Brühe auffüllt und darin Planeten umhertreiben, handelt es sich dann um eine Planetensuppe? Und wenn bereits Nudeln in der Suppe drin sind, wird sie dadurch zu einer Planeten-Nudelsuppe, oder sind die Planeten eher so etwas wie Croutons? Wenn Sie eine Nudelsuppe kochen und jemand ein paar Steine und etwas Dreck reinrieseln lässt, ist es dann eine Drecknudelsuppe oder einfach nur eine Nudelsuppe, die dreckig wurde? Und macht die Gegenwart der Sonne diese Suppe hier zu einer Sternensuppe?

Im Internet wird gern über die Kategorisierung von Suppen gestritten, doch zum Glück kann die Physik den Streit in diesem besonderen Fall beilegen. Man geht davon aus, dass Schwarze Löcher die Eigenschaften der Materie, die in sie eingehen, nicht aufrechterhalten. Die Physik bezeichnet das als *Keine-Haare-Theorem*, denn es besagt, dass Schwarze Löcher keine Unterscheidungsmerkmale oder spezifischen Eigenschaften haben. Von einer Handvoll einfacher Variablen wie Masse, Rotation und elektrischer Ladung mal abgesehen, sind alle Schwarzen Löcher identisch.

Mit anderen Worten: Es ist völlig egal, welche Zutaten Sie in eine Schwarze-Loch-Suppe werfen – das Ergebnis wird am Ende immer dasselbe sein.

HELIKOPTERRITT

Was wäre, wenn man sich mit den Händen am Rotorblatt eines Helikopters festhielte und jemand es versehentlich in Bewegung setzen würde?

Corban Blanset

SIE STELLEN SICH JETZT VIELLEICHT EINE coole Actionszene wie diese hier aus dem Kino vor:

Falls es so ist, werden Sie enttäuscht sein, weil das, was tatsächlich passieren würde, eher ungefähr so aussähe:

Es dauert eine Weile, bis Helikopterrotoren Geschwindigkeit aufnehmen. Sobald der Rotor sich zu drehen beginnt, braucht er vielleicht 10 oder 15 Sekunden für seine erste vollständige Umdrehung – Sie hätten also bedrückend viel Zeit für einen Blickkontakt mit der Pilotin, bevor Sie außer Sicht rotieren würden.

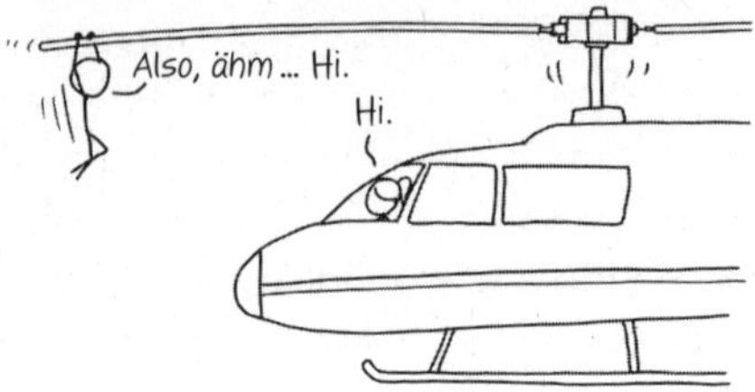

Zum Glück müssen Sie wahrscheinlich kein zweites Mal am Cockpit vorbeiziehen, weil Sie beschämend schnell runterfallen werden.

Schon im ruhenden Zustand wäre es schwer genug, sich an der glatten Oberfläche des Rotorblatts festzuhalten. Aber selbst wenn Sie einen bequemen Halt fänden, würden Sie diesen wahrscheinlich verlieren, bevor das Blatt die erste Runde vollendet hat.

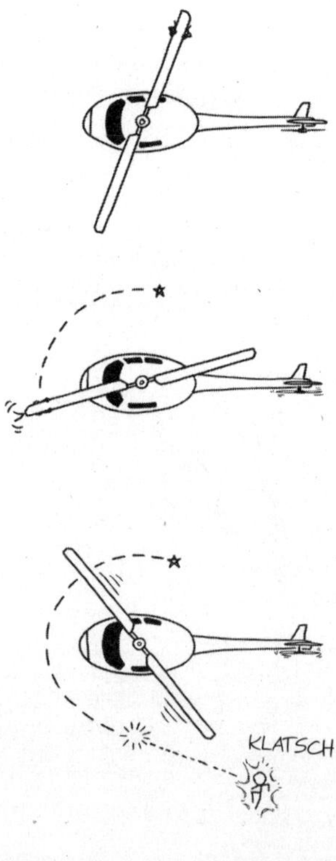

Die Rotoren von Helikoptern sind ziemlich groß, weshalb es so aussieht, als ob sie sich langsamer bewegen würden, als es tatsächlich der Fall ist. Wir sind es nicht gewohnt, dass sich große Gegenstände derart schnell im Kreis bewegen. Und es sieht vielleicht ziemlich sanft aus, wenn ein Helikopter auf dem Landeplatz steht und sein Rotor sich langsam dreht, wie ein Mobile, das über einer Babywiege hängend seine Kreise zieht. Doch wenn Sie versuchen würden, sich am äußeren Ende des Rotorblatts festzuhalten, würden Sie feststellen, dass Sie überraschend heftig nach außen geschleudert werden.

Von dem Moment, an dem sich der Rotor zu drehen beginnt, bis zu dem Punkt, an dem er die erste halbe Umdrehung gemacht hat, dürfte es etwa 5 bis 10 Sekunden dauern. Wenn Sie sich weiter festhielten, würden Sie zu diesem Zeitpunkt bereits deutlich nach außen schwingen und durch die Zentrifugalkraft etwa 5 bis 10 Kilo an zusätzlichem Gewicht verspüren. Glücklicherweise befinden sich die meisten Helikopterrotoren nah genug über dem Erdboden, sodass Sie den Sturz wahrscheinlich mit nur kleineren Verletzungen und einem angekratzten Ego überleben würden.

Und wenn Sie es tatsächlich schaffen sollten, noch länger festzuhalten, wird das Ganze sehr schnell schlimmer. Sobald das Blatt eine ganze Umdrehung zurückgelegt hat[1], wird die Zentrifugalkraft sogar noch stärker an Ihnen ziehen als die Schwerkraft und bewirken, dass Sie richtig weit nach außen geschleudert werden. Diese zusätzliche Kraft wäre vergleichbar mit dem Gewicht eines anderen Menschen, der sich an Ihnen festklammert.

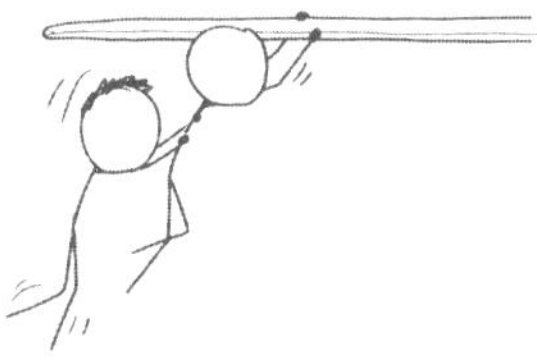

[1] Suchen Sie sich unbedingt einen Helikopter mit einer ausreichend großen Lücke zwischen dem Heck- und dem Hauptrotor aus, weil Sie ansonsten wirklich gut darin werden müssen, im richtigen Moment Klimmzüge zu machen.

Doch selbst wenn Ihr Halt richtig gut wäre, hätten Sie mit dem Festhalten vermutlich allergrößte Probleme. Wollten Sie mit dem Rotor einmal komplett im Kreis fliegen, bräuchten Sie irgendeine Art von System, das Ihre Hände am Blatt befestigen würde.

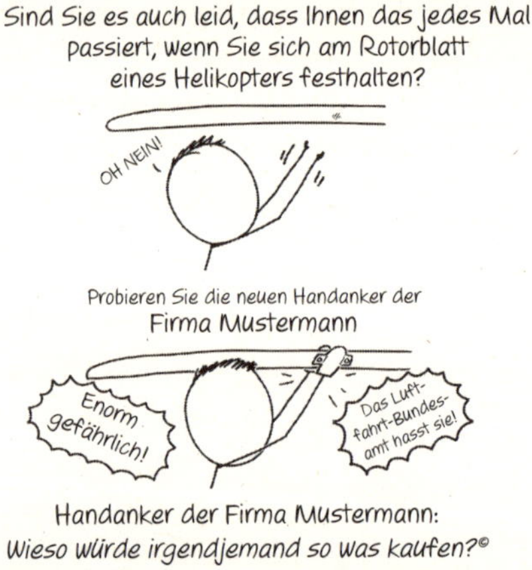

Wenn der Rotor weiter in seinem normalen Tempo beschleunigen würde und es Ihnen irgendwie gelänge, weiter daran festzuhalten, dann würden Sie nach der nächsten ganzen Umdrehung fast komplett horizontal nach außen geschleudert werden, während Ihre Hände versuchen müssten, ein Vielfaches Ihres eigenen Körpergewichts zu tragen. Nach 20 Sekunden Festhalten würde es der Rotor auf eine Umdrehung pro Sekunde bringen und Kräfte von mehreren Tonnen auf Ihre Hände ausüben. Nach 30 Sekunden hätten Sie so oder so jeden Halt am Helikopter verloren. Sofern Ihre Hände dann noch immer am Rotorblatt hängen, werden sie nicht mehr an Ihrem Körper befestigt sein.

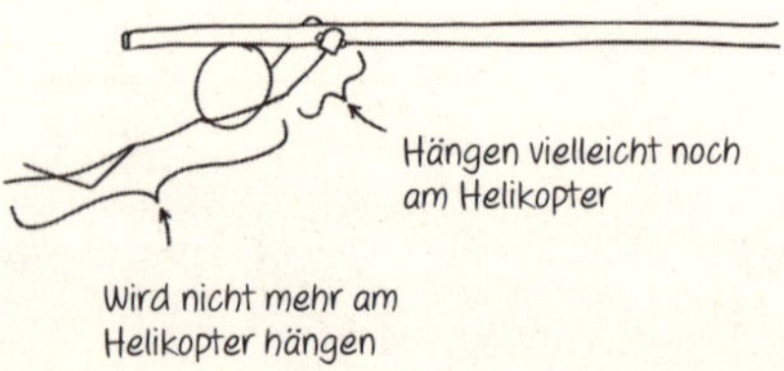

Diese Erfahrung wird für den Helikopter genauso unangenehm sein wie für Sie. Der Rotor wäre anders als bei einem normalen Startvorgang nicht in der Lage, weiter zu beschleunigen.

Denn wenn Ihre Hände so viel Kraft erfahren, trifft das schließlich auch auf den Helikopter zu. Der Rotor eines Helikopters ist so gebaut, dass er viele Tonnen Spannung aushalten kann, doch diese Spannung ist minutiös zwischen den Blättern austariert. Wenn das eine Blatt mehr Kraft ausübt als das andere, wird das den Helikopter vor und zurück zerren, ähnlich dem Ruckeln einer schief stehenden Waschmaschine.

Schon ein paar zusätzliche Kilo Gewicht an der Blattbasis können unangenehm starke Vibrationen auslösen (oder neutralisieren). Ein Gewicht von der Größe eines Menschen am Ende eines der Blätter würde dazu führen, dass der Helikopter – noch bevor er Geschwindigkeit aufgenommen hat – einen Salto schlägt und zerschellt.

Jetzt, wo ich darüber nachdenke – das *wäre* eine super Actionszene für einen Film. Sie kennen sicher diese Szene, wo die Schurkin im Helikopter flieht und der Held losrennt und springt und dann an den Landekufen baumelt.

Wenn der Held die Schurkin wirklich am Abhauen hindern will …

… sollte er vielleicht einfach ein bisschen höher zupacken.

GEFÄHRLICH KALT

Wäre es in irgendeiner Weise gefährlich, neben einem großen Gegenstand zu stehen, dessen Temperatur 0 Kelvin beträgt?

Christopher

SIE HABEN ALSO BESCHLOSSEN, einen ultrakalten Eisenwürfel in Ihrem Wohnzimmer aufzustellen.

Zuerst einmal, fassen Sie ihn nicht an. Solange Sie dem Drang widerstehen, ihn anzufassen, werden Sie wahrscheinlich keine unmittelbaren Schäden erleiden.

Kalte Dinge und warme Dinge sind verschieden.[Beleg erforderlich] Neben einem heißen Objekt zu stehen, kann einen sehr schnell umbringen – mehr dazu auf praktisch jeder beliebigen Seite dieses

Buches –, während man, wenn man neben einem kalten Ding steht, nicht sofort zu Eis gefriert. Heiße Objekte geben Wärmeenergie ab, durch die die Dinge um sie herum erhitzt werden, doch kalte Objekte geben keine kalte Strahlung ab. Sie liegen einfach nur rum.

Auch wenn etwas keine kalte Strahlung abgibt, kann der *Mangel* an Wärmestrahlung dazu führen, dass Ihnen kalt wird. Ihr Körper strahlt wie jeder andere warme Gegenstand permanent Wärme ab. Zu Ihrem Glück strahlt aber auch alles andere um Sie herum – wie Möbel, Wände und Bäume – *ebenfalls* Wärme ab, sodass jene eingehende Strahlung Ihren Wärmeverlust teilweise ausgleicht. Zimmertemperaturen werden üblicherweise in Celsius oder Fahrenheit gemessen. Wenn wir das Thermometer aber auf Kelvin stellen würden, wäre es offensichtlicher, dass sich die meisten Sachen im Zimmer ungefähr auf demselben absoluten Wärmeniveau bewegen – sie liegen nämlich alle bei 250 oder 300 Kelvin – und sie deshalb alle Wärme abgeben.

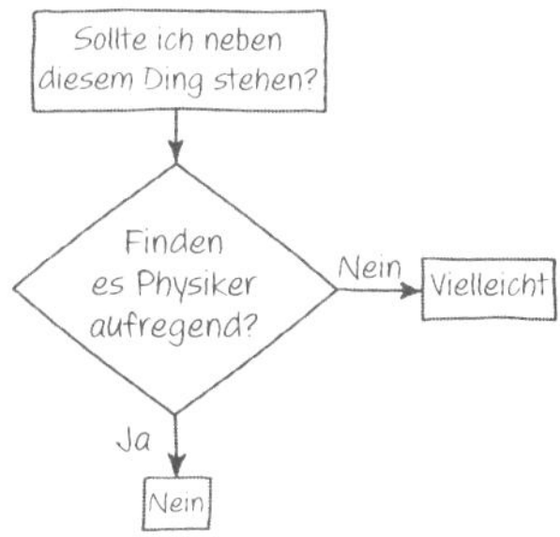

Wenn Sie neben etwas stehen, das sehr viel kälter als Zimmertemperatur ist, wird die Wärme, die Sie in diese Richtung verlieren, nicht durch irgendwelche eingehende Wärme ausgeglichen, sodass diese Seite Ihres Körpers viel schneller kalt wird. Aus Ihrer Sicht fühlt es sich so an, als ob dieser Gegenstand Kälte ausstrahle.

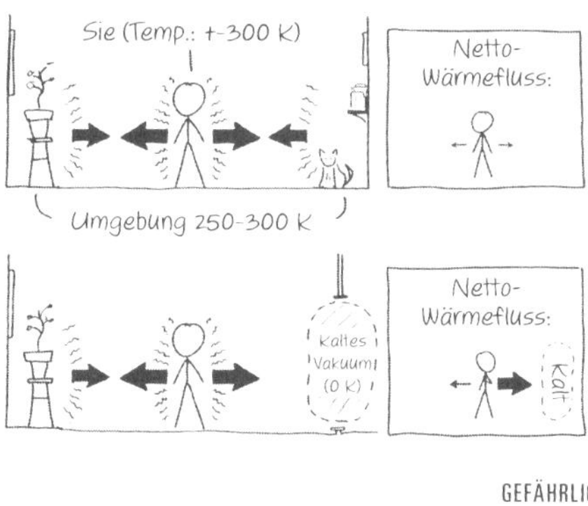

Sie können diese »kalte Strahlung« auch spüren, wenn Sie in einer Sommernacht nach oben zu den Sternen schauen. Weil sich Ihre Körperwärme ins All ergießt, wird sich Ihr Gesicht kalt anfühlen. Wenn Sie dagegen einen Schirm in die Höhe halten, der Ihnen die Sicht auf den Himmel versperrt, wird Ihnen wärmer sein – es ist fast so, als würde der Schirm »die Kälte abhalten«, die aus dem Himmel kommt. Dieser »Kalter-Himmel-Effekt« kann Dinge unter die Temperatur der Umgebungsluft abkühlen. Wenn Sie eine Schale mit Wasser draußen unter klarem Himmel stehenlassen, kann das Wasser selbst bei Temperaturen, die deutlich über dem Gefrierpunkt liegen, über Nacht zu Eis werden.

Wenn Sie neben Ihrem Würfel stehen, wird Ihnen kalt sein, aber auch wieder nicht *so* kalt – ein guter Wintermantel könnte das Problem sofort beheben. Doch bevor Sie jetzt gleich losrennen und sich einen Tieftemperaturwürfel besorgen, müssen wir zunächst mal über Luft sprechen.

Kalte Objekte können die Luft selbst kondensieren und sorgen dafür, dass sich flüssiger Sauerstoff wie Tau auf ihrer Oberfläche sammelt. Wenn sie kalt genug sind, können sie Luft sogar fest gefrieren lassen. Ingenieure, die mit kalten Industrieapparaturen arbeiten, müssen derartige Sauerstoffansammlungen im Auge behalten, weil flüssiger Sauerstoff ziemlich gefährliches Zeug ist. Er ist in hohem Maße reaktionsfreudig und neigt dazu, entzündliche Dinge spontan zu entflammen. Ein richtig kalter Gegenstand kann Ihr Haus in Brand setzen.

> Einrichtungstipp
>
> Die Luft in Ihrem Haus sollte gasförmig sein

Eine der größten Gefahren ultrakalter Materialien besteht darin, dass sie in vielen Fällen gar nicht ultrakalt *bleiben* wollen. Wenn sich flüssiger Stickstoff, oder auch Trockeneis, erwärmt und gasförmig wird, dehnt er sich stark aus und verdrängt oft die normale Luft im Zimmer. Aus einem Eimer voll flüssigem Stickstoff kann so viel Stickstoffgas werden, dass es ein ganzes Zimmer ausfüllt, was eine schlechte Nachricht für alle ist, die Sauerstoff atmen.

> Einrichtungstipp
>
> Halten Sie für Gäste, die auf aerobe Atmung angewiesen sind, Sauerstoff bereit.

Zum Glück ist Eisen bei Zimmertemperatur fest, weshalb Sie sich keine Sorgen machen müssen, dass Ihr Eisenwürfel verdampft. Solange Sie es schaffen, ihn nicht anzufassen, müssen Sie einfach dafür sorgen, dass jeglicher Sauerstoff auf seiner Oberfläche nicht mit irgendetwas Brennbarem in Kontakt kommt, und außerdem sollten Sie einen Wintermantel tragen, dann wird Ihnen wahrscheinlich nichts passieren.

SIE HABEN ALSO BESCHLOSSEN, dass Sie keinen Tiefkühlwürfel haben wollen

Es wird entsetzlich lange dauern, bis sich der Würfel erwärmt. Er wird einfach tagelang auf Tiefsttemperaturen rumstehen, die Wärme des Zimmers einsaugen und dabei kalt genug bleiben, um die Luft zu gefrieren. Und selbst wenn Sie die Fenster öffnen und die Heizung volle Pulle laufen lassen, um die Umgebungsluft so warm wie möglich zu halten, wird es mindestens eine Woche dauern, bis der Würfel annähernd die Zimmertemperatur erreicht hat.

Sie könnten den Vorgang auch zu beschleunigen versuchen, indem Sie rundherum ein Dutzend Heizlüfter aufstellen – im Beisein eines Elektrikers, weil sonst alle Sicherungen in Ihrem Haus rausfliegen würden –, trotzdem würde es mehrere Tage dauern, bis er sich erwärmt.

Wenn Sie den Würfel gern schneller auftauen würden, könnten Sie versuchen, Wasser darüber zu kippen. Das Wasser würde sich augenblicklich in Eis verwandeln, das Sie abhacken und entsorgen könnten, während ein Teil der Wärme des Wassers im Eisen zurückbleiben würde. Gut möglich, dass ein paar Badewannen voller Wasser nötig wären, aber mit dieser Technik könnten Sie den Würfel schneller auf eine vernünftige Temperatur bringen.

Sobald das Eisen bei Zimmertemperatur angelangt ist, wird es nur noch ein weiterer Gegenstand in Ihrem Haus sein. Doch hoffentlich gefällt er Ihnen da, wo er steht – denn ansonsten dürfte es angesichts der Schwierigkeit, einen glatten, 8 Tonnen schweren Würfel zu bewegen, einfacher sein, wenn *Sie* sich stattdessen bewegen.

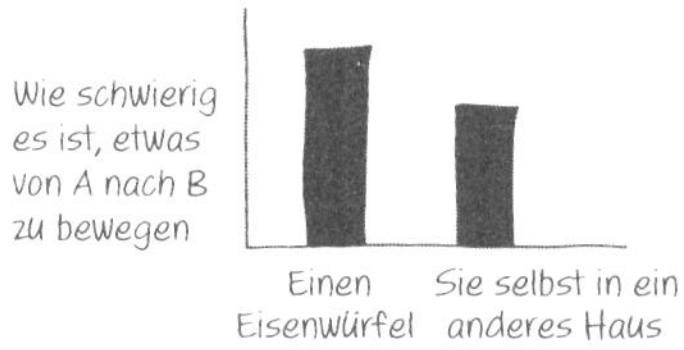

Wenn Sie dagegen nicht umziehen möchten und nach einer anderen Möglichkeit suchen, um einen Eisenwürfel loszuwerden, dann können Sie es noch immer damit versuchen, ihm *mehr* Wärme zuzuführen.

Schlagen Sie das nächste Kapitel auf, um herauszufinden, was dann passiert.

EISERNE VERDAMPFUNG

Was wäre, wenn wir auf der Erde auf irgendeine Art und Weise einen massiven Block aus Eisen verdampfen würden?

Cooper C.

SIE HABEN ALSO BESCHLOSSEN, einen 1 Meter großen Würfel aus Eisen in Ihrem Garten verdampfen zu lassen.

Eisen kann, genau wie alles andere auch, kochen und verdampfen, doch weil sein Siedepunkt so hoch liegt – bei ungefähr 3000 °C –, kommt das im täglichen Leben nicht allzu oft vor.

Um Wasser zu kochen, schüttet man es in einen Topf und erhitzt diesen so lange, bis das Wasser 100 °C erreicht hat. Eisen zu kochen ist komplizierter, weil sich die Frage stellt, woraus der Topf gemacht sein müsste. Der Schmelzpunkt der meisten Metalle liegt unter dem Siedepunkt von Eisen, weshalb man sie nicht als Gefäße für kochendes Eisen verwenden könnte – sie würden schmelzen, bevor das Eisen zu köcheln anfangen würde.

Schmelzendes Eisen Kochendes Eisen

Es gibt ein paar Stoffe, die oberhalb des Siedepunkts von Eisen gerade noch fest bleiben, zum Beispiel Wolfram, Tantal oder Kohlenstoff, sie aber als Gefäße für kochendes Eisen zu benutzen, ist knifflig. In der Praxis ist es schwierig, das Eisen zum Kochen zu bringen und dabei gleichzeitig das Gefäß unter seinem Schmelzpunkt zu halten, und außerdem gibt es da noch ein paar chemische Probleme. Eisen ist in chemischer Hinsicht lästig – sobald es geschmolzen ist, neigt es dazu, mit seinem Gefäß zu reagieren und Legierungen zu bilden.

Wenn die Leute im echten Leben Eisen verdampfen wollen[1], dann platzieren sie es im Allgemeinen nicht einfach über einer Wärmequelle. Sie nutzen dafür entweder induktive Erwärmung, um das Eisen mithilfe elektromagnetischer Felder zu erhitzen, oder Elektronenstrahlen, um es Stück für Stück in kleinen Schritten zu verdampfen. Das Schöne an Elektronenstrahlen ist, dass man ein magnetisches Feld verwenden kann, um den Strahl um die Kurve zu lenken, was dazu führt, dass die wirklich aufregenden und gefährlichen Sachen auf der von Ihrer empfindlichen Ausrüstung abgewandten Seite passieren.

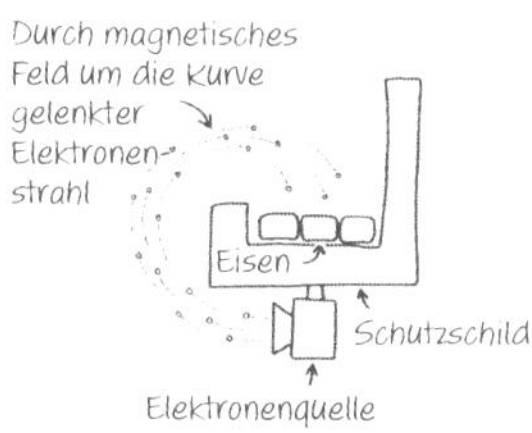

[1] In der Regel, um den Dampf für Metallbeschichtungen zu verwenden, aber manchmal auch einfach aus Boshaftigkeit.

Sie sollten dafür sorgen, dass Sie auf der »Schutzschild-Seite« der Apparatur stehen, weil auf der Seite des verdampfenden Eisens viele energiereiche Partikel davonfliegen werden. Tatsächlich ist »Auf genau der anderen Seite des Ortes stehen, wo die Physik ihren Lauf nimmt« eine gute Faustregel für wissenschaftliche Ausrüstungen.

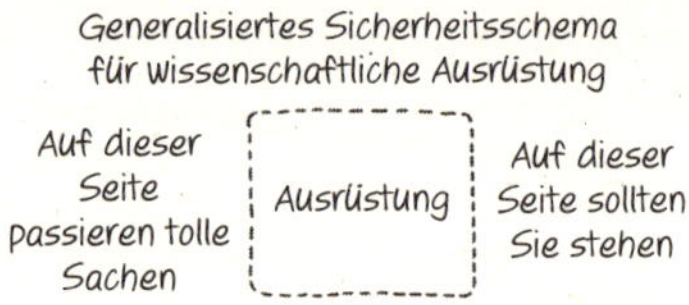

Sobald Ihre Apparatur zum Verdampfen von Eisen aufgebaut ist, sollten Sie am besten ein paar Schritte zurückgehen, weil zum Verdampfen eines 1 Meter großen Eisenwürfels rund 60 Gigajoule Energie nötig sind. Wenn Sie das Eisen im Laufe von drei Stunden verdampfen, wird Ihre Apparatur insgesamt in etwa die gleiche Wärmemenge freisetzen wie ein lodernder Hausbrand.[2]

Aber Ihre Frage drehte sich nicht darum, ob wir es überhaupt *tun* könnten. Sie lautete vielmehr, was das Ganze für Folgen hätte – und die Antwort darauf ist ziemlich einfach: Ihr Haus und Ihr Garten würden in Flammen aufgehen. Danach würde die Feuerwehr auftauchen, und viele Leute wären stinksauer auf Sie.

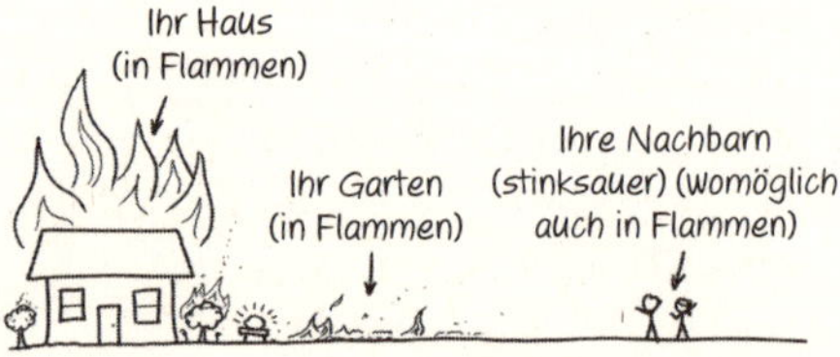

2 Wenn Sie dieses Projekt in der Nähe Ihres eigenen Hauses umsetzen, könnte es sogar sein, dass es die Wärmemenge von *zwei* Hausbränden erzeugt.

Die Auswirkungen auf die Atmosphäre sind um einiges interessanter. Sie würden eine 8 Tonnen schwere Dampfwolke aus Eisen an die Atmosphäre abgeben – welchen Schaden würde das Ihrer Umgebung zufügen?

Auf die gesamte Atmosphäre gesehen, hätte das Ganze keinen großen Effekt. Die Luft enthält auch so schon viel Eisen, das meiste davon in Form von Staub, der vom Wind verweht wird. Die Tätigkeiten des Menschen, vor allem das Verfeuern fossiler Brennstoffe, pumpen ebenfalls viel Eisen in die Luft. Im Laufe der drei Stunden, die es dauert, um Ihren 8 Tonnen schweren Eisenwürfel zu verdampfen, werden – ausgehend von den Schätzungen einer Studie von Natalie Mahowald u.a. aus dem Jahr 2009 – Wüstenwinde 30 000 Tonnen Eisen in die Luft wirbeln und Industrieanlagen weitere 1000 Tonnen hinzufügen.

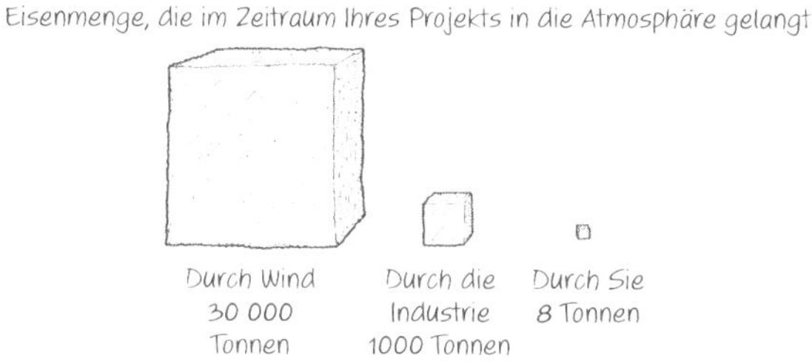

Acht Tonnen Eisen haben vielleicht keine Auswirkung auf die Erde an sich, aber was ist mit Ihrer Nachbarschaft? Was würden die Leute in Windrichtung von Ihnen mitbekommen, abgesehen von den Feuerwehrautos? Würden sie aufwachen und feststellen, dass alles von einer Metallschicht bedeckt ist?

Um diese Fragen zu beantworten, habe ich mich mit Dr. Mahowald in Verbindung gesetzt, der Erstautorin der 2009er-Studie und Expertin für den atmosphärischen Transport von Metallen.

Dr. Mahowald erklärte mir, dass Eisen, das in Form einer Wolke aus Eisendampf freigesetzt wird, schnell mit Sauerstoff in der Luft reagieren und zu Eisenoxidteilchen kondensieren würde. Sie sagte: »Eisenoxidpartikel stellen für die Luftqualität keine nennenswerte Gefahr dar«, obwohl es mit Sicherheit schlecht für unsere Lungen wäre, wenn es zu viele davon gäbe. Das liegt nicht unbedingt an irgendwelchen spezifischen Eigenschaften von Eisenoxid – unsere Lungen sind einfach darauf ausgelegt, Luft zu atmen.

Letztlich würden die Eisenoxidpartikel irgendwo in Windrichtung Ihres Hauses aus der Luft niedergehen, wobei sie aber nicht unbedingt ernsthafte Probleme verursachen würden. »Sie würden wahrscheinlich nichts kaputtmachen«, sagte Dr. Mahowald. »An Land gibt es ohnehin schon eine ordentliche Menge Eisen.« Wenn es allerdings genug davon gäbe, fügte sie hinzu, dann könnte das Eisen sich auf die Vegetation legen wie die Ascheschichten in Windrichtung eines Vulkanausbruchs. Das könnte Ihre Nachbarn und Nachbarinnen verärgern, die deshalb ihr Auto abfegen müssten.

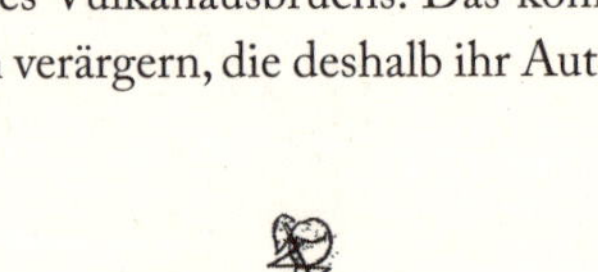

Dr. Mahowald sagte, dass das verdampfte Eisen zum Klimawandel beitragen würde, indem es kleine Mengen Sonnenlicht absorbieren und als Wärme abstrahlen würde. Doch Eisen in der Atmosphäre könnte auch zu einer Verlangsamung des Klimawandels beitragen, indem es die Ozeane düngen und das Wachstum von Algen anregen würde, die der Atmosphäre CO_2 entziehen. Der US-amerikanische Ozeanograf John Martin stellte im Jahr 1988 bekanntlich – mit seiner besten Imitation einer Superschurkenstimme – die folgende Behauptung auf: »Gebt mir einen halben Tanker voll Eisen, und ich gebe euch eine Eiszeit.«

Einrichtungstipp

Wenn ein Wissenschaftler nach einem »Tanker voll« irgendwas verlangt, sollten Sie unbedingt darüber nachdenken, Ihre Fenster zu verrammeln.

Dr. Martin wurde nie ein Superschurke[Beleg erforderlich] und hat diesen Plan nie weiterverfolgt, aber es ist unwahrscheinlich, dass er funktioniert hätte. Weitere Untersuchungen haben gezeigt, dass das Versenken von Eisen im Meer vermutlich keine effektive Methode ist, um Kohlenstoff aus der Atmosphäre zu ziehen, was nicht nur für Superschurken, die eine Eiszeit heraufbeschwören wollen, *sondern auch* für Superhelden, die die globale Erwärmung stoppen wollen, irgendwie enttäuschend ist.

Wenn Sie jedoch *wirklich* einen Block aus Eisen und die nötigen Mittel haben, um ihn verdampfen zu lassen, und außerdem Ihr Haus, Ihren Garten und die Gärten Ihrer in Windrichtung wohnenden Nachbarinnen und Nachbarn wirklich hassen, dann gibt es für Ihren Plan ein paar gute Neuigkeiten.

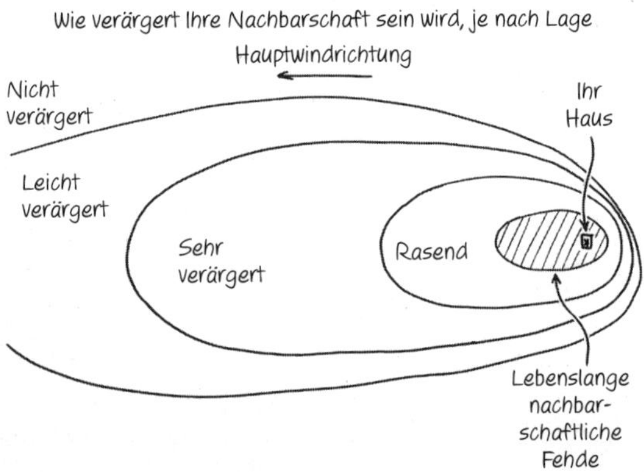

KOSMISCHER ROADTRIP

Wenn das Universum von diesem Moment an nicht mehr expandieren würde, wie lange bräuchte ein Mensch, um mit einem Auto bis zum Rand des Universums zu fahren?

Sam H-H

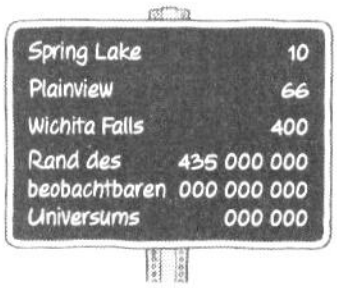

DER RAND DES BEOBACHTBAREN Universums ist rund 435 000 000 000 000 000 000 000 Kilometer oder 270 000 000 000 000 000 000 000 Meilen weit weg.

Bei einer konstanten Reisegeschwindigkeit von knapp 105 Kilometern pro Stunde werden Sie 480 000 000 000 000 000 – also 4,8 x 10^{17} – Jahre brauchen, um dort hinzugelangen, oder auch 35 Millionen Mal das aktuelle Alter des Universums.

Es wird ein gefährlicher Roadtrip werden. Ich rede hier nicht von irgendwelchem Weltraumzeug – über all das machen wir uns erst mal keine Gedanken –, sondern davon, dass das Autofahren an sich ziemlich gefährlich ist. Typische Autofahrerinnen und Autofahrer mittleren Alters in den USA haben etwa alle 160 Millionen Kilometer einen tödlichen Unfall. Würde jemand eine Autobahn aus dem Sonnensystem hinaus bauen, würden die meisten Leute hinterm Steuer nicht mal am Asteroidengürtel vorbeikommen. Lkw-Fahrerinnen und -Fahrer sind es gewohnt, lange Strecken auf der Autobahn zurückzulegen, und verfügen über eine niedrigere Unfallrate pro Kilometer als normale Autofahrerinnen und Autofahrer, aber auch sie würden es wahrscheinlich nicht mal bis zum Jupiter schaffen.

Ausgehend von den Unfallzahlen in den USA beträgt die Wahrscheinlichkeit, dass ein Fahrer oder eine Fahrerin 46 Milliarden Lichtjahre ohne einen einzigen Unfall zurücklegt, ungefähr 1 zu $10^{10^{15}}$. Das ist, grob gesagt, genauso wahrscheinlich, wie dass ein Affe mit einer Schreibmaschine die gesamte Bibliothek des US-Kongresses abtippt, und zwar fehlerfrei und *50 Mal hintereinander*. Sie sollten besser ein selbstfahrendes Auto oder zumindest eines von denen mit einem dieser Alarmsysteme nehmen, die Sie warnen, wenn Sie von der Spur abkommen.

Die Reise würde auch eine Menge Sprit kosten. Bei einem Verbrauch von rund 7 Litern auf 100 Kilometer wäre eine mondgroße Kugel aus Benzin nötig, um den Rand des Universums zu erreichen.[1] Sie würden ungefähr 30 Trillionen Ölwechsel durchführen, was einen Motorölbehälter vom Ausmaß des Arktischen Ozeans erfordern würde.[2]

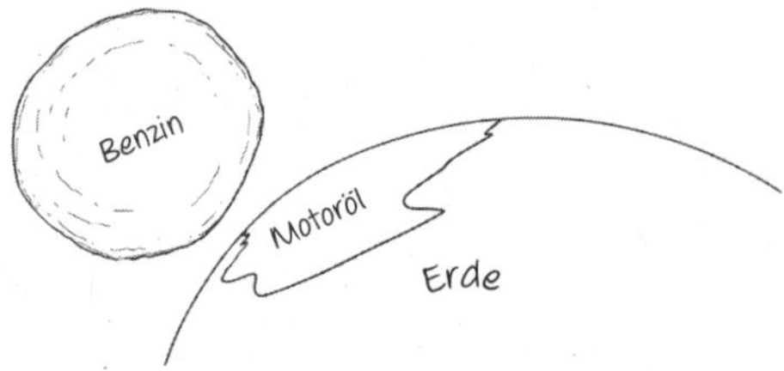

1 Stand 2021 hat die NASA-Raumsonde *New Horizons* mit einem Budget von rund 805 Millionen Euro ungefähr 8 Milliarden Kilometer zurückgelegt, was sich auf rund 10 Cent pro Kilometer beläuft – das kommt den Kosten für Sprit und Snacks bei einem Roadtrip ziemlich nahe.

2 Eine alte Faustregel besagt, dass man das Öl etwa alle 5000 Kilometer wechseln muss, auch wenn sich die meisten Versierten einig sind, dass es sich dabei um einen Mythos handelt – moderne Benzinmotoren können zwischen zwei Ölwechseln gut und gern eine zwei- oder dreimal so große Distanz zurücklegen.

Außerdem würden Sie 10^{17} Tonnen Snacks brauchen. Wollen wir hoffen, dass es viele intergalaktische Raststätten gibt, weil Ihr Kofferraum sonst ziemlich voll wäre.

Es wird eine sehr lange Fahrt werden, bei der sich die Landschaft fast gar nicht verändert. Bevor Sie überhaupt die Milchstraße hinter sich lassen, werden die meisten sichtbaren Sterne bereits erloschen sein. Wenn Sie Lust haben, einen auf Zimmertemperatur abgekühlten Stern zu berühren (um herauszufinden, wie das wäre, siehe »Auf der Sonne spazieren«), schlage ich vor, Ihre Route so zu planen, dass sie Sie an Kepler-1606 vorbeiführt. Er ist 2800 Lichtjahre entfernt und wird sich auf angenehme Zimmertemperatur abgekühlt haben, wenn Sie nach 30 Milliarden Jahren an ihm vorbeifahren. Er hat aktuell sogar einen Planeten, den er allerdings wahrscheinlich längst verschlungen haben wird, wenn Sie dort ankommen.

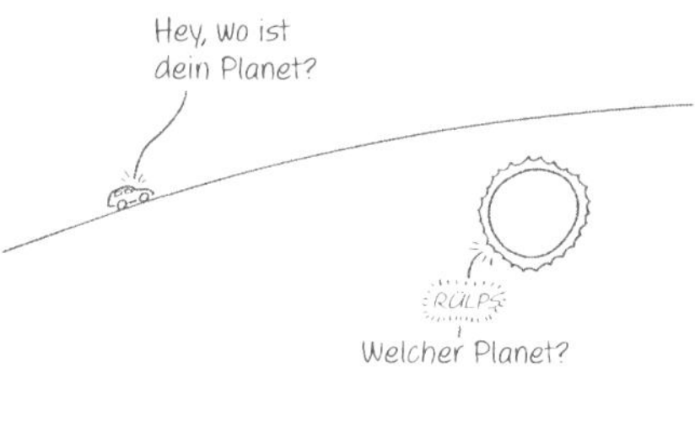

Wenn die Sterne erst einmal erloschen sind, werden Sie sich eine andere Form der Unterhaltung suchen müssen. Aber selbst wenn Sie jedes Hörbuch und jede einzelne Folge aller Podcasts mitbringen, die jemals aufgenommen wurden, wird Ihnen das nicht einmal bis zum Rand des Sonnensystems reichen.

Der britische Anthropologe und Psychologe Robin Dunbar hat bekanntlich behauptet, dass jeder Mensch im Durchschnitt rund 150 soziale Kontakte unterhält. Die Gesamtzahl aller Menschen, die jemals gelebt haben, liegt irgendwo über 100 Milliarden. Ein 10^{17}-jähriger Roadtrip würde lang genug dauern, um das Leben von jedem einzelnen dieser Menschen in Echtzeit – in einer Art ungekürzter Dokumentation – abzuspielen und sich jede einzelne all dieser Dokumentationen dann *noch mal* 150 Mal anzuschauen, und das jedes Mal mit einer anderen Kommentarspur der 150 Leute, die das Subjekt am besten gekannt haben.

Und wenn Sie mit dieser umfassenden Dokumentation der menschlichen Perspektive irgendwann einmal fertig wären, hätten Sie trotzdem erst weniger als 1 Prozent des Weges zum Rand des Universums zurückgelegt und deshalb ohne Ende Zeit, sich das ganze Projekt – jedes einzelne menschliche Leben mit allen 150 zugehörigen Kommentarspuren – noch einmal anzuschauen, und zwar 100 Mal, bevor Sie endlich am Ziel ankämen.

Wenn Sie den Rand des beobachtbaren Universums erst einmal erreicht hätten, könnten Sie weitere 4,8 x 10^{17} Jahre mit der Heimreise zubringen, doch weil dann sowieso keine Erde zum Zurückkommen mehr da sein wird – es werden nur noch Schwarze Löcher und gefrorene Sternenhüllen übrig sein –, können Sie genauso gut auch weiterfahren.

Soweit wir wissen, ist der Rand des beobachtbaren Universums nicht der Rand des tatsächlich existierenden Universums. Es ist einfach der am weitesten entfernte Punkt, den zu sehen wir in der Lage sind, weil die Zeit nicht ausgereicht hat, dass uns das Licht von irgendwelchen weiter entfernten Orten des Universums erreicht. Es gibt keinen Grund zu denken, dass der Weltraum selbst an jenem spezifischen Punkt endet, aber wir wissen auch nicht, wie viel weiter er reicht. Er könnte auch einfach für immer und ewig weitergehen. Der Rand des beobachtbaren Universums ist zwar nicht der Rand des Weltraums, aber das Ende der Karte. Es ist unmöglich zu sagen, worauf man stoßen wird, wenn man diesen Punkt hinter sich lässt.

Am besten packen Sie noch ein paar Snacks mehr ein.

TAUBENSTUHL

Wie viele Tauben wären nötig, um eine Durchschnittsperson und einen Flugstuhl bis zur Spitze des Q1 Tower in Australien zu heben?

Nick Evans

KAUM ZU GLAUBEN, ABER DIE WISSENSCHAFT kann diese Frage beantworten.

In einer von Ting Ting Liu geleiteten Studie der Universität Nanjing für Luft- und Raumfahrt von 2013 trainierten Forschende Tauben darin, mit einem beschwerten Harnisch am Körper auf eine Sitzstange zu fliegen. Sie fanden heraus, dass eine Durchschnittstaube mit 124 Gramm Last – rund 25 Prozent ihres Körpergewichts – abheben und nach oben fliegen konnte.

Die Forschenden stellten fest, dass die Tauben besser fliegen konnten, wenn das Gewicht mit einer Schlinge unter ihrem Körper befestigt war als auf ihrem Rücken, weshalb es vermutlich besser wäre, wenn die Tauben Ihren Stuhl von oben anheben würden, als ihn von unten zu tragen.

Nehmen wir an, dass Stuhl und Harnisch in Ihrem Fall zusammen 5 Kilogramm wiegen und Sie selbst 65 Kilogramm. Wenn Sie die Tauben aus der 2013er-Studie einsetzen würden, wäre ein Schwarm von etwa 600 Tieren nötig, um Ihren Stuhl in die Luft zu heben und damit nach oben zu fliegen.

Doch leider ist das Fliegen mit einer Last harte Arbeit. In der Studie von 2013 waren die Tauben in der Lage, eine Last 1,4 Meter in die Höhe auf eine Sitzstange zu heben, aber sie wären vermutlich nicht in der Lage gewesen, allzu viel höher als das zu kommen. Selbst Tauben ohne weitere Last halten den kräftezehrenden Vertikalflug nur ein paar Sekunden lang durch. Eine Studie von 1965 maß für Tauben ohne Last eine Aufstiegsgeschwindigkeit von 2,5 m/s.[1] Deshalb scheint es, selbst wenn wir optimistisch sind, unwahrscheinlich, dass Tauben Ihren Stuhl mehr als 5 Meter hoch in die Luft heben könnten.[2]

1 So beschreiben die Autoren der Studie von 1965, C. J. Pennycuick und G. A. Parker, ihre Methode, die Vertikalfluggeschwindigkeit von Tauben zu messen: »Zahme Tauben wurden auf dem Flachdach des Labors unter freiem Himmel in einer Ecke der 1,07 Meter hohen Mauer, die das Dach umgibt, von Hand gefüttert. Auf gleicher Höhe mit der oberen Mauerkante wurde eine Filmkamera aufgestellt, die auf die Ecke gerichtet war. Wenn die Kamera angeschaltet wurde, scheuchte ein Helfer die Tauben auf, die daraufhin zu einem annähernd-vertikalen Steilflug gezwungen waren, um es über die Mauer zu schaffen.« Ich liebe Methodenteile.

2 Nach einer Studie von Angela M. Berg u. a. aus dem Jahr 2010 geht die Aufstiegsbeschleunigung einer Taube zu 25 Prozent auf das Abstoßen mit den Beinen zurück. Und da sie zum Starten gegen das Gewicht des Flugobjekts nach unten treten würden, müssten sie sehr viel mehr Arbeit mit ihren Flügeln verrichten, was diese Schätzungen noch optimistischer macht, als sie sowieso schon waren.

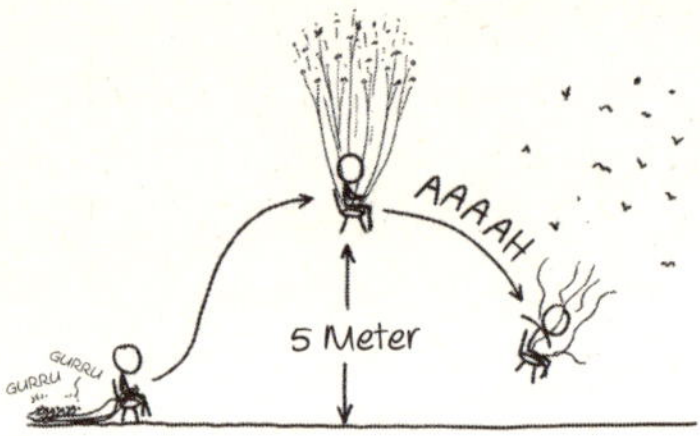

Vielleicht denken Sie jetzt: Kein Problem! Wenn 600 Tauben einen die ersten 5 Meter in die Höhe heben können, dann muss man einfach noch mal 600 Tauben mitbringen, die einen die nächsten 5 Meter nach oben tragen, wenn der erste Schwarm müde wird – wie die zweite Stufe bei einer Rakete. Man kann weitere 600 Tiere für die nächsten 5 Meter danach mitbringen und so weiter und so fort. Der Q1 Tower ist 322 Meter hoch – also sollten etwa 40 000 Tauben in der Lage sein, einen zur Spitze zu bringen, oder?

Nein. Diese Idee hat einen Haken.

Weil eine Taube nur ein Viertel ihres Körpergewichts tragen kann, braucht es vier fliegende Tauben, um eine ruhende Taube zu ersetzen. Das bedeutet, dass jede einzelne »Stufe« mindestens vier Mal so viele Tauben benötigen wird wie die vorangegangene. Um eine einzige Person in die Höhe zu heben, sind vielleicht nur 600 Tauben nötig, um eine Person *und* 600 ruhende Tauben nach oben zu tragen aber weitere 3000 Tauben.

Dieses exponentielle Wachstum bedeutet, dass ein 9-stufiges Fluggerät, das Sie 45 Meter hoch heben kann, nahezu 300 Millionen Tauben erfordern würde, was in etwa der gesamten weltweiten

Population entspricht. Um die halbe Höhe des Turms zu erreichen, wären 1,6 x 10^{25} Tauben nötig, die zusammen ungefähr 8 x 10^{24} Kilogramm wiegen würden – das ist mehr als die Erde selbst. Zu diesem Zeitpunkt würden die Tauben nicht von der Schwerkraft der Erde nach unten gezogen werden, sondern die Erde durch die Schwerkraft der Tauben nach oben.

Um es bis zur Spitze des Q1 Tower zu schaffen, würde das komplette 65-stufige Fluggerät 3,5 x 10^{46} Kilogramm wiegen. Das sind nicht nur mehr Tauben, als auf der Erde überhaupt existieren – es ist mehr Masse als in der gesamten Galaxie.

Eine bessere Methode könnte so aussehen, das Mitschleppen der Tauben zu vermeiden. Schließlich kommen Tauben von ganz allein bis zur Spitze des Wolkenkratzers hoch, weshalb Sie sie genauso gut vorausschicken und auf Sie warten lassen könnten, statt ihre geflügelten Freunde dazu zu bringen, sie mit Ihnen zusammen nach oben zu tragen. Wenn es Ihnen gelänge, sie gut genug zu dressieren, dann könnten Sie sie dazu bringen, auf der richtigen Höhe umherzufliegen und Sie, sobald Sie auf ihrer Höhe angelangt sind, zu packen und für ein paar Sekunden nach oben zu schleppen. Dabei müssen Sie bedenken, dass Tauben nichts mit ihren Füßen packen und tragen können, weshalb die Tiere kleine Harnische mit Haken wie bei einem Flugzeugträger daran bräuchten, um Sie abzufangen.

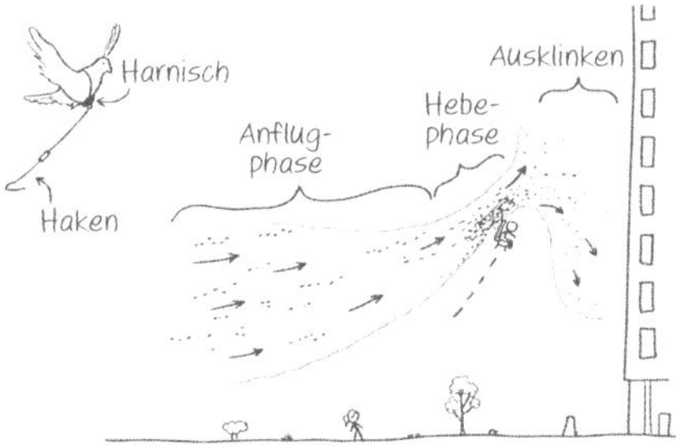

Mit dieser Anordnung ist es möglich, dass Sie nur mithilfe von ein paar Tausend gut dressierten Tauben zur Spitze des Hochhauses fliegen könnten. Wahrscheinlich sollten Sie allerdings sicherstellen, dass Sie über irgendeine Art von Sicherheitssystem verfügen, das Sie davor bewahrt, bei jedem Falken, der vorbeifliegt und die Tauben erschreckt, in den Tod zu stürzen.

Ihr Fluggerät wäre aber nicht nur gefährlicher als ein Aufzug, es wäre auch sehr viel schwerer, damit eine bestimmte Richtung einzuschlagen. Kann gut sein, dass es Ihr *Plan* ist, zur Spitze des Q1 Tower zu fliegen, doch sobald Sie abheben …

… sind Sie jedem Menschen mit einem Beutel voll Körnern schutzlos ausgeliefert.

#1
KURZE ANTWORTEN

? Was wäre, wenn sich das eigene Blut plötzlich in flüssiges Uran verwandeln würde? Würde man an der Strahlung, an Sauerstoffmangel oder an irgendwas anderem sterben?
Thomas Chattaway

? Könnte jemand eine Anime-artige Angriffstechnik haben, bei der ein Schwert aus Luft erzeugt wird? Ich rede nicht von einer Luftklinge, sondern eher davon, die Luft so sehr abzukühlen, dass man mit der festen Luft Leute angreifen kann.
Emma aus Manhattan

SICHER. MAN BRAUCHT DAFÜR ZWAR einen ganzen Raum voller Luft, aber es wäre machbar.

Untersuchungen zu festem Sauerstoff legen nahe, dass er ähnliche mechanische Eigenschaften hat wie weiches Plastik und mit zunehmender Kälte ein bisschen härter wird. Ihr Schwert wäre also nicht sehr stark, wenn Sie es aus Sauerstoff herstellen, außerdem wäre es nicht nur schwer zu schärfen, sondern Sie hätten auch sehr schnell Erfrierungen an Ihrer Hand. Auch Stickstoff, der einen leicht höheren Schmelzpunkt besitzt, wäre nicht viel besser. Aber es wäre möglich.

? Wie viel Wasser muss man trinken, um zu 99 Prozent aus Wasser zu bestehen?

LyraxH

$$\frac{\text{Neues Wasser} + \text{Körperwasser}}{\text{nicht-wässrige Körperbestandteile}} = \frac{99}{1}$$

$$\begin{aligned}\text{Neues Wasser} &= \frac{99}{1} \times (\text{Nicht-Wasser}) - \text{Körperwasser} \\ &= \frac{99}{1} \times \left(1 - \frac{70}{100}\right) \times 65\,\text{L} - \frac{70}{100} \times 65\,\text{L} \\ &= 29 \times 65\,\text{L} \\ &\approx 1900\,\text{L}\end{aligned}$$

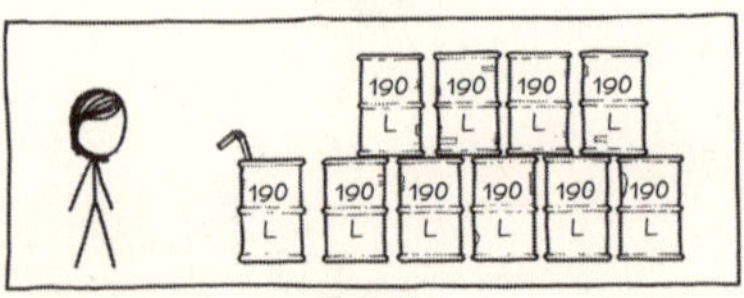

Prost!

? Was würden wir sehen, wenn wir eine leichtgewichtige Kamera an einen Ballon hängen und davonfliegen lassen würden?

Raymond Peng

? Wie viele Kalorien verbrennt Mario am Tag?

Daniel und Xavier Hovley

Pilze in *Super Mario Bros.*:	56
Kalorien in einem mittelgroßen Pilz:	5
Gesamtzahl verfügbarer Kalorien:	280
Veröffentlichungsdatum *Super Mario Bros.*:	13. September 1985
Herausgabe des nächsten Mario-Spiels mit Pilzen:	3. Juni 1986
Zeitspanne:	263 Tage
Kalorien pro Tag:	1,1

Fazit

Mario verhungerte irgendwann gegen Ende 1985.

? Wenn eine Schlange ihren Kiefer aushängen und einen Luftballon im Ganzen verschlucken würde, könnte/würde der Ballon die Schlange in die Luft heben?

Freezachu

? Wenn man mit Fallschirmausrüstung bei Mach 880 980 aus einem Flugzeug springen würde, das sich 30 000 Meter über New York City befindet, könnte man das überleben?

Jack Catten

? Wenn es kein Wasser auf der Erde gäbe, würden wir alle überleben?

Karen

DIESE BEIDEN SZENARIEN BEDEUTEN GLEICHERMASSEN den sicheren Tod.

Szenario	Überlebenschancen
Relativistischer Fallschirmsprung	0,0 %
Alles Wasser weg	0,0 %

? Ist es möglich, zu Hause selbst einen Jetpack zu bauen?

Azhari Zadil

ES IST ZIEMLICH EINFACH, einen Jetpack zu bauen, der einmal funktioniert. Zweimal oder öfter ist viel schwieriger.

? Ich habe mich gefragt, ob es eine Möglichkeit gibt, mein Schweißgerät als Defibrillator zu benutzen? (Das spezifische Modell, das ich besitze, ist ein Impax IM-ARC140 Elektrodenschweißgerät.)

Łukasz Grabowski, Lancaster, Vereinigtes Königreich

SIE SOLLTEN IHR ELEKTRODENSCHWEISSGERÄT DEFINITIV NICHT als Defibrillator benutzen – und nachdem ich Ihre Frage gelesen habe, glaube ich ehrlich gesagt auch nicht, dass man Ihnen überhaupt erlauben sollte, es als Elektrodenschweißgerät zu benutzen.

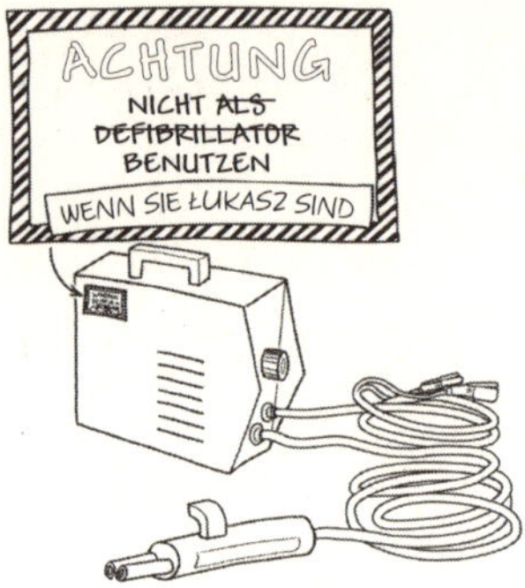

? Was wäre, wenn alle Atome auf der Erde auf die Größe einer Traube ausgedehnt würden? Würden wir das überleben?

Jasper

ICH BIN MIR NICHT WIRKLICH SICHER, WIE ich diese Frage auf wissenschaftliche Weise beantworten soll, aber jetzt habe ich wirklich Lust auf ein paar Trauben.

T.-REX-KALORIEN

Wenn ein T. Rex in New York City freigelassen würde, wie viele Menschen/Tag müsste er verspeisen, um auf seine tägliche Kalorienzufuhr zu kommen?

T. Schmitz

UNGEFÄHR EINEN HALBEN ERWACHSENEN oder ein zehnjähriges Kind.

Der *Tyrannosaurus Rex* wog in etwa so viel wie ein Elefant.[1]

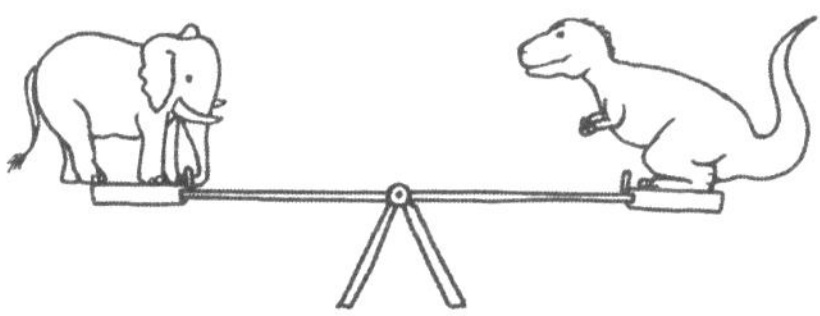

Kein Mensch weiß mit absoluter Sicherheit, wie der Stoffwechsel der Dinosaurier ausgesehen hat, aber die besten Schätzungen

1 Dieser Vergleich kam mir immer ein bisschen daneben vor; meine geistige Vorstellung von Elefanten ist die, dass sie zur gleichen Größenordnung gehören wie Autos oder Lastwagen, während ein T. Rex, wie *Jurassic Park* gezeigt hat, groß genug ist, um Autos kaputt zu trampeln. Doch eine Google-Bildersuche für Elefant+Auto zeigt, wie Elefanten genau wie der T. Rex in *Jurassic Park* hoch über Autos aufragen. Na toll, jetzt hab ich auch noch Angst vor Elefanten.

darüber, wie viel Nahrung ein T. Rex zu sich genommen hat, scheinen bei rund 40 000 Kalorien pro Tag zu liegen.

Wenn wir davon ausgehen, dass die Dinosaurier einen ähnlichen Stoffwechsel wie die heutigen Säugetiere hatten, dann hätten sie weit über 40 000 Kalorien pro Tag gefressen. Gegenwärtig ist die gängige Ansicht jedoch, dass Dinosaurier zwar aktiver (grob gesagt »warmblütiger«) waren als die Schlangen und Eidechsen unserer Zeit, aber große Dinosaurier wahrscheinlich einen Stoffwechsel hatten, der eher mit dem eines Komodowarans vergleichbar war als mit dem von Elefanten oder Tigern.[2]

Als Nächstes müssen wir wissen, wie viele Kalorien in einem Menschen drin sind. Diese Zahl wird uns praktischerweise von Ryan North, dem Autor der *Dinosaur Comics*, bereitgestellt, der ein T-Shirt mit den Nährwertangaben eines menschlichen Körpers produziert hat. Ryans T-Shirt zufolge enthält ein 80-Kilo-Mensch etwa 110 000 Kalorien an Energie, sodass ein T. Rex etwa alle zwei Tage oder so einen Menschen verspeisen müsste.[3]

Im Jahr 2018 gab es in der Stadt New York 115 000 Geburten, was eine Population von rund 350 Tyrannosauriern versorgen könnte. Diese Zahl lässt allerdings die Immigration außer Acht – und, was noch viel wichtiger ist, die *E*migration, die in diesem Szenario wahrscheinlich beträchtlich zunehmen würde.

---

2 Zumindest wissen wir, dass das für große Sauropoden gelten muss, weil sie überhitzen würden, wenn sie ähnliche Stoffwechsel wie Säugetiere hätten. Was T.-Rex-große Dinosaurier betrifft, gibt es jedoch jede Menge Unsicherheit.

3 Ein T. Rex wäre wahrscheinlich durchaus bereit, mit einer einzigen Mahlzeit die Nahrung mehrerer Tage oder Wochen zu essen, sodass er, wenn er die Wahl hätte, vermutlich einen Haufen Leute auf einmal verdrücken und danach eine Zeitlang ohne Essen auskommen würde.

Die weltweit 39 000 Restaurants von McDonald's verkaufen jedes Jahr etwa um die 18 Milliarden Hamburger, was pro Tag durchschnittlich[4] 1250 Burgern pro Restaurant entspricht. Diese 1250 Burger enthalten rund 600 000 Kalorien, was bedeutet, dass jeder T. Rex nur etwa 80 Burger pro Tag essen muss, um zu überleben, und ein McDonald's allein mit Hamburgern über ein Dutzend Tyrannosaurier verpflegen könnte.

Machen Sie sich also keine Sorgen, wenn Sie in New York City leben und einen T. Rex sehen. Sie müssen nicht überlegen, welche Freundin oder welchen Freund Sie opfern – bestellen Sie einfach 80 Burger.

[4] Sie haben Mitte der 1990er aufgehört, die »X Milliarden serviert«-Angabe auf ihren Schildern zu aktualisieren, weshalb das hier nur eine grobe Schätzung ist.

Und wenn sich der T. Rex dann trotzdem eine oder einen schnappt, haben Sie immerhin 80 Burger für sich.

Vielleicht handelte es sich bei ihr oder ihm doch eher um eine flüchtige Bekanntschaft.

GEYSIR

Wenn ein Mensch direkt über dem Geysir Old Faithful im Yellowstone-Nationalpark stehen würde, mit welcher Geschwindigkeit würde er durch das Wasser nach oben geschossen werden und welche Verletzungen würde er wahrscheinlich erleiden?

Catherine McGrath

SIE WÄREN NICHT DER ERSTE Mensch, der sich von Old Faithful schwere Verbrennungen abholt, obwohl Sie durchaus der erste Mensch sein könnten, der auf diese Weise stirbt.

Das Buch *Death in Yellowstone*, eine von dem Parkhistoriker Lee H. Whittlesey erstellte Chronik tödlicher Vorfälle und Unfälle im Yellowstone-Nationalpark, erwähnt keinerlei Todesfälle durch den Wasserstrahl des Geysirs selbst. Regelmäßig haben sich Leute durch Ausbrüche Verbrennungen zugezogen – unter ihnen ein deutscher Chirurg, der im Jahr 1901 einen Sturz in den Schlot von Old Faithful überlebte –, doch es gibt keine verlässlich dokumentierten Todesfälle durch die Wucht des Geysirs.

Aber während *Death in Yellowstone* von keinerlei Todesfällen durch den Geysirstrahl selbst berichtet, erzählt das Buch von einer erschreckend großen Anzahl von Vorfällen in seiner *Nähe*. Die kochend heißen Pools in geothermal aktiven Gebieten sind häufig von einer dünnen und zerbrechlichen mineralischen Kruste bedeckt. Immer wieder brechen Leute, die im Umfeld der Geysire herumlaufen, durch die Kruste und stürzen in den Tod.[1]

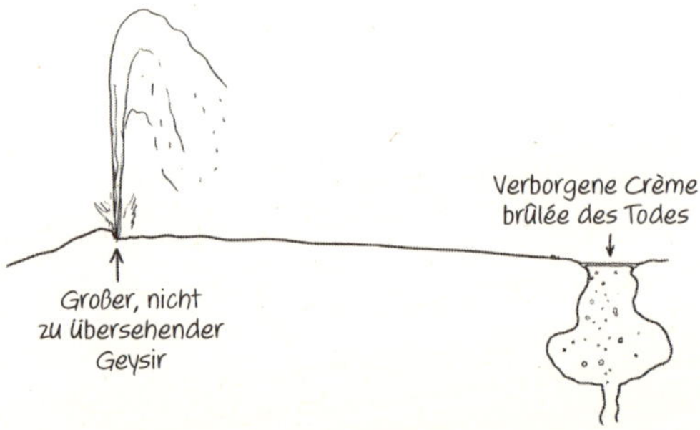

Wenn Sie es aber tatsächlich bis zum Geysir schaffen und bei seinem Ausbruch genau über ihm stehen würden, dann wäre das keine sehr lustige Erfahrung. Old Faithful stößt bei seinen Ausbrüchen ungefähr eine halbe Tonne Wasser pro Sekunde aus. Der austretende Strahl ist eine Mischung aus Wassertröpfchen, Luft und Dampf mit der Dichte einer Packung voller Wattebäuschen. Dieser Strahl bewegt sich schnell – mit ungefähr 70 m/s, bevor er aus der Erde austritt – und verfügt damit über das Bewegungsmoment eines Fahrzeugstroms auf der Autobahn.

Ein Geysir ist gewissermaßen so etwas wie eine umgekehrte Rakete. Wenn man die Schub-

1 Bei einem Vorfall im Jahr 1905 machte sich die unglückliche Person gerade in einem Büchlein Notizen über den Geysir, als sie hineinstürzte, was ich auf beunruhigende Weise nachvollziehbar finde. So werde ich auch enden, da bin ich mir ziemlich sicher.

kraft von Old Faithful auf die gleiche Weise berechnen würde wie bei einem Raketentriebwerk, also indem man den Massedurchfluss mit seiner Geschwindigkeit multipliziert, käme man bei mehreren Tausend Kilogramm an Kraft heraus. Das lässt sich annähernd mit der Schubkraft vergleichen, die der Schleudersitz eines Kampfjets ausübt – und das sagt uns, dass Old Faithful eindeutig genügend Kraft hat, um einen Menschen hoch in die Luft zu katapultieren.

Ihre Abfluggeschwindigkeit – und die Frage, wie hoch Sie fliegen – würde sehr stark davon abhängen, wie der Geysir Sie trifft. Ein Streifhieb dürfte Sie einfach nur zu einer Seite hin umhauen. Sie könnten eher so etwas wie Auftrieb erfahren, wenn Sie direkt mittig über dem Schlot stehen und so viel des Strahls wie möglich blockieren würden. Wenn Sie einen sehr robusten Schirm in der Hand hielten, könnten Sie im Prinzip Hunderte Meter hoch in die Luft fliegen, sogar noch höher als die Fontäne selbst. Aber selbst wenn Sie die schweren Verbrennungen überleben würden – die Landung wäre mit ziemlicher Sicherheit tödlich.

Bis heute sind überraschend viele Leute von den Geysiren in Yellowstone verbrüht worden. In den 1920ern erlitt jedes Jahr etwa eine Person Verbrennungen durch Old Faithful. Doch im Gegensatz zu den Leuten, die in die kochenden Pools gefallen waren, handelte es sich bei denen, die vom Geysir verbrüht wurden, in der Regel nicht einfach um Leute, die aus Versehen und ohne es zu merken an einer unsicheren Stelle herumspazierten. Die meisten von ihnen hatten sich vornübergebeugt und waren gerade mit dem Versuch beschäftigt, nach unten in den Dampfschlot zu spähen.

Ich glaube, wir müssen der Liste noch einen Eintrag hinzufügen.

Dinge, die Sie nicht tun sollten

(Teil 3647 von ????)

Nr. 156 812	Persil-Tabs essen
Nr. 156 813	Bei einem Gewitter auf Stelzen herumlaufen
Nr. 156 814	An einer Tankstelle ein Feuerwerk zünden
Nr. 156 815	Die eigene Katze mit Leckereien füttern, die exakt die Form und die Konsistenz einer menschlichen Hand haben
Nr. 156 816	**(Neu!)** Sich über den Schlot eines Geysirs beugen und versuchen, tief in ihn reinzuschauen

PEW, PEW, PEW

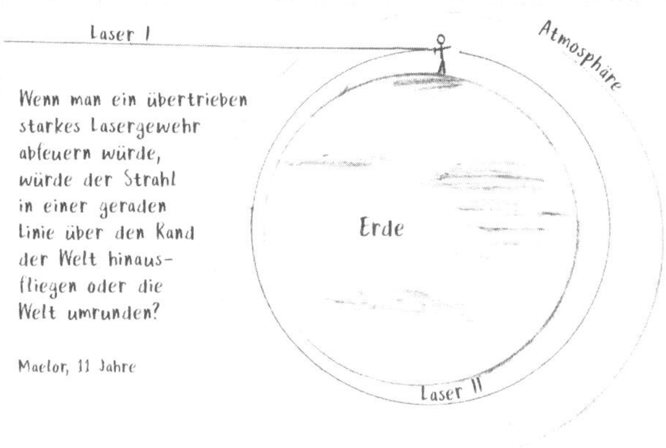

BAHN NR. 1 IST RICHTIG. Der Strahl würde über den Rand der Erde ins Weltall davonfliegen. Wahrscheinlich.

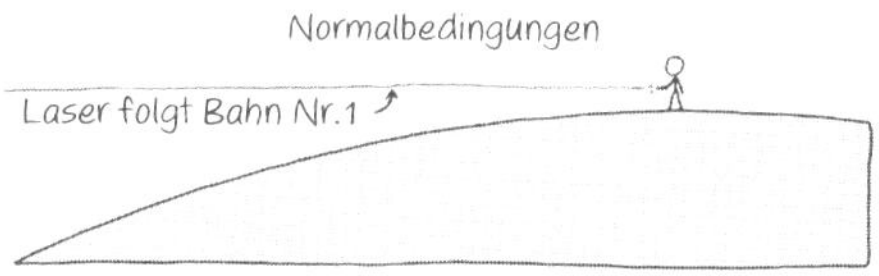

Es gibt ein paar seltene Fälle, in denen der Strahl *nicht* über den Rand der Welt hinausschießen würde. Wenn man an einem heißen Tag genau zur richtigen Zeit und am richtigen Ort in der Nähe eines Meeres steht, kann man einen Laser dazu bringen, stattdessen auf Bahn Nr. 2 abzubiegen.

In der Atmosphäre folgt Licht keiner geraden Linie. Luft macht Licht langsamer, und dichtere Luft macht Licht noch langsamer. Wenn die Luft auf einer Seite des Strahls stärker verlangsamt wird als auf der anderen Seite, bringt sie das Licht dazu, in genau diese Richtung abzubiegen.

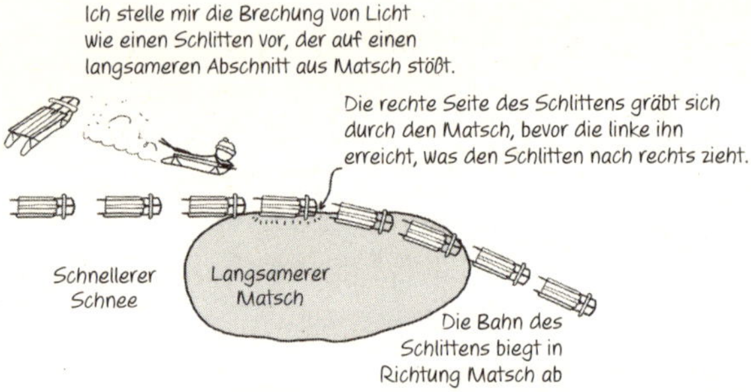

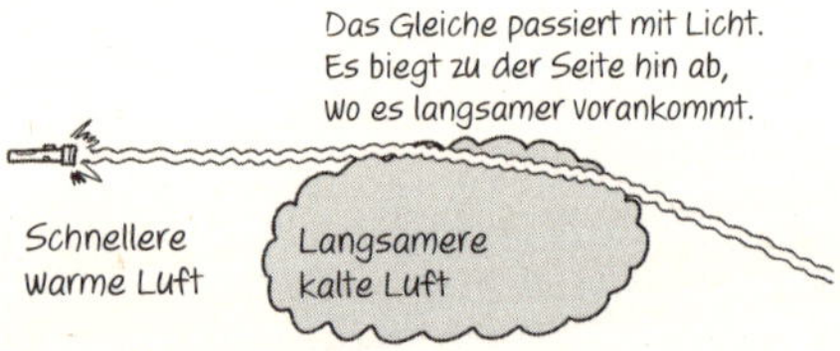

In der Atmosphäre krümmt sich Licht in den meisten Fällen leicht nach unten, weil die Luft unten viel dichter ist als die Luft darüber.[1]

In der Nähe des Erdbodens befinden sich oft mehrere Luftschichten mit sehr unterschiedlichen Temperaturen eng übereinander. An heißen und sonnigen Tagen kann der Boden heiß werden, was auch die Luft in Bodennähe heiß macht. Das ist der Grund, warum man beim Blick auf einen Parkplatz manchmal etwas wahrnimmt, das wie schimmerndes Wasser aussieht – eine Luftspiegelung. Luftspiegelungen sind eine Reflexion des Him-

1 Auch die Atmosphäre bricht das Sonnenlicht. Wenn wir die Sonne bei Sonnenaufgang auftauchen sehen, befindet sie sich eigentlich noch ein bisschen unterhalb des Horizonts. Gäbe es keine Atmosphäre, würden wir sie noch nicht sehen. Doch die Atmosphäre krümmt das Licht und lässt uns die Sonne ein bisschen früher sehen.

mels; Licht aus dem Himmel kommt fast bis zur Oberfläche herab und biegt dann wieder nach oben in unsere Augen ab – deshalb sieht es so aus, als ob es vom Boden käme.

Wenn du eine Laserpistole auf so eine »Wasserfläche« richten würdest, dann würde der Strahl nach oben abbiegen und in den Himmel davonfliegen.

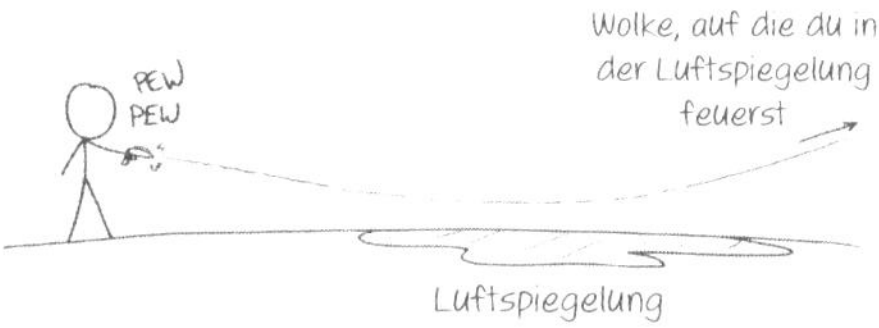

Wenn du den Laserstrahl stark genug krümmen wolltest, um ihn davon abzuhalten, ins Weltall abzudriften, dann müsstest du einen Ort finden, an dem die Luft in Bodennähe *kälter* ist als die Luft direkt darüber. Ein solcher Ort ist über dem Meer: Wenn sich heiße Luft über kaltes Meereswasser schiebt, kühlt es die Luft an der Wasseroberfläche ab, genau umgekehrt wie bei dem Parkplatz. Licht, das die kalte Luft überquert, krümmt sich nach unten – manchmal sehr stark.

Wenn man übers Wasser schaut, sieht man über der Oberfläche manchmal Land und Wasser schweben, weil das Licht seltsame Wege nimmt. Diese schimmernden Gebilde aus Land und Gebäuden, die über dem Horizont schweben, werden Fata Morgana genannt, weil sie aussehen wie die schwimmenden Schlösser der Zauberin Morgan le Fay.

Falls du mit einem Laser auf eine Fata Morgana schießen willst, ziel einfach genau drauf. Es gibt sie nicht wirklich, aber der Weg, den der Laser nimmt, wird genau derselbe sein wie der, auf dem das Licht in deine Augen gelangt. Das Ding, das da am Himmel schwebt, ist eine optische Täuschung, aber optische Täuschungen bestehen aus Licht. Deshalb gilt: Solltest du je vor irgendeinem furchterregenden illusorischen Phänomen stehen, erinnere dich einfach an diese praktische Regel aus der Optik: Wenn man es sehen kann, dann kann man es mit einem Laser abschießen.

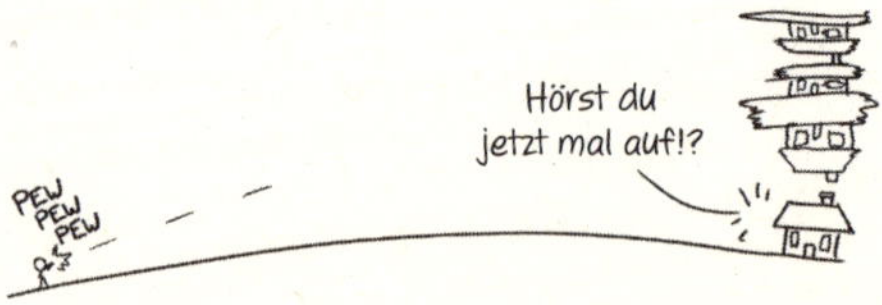

ALLE BÜCHER LESEN

An welchem Punkt der Menschheitsgeschichte gab es zu viele (englischsprachige) Bücher, um sie alle im Laufe eines Lebens lesen zu können?

Gregory Willmot

DAS IST EINE KOMPLIZIERTE FRAGE. Die genaue Anzahl der Bücher zu ermitteln, die zu verschiedenen Zeitpunkten der Geschichte vorhanden waren, ist sehr schwierig und nahezu unmöglich. Als zum Beispiel die Bibliothek von Alexandria abbrannte, ging sehr viel Literatur verloren[1], aber *wie viele* Schriften es waren, ist nur schwer genau zu bestimmen. Manche Schätzungen reichen von 40 000 Büchern bis zu 532 800 Schriftrollen, während andere Autorinnen und Autoren derartige Zahlen für unplausibel halten, und zwar sowohl in der einen Richtung – zu hoch – als auch in der anderen – zu niedrig.

Die Wissenschaftler Eltjo Buringh und Jan Luiten van Zanden nutzten historische Bücherkataloge, um Statistiken über die Anzahl der pro Region in einem Jahr veröffentlichten Bücher (oder Manuskripte) zu erstellen. Nach ihren Zahlen passierte es vermutlich um das Jahr 1075 n. Chr. herum, dass die Veröffentlichungsrate auf den Britischen Inseln ein Manuskript pro Tag überstieg.

Die meisten der im Jahr 1075 erschienenen Manuskripte waren nicht auf Englisch und noch nicht einmal in den zur damaligen Zeit

[1] Andererseits war ein Großteil der ägyptischen Leserschaft wahrscheinlich begeistert, seine Mahngebühren für längst überfällige Bücher auf einen Schlag loszuwerden.

verbreiteten Varianten des Englischen verfasst. Im Jahr 1075 wurde Literatur in Großbritannien normalerweise in irgendeiner Form des Lateinischen oder Französischen geschrieben, selbst in Gegenden, wo auf der Straße üblicherweise Altenglisch gesprochen wurde.

Die Geschichten, aus denen die *Canterbury Tales* (geschrieben im späten 14. Jahrhundert) bestehen, waren Teil einer Entwicklung, bei der das umgangssprachliche Englisch zur Schriftsprache wurde. Doch obwohl sie formell gesehen auf Englisch verfasst wurden, sind sie aus heutiger Sicht nicht gerade leserlich:

> »*Wepyng and waylyng, care and oother sorwe*
> *I knowe ynogh, on even and a-morwe,*«
> *Quod the Marchant,* »*and so doon oother mo*
> *That wedded been.*«

(An meine Englischlehrerin aus der 9. Klasse: Keine Sorge, ich mach hier nur einen Witz. Ich verstehe genau, was in diesem Auszug steht.)

Aber selbst wenn wir wissen, wie viele Manuskripte pro Jahr veröffentlicht wurden, müssen wir trotzdem erst klären, wie lang es dauert, ein Manuskript zu *lesen,* um Gregorys Frage beantworten zu können.

Statt uns die Mühe zu machen herauszufinden, wie lang die vielen verlorenen Bücher und Kodizes waren, können wir einen Schritt zurücktreten und das Ganze aus einer umfassenderen Perspektive betrachten.

Schreibgeschwindigkeit

TOLKIEN HAT *DER HERR DER RINGE* in 11 Jahren verfasst, was bedeutet, dass er beim Schreiben eine Durchschnittsgeschwindigkeit von 125 Wörtern pro Tag oder weniger als 0,085 Wörtern pro Minute hatte [die Zahlen beziehen sich hier und im Folgenden jeweils auf die englischen Originale, Anm. d. Übers.]. Harper Lee hat ihr 100 000-Wörter-starkes *Wer die Nachtigall stört* in zweieinhalb Jahren verfasst, was einen Durchschnitt von 100 Wörtern pro Tag oder 0,075 Wörtern pro Minute bedeutet. Weil es sich hierbei um ihr einziges je veröffentlichtes Buch handelt, liegt ihr lebenslanger Durchschnitt bei 0,002 Wörtern pro Minute oder etwa drei Wörtern pro Tag.

Andere Schriftstellerinnen und Schriftsteller sind bedeutend schneller. Die Autorin Corín Tellado hat von der Mitte bis zum Ende des 20. Jahrhunderts Tausende Liebesromane veröffentlicht und damit ein Buch pro Woche bei ihrem Verlag eingereicht. Die meiste Zeit ihrer Karriere hat sie jedes Jahr weit über eine Million Wörter publiziert, was ihr für einen Großteil ihres Lebens einen Durchschnitt von 2 Wörtern pro Minute beschert.

Es gibt guten Grund anzunehmen, dass Schriftstellerinnen und Schriftsteller in der Vergangenheit eine ähnlich große Geschwindigkeitsspanne hatten. Sie könnten jetzt darauf hinweisen, dass es doppelt so schnell geht, ein Manuskript auf einer Tastatur abzutippen als mit der Hand zu schreiben. Aber die Schreibgeschwindigkeit ist nicht das Nadelöhr der Schriftstellerei. Schließlich sollte es bei einer Tippgeschwindigkeit von 70 Wörtern pro Minute lediglich 24 Stunden dauern, *Wer die Nachtigall stört* abzutippen.

Die Tipp- und Schreibgeschwindigkeiten sind so unterschiedlich, weil das Nadelöhr beim Bücherschreiben darin besteht, wie schnell unser Gehirn Geschichten strukturieren, produzieren und bearbeiten kann. Und diese »Geschichtenerzählgeschwindigkeit«

hat sich im Laufe der Zeit wahrscheinlich viel weniger verändert als unsere technische Schreibgeschwindigkeit.

Und das führt uns dahin, viel besser einschätzen zu können, wann die Anzahl der Bücher zu groß zum Lesen wurde. Wenn die durchschnittliche Schriftstellerin im Laufe ihres gesamten Lebens irgendwo zwischen Harper Lee und Corín Tellado landet, könnte sie über die gesamte Lebenszeit gesehen 0,05 Wörter pro Minute produzieren.

Ein durchschnittlicher Mensch kann mit einem Tempo von 200 bis 300 Wörtern pro Minute lesen. Wenn man bei 300 Wörtern pro Minute 16 Stunden täglich lesen müsste, dann könnte man mit einer Welt Schritt halten, die über eine durchschnittliche Population von 100 000 lebenden Harper Lees oder 200 lebenden Corín Tellados verfügt.

200 Corín Tellados

Wenn wir schätzen, dass jede und jeder Schreibende in der *aktiven* Zeit in etwa zwischen 0,1 und 1 Wort pro Minute produziert, dann dürften hingebungsvolle Lesende in der Lage sein, mit einer Population von etwa 500 bis 1000 aktiven Schreibenden mitzuhalten. Die Antwort auf Gregorys Frage – der Zeitpunkt, an dem es zu viele englischsprachige Bücher gab, um sie im Laufe eines Lebens zu lesen – trat irgendwann ein, bevor die Population aktiver englischsprachiger Schriftsteller ein paar Hundert erreicht hatte. Von jenem Moment an war es unmöglich mitzuhalten.

Das Magazin *Seed* schätzt, dass die Gesamtzahl der Autoren und Autorinnen um das Jahr 1500 herum an diesen Punkt gelangt ist und seitdem rapide immer weiter zugenommen hat. Die Zahl der aktiven englischsprachigen Autoren und Autorinnen hat diese Schwelle kurze Zeit später, ungefähr zur Zeit Shakespeares, überschritten, während die Gesamtzahl der auf Englisch verfassten Bücher wahrscheinlich irgendwann zum Ende des 16. Jahrhunderts die Lebenszeitlesegrenze erreicht hat.

Andererseits, wie viele davon würden Sie wirklich lesen *wollen*? Wenn Sie goodreads.com/book/random aufrufen, können Sie eine mehr oder minder zufällige Auswahl dessen sehen, was Sie vielleicht lesen würden. Das hier kam bei mir heraus:

- *School Decentralization in the Context of Globalizing Governance: International Comparison of Grassroots Responses* [Schulische Dezentralisierung im Kontext von Global Governance: Ein internationaler Vergleich basisdemokratischer Ansätze], von Holger Daun
- *Der Ruf der Grauen Wächter (Dragon Age Teil 2)*, von David Gaider
- *An Introduction to Vegetation Analysis: Principles, Practice and Interpretation* [Einführung in die Vegetationsanalyse: Prinzipien, Praxis und Interpretation], von David R. Causton
- *AACN Essentials of Critical-Care Nursing Pocket Handbook* [AACN Grundlagen der Intensivpflege Taschen-Handbuch], von Marianne Chulay
- *National righteousness and national sin: the substance of a discourse delivered in the Presbyterian church of South Salem, Westchester co., N.Y., November 20, 1856* [etwa: Nationale Rechtschaffenheit und nationale Sünde: Der Inhalt einer Rede in der Presbyterianischen Kirche von South Salem im Westchester County von New York am 20. November 1856], von Aaron Ladner Lindsley
- *Das Phantom in der Aula (Gänsehaut Band 57)*, von R. L. Stine
- *High Court #153; Case Summaries on Debtors and Creditors-Keyed to Warren* [etwa: Oberstes Gericht Band 153: Fallzusammenfas-

sungen zu Schuldnern und Gläubigern – Unter dem Obersten Richter Warren], von Dana L. Blatt

- *Suddenly No More Time* [Plötzlich keine Zeit mehr], von Emil Gaverluk

Bis jetzt habe ich … das Gänsehaut-Buch gelesen.

Um es durch den Rest zu schaffen, sollte ich mir vielleicht etwas Hilfe holen.

#1
SELTSAM & BEUNRUHIGEND

? Können Bienen oder andere Tiere in die Hölle kommen? Oder dürfen sie andere Bienen ermorden, ohne irgendwelche Konsequenzen?
Sadie Kim

? Wie viele Spiegel, die (Sonnen-)Licht reflektieren, wären nötig, um jemanden zu töten oder zumindest zu verletzen?
Eli Collinge

? Was wäre der sicherste Weg, wenn man einem Riesen die Mandeln rausnehmen müsste? Der Chirurg ist ein normaler Mensch.
Tirzah, 10 Jahre

? Was wäre nötig, um die *Air Force One* mit einer Drohne zu zerstören???
Anonym

BANANISCHE KIRCHE

Passen alle Bananen dieser Welt ins Innere aller Kirchen dieser Welt? Meine Freunde streiten sich schon seit etwas mehr als 10 Jahren deswegen.

Jonas

JA.

Dass die Bananen reinpassen, wissen wir aus dem einfachen Grund, weil wahrscheinlich sogar alle *Menschen* dieser Welt in alle Gotteshäuser dieser Welt reinpassen und kein Mensch jedes Jahr sein eigenes Körpergewicht in Form von Bananen konsumiert.

Nach einer 2017 vom Meinungsforschungsinstitut Pew Research durchgeführten Umfrage zur Religionsausübung[1] nehmen knapp 30 Prozent der Weltbevölkerung als Teil ihrer religiösen Tradition an wöchentlichen Gottesdiensten teil. Wenn wir alle Orte, an denen solche Gottesdienste stattfinden, zu den »Kirchen« zählen, legt das nahe, dass es genug von diesen Orten gibt, um mindestens zwei Milliarden Menschen unterbringen zu können.

1 Inklusive einiger Spekulationen, um die Lücken bei jenen Ländern zu füllen, die durch die Umfragen nicht abgedeckt wurden.

Bauliche Strukturen wie Kirchen und Klassenräume haben im Allgemeinen etwa zwischen 0,5 und 2,3 Quadratmeter Bodenfläche pro Person. Wenn wir annehmen, dass es im Durchschnitt etwa 1,4 Quadratmeter pro Person sind und dass die meisten davon nur von einer einzigen Gemeinde genutzt werden, dann heißt das, dass Gotteshäuser in etwa 2600 Quadratkilometer der Erdoberfläche einnehmen.

Angenommen, wir könnten die Bananenproduktion eines ganzen Jahres einsammeln, die wahrscheinlich bei etwa 120 Millionen Tonnen liegt. In Kisten verpackt, haben Bananen eine Dichte von etwa 300 Kilogramm pro Kubikmeter. Um zu erfahren, bis zu welcher Höhe sie alle Gotteshäuser dieser Welt füllen würden, können wir ihr Gesamtvolumen [das sich anhand einer handelsüblichen Bananenkiste berechnen lässt, Anm. des Übers.] durch unsere Schätzung von 2600 Quadratkilometern teilen:

$$\frac{120 \text{ Millionen t}}{16 \text{ kg} : (26 \text{ cm} \times 40 \text{ cm} \times 50 \text{ cm})} : 2600 \text{ m}^2 = \text{ca. } 15 \text{ cm}$$

Das Ergebnis sagt uns, dass eine komplette Jahresproduktion an Bananen einem Menschen nur knapp über den Knöchel reichen würde.

Die Bananenschicht wäre sogar noch flacher, weil in Wirklichkeit zu keinem einzigen Zeitpunkt eine ganze Jahresproduktion an Bananen existiert. Bananenblüten reifen über Monate hinweg von kleinen, fingergroßen Früchten zu ausgewachsenen reifen Bananen zum Verzehr …

Wachstumsphasen von Bananen

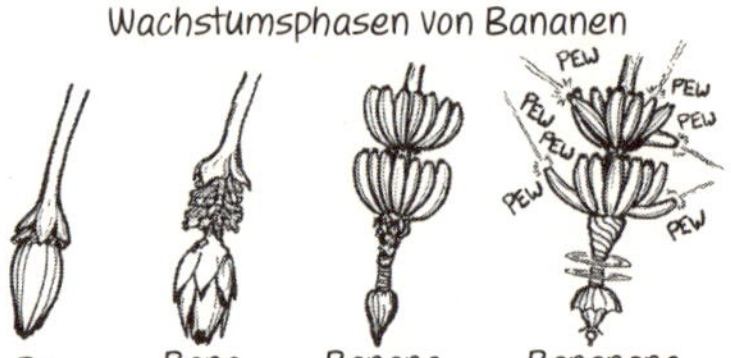

… sodass die zu jedem erdenklichen Zeitpunkt verfügbare Anzahl an Bananen nur einem Bruchteil der Jahresproduktion entspricht, wodurch die Bananenschicht noch flacher ausfällt.

Und selbst wenn unsere Bananendaten falsch sind, ist die Antwort wahrscheinlich trotzdem noch richtig. Wenn wir die Rechnung umstellen, können wir berechnen, wie viele Bananen man bräuchte, um all die Kirchen dieser Welt zu füllen, und dann schauen, ob uns diese Zahl plausibel erscheint.

Wie viele Bananen jeder Mensch essen muss, damit das hinhaut

Falls etwa jeder vierte Mensch regelmäßig an Gottesdiensten in Innenräumen teilnimmt und die Gebäude, in denen sie das tun, über etwa 1,4 Quadratmeter Fläche pro Person verfügen, dann sind das für jeden Menschen auf der Erde (inklusive Nicht-Teilnehmenden) knapp 0,4 Quadratmeter Bodenfläche. Und sofern es genügend Bananen auf der Welt *gäbe*, um damit alle Gotteshäuser bis zur Decke zu füllen, dann würde das bedeuten, dass der Anteil jeder einzelnen Person an der globalen Bananenproduktion einen Raum von knapp 0,61 Meter mal 0,61 Meter mal durchschnittliche Deckenhöhe ausfüllen würde.

Viele religiöse Bauwerke sind berühmt für ihre hohen Decken. Doch selbst wenn wir annehmen, dass die durchschnittliche Deckenhöhe bei relativ niedrigen 2,44 Metern liegt, wären ungefähr 2000 Bananen nötig, um den Raum jedes Menschen auszufüllen. Ich bin mir ziemlich sicher, dass die Welt keine 2000 Bananen pro Person im Jahr produziert – und zwar aus dem einfachen Grund, dass ich keine sechs Bananen am Tag esse und auch niemand anderen kenne, der das tut.

Es sei denn, es gibt da draußen eine einzelne Person, die so viele Bananen isst, dass sie den globalen Durchschnitt durcheinanderbringt.

FANG!

Gibt es irgendeine Möglichkeit, eine Pistole so abzufeuern, dass die Kugel durch die Luft fliegt und dann gefahrlos mit bloßer Hand gefangen werden kann? Zum Beispiel, wenn sich der Schütze auf Meeresniveau befindet und der Fänger oben auf einem Berg am Punkt der maximalen Reichweite der Pistole.

Edmond Hui, London

DER »KUGELFANG« IST EIN Bühnentrick, bei dem eine Person eine abgefeuerte Kugel mitten im Flug zu fangen scheint – oft zwischen den Zähnen. Das ist natürlich eine Illusion; eine Kugel so zu fangen ist nicht möglich.

Unter den richtigen Bedingungen *könnte* man aber tatsächlich eine Kugel fangen – es erfordert nur jede Menge Geduld und Glück.

Eine direkt nach oben abgefeuerte Kugel würde irgendwann eine Maximalhöhe erreichen.[1] Sie würde vermutlich nicht komplett zum Stillstand kommen, sondern eher mit ein paar Metern pro Sekunde zur Seite abdriften. Wenn jemand eine Kugel in den Himmel feuern würde …

[1] Tun Sie das nicht. In Vierteln, wo die Leute zu Feierlichkeiten mit Gewehren in die Luft schießen, werden regelmäßig Schaulustige von herabfallenden Kugeln getötet.

… und Sie in einem Heißluftballon direkt über dem Schießplatz rumhängen würden …

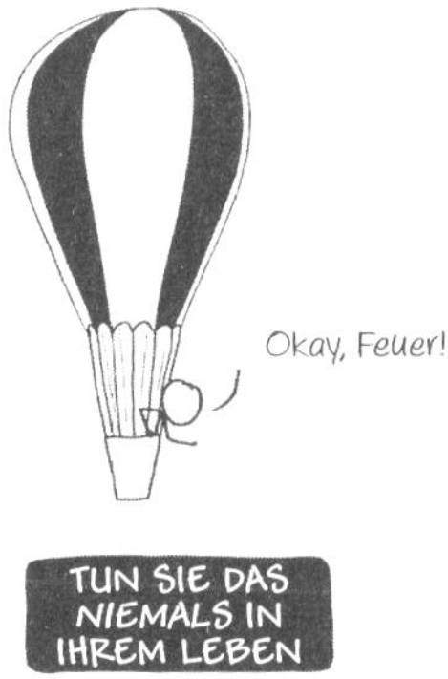

… dann wäre es *möglich*, dass Sie den Arm rausstrecken und die Kugel auf dem Höhepunkt ihres Fluges greifen könnten.

Dinge, die Sie nicht tun sollten

(Aktualisierte Liste)

Nr. 156 812	Persil-Tabs essen
Nr. 156 813	Bei einem Gewitter auf Stelzen herumlaufen
Nr. 156 814	An einer Tankstelle ein Feuerwerk zünden
Nr. 156 815	Die eigene Katze mit Leckereien füttern, die exakt die Form und die Konsistenz einer menschlichen Hand haben
Nr. 156 816	Sich über den Schlot eines Geysirs beugen und versuchen, tief in ihn reinzuschauen
Nr. 156 817	**(Neu!)** In einem Heißluftballon über einen Schießplatz fliegen

Sofern es Ihnen gelingen würde, eine Kugel auf dem Höhepunkt ihrer bogenförmigen Bahn mit der Hand zu packen, dürfte Ihnen etwas Seltsames auffallen: Die Kugel wäre nicht nur heiß, sie würde sich auch noch drehen. Sie hätte zwar ihren vertikalen Impuls verloren, nicht aber ihren Drehimpuls; sie hätte noch immer den Drall, den ihr der Pistolenlauf verpasst hat.

Dieser Effekt lässt sich auf dramatische Weise beobachten, wenn eine Kugel auf Eis abgefeuert wird. Wie von Dutzenden YouTube-Videos belegt, sieht man bei in Eis geschossenen Kugeln oft, wie sie sich weiterhin schnell im Kreis drehen. Sie müssten die Kugel also fest greifen, denn sonst könnte sie Ihnen aus der Hand hüpfen.

Falls Sie keinen Heißluftballon dahaben, könnte Ihnen das Ganze unter Umständen auch von einem Berggipfel aus gelingen. Der Mount Thor[2] in Kanada verfügt über eine senkrechte, 1250 Meter hohe Steilwand. Nach Angaben des ballistischen Labors Close Focus Research ist das fast genauso hoch, wie eine .22-lfB-Kugel fliegen wird, die senkrecht nach oben abgefeuert wird.

[2] Dem wir zuvor bereits im Kapitel »Freier Fall« im ersten *What if?*-Buch begegnet sind.

Wenn Sie größere Kugeln verwenden wollen, brauchen Sie ein viel größeres Gefälle; die Kugel einer AK-47 kann mehr als 2 Kilometer weit in die Höhe fliegen. Es gibt auf der Erde keine vollkommen senkrechten Steilwände, die so hoch sind, weshalb Sie die Kugel in einem gewissen Winkel abfeuern müssten, wodurch sie auf dem Höhepunkt ihrer Bogenbahn eine nennenswerte Seitwärtsgeschwindigkeit hätte. Allerdings könnte ein entsprechend robuster Baseball-Handschuh in der Lage sein, sie zu schnappen.[3]

In jedem einzelnen dieser Szenarien müssten Sie außergewöhnlich viel Glück haben. Angesichts der Unsicherheit, was die genaue Bogenbahn der Kugel betrifft, müssten Sie wahrscheinlich ein paar Tausend Schüsse abfeuern, bevor Sie eine davon am exakt richtigen Punkt fangen würden.

Und bis dahin merken Sie vielleicht auch, dass Sie ein wenig Aufmerksamkeit erregt haben.

[3] In der Tat hat laut der Zeitschrift *Rifle* ein Waffenautor einst behauptet, dass er gewöhnliche Gewehrkugeln auf 900 Meter Entfernung mit einem Baseball-Handschuh fangen könne. Er hat das natürlich im übertragenen Sinne gemeint – man würde die Kugel nicht kommen sehen und sie deshalb mit ebenso großer Wahrscheinlichkeit mit dem eigenen Gesicht fangen wie mit dem Handschuh.

WIE MAN LANGSAM UND UNHEIMLICH KOMPLIZIERT ABNEHMEN KANN

Ich möchte gern 9 Kilo abnehmen. Wie viel von der Erdmasse müsste ich ins Weltall »verlagern«, um mein Ziel zu erreichen?

Ryan Murphy, New Jersey

DAS SCHEINT RELATIV EINFACH. IHR Gewicht rührt daher, dass die Schwerkraft der Erde Sie nach unten zieht. Diese Erdanziehung hängt von deren Masse ab, und weniger Masse sollte weniger Schwerkraft bedeuten. Wenn Sie von der Masse der Erde etwas wegnehmen, werden Sie abnehmen.

Sie beschließen, einen Versuch zu wagen.

Viel von der Masse der Erde abzutragen, wird viel Energie kosten, weshalb Sie zuerst die gesamten Ölreserven des Planeten an sich reißen.

Sie verarbeiten das Öl zu Treibstoff und benutzen es dafür, ein paar Hundert Milliarden Tonnen Gestein in die Umlaufbahn zu schleudern. Dadurch werden 0,2 Millimeter Gestein von der Erdoberfläche abgeschält. Sie hüpfen auf die Waage.

Ok, das hat nicht funktioniert. Ist aber auch klar: Ein paar Hundert Milliarden Tonnen sind ein winziger Bruchteil der Erdmasse.

Es hilft ein bisschen, die anderen fossilen Brennstoffe der Erde ebenfalls zu verbrennen – vor allem Kohle, wovon es eine ganze Menge gibt –, und gleichzeitig können Sie dadurch fast einen Millimeter der Erdoberfläche entfernen.[1] Sie steigen wieder auf die Waage.

Mist.

Sie brauchen mehr Energie.

Also pflastern Sie den gesamten Planeten mit hocheffizienten Solarzellen und saugen ein Jahr lang das ganze Sonnenlicht auf, das auf die Erde trifft, um Ihre Gesteinsschleudern damit anzutreiben. Die Menschheit lebt unter Ihren Solarzellen im Schatten. In dieser Zeit sind die Leute wahrscheinlich ziemlich sauer auf Sie.

1 Selbst wenn sich einige Leute vielleicht beschweren, steht auf der Habenseite, dass jener Millimeter wahrscheinlich den gesamten Schmutz und Dreck auf dem Boden miteinschließt. Vielleicht können Sie das Ganze ja einfach als kostenlose Reinigung verkaufen.

Das Sonnenlicht eines ganzen Jahres würde Ihnen genug Energie liefern, um nahezu 100 Billionen Tonnen Gestein abzutragen – das sind mehrere Zentimeter der Planetenoberfläche. Unglücklicherweise reicht das aber nicht.

Es ist offensichtlich, dass dieses schrittweise Vorgehen nicht funktioniert.

Sie brauchen mehr Energie. Statt nur den kleinen Teil der Sonnenenergie aufzufangen, der auf die Erde trifft, beschließen Sie, die *ganze* Energie der Sonne einzufangen und um die Erde herum eine Hülle zur Energiegewinnung – eine Dyson-Sphäre – zu errichten. Sobald Sie sich die gesamte abgegebene Sonnenenergie zunutze gemacht haben, verfügen Sie über genügend Energie, um die Erdoberfläche viel schneller abbauen zu können.

Je tiefer Sie kommen, desto heißer wird das Gestein der Erde. Nachdem Sie ein paar Hundert Meter der Erdkruste abgetragen haben, stellen die Menschen fest, dass der Erdboden allmählich wärmer wird. Wenn Sie einen Kilometer Gestein entfernt haben, liegt die Oberflächentemperatur bei 40 °C. Das mag für Ihre Füße vielleicht angenehm sein, wenn Sie an einem kalten Morgen aus dem Bett steigen, wird das Leben auf der Erde aber ziemlich ungemütlich machen. Darüber hinaus würden alle Vulkane der Erde ausbrechen, weil Sie die oberen Schichten all der verschiedenen Hotspots abgetragen haben.

Sie befragen die Waage.

Mist.

Sie greifen auf Ihre Dyson-Sphäre zurück, um noch mehr Gestein zu entfernen. Inzwischen haben Sie eine 5-Kilometer-Schicht abgetragen, was ungefähr 20 Minuten dauert. (Zur Sicherheit verbringen Sie noch ein paar Minuten damit, die Ozeane zu beseitigen.) Die Erde ist nicht mal mehr ansatzweise bewohnbar. Dank des freigelegten Magmas unter dem Yellowstone-Supervulkan gleicht der Nordwesten des US-Bundesstaats Wyoming einem Lavasee. An den meisten Orten ist der Erdboden heiß genug, um Wasser zum Kochen zu bringen und Dinge in Flammen aufgehen zu lassen.

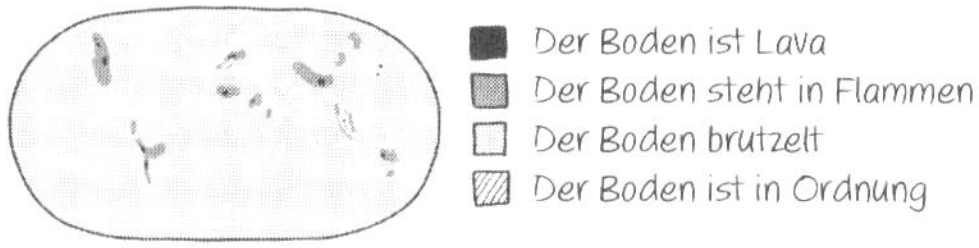

Sie steigen wieder auf die Waage.

Das ist in Ordnung, Sie müssen einfach noch mehr Gestein entfernen, vielleicht mit einer Art sonnenbetriebenem Schälmesser.

Sie schälen 20 Kilometer der Kruste ab, was den Erdmantel unter einem Großteil des früheren Meeresbodens freilegt.

Na ja, niemand sagt, dass Abnehmen leicht wäre. Sie tragen weitere 20 Kilometer ab und entfernen dabei flüssige Mantelschichten sowie tieferliegende Krustentaschen.

Sie machen weiter. Nach vierstündiger Arbeit mit Ihrem Planetenschäler haben Sie 60 Kilometer aus vorwiegend flüssigem Gestein entfernt. Wenn Sie jetzt auf die Waage steigen, sehen Sie endlich eine Veränderung.

Sie sind etwa ein halbes Kilo *schwerer.*

Wie kann das nur sein?

Wenn die Erde von gleichbleibender Dichte wäre, würden Sie durch das Abtragen von Schichten leichter werden. Doch unser Planet wird mit zunehmender Tiefe dichter, und diese Dichte macht den Masseverlust zunichte. Der Planet wird zwar ein kleines bisschen leichter, während Sie Schicht für Schicht abtragen, doch zugleich kommen Sie dem dichten Kern auch immer näher. Durch das Entfernen der äußeren Erdschichten wird die Schwerkraft an der Oberfläche im Endeffekt *stärker.*

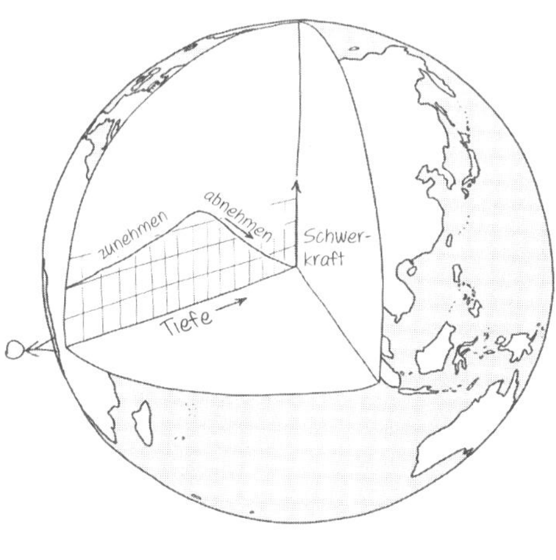

Je tiefer Sie vordringen, desto stärker nimmt die Schwerkraft zu. Sie nimmt erst dann wieder ab, wenn Sie rund 3000 Kilometer abgeschabt haben, wodurch der Durchmesser der Erde um die Hälfte reduziert wäre und zwei Drittel ihrer Masse abgeworfen wurden. (Dafür braucht Ihr sonnenbetriebener Planetenschäler etwa eine Woche.) Ihr Gewicht erreicht im Maximum 94 Kilo, bevor es schließlich, während Sie damit loslegen, den dichteren äußeren Erdkern abzutragen, zu fallen beginnt.

Sobald Sie 3450 Kilometer Gestein abgetragen haben, gelangt Ihr Gewicht wieder an seinen Ausgangspunkt. Nach 3750 Kilometern Gestein haben Sie Ihr Ziel, 9 Kilo abzunehmen, endlich erreicht. Zu diesem Zeitpunkt werden Sie 85 Prozent der Erdmasse abgetragen haben – aber hey, Sie haben abgenommen!

Dieser Plan hat einige Schwachstellen. Er vernichtet die Erde, das ist richtig, ist aber auch unnötig ineffizient. Es gibt eine viel einfachere Möglichkeit, wie Sie die Erdanziehungskraft für sich verringern könnten, ohne Ihre Masse zu verändern oder die Erdoberfläche zu verlassen.

Eine Kugelschale aus Materie übt auf Objekte in ihrem Inneren keine Anziehungskraft aus, und das bedeutet: Wenn Sie unter Tage gehen, tragen die über Ihnen liegenden Gesteinsschichten nicht länger zu Ihrem Gewicht bei. Aus Sicht der Schwerkraft ist es, als ob sie einfach verschwunden wären. Sie hätten also nicht unbedingt Masse von der Erde *wegnehmen*, sondern einfach nur darunter tauchen müssen. Mit einem vergleichsweise einfach zu bauenden Tunnel hätten Sie sich die ganze Arbeit sparen können.

Haben Sie sich wenigstens vor körperlicher Anstrengung bewahrt? Na ja, wie man's nimmt. Am Ende mussten Sie für Ihr Projekt schrecklich viel Arbeit leisten. Für das Abtragen der Erdoberfläche waren 5×10^{28} Kalorien an Energie nötig; das sind mehr verbrannte Kalorien, als wenn die gesamte Menschheit von heute an jeden Tag intensive 24-Stunden-Workouts machen würde, und zwar so lange, bis die Sonne erlischt und ihre Reste auf Zimmertemperatur abgekühlt sind.

	Erforderliche Arbeit (verbrannte Kalorien)
Ihr Plan	50 000 000 000 000 000 000 000 000 000
Jeder andere Plan, den sich jemand jemals ausgedacht hat	Weniger als das

Wenn Ihr Ziel darin bestand, sich Arbeit zu ersparen, dann hätten Sie nicht kläglicher scheitern können.

DIE ERDE STREICHEN

Hat die Menschheit bis heute genug Farbe produziert, um die gesamte Landfläche der Erde zu bedecken?

Josh, Woonsocket, Rhode Island

DIE ANTWORT LÄSST SICH ZIEMLICH einfach berechnen. Wir können die Zahlen der globalen Farbenindustrie nachschlagen, auf die Vergangenheit hochrechnen und dadurch die Gesamtmenge an hergestellten Farben herausfinden, und wir können ein paar Annahmen darüber treffen, wie genau wir den Erdboden streichen wollen.[1]

Aber zunächst wollen wir über verschiedene Möglichkeiten nachdenken, wie wir diese Frage mit einer Schätzung beantworten können. In dieser Art des Denkens – oft als Fermi-Problem bezeichnet – geht es einzig und allein darum, bei der richtigen Größenordnung zu landen; das heißt, dass die Antwort in etwa die richtige Zahl an Stellen haben sollte. Bei einer Fermi-Problem-Schätzung kann man alle Antworten zur nächsten Größenordnung hin auf- oder abrunden.[2]

1 Wenn Sie bei der Sahara ankommen, rate ich Ihnen, keinen Pinsel zu benutzen.

2 Mithilfe der Gleichung $Fermi(x)=10^{runden(\log_{10}x)}$, was bedeutet, dass 3 zu 1 abgerundet und 4 zu 10 aufgerundet wird.

Nehmen wir an, dass jeder Mensch auf der Welt im Durchschnitt für die Existenz von zwei Räumen verantwortlich ist, die beide gestrichen sind. Mein Wohnzimmer hat eine streichbare Fläche von ungefähr 50 Quadratmetern, sodass zwei davon 100 Quadratmeter wären. Acht Milliarden Menschen mal 100 Quadratmeter pro Person ergibt etwas unter einer Billion Quadratmetern – eine Fläche, die kleiner ist als Ägypten.

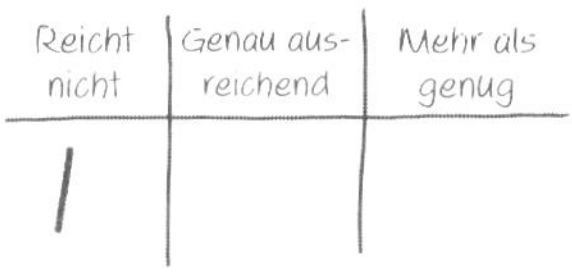

Sagen wir ins Blaue hinein, dass jeder tausendste Mensch im Durchschnitt sein Arbeitsleben mit dem Anstreichen von Dingen verbringt. Wenn wir davon ausgehen, dass ich drei Stunden brauchen würde, um den Raum, in dem ich mich gerade befinde, zu streichen[3], und insgesamt 100 Milliarden Menschen jemals gelebt haben und jeder davon 8 Stunden am Tag 30 Jahre lang irgendwas gestrichen hat, dann kommen wir auf 150 Billionen Quadratmeter … nahezu exakt die Landfläche der Erde.

[3] Das ist vermutlich optimistisch, besonders wenn dieser Raum einen Internetzugang hat.

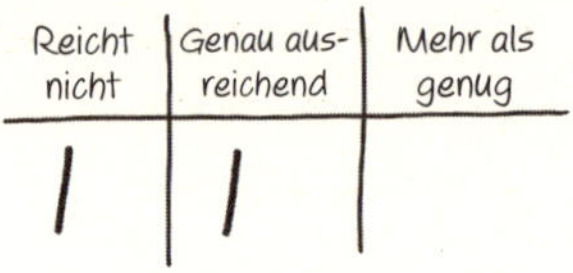

Wie viel Farbe ist nötig, um ein Haus zu streichen? Ich bin nicht erwachsen genug, um irgendeine Vorstellung davon zu haben – wagen wir also eine weitere Fermi-Schätzung.

Beim Spazieren durch die Gänge von Baumärkten habe ich den Eindruck gewonnen, dass diese ungefähr so viele Glühbirnen auf Lager haben wie Farbtöpfe. Ein normales Haus hat vielleicht um die 20 Glühbirnen, nehmen wir also an, dass man für ein Haus ungefähr 20 Gallonen (rund 75 Liter) Farbe benötigt.[4] Ja, das hört sich gut an.

Ein durchschnittliches Eigenheim in den USA kostet rund 400 000 US-Dollar. Angenommen, jede Gallone Farbe reicht für etwa 30 Quadratmeter, dann entspricht das einem Immobilienwert von 70 US-Dollar auf jeden Quadratmeter Farbe. Ich kann mich entfernt daran erinnern, dass der Gesamtwert aller Immobilien weltweit irgendwo bei 400 Billionen US-Dollar (knapp 380 Billionen Euro) liegt[5], was nahelegt, dass an den Immobilien dieser Welt in etwa 6 Billionen Quadratmeter Farbe dran sind. Das ist etwas mehr als die Fläche Australiens.

Natürlich könnte es sich bei beiden gebäudespezifischen Schätzungen sowohl um zu hohe Schätzungen handeln (viele Gebäude sind nicht gestrichen) als auch um zu niedrige (viele Dinge, die

[4] Das sind sehr grobe Schätzungen.

[5] Quelle: Dieser eine echt langweilige Traum, den ich neulich hatte.

keine Gebäude sind[6], tragen trotzdem Farbe). Von diesen wilden Schätzungen nach Fermi würde ich aber darauf tippen, dass es wahrscheinlich nicht genug Farbe gibt, um die ganze Landfläche damit zu streichen.

Wie hat Fermi also abgeschnitten?

Der Zeitschrift *Polymers Paint Color Journal* zufolge hat die Welt im Jahr 2020 41,5 Milliarden Liter Farbe und Beschichtungen produziert.

An dieser Stelle kann uns ein cleverer Trick helfen. Wenn irgendeine Größe – etwa die Weltwirtschaft – eine gewisse Zeitlang mit einer jährlichen Rate n gewachsen ist – sagen wir um 3 Prozent (0,03) –, dann ist der Anteil des jüngsten Jahres an der bisherigen Gesamtsumme $1 - \frac{1}{1+n}$ und die bisherige Gesamtsumme der Umfang des jüngsten Jahres mal $1 + \frac{1}{n}$.

Wenn wir annehmen, dass es die Farbenproduktion der Wirtschaft in den vergangenen Jahrzehnten gleichgetan hat und pro Jahr um etwa 3 Prozent gewachsen ist, dann heißt das, dass die Gesamtmenge aller jeweils produzierten Farben der aktuellen Jahresproduktion mal 34 entspricht.[7] Dabei kommen rund 1,4 Billionen Liter Farbe heraus, was bei 30 Quadratmetern pro Gallone Farbe[8] für 11 Billionen Quadratmeter ausreicht – weniger als die Fläche Russlands.

6 BEISPIELE FÜR DINGE, DIE KEINE GEBÄUDE SIND: Enten, Laub, M&Ms, Autos, die Sonne, Sandkörner, Tintenfische, Mikrochips, Nagellackentferner, die Jupitermonde, Blitz, Mäusefell, Zeppeline, Bandwürmer, Einweckgläser, diese Stöcke zum Grillen von Marshmallows, Alligatoren, Stimmgabeln, Minotauren, die Perseiden, Wahlzettel, Rohöl, Social-Media-Influencer und Katapulte, die eine Handvoll Verlobungsringe nach der anderen abfeuern. Das sind alle Nicht-Gebäude, die mir in den Sinn kommen; wenn Ihnen irgendwas einfällt, das ich vergessen habe, können Sie es sich hier am Rand notieren.

7 $1 + \frac{1}{0,03}$

8 »Quadratmeter pro Gallone« ist eine ziemlich abscheuliche nicht-metrische Einheit, aber es könnte noch schlimmer sein. Ich bin in waschechten Fachartikeln schon mal auf *acre-foot* gestoßen, eine Volumeneinheit, die einem Fuß mal einer Chain [Kette ist ein altes angloamerikanisches Längenmaß, Anm. des Übers.] mal einer Achtelmeile entspricht.

Die Antwort lautet also Nein; es gibt nicht genug Farbe, um die gesamte Landfläche der Erde zu bedecken, und vermutlich wird das – bei dieser Rate – bis zum Jahr 2100 auch nicht so sein.

Eins zu null für diese Fermi-Schätzung.

Die Lieblingsfilme von Enrico Fermi:

- 100 Dalmatiner
- Ocean's Ten
- 10 Gramm
- 1000: Odyssee im Weltraum
- 10 Monkeys
- Der zehnte Sinn
- 10 Mile
- Jungfrau (100), männlich, sucht ...

JUPITER KOMMT ZU BESUCH

Lieber Randall, was würde passieren, wenn man den Jupiter auf die Größe eines Hauses schrumpfen und in einem Wohnviertel platzieren würde, zum Beispiel statt eines Hauses?

Zachary, 9 Jahre

DAS IST EINE DIESER FRAGEN, die nach einer Riesenkatastrophe klingen, doch wenn man kurz über sie nachdenkt, könnte man meinen, dass es eigentlich gar nicht so schlimm wäre. Wenn man aber dann noch ein bisschen mehr darüber nachdenkt, wird einem klar, dass es sogar *extrem* schlimm wäre.

Ein Jupiter von der Größe eines Hauses hätte nicht sehr viel Schwerkraft und würde deshalb kein Schwarzes Loch oder irgendwas in der Art erzeugen.[1] Der Jupiter ist nur ein klein wenig dichter als Wasser, sodass ein rund 15-Meter-Durchmesser-Jupiter nur etwa 2500 Tonnen wiegen würde. Das ist schwer, aber auch nicht *so* schwer – so schwer wie ein kleines Bürogebäude oder ein paar Dutzend Wale. Wenn man eine 15 Meter dicke Kugel aus Wasser mitten in einem Wohnviertel platzieren würde, würde diese eine Riesensauerei anrichten und vielleicht die benachbarten Häuser zerstören, bevor daraus am Ende ein kleiner Teich würde – aber sie würde keine komischen Schwerkraft-Sachen machen.

Zacharys Jupiter hat nur ungefähr die Größe und das Gewicht einer 15-Meter-Kugel aus Wasser, deshalb scheint es auf den ersten Blick nicht so schlimm.

Aber es gibt ein Problem: Jupiter ist *heiß*.

Jupiter besteht genau wie die Erde aus einer kühlen dünnen Außenschicht, die sich um ein höllisch heißes Inneres schließt. Das Innere des Jupiters besteht größtenteils aus Wasserstoff, der komprimiert und auf mehrere Zehntausend Grad erhitzt ist. Und dichte heiße Dinge wollen sich ausdehnen.

[1] Dabei nehmen wir an, dass die Dichte des kleineren Jupiters gleichbleibt – er setzt sich aus dem gleichen Zeug zusammen, nur dass es einfach weniger davon ist. Genau wie bei *Liebling, ich habe die Kinder geschrumpft*.

Ein 20 000 °C heißer Ball aus Wasserstoff würde sich mit unvorstellbarem Druck ausbreiten. Der echte Jupiter explodiert allein deswegen nicht, weil seine massive Schwerkraft diesem Druck entgegenwirkt und ihn auf diese Art zusammenhält. Wenn man den Jupiter schrumpfen und mitten in deine Nachbarschaft pflanzen würde, dann würde jener heiße, unter Hochdruck stehende Wasserstoff, weil keine Schwerkraft ihn mehr zusammenhielte, expandieren.

Jupiter würde so heftig expandieren, dass er alle Häuser in deinem Häuserblock fast im selben Moment plattmachen und wahrscheinlich gleich noch das ganze Viertel mitreißen würde. Während der Feuerball immer weiter wüchse, würde er sich abkühlen und in die Atmosphäre aufsteigen, wobei das aufsteigende Gas nach fünf bis zehn Sekunden die Form einer Pilzwolke annehmen würde.[2]

Wenn du diese Ereignisse aufzeichnen – hoffentlich aus sicherer Entfernung – und das Video rückwärts abspielen würdest, hätte es eine gewisse Ähnlichkeit mit der Entstehung des Jupiter.

2 Wir verbinden Pilzwolken immer mit Atomwaffen, doch in Wahrheit sind sie nichts weiter als das, was passiert, wenn man sehr viel Wärmeenergie auf einmal in die Luft entlässt. Dabei macht es nicht wirklich einen Unterschied, was die Art der Wärmequelle ist – solange genug Wärme da ist und man sie schnell genug freisetzt, wird sie eine Pilzwolke erzeugen.

Der Jupiter ist *allein deshalb* so heiß, weil die Schwerkraft vor 4,6 Milliarden Jahren eine Wolke aus Gas dazu gebracht hat, in sich zu kollabieren. Wenn Gas komprimiert wird, erhitzt es sich, weil die Moleküle darin zusammengequetscht werden und schneller herumspringen. Und weil für die Entstehung des Jupiters eine große Menge Gas in sich zusammenfiel, war dessen Schwerkraft sehr stark, sodass es sich ganz fest zusammenzog und extrem heiß wurde.

Riesige kühle Wolken — Kompression durch Gravitation — Kleiner heißer Ball

Mehr als vier Milliarden Jahre später ist ein Großteil dieser Hitze – etwa die Hälfte davon – noch immer vorhanden, gefangen unter der immensen Schwerkraft und den isolierenden Wolkendecken des Jupiters. Diese erdrückende Zugkraft nach innen würde einem Zwergjupiter fehlen. Sein heißer Kern wäre in der Lage, die Wärmeschutzdecke abzuschütteln und nach draußen zu expandieren, wobei er sich ausdehnen und rasant abkühlen würde.

Kleiner heißer Ball — Ungehemmte Expansion — Riesige kühle Wolken

Die Explosion, die deine ganze Nachbarschaft vernichten würde, wäre gleichbedeutend mit über vier Milliarden Jahren aufgestauter Hitze, die endlich freigesetzt wird. Und Jupiter selbst, von den Fesseln der Schwerkraft befreit, wäre endlich wieder das, was er vor der Entstehung der Sonne war – eine feine, kühle Wolke aus Gas, die sich am Himmel ausgebreitet hat.

STERNENSAND

Wie würde ein Strand aussehen, dessen einzelne Sandkörner in ihrem Größenverhältnis den Sternen in der Milchstraße entsprechen?

Jeff Wartes

SAND IST INTERESSANT. [Beleg erforderlich]

»Gibt es mehr Sandkörner auf der Erde als Sterne am Himmel?« ist eine beliebte Frage, die schon von vielen Leuten aufgegriffen wurde. Die kurze Antwort auf diese Frage lautet, dass es im sichtbaren Universum wahrscheinlich mehr Sterne gibt als Sandkörner an allen Stränden der Erde.

Wenn die Leute die Frage, ob es mehr Sterne als Sandkörner gibt, zu beantworten versuchen, graben sie häufig ein paar gute Daten zur Anzahl der Sterne aus, geben ein paar allgemeine Bemerkungen über die Größe von Sandkörnern von sich, um dann zum Schluss bei der entsprechenden Anzahl von Sandkörnern zu landen. Das liegt wohl daran, dass Geologie und Bodenkunde komplizierter sind als die Astrophysik.

Wir werden hier nicht den Versuch starten, Sandkörner zu zählen, doch um Jeffs Frage beantworten zu können, *müssen* wir herausfinden, was es mit dem Sand auf sich hat. Vor allen Dingen brauchen wir eine gewisse Vorstellung davon, welche Korngrößen Ton, Schluff, feinem Sand, grobem Sand und Kies entsprechen, um verstehen zu können, wie unsere Galaxie sich anfühlen und aussehen würde, wenn sie ein Strand wäre.[1]

Zum Glück gibt es nichts, das Wissenschaftlerinnen und Wis-

1 Statt einfach nur aus einem Haufen davon zu bestehen.

senschaftler lieber mögen, als sich Definitionen für Kategorien auszudenken. Vor hundert Jahren veröffentlichte ein Geologe namens Chester K. Wentworth den ultimativen Index der Korngrößen, der den Größenbereich von grobem Sand, feinem Sand und Ton definierte.

Basierend auf Sanduntersuchungen bewegen sich die an Stränden vorhandenen Körner tendenziell zwischen 0,2 und 0,5 mm (wobei die feinsten Schichten oben liegen), was mittlerem bis grobem Sand auf der Wentworth-Skala entspricht.

So groß sind die einzelnen Sandkörner ungefähr:

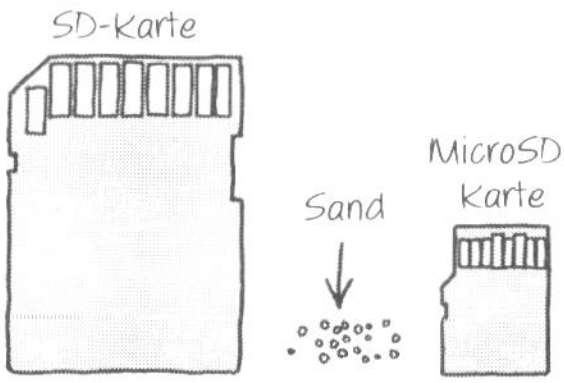

Wenn wir davon ausgehen, dass die Sonne mit einem typischen Sandkorn vergleichbar ist, und das Ganze dann mit der Zahl der Sterne in der Galaxie multiplizieren, kommen wir bei einem großen Sandkasten voller Sand heraus.[2]

Diese Schätzung wäre richtig, wenn alle Sterne genauso groß wären wie die Sonne – sind sie aber nicht. Manche Sterne sind klein und manche riesig. Die kleinsten unter ihnen sind in etwa so groß wie Jupiter, während die größten von ihnen unglaublich groß und mit der Größe unseres gesamten Sonnensystems vergleichbar sind. Einige Körner in unserem Sandkasten-Universum würden daher eher wie Felsbrocken aussehen.

Hier sehen Sie, wie die Sternensandkörner in der Hauptreihenphase[3] aussehen würden:

[2] Soll heißen, wir landen bei einem Haufen Zahlen, aber unsere Fantasie verwandelt sie sofort in einen Sandkasten.

[3] Die Sterne in der Blütezeit ihres Lebenszyklus der Brennstoffverbrennung.

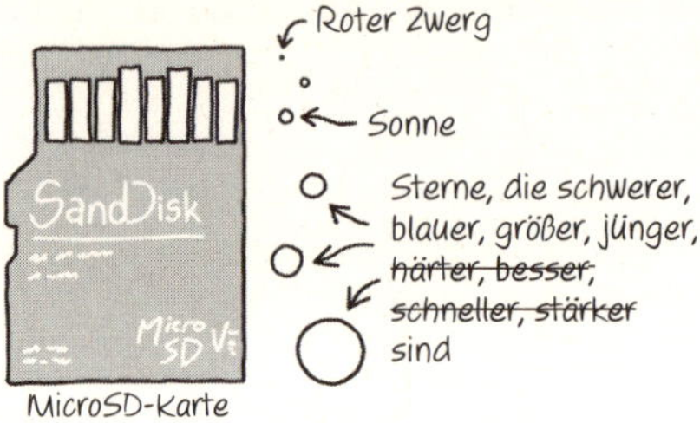

Ein Fakt aus der Astronomie: Fachlich gesehen werden **alle** *diese Sterne, selbst die großen, als »Zwerge« bezeichnet, weil Astronominnen und Astronomen nicht so gut in der Benennung von Dingen sind wie Chester K. Wentworth.*

Die sandigen Versionen dieser Hauptreihen-Sterne gehören meistens zur Kategorie »Sand«, obgleich die größeren Daft-Punk-Sterne die Schwelle von »Granulat« oder »kleinem Kies« überschreiten.

Das gilt allerdings nur für die Hauptreihen-Sterne. Sterbende Sterne werden noch viel, viel größer.

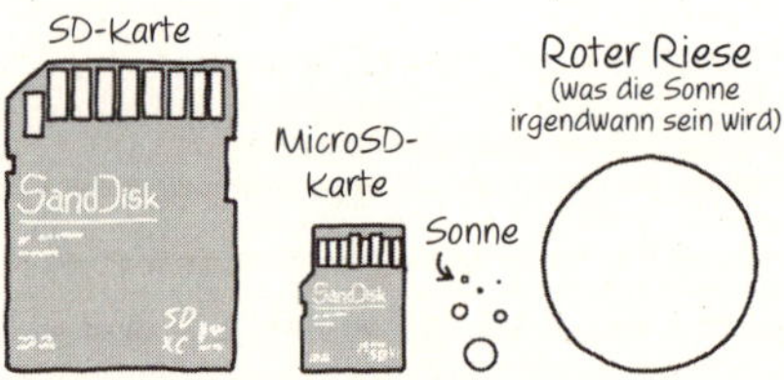

Sie haben fast die Größe von SD-Karten!

Wenn einem Stern der Brennstoff ausgeht, bläht er sich zu einem Roten Riesen auf. Selbst gewöhnliche Sterne können so riesengroß werden, doch wenn ein sowieso schon massereicher Stern in diese Phase eintritt, kann er sich zu einem wahren Monster entwickeln. Diese Roten Überriesen sind die größten Sterne im Universum.

Diese beachballgroßen Sandsterne dürften eher selten sein, aber die trauben- und baseballgroßen Roten Riesen sind relativ häufig. Und wenngleich sie nicht so zahlreich sind wie sonnenartige Sterne oder Rote Zwerge, würden sie durch ihr enormes Volumen den Löwenanteil unseres Sandes ausmachen. Wir hätten einen großen Sandkasten voller Sandkörner … und daneben ein ganzes Feld aus Kies, das sich meilenweit erstrecken würde.

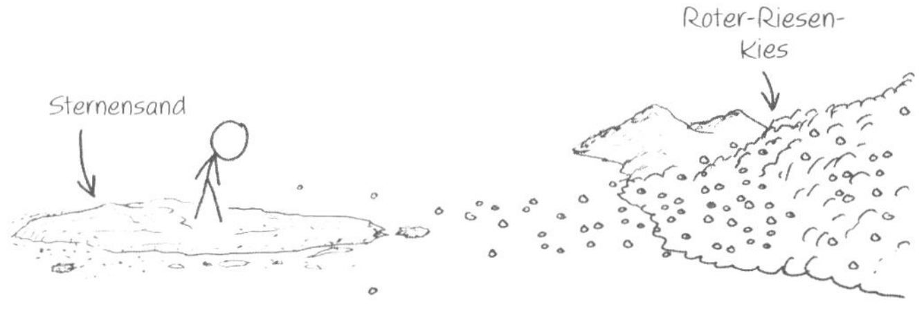

Die kleine Sandfläche würde 99 Prozent der einzelnen Körner des Haufens enthalten, aber weniger als 1 Prozent seines Gesamtvolumens. Unsere Sonne ist kein Sandkorn an einem weichen galaktischen Strand, vielmehr ist die Milchstraße ein Feld aus Felsbrocken mit ein bisschen Sand dazwischen.

Und trotzdem sind es genau wie bei den echten Küsten auf der Erde gerade die kleinen Sandabschnitte zwischen den Felsen, wo offensichtlich alles passiert, was Spaß macht.

SCHAUKEL

Wie groß kann eine Schaukel sein, die gerade noch von einem Menschen allein durch den Beinschwung angetrieben werden kann? Ist es möglich, eine Schaukel zu bauen, die so groß ist, dass sie die Schaukelnden ins All katapultiert, wenn sie im richtigen Moment abspringen? (Dabei nehmen wir an, dass der Mensch genug Energie hat, was bei meinem 5-jährigen Kind der Fall zu sein scheint.)

Joe Coyle

ES GIBT EINE ERSTAUNLICH GROSSE ANZAHL von Untersuchungen über die Physik von Schaukeln, was zum Teil daran liegt, dass Schaukeln total interessante physikalische Systeme sind, und vermutlich auch daran, dass alle Physikerinnen und Physiker früher mal selbst Kinder waren.

Wenn Kinder schaukeln, finden sie schnell heraus, dass sie sich durch den Beinschwung anstoßen können – indem sie ihre Füße erst nach vorn werfen und sich zurücklehnen und dann die Füße einziehen und sich nach vorn lehnen. Die Physik bezeichnet das als »getriebenes Pendeln«, und seit den 1970er-Jahren gibt es eine Reihe von Studien, die untersuchen, wie genau der Beinschwung bei einer Schaukel funktioniert und was die effektivste Art dafür ist.

Nach einem halben Jahrhundert Forschung haben die Physikerinnen und Physiker herausgefunden, dass Kinder ganz genau wissen, was sie da tun. Wenn es darum geht, eine Schaukel mithilfe des Körpers des Schaukelnden anzutreiben, scheint rhythmisches Beineschwingen und Vor- und Zurücklehnen, mit beiden Händen an den Ketten, so ziemlich das optimale Vorgehen zu sein. Eine Zeitlang verfolgten einige Forschende die Theorie, dass die Strategie, auf dem Sitz zu stehen und den Körper durch abwechselndes Aufrichten und Zusammenkauern zu heben und zu senken, besser sei als der Beinschwung, doch weitere Berechnungen zeigten, dass es die Kinder einfach raushaben.

Man könnte meinen, mit den Füßen zu schwingen, um höher zu schaukeln, müsste irgendwie gegen das Gesetz der Energieerhaltung verstoßen. Wie ist es möglich, gegen nichts zu drücken? Man drückt aber überhaupt nicht gegen nichts; man drückt – indirekt – gegen die Querstange der Schaukel.

Wenn man ein motorbetriebenes Rad am Ende eines Pendels

befestigt und den Motor anwirft, um das Rad in eine Richtung zu drehen, dann schwingt das Pendel ein bisschen in die entgegengesetzte Richtung, wodurch es den Drehimpuls des Gesamtsystems um die Querstange aufrechterhält.

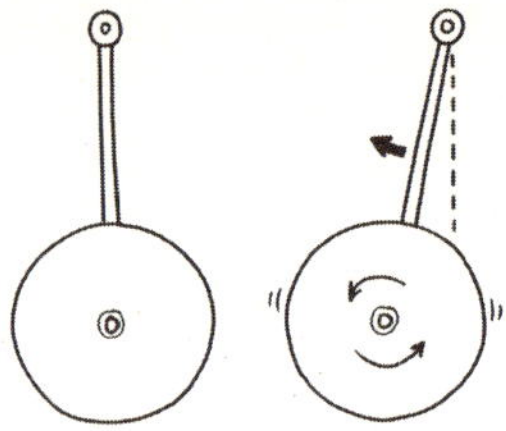

Bei einer Schaukel funktioniert das Schwungholen auf die gleiche Art und Weise. Wenn Sie mit dem Körper schwingen und sich dabei an den Ketten festhalten, dann schwingt die Schaukel ein bisschen in die Gegenrichtung und schiebt Sie gegen die Schwerkraft nach oben. Sobald die Schwerkraft Ihre Richtung dann umkehrt, schwingen Sie Ihren Körper wieder zurück in die andere Richtung, und weil Sie sich in die andere Richtung bewegen, schiebt Sie dieser Schwung ein bisschen stärker in Bewegungsrichtung an. Indem Sie sich am richtigen Punkt des Schaukelns vor- und zurückschwingen, führt jede dieser Bewegungen dazu, dass Sie ein kleines bisschen höher schaukeln.

Wenn die Schaukelkonstruktion richtig hoch ist, erzielt man durch das Schwungholen weniger Wirkung. Wenn Sie wirklich weit von der Querstange entfernt sind, verleiht Ihre Drehbewegung dem Gesamtsystem nicht viel Schwung, woraufhin sich die Schaukel weniger bewegt. Eine erwachsene Person, die sich einmal auf einer 2,5 Meter hohen Schaukel zurücklehnt, dürfte die Schaukel am Angelpunkt um 1 Grad drehen, während die gleiche Bewegung eine 10-Meter-Schaukel gerade mal um 0,07 Grad anstupsen würde.

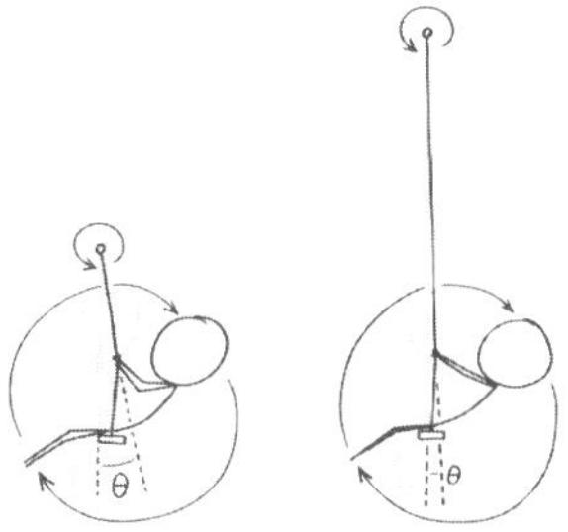

Durch die reduzierte Wirksamkeit des Schwungholens auf einer höheren Schaukel dauert es länger, die Schaukel in Bewegung zu setzen. Auf einer 2,5-Meter-Schaukel liefert jedes Mal Schwungholen etwas mehr als ein Grad, sodass man nur 45 Mal schwingen muss, um sich auf einen guten 45-Grad-Winkel hochzuschaukeln – was ungefähr 70 Sekunden dauert. Auf einer 10-Meter-Schaukel, auf der jedes Schwungholen den Kreisbogen so viel weniger wachsen lässt, muss man dagegen 640 Mal schwingen, um es auf 45 Grad zu schaffen. Und weil ein längeres Pendel länger braucht, um vor und zurück zu schwingen, wird man die Beine pro Minute weniger oft schwingen, sodass jene 640 Schwungbewegungen über eine halbe Stunde dauern werden.

Wenn Sie das hier auf einer echten 10-Meter-Schaukel ausprobieren, werden Sie allerdings feststellen, dass Sie es gar nicht bis auf 45 Grad schaffen. Ja, Sie werden es nicht einmal so weit vom Boden in die Höhe schaffen wie auf einer 2,5-Meter-Schaukel! Aufgrund des Luftwiderstands verlieren Sie im unteren Teil jedes Schwungs immer ein bisschen Geschwindigkeit. Je länger Ihre Schwünge werden, umso schneller sind Sie unterwegs, weshalb auch der Widerstand im Mittelteil größer wird. Wenn Sie es bis auf etwa 20 Grad schaffen, büßen Sie durch den Luftwiderstand mehr Energie ein, als Sie durch den Schwung dazugewinnen. Eine 2,5-Meter-Schaukel kann Sie tatsächlich höher heben als eine 10-Meter-Schaukel!

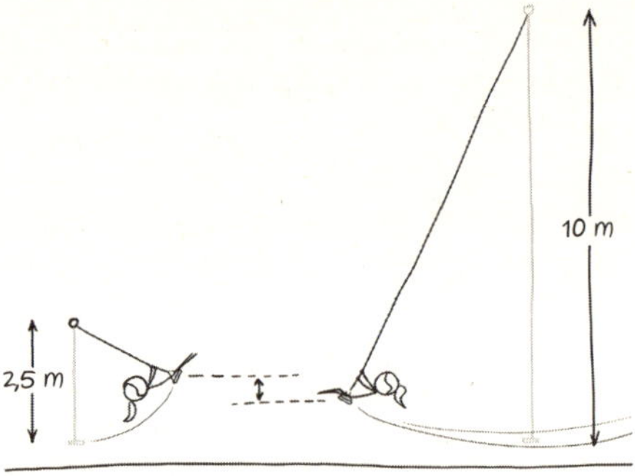

Es gibt ziemlich große Schaukeln auf der Welt. Die Besucher des Moses-Mabhida-Stadions im südafrikanischen Durban können auf einen Steg hoch über dem Spielfeld klettern und an einem 60-Meter-Seil in die Tiefe springen, das vom Gerüst über dem Stadion herunterhängt. Doch bei derartigen Geschwindigkeiten fordert der Luftwiderstand seinen Tribut – unten angekommen, haben die Abenteuerlustigen einen Großteil ihres Schwungs verloren, weshalb sie auf der anderen Seite nicht sehr weit nach oben schwingen. Da hilft nicht einmal das Schwingen der Beine – die »Schaukel« ist so groß, dass ein Schwungholen praktisch keinerlei Wirkung hat.

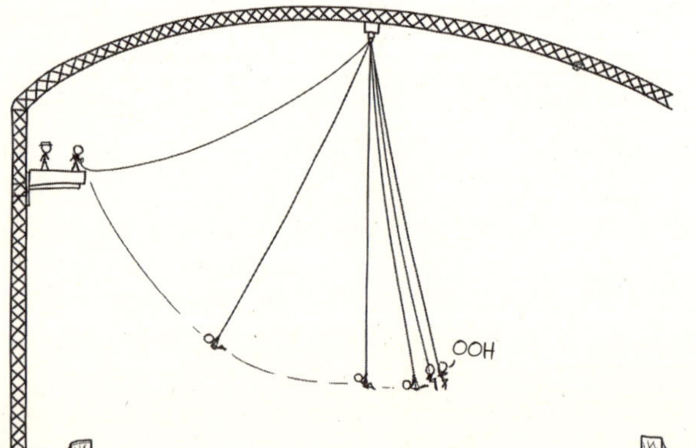

Eine Riesenschaukel macht vielleicht Spaß, aber sie wird Sie dem Weltraum nicht wirklich näher bringen. Wie Messungen für eine durchschnittliche schaukelnde Person zeigen, liegt die ideale Schaukel zum Erreichen maximaler Höhe bei rund 3 bis 4,5 Metern – was haargenau der Höhe einer großen Spielplatzschaukel entspricht.

Und wieder einmal haben es die Kinder einfach raus.

FLUGZEUGKATAPULT

Meine Freundin ist Berufspilotin. Sie sagt, dass beim Start sehr viel Treibstoff verbraucht wird. Wieso könnten wir Flugzeuge nicht wie auf Flugzeugträgern mithilfe von Katapultsystemen starten lassen, um Sprit zu sparen (angepasst an eine für den Menschen normale Beschleunigung)? Könnte man beträchtliche Mengen an Treibstoff sparen, wenn es möglich wäre, die Katapulte mit irgendeiner anderen sauberen Energieform zu betreiben? Ich denke da an ein Seil … ein Ende wird am Flugzeug festgebunden, das andere an einem großen Felsbrocken am Rand einer Klippe. Man schubst den Felsbrocken einfach von der Klippe!

Brady Barkey, Seattle

ES GEFÄLLT MIR, DASS DIESE FRAGE erst total cool und futuristisch klingt und dann mit Felsbrocken und Seilen endet.

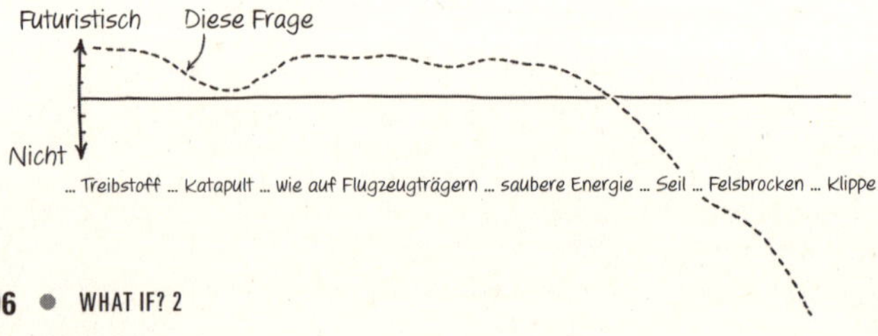

Es stimmt, dass Verkehrsflugzeuge beim Starten schneller Treibstoff verbrennen, doch der Start dauert nicht lang. Ein kleineres Verkehrsflugzeug wie den Airbus A320 entlang der Startbahn auf Startgeschwindigkeit zu beschleunigen, dürfte gerade mal 40 bis 80 Liter Treibstoff verbrennen – verglichen mit vielen Tausend Litern während des restlichen Fluges.

Auch während seines Aufstiegs auf Reiseflughöhe verbrennt das Flugzeug weiterhin schnell Sprit, und das dauert deutlich länger als die Beschleunigung auf der Startbahn. Dabei kann eine ordentliche Menge Treibstoff zusammenkommen; für einen A320 könnten es gut und gern mehrere Hundert Liter sein. Ein Katapult kann einem aber nur helfen, solange man sich am Boden befindet. Denn wenn er einen noch beim Aufstieg unterstützen könnte, wäre es kein Katapult mehr, sondern ein Aufzug.

Solange Sie noch am Boden sind, könnten Sie den Katapult dazu nutzen, zusätzlich Fahrt aufzunehmen. Ein startendes Verkehrsflugzeug ist normalerweise mit weniger als der Hälfte seiner Reisegeschwindigkeit unterwegs. Für ein schnelleres Beschleunigen in Bodennähe einen Katapult zu benutzen, würde bedeuten, weniger Sprit zu verbrauchen, um beim Aufstieg Fahrt aufzunehmen.

Dabei gibt es zwei Probleme.[1] Das erste ist, dass Ihnen der Widerstand der dichten Luft nahe der Erdoberfläche einen Teil jener Geschwindigkeit rauben wird, bevor Sie es in den oberen Teil der Atmosphäre schaffen.

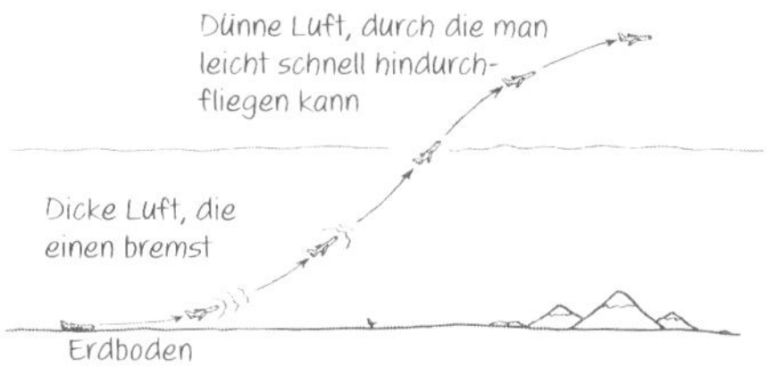

Das zweite und größere Problem hat mit Immobilien zu tun.

[1] Das heißt mindestens.

Verkehrsflugzeuge beschleunigen beim Start normalerweise mit rund 0,2 *g* oder 0,3 *g*, weshalb sie zum Abheben in der Regel eine Startbahn brauchen, die mindestens 1,6 Kilometer lang ist. Wenn Sie gewillt wären, das Ganze bis auf 0,5 *g* zu steigern – was der Beschleunigung nahekommt, die Sie in einem schnellen Auto bei voll durchgedrücktem Gaspedal erleben –, dürften theoretisch schon knapp 800 Meter reichen. Wenn Sie vor dem Start jedoch auf nahezu volle Reisegeschwindigkeit beschleunigen wollen und damit genug Schwung bekommen möchten, um problemlos aus dem dichtesten Teil der Atmosphäre rauszukommen, dann bräuchten Sie eine Startbahn, die *neunmal so lang* ist. Wir reden hier also von einer Startbahn, die, auch wenn wir keinerlei Sicherheitsabstände einhalten, mindestens 7,2 Kilometer lang ist.

Hier sehen Sie, wie der Flughafen von Washington, D.C. aussähe, wenn man seine Hauptstartbahn auf diese Art verlängern würde:

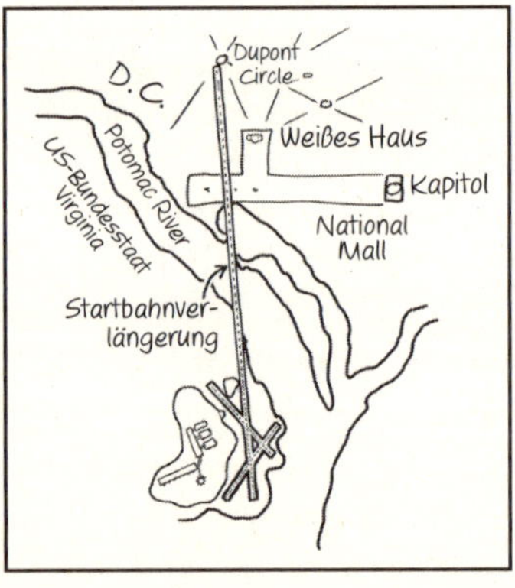

Die Startbahn würde die National Mall, die Nationalpromenade der USA, zwischen dem Lincoln Memorial und dem Washington Memorial durchschneiden und dabei nur knapp das Roosevelt- und das National World War II Memorial verfehlen, bevor sie weiter durch die Innenstadt verlaufen und irgendwo in der Nähe des Dupont Circle enden würde.

Ich will fair sein – die Idee eines Katapultstarts für Passagiermaschinen ist nicht vollkommen lächerlich. Zwar ist der Spritspareffekt gering, aber es könnte eine Möglichkeit sein, größere Flugzeuge auf kürzeren Startbahnen abheben zu lassen. Katapulte könnten die Starts auch leiser machen, und Lärm ist für städtische Flughäfen ein Dauerproblem.

Es hat in der Vergangenheit bereits ein paar ernsthafte Vorschläge für Flugzeugkatapulte gegeben. Im Jahr 1937 führte die NACA – die Vorgängerin der NASA – Studien zu landbasierten Katapultstarts durch, um gigantischen Passagierflugzeugen beim Start zu helfen, ohne auf übertrieben lange Startbahnen angewiesen zu sein.[2] Im Jahr 2012 veröffentlichte Airbus eine Concept Art, wie die Luftfahrt im Jahr 2050 aussehen könnte, und jene Darstellung beinhaltete auch ein katapultähnliches Startsystem namens Eco-climb.

Doch von solchen gelegentlichen experimentellen Designs einmal abgesehen, sind Katapulte bislang auf spezielle Situationen beschränkt gewesen, in denen Flugzeuge rapide beschleunigen

2 Natürlich hatten, aus Sicht der Menschen von 1937, solche »gigantischen« Flugzeuge Platz für 40 Personen und waren die »übertrieben langen« Startbahnen ihrer Fantasie kürzer als 1,6 Kilometer – was nichts ist im Vergleich zu den kilometerlangen Start- und Landebahnen, die wir am Ende tatsächlich gebaut haben.

müssen, um auf kurze Distanz abzuheben, wie etwa bei Flugzeugträger-Starts. Und weil die potentiellen Spriteinsparungen im Vergleich zu den Ausgaben und dem Mehraufwand ziemlich gering sind, werden sie das vermutlich auch bleiben.

Wenn Sie allerdings darauf bestehen, Ihr eigenes System – mit Seil und Klippe und allem – zu bauen, dann kommt hier ein Tipp: Um ein 200 Tonnen schweres Verkehrsflugzeug auf rund 650 km/h zu beschleunigen, bräuchten Sie entweder ein extrem schweres Gegengewicht oder eine extrem hohe Klippe. Ein riesiges Tausend-Tonnen-Gewicht müsste so tief fallen, wie ein superhoher Wolkenkratzer hoch ist.

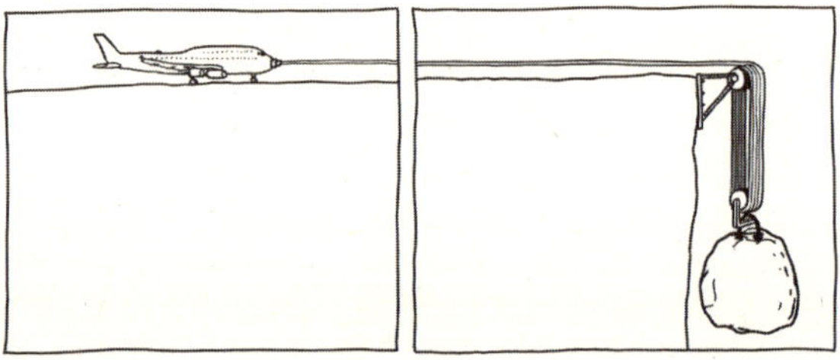

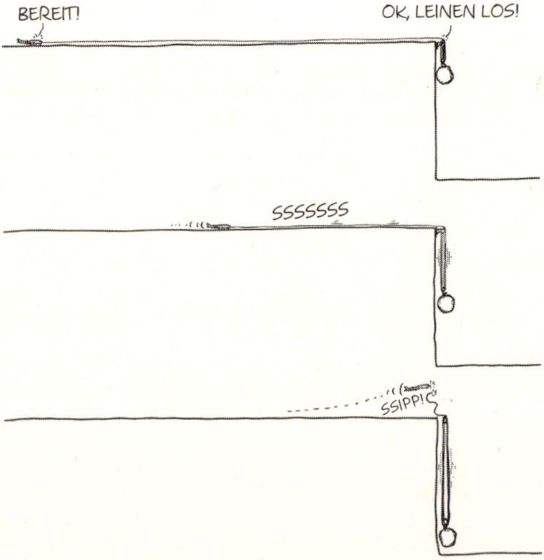

Wenn Sie ein noch schwereres Gewicht verwenden würden, müssten Sie es nicht so tief fallen lassen. Also, ich sag das hier jetzt mal so ganz allgemein, nicht dass ich irgendetwas ernsthaft vorschlagen würde oder so: Der oberirdische Teil des Washington Monument wiegt ungefähr 80 000 Tonnen. Ein 80 000 Tonnen schweres Objekt müsste nur über eine kurze Distanz nach unten fallen, um ein Verkehrsflugzeug auf Startgeschwindigkeit zu beschleunigen.

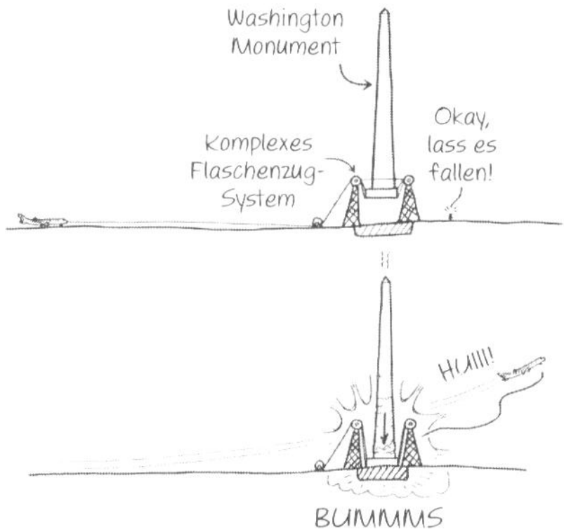

Nur so ein Gedanke.

#2
KURZE ANTWORTEN

? Billy der Clown ist fast pleite, also denkt er sich, um an Geld zu kommen, einen neuen Trick aus: Dafür bläst er einen ganz normalen Party-Luftballon so lange mit dem Mund auf, bis dessen Material (irgendeine Art unzerstörbares Gummi) nur noch ein einziges Atom dick ist. Wie groß wäre der aufgeblasene Party-Ballon?

Alan Fong

? Wie viele Laubbläser wären nötig, um einen gewöhnlichen SUV zu bewegen?

Ashley H.

SIE KÖNNTEN DAS FAHRZEUG vermutlich mit nur einem oder zwei Dutzend Hochleistungsbläsern in Bewegung setzen, wenn es sich im Leerlauf und auf ebenem Untergrund befindet, obwohl Sie sehr viel mehr als das brauchen würden, um auf eine Geschwindigkeit zu beschleunigen, bei der man Sie nicht andauernd anhupt.

? Was würde passieren, wenn man einen Sauger auf extrem hohe Saugstufe einstellen und ihn an einen normalen BMW Sedan halten würde?
Anonym

? Wenn man an einem milden Sommerabend im Freien sitzt und ein Licht brennt, kann man fast sicher sein, dass Insekten von diesem Licht angezogen werden. Woran liegt es also, dass dieselben Insekten bei Tag nicht in Richtung der größten und stärksten Lampe überhaupt fliegen – also der Sonne?
Anonym

DIE FRAGE, WARUM MOTTEN und andere Insekten zu Lampen hinfliegen, ist so etwas wie eine ungeklärte Frage in der Insektenforschung – doch auf die Frage, warum sie alle *nicht* in Richtung Sonne fliegen, gibt es eine viel simplere Antwort:

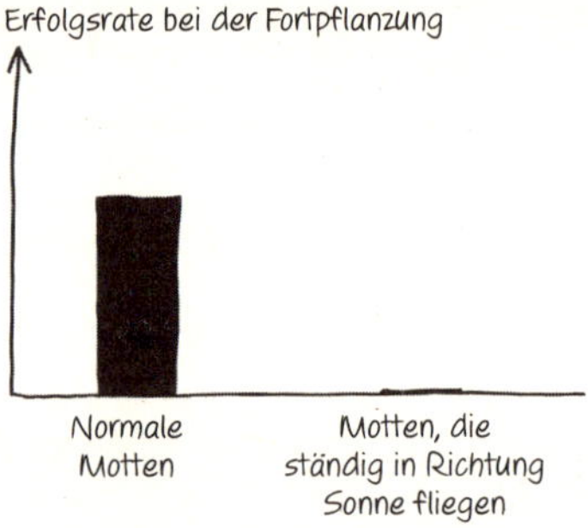

> **?** Wenn man alle Waffen auf der ganzen Welt einsammeln, sie auf einer Seite der Welt aufstellen und dann alle gleichzeitig abfeuern würde, würde sich die Erde dadurch bewegen?
> *Nathan*

NEIN, ABER WENN MAN ES schaffen würde, sie dort zu lassen, würde das für meinen Geschmack die andere Seite der Welt zu einem viel schöneren Ort zum Leben machen.

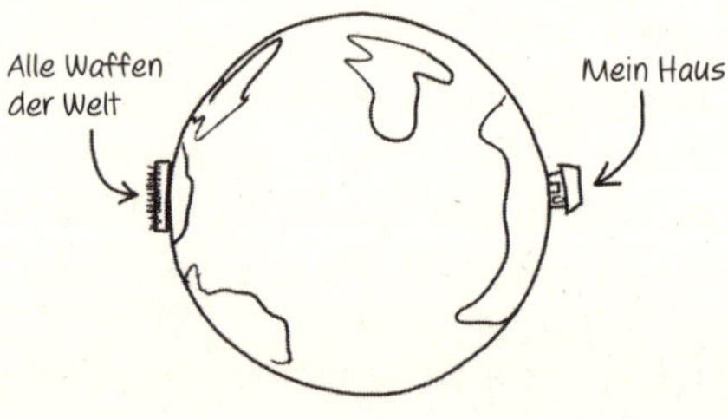

? Was würde passieren, wenn man eine kleinere Mikrowelle in eine laufende Mikrowelle stecken würde, während die kleinere ebenfalls angeschaltet ist?

Michael

DANN WÄRE MAN IN DIESEM IKEA kein willkommener Gast mehr.

? Wie schnell müsste der eigene Körper beim Springen auf einem Trampolin sein, damit ...

A. man sich beim Auftreffen alle Knochen bricht,

B. er durch die winzigen Löcher des Mesh-Netzes hindurchgeht?

Micah Lane

A. ES IST SCHWER, SICH *ALLE* KNOCHEN im Körper zu brechen, weil viele davon nur kieselsteingroß und tief in größere Körperstrukturen eingebettet sind. Wie schnell man sich bewegen müsste, um jeden einzelnen davon zu brechen, weiß ich nicht genau – aber es wäre mit Sicherheit so schnell, dass das Trampolin keinen großen Unterschied mehr machen würde.

B. ICH KANN MIT FREUDEN BERICHTEN, dass das nicht passieren kann.

? Ich habe eine Nichtsgranate©. Wenn sie detoniert, wird sie augenblicklich durch ein absolutes rundes Vakuum von 2 Metern Durchmesser ersetzt. Was würde passieren, wenn sie tatsächlich hochginge?

Dave H.

DAS KUGELRUNDE VAKUUM WÜRDE kollabieren und mit so viel Wucht in der Mitte kollidieren, dass es sich rasend schnell erhitzen und vielleicht sogar kurzzeitig in Plasma verwandeln würde. Das würde dazu führen, dass Energie – sowohl in Form eines Hitzepulses als auch einer Schockwelle – nach außen abgestrahlt wird, und diese Energie könnte zu schwerwiegenden Verletzungen oder zum Tod führen und kleinere Bauwerke zerstören.

Mit anderen Worten, was Sie da haben, ist eine normale Granate.

? Ist das Weltall heiß oder kalt?

Isaac

NACH DER LEHRBUCHDEFINITION DES BEGRIFFS Temperatur ist das Weltall heiß, zumindest hier im Sonnensystem. Die einzelnen Moleküle im All bewegen sich für sich betrachtet sehr schnell, was bedeutet, dass jedes von ihnen eine Menge Energie hat – und Temperatur wird in der Regel als die durchschnittliche Bewegungsenergie der Moleküle in einer Substanz definiert. Allerdings gibt es im Weltall so wenige Moleküle, dass die Gesamtmenge an Wärmeenergie, selbst wenn jedes einzelne Molekül eine ganze Menge Energie hat, gering ist und die Dinge deshalb nicht sonderlich erwärmt. Es mag vielleicht theoretisch warm sein, aber in Wirklichkeit fühlt es sich kalt an.

Das Weltall mag heiß sein, aber es ist auch der heißeste Ort, um zu erfrieren.

? Wie viele Knochen kann man dem menschlichen Körper entnehmen, während man den Menschen weiterhin am Leben lässt? Ich frage das für einen Freund.

Chris Rakeman

ICH GLAUBE, DIESE PERSON ist nicht wirklich Ihr Freund.

? Was würde passieren, wenn man einen Menschen 20 Sekunden lang einer *g*-Kraft von 417 *g* aussetzen würde?

Nythil

MAN WÜRDE SIE WEGEN MORDES verhaften.

? Wo oder wie kann man einen Mord begehen, ohne dafür belangt zu werden?

Kunal Dhawan

ES GIBT DA DIESEN BERÜHMTEN JURISTISCHEN AUFSATZ des Juraprofessors Brian C. Kalt, in dem er argumentiert, dass es eine knapp 130 Quadratkilometer große Zone im Yellowstone-Nationalpark gibt, wo ungestraft schwere Verbrechen begangen werden können. In der US-Verfassung gibt es klare Regeln dafür, woher Jurys kommen müssen, doch aufgrund eines Fehlers bei der Festlegung der Bezirksgrenzen ist es für ein gerichtliches Vorgehen gegen ein Verbrechen in dieser Gegend erforderlich, dass die Jury aus einer Gegend mit einer Bevölkerung von 0 Einwohnerinnen und Einwohnern kommt.

Aber gehen Sie nicht gleich auf große Verbrechenstour. Ich habe einen Bundesanwalt zum »Yellowstone-Schlupfloch« befragt. Er hat gelacht und gesagt, dass Sie definitiv mit einer strafrechtlichen

Verfolgung rechnen müssten, wenn Sie versuchen würden, das auszunutzen. Ich habe die Argumente vorgebracht, die Professor Kalt in seinem Artikel genannt hat, woraufhin er antwortete, Zitat: »Juraprofessoren sagen alles Mögliche.«

? Ich habe heute gelesen, dass Insekten der US-Wirtschaft mindestens 57 Milliarden US-Dollar einbringen. Wie viel würde jedes einzelne Insekt in den USA bekommen, wenn wir es für seinen wirtschaftlichen Beitrag bezahlten müssten?

Hannah McDonald

SCHÄTZUNGEN ZUM WIRTSCHAFTLICHEN WERT SIND kompliziert und vor allem eine Definitionsfrage, doch im Interesse der Frage nehmen wir jene 57 Milliarden US-Dollar für bare Münze. Manche jener Insekten schultern sich vermutlich viel mehr auf als andere – ich persönlich finde, dass Ameisen unglaublich viel arbeiten –, aber nehmen wir einfach an, dass wir jedem einzelnen das Gleiche zahlen werden.

Wie viele Insekten gibt es? In den 1990ern haben Jan Weaver und Sarah Heyman von der University of Missouri eine Erhebung durchgeführt, die auf dem Ozark-Plateau in Missouri 2500 Insekten pro Quadratmeter Wald fand. Andere Erhebungen haben höhere Zahlen herausbekommen, entweder weil sie unterschiedliche Waldtypen untersucht oder weiter in den Boden hineingegraben haben oder aber in der Lage waren, kleinere Insekten zu zählen. Die Erhebungen werden in der Regel allerdings in relativ fruchtbaren Gegenden durchgeführt, und der landesweite Durchschnitt dürfte viel niedriger sein als der Durchschnitt für den von Laub bedeckten Boden eines Waldes. Sofern wir ihre Zahl aber einfach als grobe Schätzung für den nationalen Durchschnitt hinnehmen, impliziert das, dass es in den Vereinigten Staaten etwa 20 Billiarden einzelne Insekten gibt.

Wenn wir besagte 57 Milliarden US-Dollar unter 20 Billiarden einzelnen Insekten aufteilen, bekommt jedes einzelne von ihnen 0,0000029 US-Dollar bzw. geht ein Penny an 3500 Insekten. Wie es der Zufall will, lag das durchschnittliche Gewicht eines Insekts in der Erhebung bei etwas unter 1 mg, sodass jene 3500 Insekten in etwa genauso viel wiegen würden wie der Penny, den sie bekämen.

Von der Vorkommenshäufigkeit in der Untersuchung von Weaver und Heyman ausgehend, würde das Geld wie folgt verteilt werden:

- 18 Milliarden US-Dollar an Fliegen, inklusive Moskitos
- 16 Milliarden US-Dollar an Bienen, Wespen und Ameisen
- 10 Milliarden US-Dollar an Käfer
- 7 Milliarden US-Dollar an Blasenfüße, winzige, Pflanzensäfte trinkende Insekten
- 1 Milliarde US-Dollar an Schmetterlinge und Motten
- 1 Milliarde US-Dollar an die wahren Bugs – die Wanzen
- 4 Milliarden US-Dollar für den Rest

Ich denke, das haut hin! Aber nur fürs Protokoll: Wenn man mir jemals die Verantwortung für dieses Budget übertragen sollte, werde ich mich zuerst darum kümmern, den Moskitos die Mittel zu kürzen.

? Was bedeutet es in der heutigen Welt und in der gestrigen Welt, ein Mensch zu sein, in allen sozialen und biologischen Belangen?
Seth Carrol

ICH VERMUTE, SIE WOLLTEN das an *Why if?* schicken.

DIE LANGSAME DINOSAURIER-APOKALYPSE

Was wäre, wenn ein Objekt wie der Chicxulub-Impaktor die Erde mit der relativ niedrigen Geschwindigkeit von (sagen wir) 5 km/h treffen würde?

Beni von Alemann

ER WÜRDE NICHT FÜR EIN MASSENHAFTES AUSSTERBEN sorgen, was aber für alle, die bei seiner Landung in der Nähe stünden, ein schwacher Trost wäre.

Vor 60 Millionen Jahren[1] traf ein großer Felsbrocken aus dem All die Erde nahe der heutigen Stadt Mérida in Mexiko. Dieser Aufprall führte zum Aussterben der meisten Dinosaurier.

Alles, was aus dem Weltall stammt und auf der Erde einschlägt, bewegt sich schnell, wenn es auf dem Erdboden ankommt. Selbst ein Objekt, das bei seiner Begegnung mit der Erde langsam dahingleitet, wird beim Sturz ins Schwerefeld des Planeten mindestens bis auf Fluchtgeschwindigkeit beschleunigen. Diese Geschwindigkeit verleiht Objekten viel kinetische Energie, die dafür verantwortlich ist, dass kieselsteingroße Meteoriten so hell verglühen und größere Felsbrocken enorme Löcher in die Erdkruste hauen können.

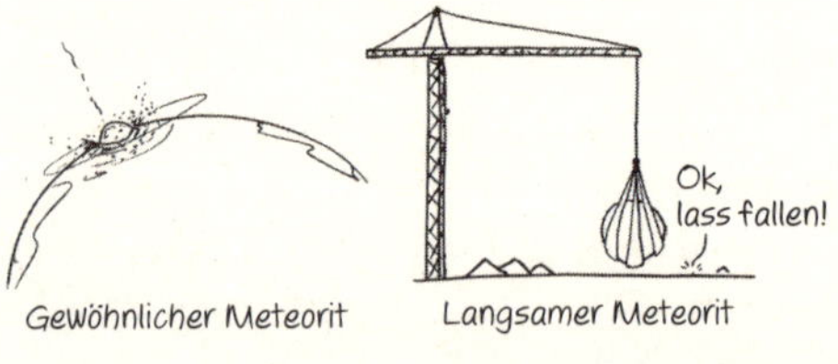

[1] Stand 2022.

Der Meteorit würde anfangen, genau wie jedes andere Objekt nach unten zu fallen. Nach einer Zehntelsekunde würde er den Boden berühren.

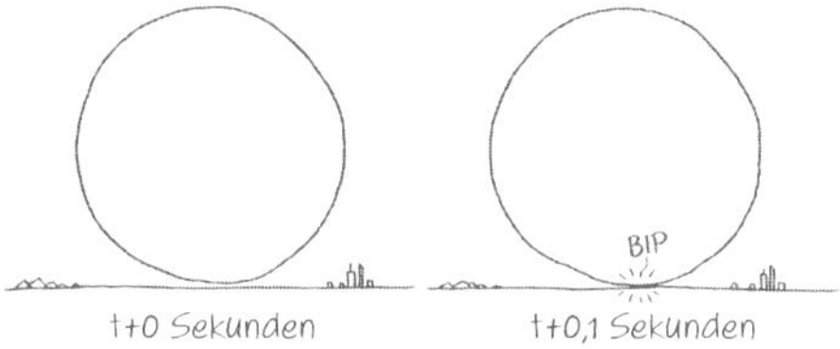

Wenn der untere Teil des Meteoriten den Erdboden berührte, würde er sich mit einer Geschwindigkeit von rund 5 Kilometern pro Stunde und damit weniger als einem Tausendstel der Geschwindigkeit des echten Dino-vernichtenden Meteoriten bewegen. Die Unterseite des Meteoriten würde am Boden vielleicht zum Still stand kommen, aber die 10 Kilometer darüber würden weiterhin fallen.

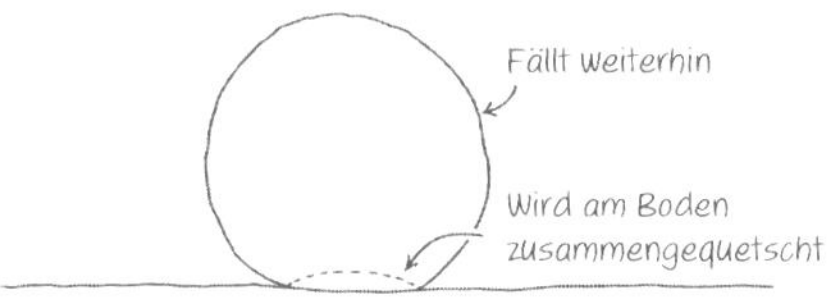

Die meisten Kometen und Asteroiden sind nicht sehr robust. Früher haben wir uns Asteroiden immer als feste, kartoffelförmige Felsen vorgestellt, die von Kratern durchlöchert sind. Und es stimmt auch, dass manche Asteroiden so aussehen. Doch jetzt, nachdem wir einige dieser Objekte mit Robotersonden besucht haben, wissen wir, dass viele von ihnen eher an Schotterhaufen erinnern, die durch die Schwerkraft und Eiseskälte mehr oder weniger zusammengehalten werden. Es sind eher Sandburgen als Felsbrocken.

Wenn Sie nach »größter Sandball der Welt« googeln, werden

Sie nicht viel finden[2], weil es schwierig ist, eine Kugel aus Sand zu formen, die größer ist als ein Baseball. Und selbst wenn Sie versuchen, Sand mit genau der richtigen Menge Wasser zu vermischen, und das Ganze sehr sorgfältig kneten, werden Sie feststellen, dass ein größerer Sandball nicht in der Lage ist, sein eigenes Gewicht zu tragen. Genau das Gleiche, was einer Kugel aus Sand widerfährt, wird auch dem Impaktor widerfahren.

»Bodenverflüssigung« ist ein öde anmutender Begriff für eine furchterregende Sache. Unter bestimmten Umständen, zum Beispiel bei Erdbeben, kann das Erdreich wie eine Flüssigkeit ins Fließen kommen, was für alle, die oben auf dem Boden leben, äußerst alarmierend ist. Genau diese Verwandlung würde auch das Material im Inneren des Impaktors durchmachen und sich in einem nach allen Seiten ausbreitenden Erdrutsch aus Überschallgeschwindigkeitsbodenverflüssigung nach außen über die Erdoberfläche ergießen.[3]

In den nächsten 45 Sekunden würde der Meteorit von einer herabfallenden Kugel zu einer sich ausbreitenden Scheibe werden.

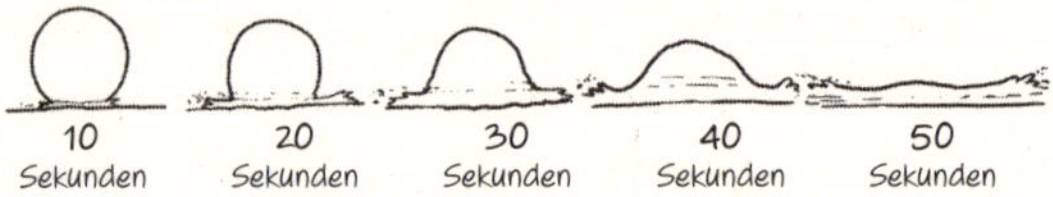

[2] Das galt zumindest, als ich das hier schrieb, es wird sich wahrscheinlich aber, wenn Sie es lesen, bereits geändert haben. Falls Sie auf dieses Buch hier gestoßen sind, indem Sie »größter Sandball der Welt« gegoogelt haben, und sich nicht erklären konnten, warum es bei den Suchergebnissen ganz oben stand – nun ja, jetzt haben Sie das Rätsel endlich gelöst!

[3] Ich habe mehrere Archive für wissenschaftliche Publikationen nach dem Begriff »Überschallgeschwindigkeitsbodenverflüssigung« durchsucht und war enttäuscht, nicht ein einziges Ergebnis zu finden. Vielleicht arbeitet irgendjemand da draußen ja gerade an einem Fördermittelantrag.

Der Erdrutsch würde sich kilometerweit ausbreiten. Wie Untersuchungen großer Erdrutsche auf der Erde und anderen Himmelskörpern im Sonnensystem zeigen, hängt der durch einen Erdrutsch verschüttete Bereich hauptsächlich vom ursprünglichen Gesamtvolumen des Materials ab und nicht so sehr davon, wie es im Detail deponiert wird. Das sagt uns, dass sich unser Erdrutsch rund 50 bis 65 Kilometer weit vom ursprünglichen Ort seines Erstkontakts ausbreiten würde – oder auch ein bisschen weiter, weil er ein höheres Tempo hätte als die meisten Erdrutsche. Falls das Ganze am selben Ort passieren würde wie der Einschlag von Chicxulub, würde er wahrscheinlich einen Großteil des Originalkraters bedecken.

Die Chicxulub-Einschlagstelle liegt entlang der Küste, sodass vieles von den Trümmern unseres Meteoriten ins Meer fließen würde. Folglich würde dieser Einschlag hier, genau wie der ursprüngliche vor 66 Millionen Jahren, riesige Mengen an Meerwasser verdrängen.

Der Einschlag in der Kreidezeit löste einen Tsunami aus, der über den Golf von Mexiko rauschte und kilometerweit ins Landesinnere vordrang. Der Aufprall erschütterte die Erde auch so stark, dass das Wasser auf dem gesamten Planeten herumschwappte, was selbst in Seen, die nicht mal mit dem Golf von Mexiko verbunden waren, tsunamiartige Wellen entstehen ließ.

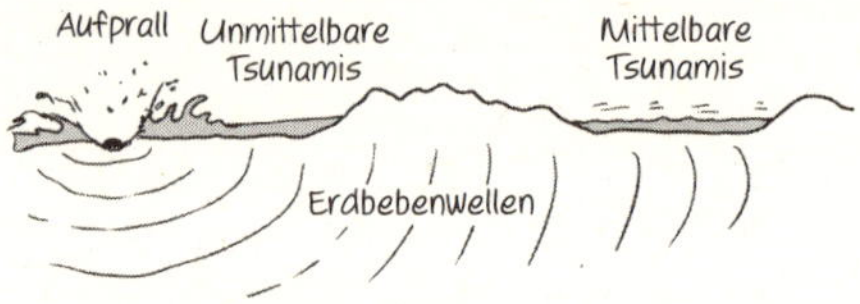

Die Erschütterung durch unseren Einschlag wäre nicht so schwerwiegend wie zur Kreidezeit, weil unser Impaktor so viel langsamer wäre. Unser Einschlag wäre mit einem Erdbeben der Stärke 7 vergleichbar, gegenüber dem Beben der Stärke 10+ in der Kreidezeit, und auch unsere Tsunamis wären kleiner.

Rennen Sie trotzdem nicht gleich los, um von der Golfküste aus zuzuschauen; die Welle wird vielleicht gar nicht *so* viel kleiner ausfallen. Die meiste Energie des kreidezeitlichen Impaktors floss in die Schaffung des Kraters, und ein relativ kleiner Bruchteil in die Erzeugung eines Tsunamis. Für das Erzeugen von Wellen kann es aber wirksamer sein, einen riesigen Haufen Material ins Meer zu kippen, als durch Verdampfung ein Loch im Wasser zu erzeugen, das sich von allein füllt – und das heißt, dass es unser Tsunami ein gutes Stück ins Landesinnere schaffen könnte.

Der Erdrutsch selbst würde die Stadt Mérida unter sich begraben. Eine halbe Stunde später würde der Tsunami die übrigen Städte entlang der Küste am Golf von Mexiko zerstören. In den darauffolgenden paar Stunden würden sich kleinere Wellen über das Weltmeer kräuseln und dann allmählich abebben.

Wenn Sie auf der anderen Seite der Welt leben würden – etwa in Jakarta oder Perth – und während der kurzen Überschwemmung der Küste weg wären, dann würden Sie kaum etwas bemerken. Anders als vor 66 Millionen Jahren gäbe es keine weltweiten Feuerstürme durch ausgestoßene Trümmer, die wieder in die Atmosphäre eintreten. Es würden auch keine Vulkanausbrüche hervorgerufen werden. Ein bisschen Staub würde schon in die Luft geschleudert, doch es gäbe keine globale Kälteperiode durch vulkanische Aerosole.

Der langsame Aufprall würde kein massenhaftes Aussterben

auslösen, auch wenn er trotzdem zu einem Aussterben führen könnte.

Isla Nublar, der fiktive Standort des »Jurassic Parks«, liegt südwestlich vor der Küste Costa Ricas. Zwar wird die Größe der Insel im ersten Film nicht genannt, doch John Hammond erwähnt, dass er »80 Kilometer Umzäunung« aufgestellt hat, und das bedeutet, dass der Park eine Fläche von unter 520 Quadratkilometern hat.

Würden die Menschen tatsächlich Dinosaurier klonen, und würde sich der Ort des Einschlags rund 1600 Kilometer nach Süden verschieben …,

… dann könnte er *wirklich* zum Aussterben der Dinosaurier führen.

HIMMELSKÖRPER DER ELEMENTE

Was wäre, wenn Merkur (der Planet) komplett aus Mercurius [dem Element Quecksilber, Anm. d. Übers.] bestehen würde? Was wäre, wenn Ceres aus Cer(ium) bestünde? Und Uranus aus Uran? Und Neptun aus Neptunium? Und was, wenn Pluto aus Plutonium bestünde?

Anonym

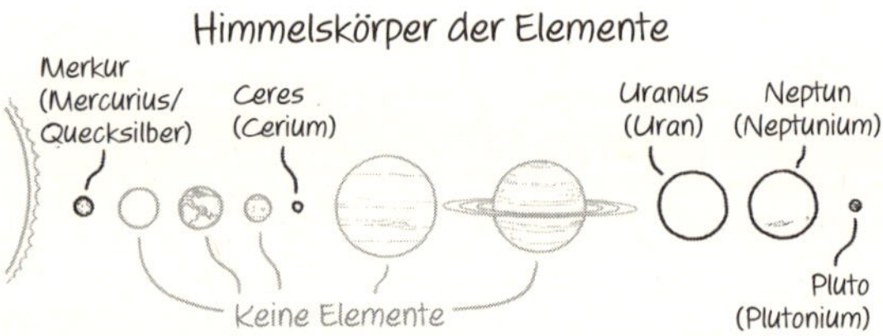

ES GIBT FÜNF GROSSE HIMMELSKÖRPER, die sich ihren Namen mit chemischen Elementen teilen: die Planeten Merkur [von lat. Mercurius, dt. Quecksilber, Anm. d. Übers.], Uranus und Neptun und die Zwergplaneten Pluto und Ceres.

Von der Erde aus betrachtet würden sich Merkur und Ceres nicht so sehr verändern. Mit seiner neuen glänzenden, halbflüssigen Oberfläche würde Merkur mehr als zweimal so schwer und etwa fünfmal so hell werden. Ceres wäre dreimal so schwer und fast zehnmal so hell – hell genug, um ihn an einem dunklen Nachthimmel mit bloßem Auge zu sehen.

Doch leider wären dunkle Nachthimmel dank der anderen drei Planeten etwas schwerer zu finden.

Die Veränderungen an den anderen drei nach Elementen benannten Himmelskörpern – Uranus, Neptun und Pluto – wären ein bisschen dramatischer.

Plutonium, Neptunium und Uran sind allesamt radioaktiv, daher würden diese Planeten ziemlich viel Hitze erzeugen. Würde Pluto aus Plutonium-244, dem stabilsten Isotop, bestehen, wäre seine Oberfläche heiß genug, um im Rötlich-Orange eines Lagerfeuers zu leuchten. Dadurch wäre er gerade hell genug, um von der Erde aus mit bloßem Auge gesehen zu werden – wenn auch nur ein paar Mal im Jahr, und zwar aufgrund der anderen beiden Neulinge im Sonnensystem.

Das häufigste und stabilste Uran-Isotop, das sehr langsam über Milliarden von Jahren zerfällt, heißt ^{238}U. Ein Klumpen ^{238}U wäre bei bloßer Berührung nicht heiß – Sie könnten damit herumhantieren, ohne eine Verstrahlung zu riskieren. Zu einer Kugel von der Größe eines Planeten zusammengefügt, würde sich die von jedem einzelnen Teilstück produzierte winzige Wärmemenge jedoch aufaddieren und den Planeten auf viele Tausend Grad erhitzen.[1]

Es mag seltsam klingen, dass ein Metall, das in kleinen Mengen bei Berührung kühl ist, derart heiß sein soll, wenn man da-

[1] Das trifft für alle Einheiten zu, egal ob Fahrenheit, Celsius oder Kelvin.

raus eine große Kugel formt, aber das ist einfach nur eine Frage der Größenordnung. Es liegt daran, dass größere Objekte mehr Wärme pro Flächeneinheit erzeugen, weil das Volumen schneller zunimmt als der Flächeninhalt, sodass solche Objekte heißer werden müssen, um diese Wärme abzustrahlen. Richtig große Objekte können extrem heiß werden, auch wenn jede Volumeneinheit nur eine winzige Wärmemenge produziert.

Selbst der Kern der Sonne – der Ort, wo Kernfusionen stattfinden – wäre relativ kalt, wenn es irgendwie möglich wäre, ein Stück davon zu isolieren. Eine Tasse Sonnenkernmaterial[2] erzeugt eine thermische Energie von etwa 60 Milliwatt. Das entspricht dem Volumen nach ungefähr der Wärmeproduktionsrate des Körpers einer Eidechse und ist geringer als die beim Menschen. In gewisser Weise sind Sie heißer als die Sonne – es gibt einfach nicht so viel von Ihnen.[3]

Der echte, vom Sonnenlicht erhellte Uranus ist zu dunkel, um ihn mit bloßem Auge zu sehen, obwohl man ihn mit etwas Glück mithilfe eines Fernglases finden kann. Der superheiße Uran-Uranus würde dagegen hell leuchten und wäre am Himmel wie ein normaler Stern sichtbar.

Das eigentliche Problem wäre Neptun.

2 Wenn Sie das in irgendeinem Rezept finden, suchen Sie sich lieber ein anderes.

3 Es sei denn, Sie sind eine Eidechse, dann gilt: Hi, danke, dass du auf dieses Buch hier gekrabbelt bist! Ich hoffe, die Seite lag offen in der Sonne und ist jetzt schön warm.

	Vorher	Nachher
Merkur	Sichtbar	Sichtbar
Ceres	Nicht sichtbar	Sichtbar
Uranus	Kaum sichtbar	Sichtbar
Neptun	Nicht sichtbar	*Au, meine Augen!*
Pluto	Nicht sichtbar	Sichtbar

Auf Neptunium stößt man nicht alle Tage. Uran und Plutonium sind nicht gerade *häufig*, aber dank ihrer Rolle im Hinblick auf Atomwaffen gut bekannt. Neptunium, ihr gemeinsamer Nachbar im Periodensystem, bleibt eher im Dunkeln.

Allerdings taucht es immer mal wieder auf. Anfang 2019 wurde eine Mittelschule im Süden von Ohio mitten im Schuljahr abrupt geschlossen. Der Grund dafür? Neptunium-Verseuchung. Die Schule liegt ein paar Kilometer entfernt von der Portsmouth Gaseous Diffusion Plant, einem ehemaligen Standort für die Weiterverarbeitung von Nuklearbrennstoffen, der 2001 den Betrieb eingestellt hatte. Anfang 2019 wurde der Bezirk vom Energieministerium darauf hingewiesen, Luftmessgeräte auf der gegenüberliegenden Straßenseite der Schule hätten zu viel Neptunium gemessen, ein mögliches Nebenprodukt der Abfallentsorgung in der Anlage. Der Bezirk schloss die Schule sofort, die auch noch im Jahr darauf geschlossen blieb.[4]

Neptunium ist hoch radioaktiv. Schon mikroskopisch kleine Mengen davon können gefährlich genug sein, aber was wirklich niemand will, ist ein ganzer Planet voll davon. Wenn Neptun aus Neptunium bestünde, würde er *weitaus* mehr Wärme produzieren als seine Nachbarn Uranus und Pluto. Dieser Neptun wäre nicht nur so heiß, dass er glühen würde, er würde so viel Hitze produzieren, dass er regelrecht verdampfen würde, sodass eine dicke Atmosphäre aus gasförmigem Neptunium entstünde.

4 Das Energieministerium sagt, dass die anschließenden Untersuchungen in der Schule keinen Hinweis auf eine Verseuchung ergaben. Aber nicht alle waren dieser Meinung, und so blieb die Schule geschlossen, während die Untersuchungen weitergingen.

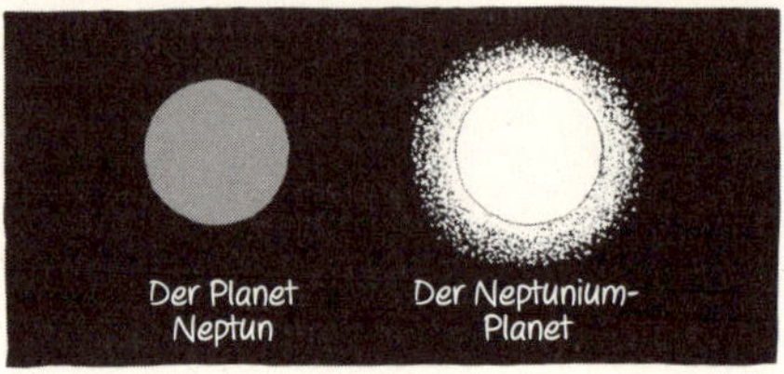

Neptun wäre so hell wie ein mittelgroßer Stern. Er würde zwar nicht ganz so hell scheinen wie die Sonne – die, was Sterne betrifft, zu den Hellen zählt –, doch seine Oberfläche wäre heißer als die der Sonne und seine Farbe daher blauer.

Neptun ist von uns viel weiter entfernt als die Sonne, was seine scheinbare Helligkeit verringern würde. Trotzdem würde er noch immer etwa genauso hell strahlen wie der Vollmond.

Im Gegensatz zum Mond würde Neptun jedoch keine Monatszyklen durchlaufen. Weil er über eineinhalb Jahrhunderte braucht, um die Sonne einmal zu umrunden, würde er Nacht für Nacht annähernd an der gleichen Stelle unter den Sternen auftauchen, und das über Jahre hinweg. In den 2020ern würde Neptun von Juni bis Dezember fast die ganze Nacht am Himmel stehen und dabei die Sternbilder Wassermann, Fische und Pegasus verblassen lassen. Im Laufe der nächsten paar Jahrzehnte würde er sich träge an Widder und Stier vorbei über den Himmel bewegen. Sein Licht würde das Sternbild Orion über mehrere Jahrzehnte hinweg praktisch unsichtbar machen.

Wie schon Dean Martin sang:

Das Leben auf der Erde würde, von einigen astronomischen und astrologischen Komplikationen abgesehen, wahrscheinlich ohne größere Probleme weitergehen. Das Innere der neuerdings radioaktiven Planeten würde heißer werden, obwohl keiner von ihnen heiß genug würde, um durch Kernspaltung auf katastrophale Weise Energie freizusetzen. Außerdem würde unsere Atmosphäre uns vor jeglichen exotischen Partikeln schützen, die aus Richtung des Sternbilds Fische auf die Erde zutreiben würden.

Die Situation wäre eine völlig andere, wenn wir keine stabilen Isotope verwenden würden. Wenn Uranus aus ^{235}U bestünde statt aus ^{238}U, wäre das Ganze sehr viel schlimmer. Jeder ^{235}U-Klumpen größer als ein Baseball ist groß genug, um eine Kernspaltung zu durchlaufen. ^{235}Uranus würde augenblicklich eine unkontrollierte Kettenreaktion lostreten, was den gesamten Planeten in eine sich rasch ausdehnende Wolke aus energiereichen Teilchen und Röntgenstrahlen verwandeln würde. Etwas weniger als drei Stunden später würde die Schockwelle die Erde erreichen – und vollkommen auslöschen –, wobei die Außenhaut abgerissen und die Erde als geschmolzener Klumpen am Himmel zurückgelassen würde.

Das will uns etwas lehren: Wenn Sie die Wahl zwischen verschiedenen Isotopen haben und sich nicht entscheiden können, nehmen Sie das stabilste von allen.

EIN-SEKUNDEN-TAG

Was würde passieren, wenn sich die Erdrotation so lange beschleunigen würde, bis ein Tag nur eine Sekunde dauerte?

Dylan

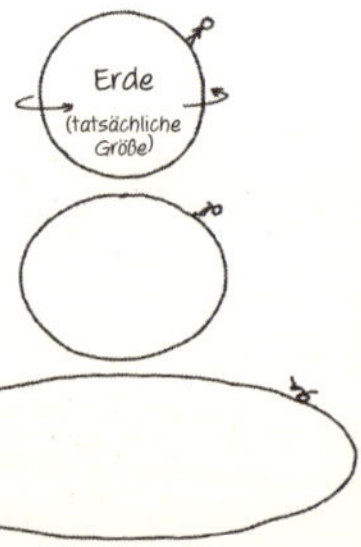

DAS GANZE WÄRE ZIEMLICH APOKALYPTISCH, doch alle zwei Wochen wäre es jeweils für eine kurze Zeit sogar *noch* apokalyptischer. Die Erde dreht sich im Kreis[**Beleg erforderlich**], wodurch ihre mittlere Region durch die Zentrifugalkraft nach außen gedrückt wird. Diese Zentrifugalkraft ist nicht stark genug, um die Schwerkraft zu überwinden und die Erde in Stücke zu reißen, reicht aber aus, um die Erde leicht flachzudrücken und zu bewirken, dass man am Äquator etwa ein halbes Kilo leichter ist als an den Polen.[1]

Wenn die Erde (und alles auf ihr) plötzlich so stark beschleunigt würde, dass ein Tag nur eine Sekunde lang wäre, dann würde das die Erde keinen einzigen Tag überleben.[2] Der Äquator würde sich mit über 10 Prozent der Lichtgeschwindigkeit bewegen. Die Zentrifugalkraft würde die Schwerkraft bei Weitem übertreffen, und das Material, aus dem sich die Erde zusammensetzt, würde nach außen geschleudert werden.

Sie würden nicht augenblicklich sterben, sondern dürften für

1 Das liegt an einer Kombination verschiedener Faktoren, zu denen die Zentrifugalkraft, die abgeflachte Form der Erde sowie die Tatsache gehören, dass einem die Leute Poutine aus Pommes und Käse auftischen, wenn man sich in Nordamerika weit genug Richtung Pol bewegt.

2 Egal welcher Art.

ein paar Millisekunden oder gar Sekunden überleben. Das klingt vielleicht nicht nach viel, ist aber gegenüber der Geschwindigkeit, mit der Sie bei anderen *What-if*-Szenarien im Zusammenhang mit relativistischen Geschwindigkeiten sterben würden, ziemlich lang.

Die Kruste sowie der Mantel der Erde würden in hausgroße Stücke gerissen. Nach einer Sekunde[3] hätte sich die Atmosphäre so stark ausgedehnt, dass Atmen unmöglich wäre – allerdings würden Sie wahrscheinlich nicht einmal an den relativ unveränderten Polen lang genug überleben, um überhaupt ersticken zu können.

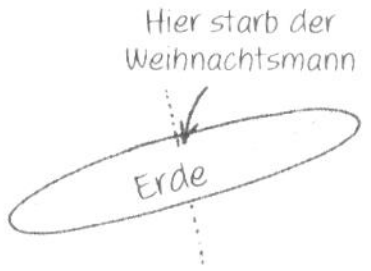

Die Expansion würde die Kruste innerhalb der ersten paar Sekunden zu umherwirbelnden Einzelteilen zerschlagen und so ziemlich jeden auf dem Planeten umbringen, was aber verglichen mit dem, was als Nächstes passieren würde, noch relativ friedlich wäre.

Alle Dinge würden sich mit relativistischer Geschwindigkeit bewegen, aber jedes einzelne Erdkrusten-Stück auch mit annähernd der gleichen Geschwindigkeit wie seine Nachbarn, weshalb es zu keinen unmittelbaren relativistischen Zusammenstößen käme. Aus diesem Grund würde alles ziemlich ruhig bleiben … bis die Scheibe auf irgendetwas trifft.

Das erste Hindernis wäre der Satellitengürtel um die Erde herum. Die Internationale Raumstation (ISS) würde nach 40 Millisekunden vom Rand der expandierenden Atmosphäre getroffen werden und sich sofort in Luft auflösen. Weitere Satelliten würden folgen. Nach eineinhalb Sekunden würde die Scheibe den Gürtel der geostationären Satelliten erreichen, die über dem Äquator ihre Runden drehen, und jeder einzelne davon würde eine heftige Gammastrahlenexplosion freisetzen, während die Erde ihn verschlänge.

3 Ich meine natürlich nach einem Tag.

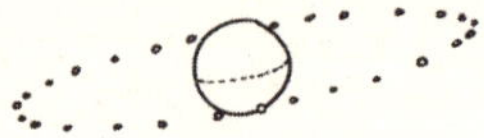

Die Trümmerteile der Erde würden sich wie eine stetig wachsende Kreissäge nach außen fressen. Nach etwa 10 Sekunden würde die Scheibe den Mond hinter sich lassen, nach einer weiteren Stunde die Sonne passieren und sich nach ein oder zwei Tagen über das gesamte Sonnensystem erstrecken. Und jedes Mal, wenn die Scheibe einen Asteroiden verschlänge, würde sie eine wahre Flutwelle aus Energie in alle Richtungen lostreten und so letztlich jede einzelne Oberfläche im Sonnensystem steril machen.

Weil die Erde geneigt ist, befinden sich die Sonne und die Planeten in der Regel nicht auf einer Linie mit der Äquatorebene der Erde und hätten daher gute Chancen, der irdischen Kreissäge zu entkommen.

Alle zwei Wochen kreuzt jedoch der Mond die Äquatorebene der Erde. Falls Dylan die Erde genau in diesem Moment beschleunigen würde, befände sich der Mond exakt auf der Bahn der expandierenden Scheibe.

Der Zusammenstoß würde aus dem Mond einen Kometen machen, der auf einer Welle aus superenergiereichen Trümmern wie eine Rakete aus dem Sonnensystem davonschießt. Dabei wäre sein Blitz aus Licht und Hitze derart grell, dass, wenn Sie auf der Sonnenoberfläche stünden, alles über Ihnen heller wäre als alles unter Ihnen. Ob das Eis des Jupitermondes Europa, die Ringe des Saturn oder die felsige Kruste des Merkur – jede einzelne Oberfläche im Sonnensystem würde blitzblank gescheuert werden …

… vom Mondlicht.

EINE-MILLIARDE-STOCKWERKE-HOCHHAUS

Meine viereinhalbjährige Tochter beharrt darauf, dass sie sich ein eine Milliarde Stockwerke hohes Gebäude wünscht. Wie sich gezeigt hat, ist es aber nicht nur schwierig, ihr überhaupt die Größe begreiflich zu machen, ich bin nicht mal annähernd in der Lage, ihr all die anderen Probleme zu erläutern, die man dafür überwinden müsste.

Keira, übermittelt durch
Steve Brodovicz, Media, Pennsylvania

LIEBE KEIRA,

wenn du ein zu großes Gebäude baust, ist sein oberer Teil zu schwer und zermatscht den unteren Teil.

Hast du schon mal versucht, einen Turm aus Erdnussbutter zu bauen? Es ist ziemlich einfach, einen winzigen zu machen, wie eine Kleckerburg auf einem Kräcker. Das ist stabil genug, um stehenzubleiben. Aber wenn du versuchst, eine richtig große Erdnussbutter-Burg zu bauen, wird das ganze Ding in sich zusammenfallen und platt werden wie ein Pfannkuchen.

Ein Hinweis an Keira: Wenn dir dein Papa verbietet, irgendwelche Sachen aus Erdnussbutter zu bauen, hör nicht auf ihn. Und wenn er sich über das Chaos auf dem Tisch aufregt, dann nimm einfach heimlich ein paar Gläser Erdnussbutter in dein Zimmer mit und bau deinen Turm dort auf dem Teppich. Ich erlaube es dir.

Was mit Erdnussbutter passiert, passiert auch mit Gebäuden. Die Gebäude, die wir errichten, sind sehr stabil, aber eins zu bauen, das bis hoch in den Weltraum reicht, wäre nicht möglich, weil sonst der obere Teil den unteren zermatschen würde.

Wir können ziemlich hohe Gebäude bauen. Die höchsten Gebäude sind fast 1 Kilometer hoch, und wenn wir wollten, könnten wir wahrscheinlich auch welche bauen, die 2 oder sogar 3 Kilometer hoch sind und ihr eigenes Gewicht trotzdem tragen könnten. Noch höher dürfte allerdings schwierig sein.

Doch abgesehen vom Gewicht, gäbe es mit einem hohen Gebäude noch andere Probleme.

Ein Thema wäre der Wind, der weit oben sehr stark ist, sodass auch die Gebäude sehr stark sein müssen, um dem Wind standzuhalten.

Ein weiteres Problem wären – und das ist überraschend – Fahrstühle. Hohe Gebäude brauchen Fahrstühle, weil kein Mensch Hunderte von Stockwerken nach oben steigen will. Wenn dein Gebäude viele Etagen hat, brauchst du viele verschiedene Fahrstühle, weil es so viele Leute gäbe, die gern gleichzeitig kommen und gehen würden. Wenn du ein Gebäude zu hoch baust, wird das ganze Ding nur aus Fahrstühlen bestehen und keinen Platz mehr für normale Räume haben.

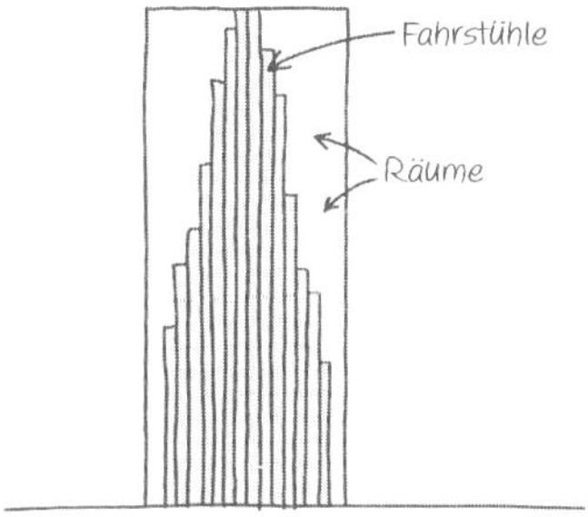

Vielleicht fällt dir ja eine Möglichkeit ein, wie man Leute ohne zu viele Fahrstühle auf ihre Etagen bringen kann. Du könntest es mit Tauben versuchen, wie im Kapitel »Taubenstuhl«. Du könntest einen Riesenfahrstuhl einbauen, der 10 Etagen einnimmt. Du könntest Fahrstühle so schnell wie Achterbahnen einbauen. Du könntest die Leute mit Heißluftballons zu ihrer Etage hochfliegen. Oder du könntest sie mit Katapulten nach oben schießen.

Fahrstühle und Wind stellen dich vor große Probleme, aber das größte Problem wäre das Geld.

Um ein richtig hohes Gebäude zu errichten, muss irgendjemand viel Geld ausgeben, und kein Mensch ist scharf genug auf ein richtig hohes Gebäude, um es zu bezahlen. Ein kilometerhohes Gebäude würde viele Milliarden Euro kosten – und viele Milliarden Euro sind eine Menge Geld! Mit einer Milliarde Euro könntest du dir ein Raumschiff kaufen, alle vom Aussterben bedrohten Lemuren dieser Welt retten und jedem Menschen in der Europäischen

Union oder den USA einen Euro schenken – und hättest immer noch was übrig. Die meisten Leute finden gigantische kilometerhohe Türme nicht wichtig genug, um dafür viel Geld auszugeben.

Aber selbst wenn du irgendwann richtig reich wärst, sodass du das Geld für einen Turm in den Weltraum selbst zahlen könntest, und alle technischen Probleme gelöst wären, hättest du noch immer Schwierigkeiten, einen eine *Milliarde* Stockwerke hohen Turm zu bauen – eine *Milliarde* Stockwerke sind einfach zu viele.

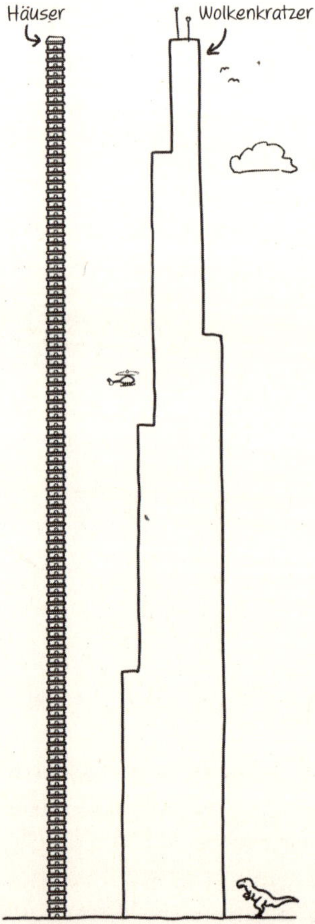

Ein großer Wolkenkratzer hat vielleicht etwa 100 Stockwerke, das heißt, er ist so hoch wie 100 kleine Häuser zusammen.

Wenn du 100 Wolkenkratzer aufeinanderstapeln würdest, um einen Mega-Wolkenkratzer zu bauen, würde er den halben Weg bis zum Weltraum zurücklegen.

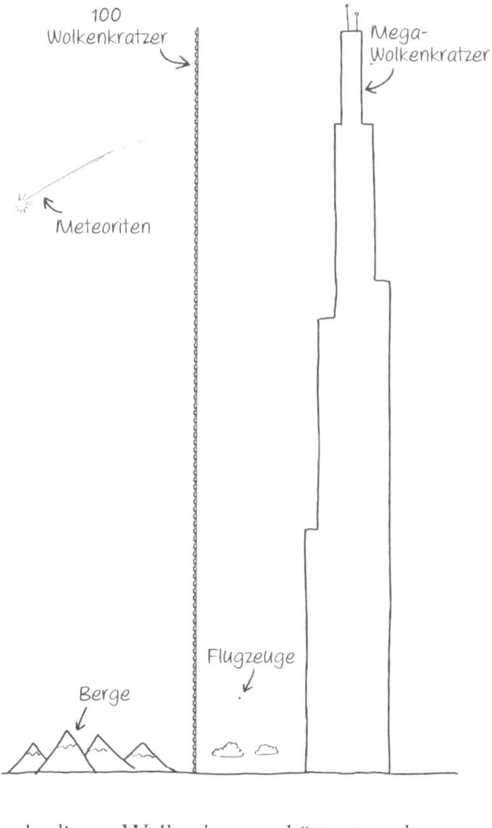

Aber auch dieser Wolkenkratzer hätte trotzdem erst 10 000 Stockwerke, und das ist noch längst keine Milliarde! Jeder einzelne der 100 Wolkenkratzer hätte 100 Stockwerke, sodass der ganze Mega-Wolkenkratzer 100 mal 100 = 10 000 Stockwerke hätte.

Du hast aber gesagt, dass du dir einen Wolkenkratzer mit

1 000 000 000 Stockwerken wünschst. Also lass uns 100 Mega-Wolkenkratzer aufeinanderstapeln, um einen Mega-Mega-Wolkenkratzer zu bauen:

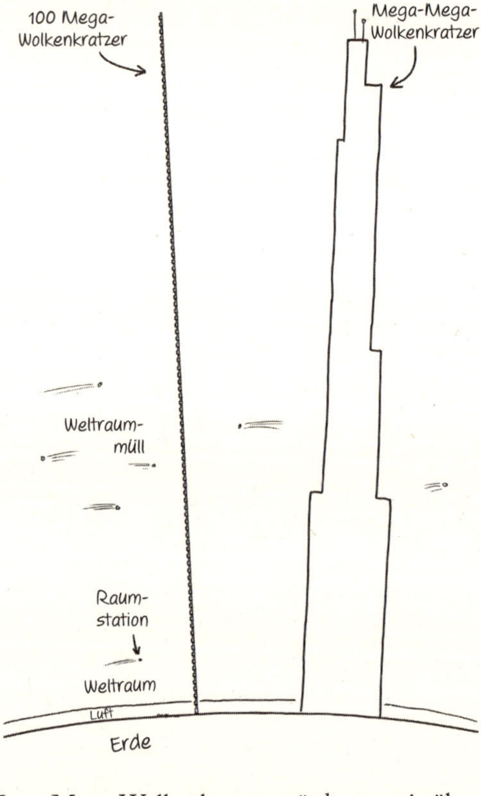

Der Mega-Mega-Wolkenkratzer würde so weit über die Erde hinausragen, dass Raumschiffe in ihn reindonnern würden. Würde die Raumstation auf den Turm zufliegen, könnte die Besatzung ihre Raketen benutzen, um sie davon weg zu lenken.[1] Die schlechte

1 Sie wären irgendwann wahrscheinlich ziemlich sauer, nachdem sie deinem Turm immer wieder ausweichen mussten. Deshalb wäre es vielleicht gut, ihnen im Vorbeiflug mit einer Schienenkanone Treibstoff und Snacks mit auf den Weg zu geben.

Nachricht: Der Weltraum ist voll von kaputten Raumschiffen und Satelliten und anderem Müll, die alle völlig ziellos durch die Gegend fliegen. Wenn du einen Mega-Mega-Wolkenkratzer baust, werden irgendwann irgendwelche Teile alter Raumschiffe gegen ihn krachen.

Trotzdem ist ein Mega-Mega-Wolkenkratzer nur 100 mal 10 000 = 1 000 000 Stockwerke hoch. Das sind immer noch viel weniger als die 1 000 000 000 Stockwerke, die du dir wünschst!

Lass uns also einen neuen Wolkenkratzer bauen, indem wir 100 Mega-Mega-Wolkenkratzer aufeinanderstapeln, um einen MEGA-Mega-Mega-Wolkenkratzer zu errichten:

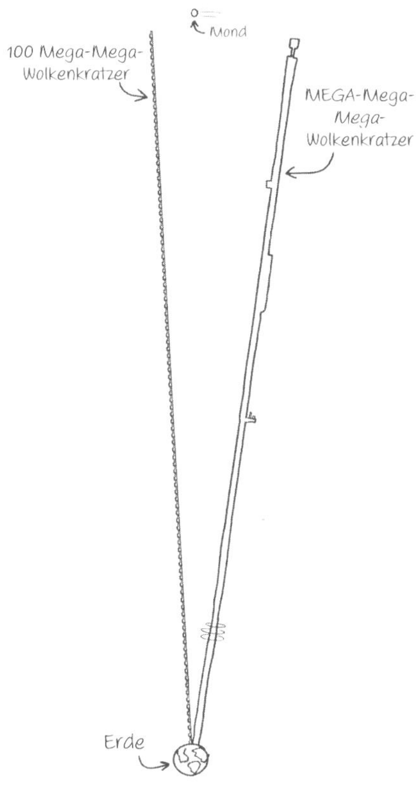

Der MEGA-Mega-Mega-Wolkenkratzer wäre so hoch, dass seine Spitze nur knapp am Mond vorbeischrammen würde.

Er wäre aber nur 100 000 000 Stockwerke hoch! Um auf 1 000 000 000 Stockwerke zu kommen und einen Keira-Wolkenkratzer zu bauen, müssten wir 10 MEGA-Mega-Mega-Wolkenkratzer aufeinanderstapeln:

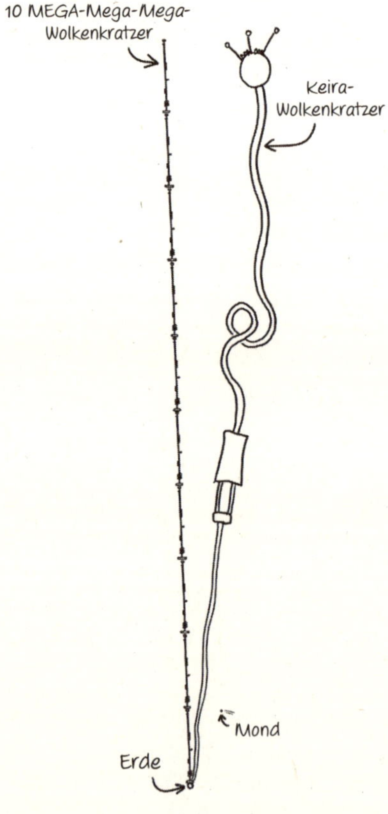

Der Keira-Wolkenkratzer wäre fast unmöglich zu bauen. Man müsste ihn davon abhalten, in den Mond zu krachen, durch die Schwerkraft der Erde auseinandergerissen zu werden oder umzukippen und wie der riesige Meteorit, der die Dinosaurier ausgelöscht hat, auf dem Planeten einzuschlagen.

Doch ein paar Ingenieure haben eine Idee, die so ähnlich ist wie die deines Turms – den sogenannten Weltraumlift. Er ist nicht *ganz* so hoch wie dein Turm (der Weltraumlift würde nur einen Teil der Strecke zum Mond zurücklegen), kommt aber nahe dran!

Manche Leute meinen, dass wir einen Weltraumlift bauen könnten, andere finden die Idee lächerlich. Bis jetzt können wir noch keinen bauen, weil es ein paar Probleme gibt, bei denen wir nicht wissen, wie wir sie lösen sollen – zum Beispiel, wie man den Turm stabil genug bauen und Strom nach oben transportieren kann, um die Aufzüge anzutreiben. Wenn du wirklich Lust hast, einen gigantischen Turm zu bauen, kannst du versuchen, mehr über einige der Probleme herauszubekommen, an denen diese Leute gerade arbeiten, und vielleicht fällt dir eines Tages eine Idee für die Lösung eines der Probleme ein. Und vielleicht könntest du eines Tages *tatsächlich* einen riesigen Turm ins All bauen.

In einer Sache bin mir allerdings ziemlich sicher: Er wird nicht aus Erdnussbutter bestehen.

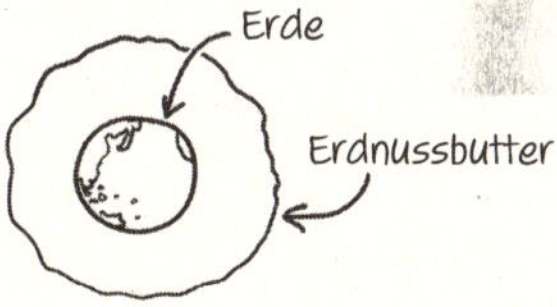

DER ZWEI-SEXTILLIONEN-DOLLAR-PROZESS

Was wäre, wenn Au Bon Pain 2014 ihren Prozess verloren hätten und dem Kläger 2 Sextillionen US-Dollar hätten zahlen müssen?

Kevin Underhill

IM JAHR 2014 WURDE DIE CAFÉ- UND BÄCKEREI-KETTE Au Bon Pain (zusammen mit ein paar anderen Organisationen) von jemandem verklagt, der 2 Sextillionen US-Dollar Schadenersatz forderte. Die Klage wurde schnell abgewiesen, aber wahrscheinlich erst, nachdem viele Gesetzesvertreter das Wort »Sextillion« nachgeschlagen hatten.

So viel Geld hat der Kläger verlangt:

$ 2 000 000 000 000 000 000 000 000 000 000 000 000

Und so viel Geld gibt es laut einem Bericht der Boston Consulting Group auf der ganzen Welt:

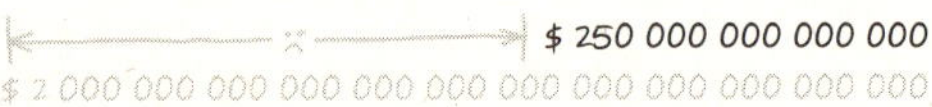

Das hier ist eine grobe Schätzung des ökonomischen Werts aller Güter und Dienstleistungen, die die Menschheit seit ihrer Entstehung produziert und geleistet hat:

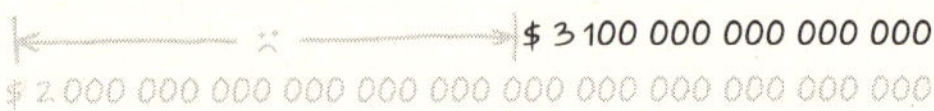

Selbst wenn Au Bon Pain den Planeten erobern und alle Menschen darauf vom heutigen Tage an bis ans Ende der Zeit für sich arbeiten lassen würde, würde das an der Rechnung kaum etwas ändern.

Vielleicht sind Menschen einfach nicht wertvoll genug. Die US-Umweltschutzbehörde EPA nimmt als »Wert eines statischen Lebens« gegenwärtig den Betrag von 9,7 Millionen US-Dollar bzw. etwa 9,22 Millionen Euro an, obwohl sie sich sehr viel Mühe gibt zu betonen, dass dies absolut nicht dem Wert entspricht, den sie einem menschlichen Leben tatsächlich beimisst.[1] Jedenfalls beträgt nach ihrem Maßstab der Gesamtwert, der allen Menschen auf der Welt beigemessen wird, nur etwa 75 Billiarden US-Dollar.[2]

Doch Menschen sind längst nicht alles, was es auf dem Planeten gibt. Von allen Atomen auf der Erde gehört von 10 Billiarden Atomen nur eins zu einem Menschen. Vielleicht ist das ganze andere Zeug ja wertvoll.

Die Erdkruste enthält einen ganzen Haufen von Atomen[Beleg erforderlich], und manche davon sind bestimmt etwas wert. Wenn man der Kruste alle Elemente entziehen würde, um sie dann in Reinform zu bringen[3] und zu verkaufen, würde der Markt zusammenbrechen.[4] Wenn man aber irgendwie trotzdem in der Lage wäre, sie zu ihrem gegenwärtigen Marktwert zu verkaufen, dann läge ihr Wert bei …

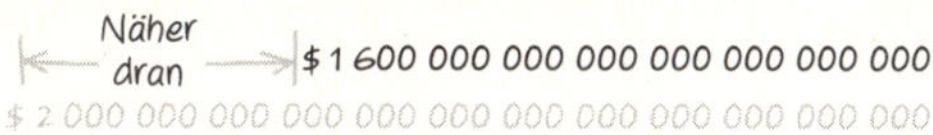

Das liegt seltsamerweise nicht an Dingen wie Gold und Platin.

---

1 Ich kann nicht umhin festzustellen, dass sie nichts darüber sagt, ob man in der Behörde denkt, dass besagter Betrag *höher* oder *niedriger* läge.

2 Alle Ölreserven der Welt zusammengenommen sind nur ein paar Hundert Billionen wert, und das legt nahe, dass der Slogan »Kein Blut für Öl« aus rein buchhalterischer Sicht total Sinn ergibt.

3 Das ist nur einer von vielen Gründen, warum diese Idee in der Praxis sinnlos wäre. Die Ursache für den Wert vieler Elemente (wie ^{235}U) ist, dass sie schwer herzustellen oder in Reinform zu bringen sind, und nicht nur, dass sie selten sind.

4 In zweierlei Hinsicht, indem zum einen das große Angebot zu einem Preissturz führen würde und zum anderen der Markt rund 30 Kilometer oberhalb des Mantels liegt und Sie gerade die Kruste entfernt haben, auf der er steht.

Sie sind viel wert, aber auch selten. Der Löwenanteil des Werts geht auf Kalium und Calcium zurück und der größte Teil des Rests auf Natrium und Eisen. Wenn Sie vorhaben, die Erdkruste zu verhökern, sollten Sie sich wahrscheinlich genau auf diese Elemente konzentrieren.

Doch traurigerweise bringt uns das Verhökern der Erdkruste der Zahl, die wir brauchen, nicht nahe genug.

Wir könnten auch noch den Erdkern dazunehmen, der aus Eisen und Nickel besteht, mit einem Schuss wertvoller Metalle, aber das würde, wie sich herausstellt, nicht helfen. Der in dem Gerichtsverfahren geforderte Betrag ist einfach zu groß. Tatsächlich wäre nicht mal eine Erde aus purem Gold genug, ebenso wenig wie das Gewicht der Sonne in Platin aufzuwiegen.

Die bezüglich ihres Gewichts wertvollste Sache, die je auf dem freien Markt verkauft und gekauft wurde, ist vermutlich die gelbe Tre-Skilling-Banco-Briefmarke. Davon ist nur ein Exemplar bekannt, das im Jahr 2010 für mehr als 1700000 Euro verkauft wurde. Das entspricht einem Wert von mindestens 28,5 Milliarden Euro pro Kilogramm Briefmarken. Doch selbst wenn das Gewicht der Erde komplett auf Briefmarken beruhte, wäre das *noch immer nicht* genug, um die potentiellen Schulden von Au Bon Pain zu begleichen.[5]

Falls Au Bon Pain sich dazu entschließen sollte, es absichtlich kompliziert zu machen und ihre gesamte Schuld in Cent-Stücken zu begleichen, würden diese eine Kugel bilden, die gerade so in die Umlaufbahn des Merkur um die Sonne reinpassen würde. Unterm Strich bedeutet das alles, dass das Begleichen dieser Zahlung in jedem erdenklichen Sinne des Wortes unmöglich wäre.

Zum Glück hat Au Bon Pain aber eine bessere Option.

Der Mann, der diese Frage gestellt hat, heißt Kevin und ist Anwalt und Autor des witzigen Jurablogs »Lowering the Bar«,[6] in dem

[5] Zudem wären die Briefmarken wahrscheinlich weniger wertvoll, wenn es buchstäblich einen ganzen Planeten voll davon gäbe, aber das ist das geringste Problem von Au Bon Pain.

[6] Etwa: die Messlatte niedriger legen, zugleich eine Anspielung auf die Bar Examination, das US-Äquivalent zum Juristischen Staatsexamen [Anm. d. Übers.].

er über den Fall »Au Bon Pain« berichtet hat. Er erzählte mir, dass der – auf Stundenbasis – bestbezahlte Anwalt der Welt vermutlich der frühere US-Generalstaatsanwalt Ted Olson sei, der in den Akten eines Insolvenzverfahrens einmal offenlegte, dass er 1800 US-Dollar pro Stunde verlange.

Nehmen wir an, dass es in unserer Galaxis 40 Milliarden bewohnbare Planeten gibt und jeder einzelne davon eine erdgleiche Bevölkerung von 8 Milliarden Ted Olsons beherbergt.

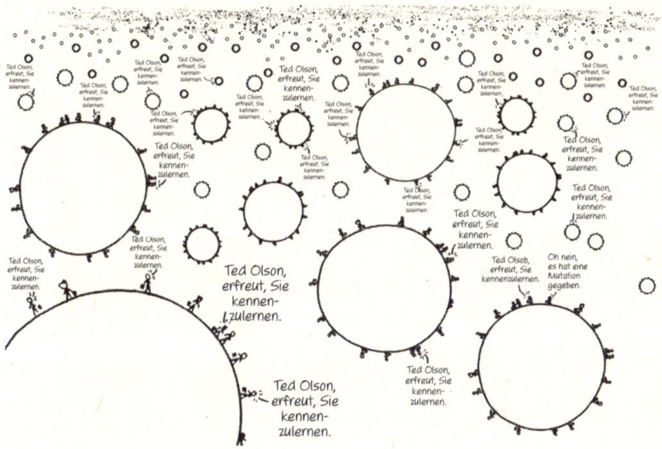

Sollten Sie jemals auf 2 Sextillionen US-Dollar verklagt werden und jeden Ted Olson in der Milchstraße damit beauftragen, Sie in diesem Fall zu verteidigen, und jeden davon 80 Stunden pro Woche arbeiten lassen, und zwar für 52 Wochen im Jahr und *tausend Generation* lang …

… würde es Sie *immer noch* weniger kosten, als wenn Sie verlören.

WEM GEHÖREN DIE STERNE?

Welches Land würde egal zu welchem Zeitpunkt den größten Anteil an der Milchstraße besitzen, wenn sich der Luftraum aller Länder bis in alle Ewigkeit nach oben erstrecken würde?

Reuven Lazarus

Alte Flagge

Neuer Flaggenentwurf

HERZLICHEN GLÜCKWUNSCH AN AUSTRALIEN, DIE NEUEN HERRSCHENDEN der Galaxis.

Die australische Flagge trägt eine Reihe von Symbolen, darunter fünf Sterne, die für das Kreuz des Südens stehen. Vielleicht sollten sich die Flaggendesignerinnen und -designer ausgehend von der Antwort auf diese Frage mehr trauen.

Wenn es um den Besitz der Sterne geht, haben die Länder in der südlichen Hemisphäre einen Vorteil. Die Erdachse ist im Verhältnis zur Milchstraße geneigt – unser Nordpol zeigt im Allgemeinen vom Zentrum der Galaxis weg.

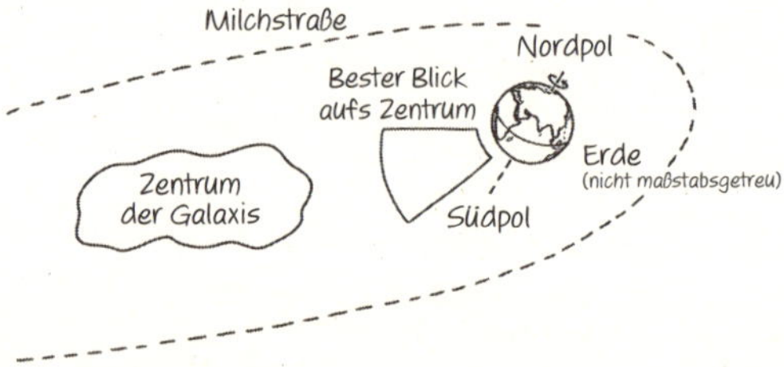

Wenn der Luftraum jedes Landes bis in alle Ewigkeit nach oben reichte, würden die Länder der Südhalbkugel die Kontrolle über das Zentrum der Galaxis haben und sie im Tagesverlauf mit der Drehung der Erde lediglich untereinander weiterreichen.

Dabei würde Australien zu Spitzenzeiten mehr Sterne besitzen als jedes andere Land. Tag für Tag würde das supermassereiche Schwarze Loch im Zentrum der Milchstraße südlich von Brisbane nahe der Kleinstadt Broadwater in den australischen Luftraum eindringen.

Etwa eine Stunde später stünde fast das gesamte Zentrum der Galaxis – neben einem beachtlichen Stück der Scheibe – unter australischer Rechtsprechung.

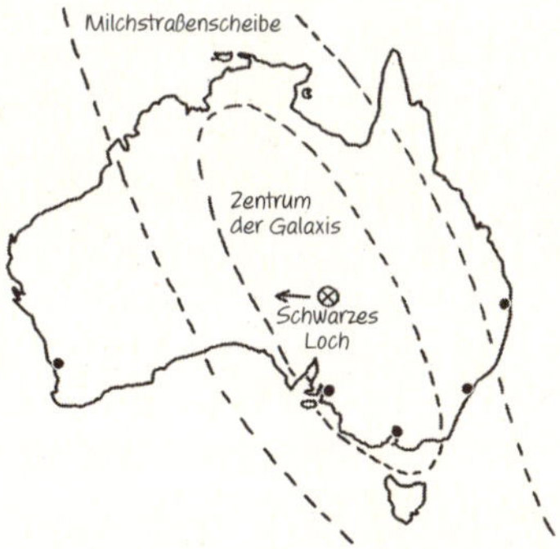

Das Zentrum der Galaxis würde zu unterschiedlichen Tageszeiten das Hoheitsgebiet von Südafrika, Lesotho, Brasilien, Argentinien und Chile durchqueren, während sich die Vereinigten Staaten, Europa und der Großteil von Asien mit den äußeren Abschnitten der galaktischen Scheibe begnügen müssten.

Allerdings bekommt die Nordhalbkugel nicht nur die Krümel ab. Der äußere Teil der galaktischen Scheibe hat ein paar coole Dinge auf Lager – zum Beispiel Cygnus X-1, ein Schwarzes Loch, das gegenwärtig einen Riesenstern verschlingt.[1] Tag für Tag, wenn das Zentrum der Galaxis den Pazifik überquert, würde Cygnus X-1 über dem Bundesstaat North Carolina in den US-Luftraum eintreten.

Und während es cool wäre, ein Schwarzes Loch zu besitzen, gäbe es außerdem noch Millionen von Planetensystemen, die sich permanent durch das Hoheitsgebiet der USA bewegen würden – und das dürfte für ein paar Probleme sorgen.

1 Cygnus X-1 war Gegenstand einer berühmten Wette zwischen den Astrophysikern Stephen Hawking und Kip Thorne, die sich darum drehte, ob es ein Schwarzes Loch wäre oder nicht. Hawking, der einen Großteil seiner Karriere der Untersuchung von Schwarzen Löchern gewidmet hat, wettete, dass es keins sei. Seine Überlegung ging dahin, dass er diese Wette wenigstens als Trostpreis gewinnen würde, wenn sich herausstellen sollte, dass es keine Schwarzen Löcher gebe. Ein Glück für sein Vermächtnis, dass er die Wette verloren hat.

Der Stern 47 Ursae Majoris besitzt mindestens 3 Planeten und vermutlich mehr. Wenn es auf irgendeinem dieser Planeten Leben gibt, dann durchquert all dieses Leben einmal am Tag die Vereinigten Staaten – und das heißt, dass es Tag für Tag einen Zeitraum von einigen Minuten gibt, an dem jeder potentielle Mord auf jenen Planeten formell betrachtet in New Jersey stattfindet.

Das Gerichtssystem von New Jersey kann sich glücklich schätzen, dass alles, was höher als 20 Kilometer passiert, im Allgemeinen als Delikt auf »hoher See« gilt. Was laut der Winterausgabe 2012 des Newsletters des Admiralty and Maritime Law Committee der US-Bundesanwaltskammer bedeutet, dass Todesfälle oberhalb dieser Höhe – und sogar im All – allem Anschein nach dem sogenannten Death on the High Seas Act (DOHSA) unterliegen, dem Gesetz zu Todesfällen auf hoher See.

Falls irgendwelche Außerirdischen auf 47 Ursae Majoris nun aber darüber nachdenken, unter Berufung auf DOHSA ein Verfahren vor ein US-Gericht zu bringen, werden sie enttäuscht sein. Die Verjährungsfrist von DOHSA beträgt 3 Jahre, doch 47 Ursae Majoris ist mehr als 40 Lichtjahre weit entfernt …

… und das heißt, dass es schon aus rein physikalischer Sicht unmöglich für sie ist, rechtzeitig Klage einzureichen.

REIFENGUMMI

Die Gummireifen von Millionen von Autos und Lkws haben am Anfang eine Profiltiefe von etwa 1,25 Zentimetern und sind am Ende abgefahren. Eigentlich sollte überall Gummi rumliegen, oder zumindest sollten unsere Autobahnen dicker werden.
Wo geht das ganze Gummi hin?

Fred

DAS IST EINE GUTE FRAGE. DAS ganze Gummi *muss* ja irgendwo sein, und keine der Varianten klingt besonders gut.

Mithilfe einer einfachen Rechnung können wir schätzen, wie viel Gummi ein Reifen verliert, was also der Unterschied zwischen einem neuen Reifen und einem abgenutzten »kahlen« Reifen ist:

Verlorenes Gummi = Reifendurchmesser x Reifenlaufflächenbreite x π x ($\text{Dicke}_{\text{neu}}$-$\text{Dicke}_{\text{kahl}}$) $\approx$ 1,6 l

Ein Liter Reifengummi

Das ist mehr als ein Liter Gummi, und das ist eine ganze Menge: Es dürften 10 bis 20 Prozent vom Gesamtvolumen des Reifens sein.

Wenn ein Reifen rund 100 000 Kilometer zurücklegt, bevor er abgenutzt ist, heißt das, er hinterlässt auf seinen Wegen das Äquivalent eines circa ein Atom dicken Streifens aus Gummi. In Wahrheit geht dieses Gummi aber nicht gleichmäßig verloren, sondern löst sich in Form von kleinen Partikeln und Klümpchen und wird manchmal in großen Mengen auf einmal abgeschabt. Wenn man in die Eisen geht und ins Schlittern gerät, hinterlassen die Reifen oft einen Streifen aus Gummi, der dick genug ist, um ihn zu sehen.

Auf einer besonders stark befahrenen Autobahn dürften bis zu 2000 Autos pro Stunde auf einer Spur unterwegs sein. Wenn das ganze verlorene Gummi auf der Oberfläche der Spur zurückbliebe, würde sich die Straße um etwa einen Mikrometer pro Tag oder einen Drittel Millimeter pro Jahr erhöhen.

Dabei wäre es zumindest in ökologischer Hinsicht wirklich großartig, wenn das ganze Gummi *tatsächlich* auf der Straße kleben bliebe, was aber größtenteils nicht der Fall ist. Die Partikel, die beim normalen Fahren freigesetzt werden, sind oft klein genug, um durch die Luft zu schweben, oder werden durch Wind, Regen und andere vorbeifahrende Autos von der Straße gefegt. All diese Gummipartikel werden von den Autobahnen weggetragen und landen in der Luft, der Erde, den Flüssen und Meeren, im Boden und in unseren Lungen.

All diese Reifen einzuatmen ist vermutlich nicht gut für uns – und auch nicht für die Umwelt. Die Gummipartikel sind eine der größten Quellen von Mikroplastik in den Flüssen und Meeren, wo sie die chemische Zusammensetzung des Wassers beeinträchtigen und oft von den darin wohnenden Lebewesen gefressen werden. Die wissenschaftliche Forschung zu den Folgen dieser Mikroplastik-Partikel dauert an – so hat beispielsweise eine Studie von 2021 eine Verbindung zwischen dem Lachssterben im pazifischen Nordwesten Amerikas und einem chemischen Stoff aus Reifengummi in abfließendem Regenwasser aufgezeigt.

Das Problem des Reifengummi-Mülls ist schwer zu lösen. Mittlerweile haben wir ein paar andere Quellen von Plastikteilchen in der Umwelt eingedämmt – viele Länder haben Mikroplastik-Kügelchen in Kosmetikprodukten verboten – aber für Reifenabsonderungen scheint keine schnelle Lösung in Sicht zu sein.

Es sind durchaus ein paar Ideen im Umlauf, wie man das Vorkommen von Reifengummi in der Umwelt reduzieren könnte. Eine Lösung könnte sein, das von den Straßen abfließende Regenwasser besser zu filtern. Auch herauszufinden, welche Chemikalien in Reifen die meisten Probleme verursachen, und Alternativen für diese zu finden, klingt nach einer guten Idee. Zudem haben ein paar Gruppen bereits Verfahren vorgestellt, wie man die Gummipartikel, sobald sie sich vom Reifen lösen, einfangen könnte.

Und trotzdem: Wenn Sie selbst irgendeine Idee haben, es handelt sich um einen Problembereich, der einen Durchbruch oder auch zwei auf alle Fälle gut vertragen könnte!

PLASTIKDINOSAURIER

Wenn man bedenkt, dass Plastik aus Öl gemacht wird und Öl aus toten Dinosauriern besteht, wie viel von einem richtig echten Dinosaurier steckt in einem Plastikdinosaurier?

Steve Lydford

ICH WEISS ES NICHT.

Kohle und Öl werden als fossile Brennstoffe bezeichnet, weil sie über Millionen von Jahren aus den Überresten toter Organismen entstanden sind, die im Boden begraben waren. Die Standardantwort auf die Frage: »Aus was für totem Zeug besteht das Öl im Boden?«, lautet: »Aus Meeresplankton und Algen.« Mit anderen Worten: Jene fossilen Brennstoffe enthalten keine Dinosaurierfossilien.

Was so allerdings nicht ganz richtig ist.

Die meisten von uns kennen Öl nur in seiner raffinierten Form – als Kerosin, Plastik und das Zeug, das aus der Zapfsäule kommt –, sodass man sich das Ausgangsmaterial leicht als irgendein gleichförmiges, Blasen werfendes Zeug vorstellen kann, das überall ein und dasselbe ist.

Doch fossile Brennstoffe tragen Fingerabdrücke, die auf ihre Herkunft verweisen. Die vielfältigen Eigenschaften von Kohle, Öl und Erdgas sind abhängig davon, welche Organismen in sie eingegangen sind und was mit deren Gewebe im Laufe der Zeit passiert ist. Das hängt davon ab, wo sie lebten, wie sie starben, wo ihre Überreste gelandet sind und welcher Art von Temperatur und Druck sie ausgesetzt waren.

Das tote Material trägt den chemischen Fingerabdruck seiner Geschichte über viele Millionen Jahre hinweg – wenngleich auf vielfältige Weise verändert und durcheinandergewirbelt. Nachdem wir es ausgebuddelt haben, geben wir uns große Mühe, jeden Hinweis auf diese Geschichte zu tilgen, indem wir die komplexen Kohlenwasserstoffe zu gleichförmigen Brennstoffen raffinieren. Bei der Verbrennung dieser Brennstoffe wird ihre Geschichte endgültig gelöscht und das in ihnen gespeicherte Sonnenlicht aus dem Jura wird freigesetzt, um unsere Autos anzutreiben.[1]

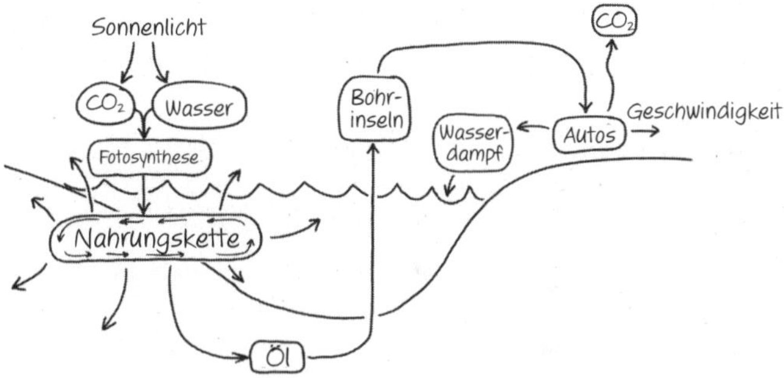

Die im Gestein eingeschriebene Geschichte ist kompliziert. Bisweilen fehlen Teile, werden verworfen oder in einer Weise, die uns in die Irre führt, abgewandelt. Sowohl in der Wissenschaft als auch in der Ölindustrie sind Geologen und Geologinnen geduldig darum bemüht, verschiedene Aspekte dieser Geschichten zu rekonstruieren und zu verstehen, was die Zeugnisse uns sagen wollen.

Das meiste Öl stammt von Lebensformen aus dem Meer, die im

[1] Durch Fotosynthese nutzten Organismen das Sonnenlicht, um aus Kohlendioxid und Wasser komplexe Moleküle zu formen. Beim Verbrennen ihres Öls geben wir jenes CO_2 und Wasser wieder an die Atomsphäre zurück – wodurch wir das über Millionen von Jahren gespeicherte Kohlendioxid auf einmal freisetzen. Mit der ein oder anderen Konsequenz.

Meeresboden begraben wurden, sodass es überwiegend nicht aus Dinosauriern besteht. Doch in gewisser Weise ist die romantische Vorstellung, dass die Geister von Dinosauriern in unseren Brennstoffen enthalten sind, ebenso wahr.

Damit Öl entstehen kann, sind ein paar Dinge nötig, unter anderem dass große Mengen wasserstoffreichen organischen Materials in kurzer Zeit unter Ausschluss von Sauerstoff verschüttet werden. Am häufigsten sind derartige Bedingungen in flachen Meeren in der Nähe von Kontinentalsockeln zu finden, wo das periodische Aufsteigen von nährstoffreichem Wasser aus der Tiefsee Plankton- und Algenblüten auslöst. Diese temporären Blüten kommen bald wieder zum Erliegen, sterben ab und fallen als Meeresschnee zum sauerstoffarmen Meeresboden hinab. Wenn sie schnell verschüttet werden, können sie am Ende unter Umständen zu Öl oder Gas werden. Für Lebewesen an Land ist es dagegen wahrscheinlicher, dass aus ihnen Torf und schließlich Kohle wird.

Daraus ergibt sich folgendes Bild:

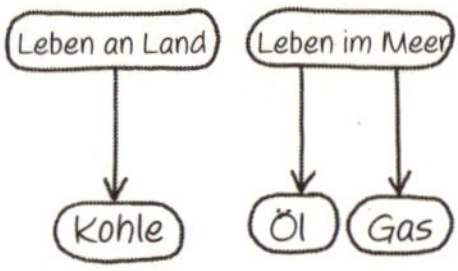

Allerdings ist die Bildung von Kohlenwasserstoff ein Prozess, der aus mehreren Schritten besteht und den viele Dinge beeinflussen können. Riesige Mengen organischen Materials werden ins Meer gespült, und während das meiste davon nicht als ölproduzierendes Sediment endet, passiert mit einem Teil davon genau das. Bei manchen Ölfeldern, etwa denen Australiens, scheint es, dass sie in großen Teilen aus Festlandquellen gespeist wurden. Dabei handelt es sich überwiegend um Pflanzen, aber es sind mit Sicherheit auch ein paar Tiere dabei.[2]

2 Hier lohnt es sich anzumerken, dass ein paar Arten – wie der Spinosaurus – zumindest teilweise im Wasser lebten, auch wenn die meisten Dinosaurier an Land lebten.

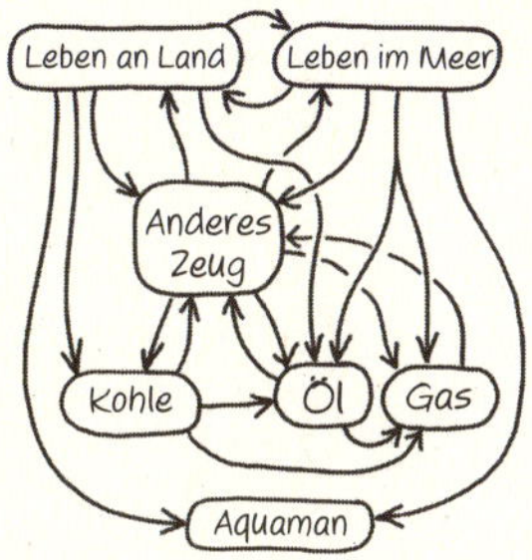

Aber egal, wo das Öl in Ihrem Plastikdinosaurier auch herkam, nur ein kleiner Bruchteil davon hätte direkt von echten Dinosaurierleichen stammen können. Falls es von einem Ölfeld aus dem Mesozoikum stammte, das in beträchtlichem Maße von Festlandmaterial gespeist wurde, könnte es einen leicht höheren Dinosaurieranteil enthalten; falls es von einem vor-mesozoischen, von Deckgestein versiegelten Ölfeld stammte, enthält es vielleicht überhaupt kein bisschen Dinosaurier. Es lässt sich unmöglich herausfinden, ohne jeden einzelnen Schritt des Herstellungsprozesses Ihres spezifischen Spielzeugs minutiös zurückzuverfolgen.

Im weiteren Sinne war das gesamte Wasser im Ozean irgendwann einmal Bestandteil eines Dinosauriers. Wenn dieses Wasser im Rahmen der Fotosynthese verwendet wird, werden seine Moleküle Teil der Fette und Kohlenhydrate in der Nahrungskette – aber genau jetzt befindet sich sehr viel *mehr* davon in Form von Wasser in Ihrem Körper.

Anders ausgedrückt, Ihr Plastikspielzeug enthält viel weniger Dinosaurier als Sie selbst.

#3
KURZE ANTWORTEN

> **?** Wie lang müssten sich zwei Menschen Ihrer Meinung nach ununterbrochen küssen, bis keine Lippen mehr da wären?
> *Asli*

ÜBERLEGEN SIE MAL, WIE IHRE LIPPEN FUNKTIONIEREN. Wenn sich Lippen abnutzen könnten, indem man sie auf andere Lippen presst, dann wären sie längst nicht mehr da.

> **?** Mein Unifreund und ich streiten schon seit Jahren über folgende Frage: Wenn man eine Million hungriger Ameisen zusammen mit einem Menschen in einen Glaswürfel steckte, wer würde eher lebend davonkommen?
> *Eric Bowman*

DIE LEUTE GEHEN IMMER DAVON AUS, DASS sich zwei Tiere, die man auf diese Weise zusammensteckt, bis aufs Blut bekämpfen werden – ein ziemlich Pokémon-artiges Biologieverständnis. Ich vermute, die größere Gefahr für Mensch und Ameisen würde von dem Glaswürfel ausgehen und nicht voneinander. Und falls sie es tatsächlich nach draußen schaffen sollten, würden aus meiner Sicht eher Sie und Ihr Freund in Gefahr schweben.

> **?** Was wäre, wenn die gesamte Menschheit ihre Differenzen beilegen und zusammen daran arbeiten würde, alle Unebenheiten der Erde auszugleichen und sie zu einer perfekten Kugel zu formen?
>
> *Erik Andersen*

SIE DÜRFTEN VERMUTLICH FESTSTELLEN, DASS das Projekt schnell ein paar neue Differenzen erzeugen würde.

? Die Leute reden viel darüber, einen Weltraumaufzug oder ein Gebäude zu bauen, die bis in die erdnahe Umlaufbahn reichen sollen, um beim Transport von Dingen in den Weltraum Zeit und Ressourcen zu sparen. Das hört sich jetzt vielleicht ziemlich bescheuert an, aber wieso hat noch niemand vorgeschlagen, eine Straße in den Weltraum zu bauen? Wenn man davon ausgeht, dass die Erdumlaufbahn nach allgemeiner Ansicht etwa 100 Kilometer weit draußen beginnt, könnte man dann nicht irgendwo in den Vereinigten Staaten einen 100 Kilometer hohen Berg bauen? Mein Vorschlag wäre Colorado, weil dieser Bundesstaat eine geringe Bevölkerungsdichte hat und bereits etwa eineinhalb Kilometer über dem Meeresspiegel liegt.

Brian

EIN 100-KILOMETER-BERG HÄTTE EIN Volumen von mehreren Millionen Kubikkilometern, was hinsichtlich der Gesteinsmenge grob geschätzt einer 100 Meter dicken Platte von der Größe Nordamerikas entspricht.

Die Frage ist also: *woraus* bauen?

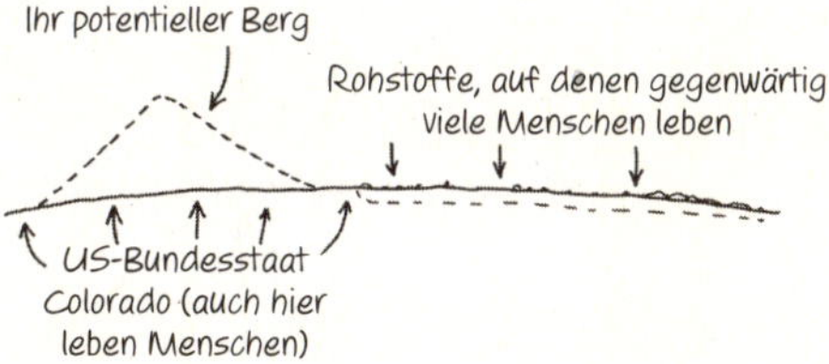

> **?** Wenn ich eine Rakete und eine Kugel durch den Mittelpunkt des Jupiter schießen würde, kämen sie auf der anderen Seite wieder raus?
>
> *James Wilson*

NEIN.

Wissenschaftliche Tatsache:

Jupiter ist kugelsicher

> **?** Was wäre, wenn sich der Mount Everest wie durch Zauberhand in reine Lava verwandelte? Was würde mit dem Leben passieren – müssten wir alle sterben?
>
> *Ian*

DAS LEBEN AUF DER ERDE WÄRE NICHT IN GEFAHR.

Auf der Erdoberfläche treten immer mal wieder große Lavamassen auf. Dieses Austreten, welches massive Felsplatten hervorbringt, die als »magmatische Großprovinzen« bezeichnet werden, bedeuten für das Leben auf der Erde keine guten Nachrichten. Der Fossilbericht weist fünf große Massenaussterben auf, und alle fünf[1]

1 Das bekanntlich durch einen Meteoriteneinschlag im heutigen Mexiko verursachte Aussterben der Dinosaurier wurde ebenfalls von einem dieser Schlorps, den Dekkan-Trapps im heutigen Indien, begleitet. Bei der Ankunft des kosmischen Felsbrockens war das Austreten der Lava bereits in vollem Gange, auch wenn es scheint, dass das Ereignis um jenen Zeitpunkt herum sehr viel schlimmer wurde. In der Wissenschaft wird bis heute darüber diskutiert, inwiefern die beiden Ereignisse miteinander zusammenhingen und wie sehr jedes für sich zum Aussterben beitrug. Ein Großteil des Aussterbens scheint im Moment des Einschlags passiert zu sein, sodass dieser entscheidend war, doch all die Lava hat das Ganze bestimmt nicht besser gemacht.

wurden von großen Lavamengen begleitet, die an die Oberfläche schlorpsten.

Das erste Auge hat sich vor rund einer halben Milliarde Jahren entwickelt, und das Massenaussterben im Perm ist vermutlich das Schlimmste, was Augen innerhalb dieses Zeitraums zu sehen bekommen haben. Eine enorme Lavaeruption im heutigen Sibirien pumpte riesige CO_2-Mengen in die Atmosphäre, was einen sprunghaften Anstieg der Temperaturen verursachte. Die Ozeane büßten an Sauerstoff ein und wurden zunehmend saurer, Wolken aus Giftgas rollten übers Land. Fast alles pflanzliche Leben wurde von den Kontinenten getilgt, woraufhin die Erde als trostloses sandiges Ödland zurückblieb. Fast alles, was lebte, starb.

Das Massenaussterben im Perm ging mit der Eruption von rund einer Million Kubikkilometern Lava einher. Zum Vergleich: Das Volumen des Mount Everest liegt – je nachdem, wie man ihn definiert – im Bereich von einigen Tausend Kubikkilometern. Weil das im Vergleich zu diesen magmatischen Großprovinzen ziemlich klein ist, würde Ihr Szenario wahrscheinlich nicht zu einem Massenaussterben in einer Größenordnung wie im Perm führen.

Allerdings gibt es uns Menschen auch noch nicht so lange. Deshalb wäre vermutlich selbst etwas, das nur ein Hundertstel so schlimm ist wie das Massenaussterben im Perm, noch immer das Schlimmste, was uns je passiert ist. Ich persönlich würde das Risiko nicht eingehen wollen.

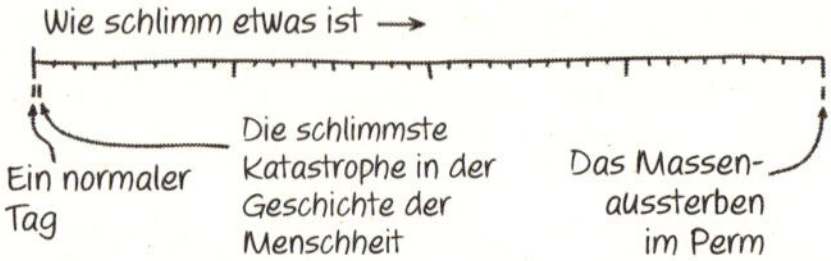

> **?** Kann man in den Marianengraben hinabstürzen oder würde man einfach darüber hinweg schwimmen?
>
> *Rodolfo Estrella*

BEIDES IST MÖGLICH.

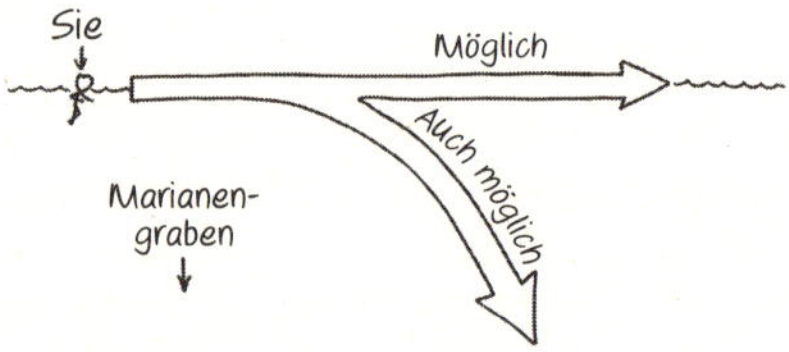

> **?** Ich spiele Dungeons & Dragons, und meine Spielleiterin möchte nicht zulassen, dass wir einen Windzauber benutzen, um Wind in die Segel eines Schiffs zu blasen und es in Bewegung zu setzen. Sie argumentiert, dass man diesen Zauber nicht dazu verwenden kann, ein Schiff zu bewegen, weil niemand, der sich auf einem Segelboot befindet, ein Gebläse auf das Segel richten und es damit antreiben kann. Wir halten dagegen, dass wir in der Lage sein sollten, das Schiff mit diesem Zauber segeln zu lassen, denn schließlich schleudert er einen nicht zurück, wenn man ihn benutzt. Sie sagt, dass sie es nur erlaubt, wenn Sie das auch so sehen.
>
> *Georgia Paterson und Allison Adams*

NATÜRLICH IST MAGIE MAGISCH, und deshalb funktioniert es genau so, wie eure Spielleiterin es sagt. Davon abgesehen bin ich ganz auf eurer Seite. Wenn der Zauber euch nicht zurückschleudert, wenn ihr ihn einsetzt, dann stößt er sich entweder von etwas anderem ab oder er gehorcht überhaupt nicht den Gesetzen der Physik. Es gibt also keinen Grund zu erwarten, dass er das Boot nicht in Bewegung setzen würde.

Und davon abgesehen – selbst wenn euch der Zauber bei der Anwendung *tatsächlich* zurückschleudern sollte, könnt ihr das Boot trotzdem damit anschieben. Schließlich können Gebläse Boote *durchaus* antreiben.

Ihr müsst den Zauber einfach nur in die andere Richtung abgeben.

? Was wäre, wenn ich auf dem Saturnmond Titan ein Streichholz anreißen würde? Würde es sich entzünden, wenn es keinen Sauerstoff gibt?

Ethan Fitzgibbon

ES WÜRDE FUNKEN SCHLAGEN UND dann verlöschen.

Feuer entsteht, wenn ein Oxidationsmittel – in der Regel Sauerstoff – mit einem Brennstoff reagiert. Um die Reaktion in Gang zu setzen, enthalten Streichhölzer einen kleinen Vorrat an Brennstoff und Oxidationsmittel[2], die beim Anreißen des Streichholzes vermischt werden und die Reaktion starten. Sobald das passiert ist, springt der Sauerstoff in der Atmosphäre ein.

Auf dem Titan, wo die Atmosphäre aus Methan und Stickstoff besteht, würde das Streichholz ausgehen, sobald das Oxidationsmittel verbraucht wäre.

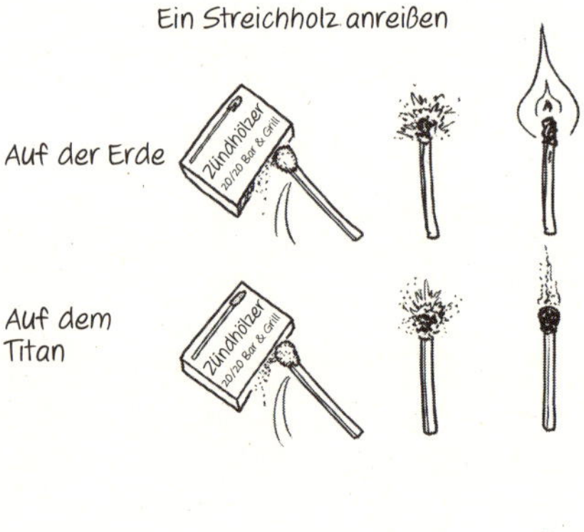

2 Das bei Streichhölzern häufigste Oxidationsmittel, Kaliumchlorat, erzeugt beim Erhitzen Sauerstoff und wird manchmal als Notfallquelle für Atemluft verwendet. Die Sauerstoffmasken in zivilen Verkehrsflugzeugen sind oft mit Klümpchen aus Kaliumchlorat verbunden. Beim Herabfallen der Maske wird ein Stift gezogen und eine chemische Reaktion in Gang gesetzt, die das Kaliumchlorat erhitzt, um Sauerstoff zu erzeugen.

?

Ich habe in einem sozialen Netzwerk die Frage gepostet, welche kleinstmögliche Veränderung die größtmögliche Katastrophe auslösen würde. In einer der Antworten, die ich erhielt, hieß es: »Wenn jedes Atom ein Proton zusätzlich erhielte.« Meine Frage an Sie lautet also: Was würde passieren, wenn jedes Atom ein Proton dazugewänne?

Olivia Caputo

SOG-AQUARIUM

Als Kind habe ich herausgefunden, dass ich ein Behältnis in einem Pool mit Wasser füllen und (mit der Öffnung nach unten) an die Wasseroberfläche holen konnte, wobei der Wasserstand in meinem Behältnis höher war als der Wasserstand im Pool. Was würde passieren, wenn man das Gleiche mit einem riesigen Behältnis im Meer versuchen würde? Könnte man ein riesiges Aquarium auf dem Wasser erzeugen, in das die Tiere ungehindert rein- und wieder rausschwimmen könnten? Vielleicht ein unregelmäßig geformtes Behältnis, auf dem man herumlaufen könnte, um näher an die Fische ranzukommen?

Caroline Collett

DAS KÖNNTE KLAPPEN.

Wenn man ein nach unten offenes Behältnis aus dem Wasser hebt, wird das Wasser darin nach oben gesaugt.

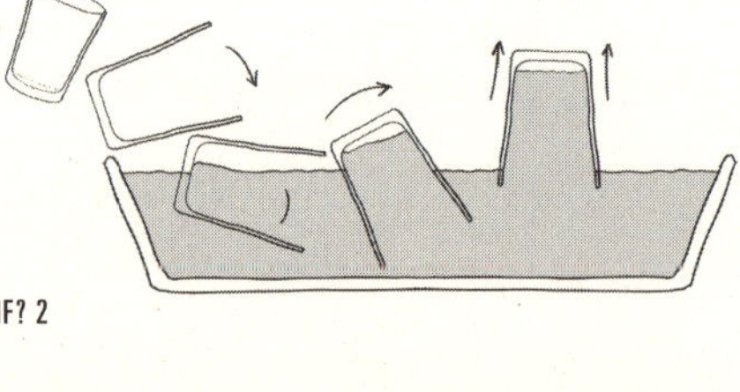

Hippe Aquariumhersteller bauen manchmal über die Wasseroberfläche herausragende Röhren ein, die sie als »Fischturm« oder »Fischsäule« bezeichnen. Sie könnten es ihnen gleichtun und ein großes Behältnis im Meer platzieren, was Ihnen eine erhöhte Säule aus Meerwasser zum Betrachten bescheren würde.

Nehmen wir an, Sie versuchen es.

Sie bauen eine riesige Glaseinfassung aus Aquariumglas, stellen sie auf Stützen ins Meer, versiegeln die Oberseite und heben sie dann an, wodurch sich eine meterhohe Wassersäule über die Wasseroberfläche erhebt.

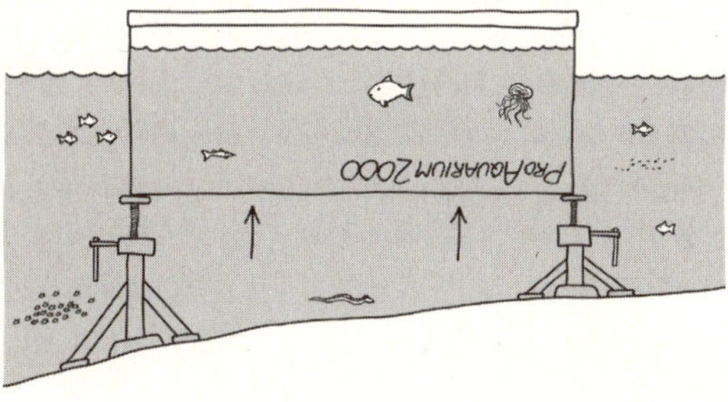

Das Wasser wird durch die Sogwirkung oberhalb der Wasseroberfläche gehalten – das Fehlen des Luftdrucks von oben, der es normalerweise nach unten drückt. Physiker werden an dieser Stelle anmerken, dass es eigentlich der Luftdruck auf dem Rest des Meeres ist, welcher das Wasser nach oben drückt, und nicht die Sogwirkung im Inneren der Säule, die daran zieht – und das stimmt auch. Aber mal unter uns: Wenn Sie das einmal verstanden haben, ist es manchmal trotzdem leichter, sich das Ganze als Sog vorzustellen. Ich finde das in Ordnung. Passen Sie einfach auf, dass kein Physiker zuhört.

Normales Wasser unterliegt an der Oberfläche dem Druck einer Standardatmosphäre, unter Wasser ist der Druck höher. Der Sog[1] bedeutet, dass das Wasser in der Säule einem *niedrigeren* Druck als einer Atmosphäre ausgesetzt ist. Der Druck an der Wasseroberfläche im Inneren des Aquariums, einen Meter über dem Meeresspiegel, liegt bei etwas weniger als 90 Prozent einer Atmosphäre. Das ist vergleichbar mit dem Luftdruck höher gelegener Städte wie etwa Denver. Sie würden den Druckunterschied wahrscheinlich gar nicht bemerken, wenn Sie nach drinnen schwimmen und auftauchen würden, weil Ihre Ohren sowieso damit beschäftigt wären, die Druckunterschiede des Tauchgangs auszugleichen.

Doch selbst wenn Sie es nicht merken, werden es die Fische ganz bestimmt tun. Meereslebewesen sind in der Regel im Hinblick auf Druckunterschiede sehr sensibel, weil sich der Druck schon bei kurzen Auf- und Abbewegungen im Wasser sehr schnell ändert. Viele Fische regulieren ihren Auftrieb mithilfe von Schwimmblasen, die ihnen auch helfen, sich im Wasser aufrecht zu halten. Beim Auf- oder Abtauchen ändert sich ihr Auftrieb, und um das zu kompensieren, müssen sie ihr Schwimmverhalten so lange ändern, bis sich die Gasmenge in ihren Schwimmblasen angeglichen hat.

Selbst Meereslebewesen wie Haie, die keine Schwimmblasen haben, nehmen Druckveränderungen wahr. Als 2001 ein tropischer Wirbelsturm auf die Küste Floridas zuhielt, beobachteten Meeresbiologen und -biologinnen Kleine Schwarzspitzenhaie, die vor der Ankunft des Sturms auf den offenen Ozean hinausschwam-

1 Psst!

men – vermutlich um den starken Strömungen und tosenden Wellen in den flachen Küstengewässern zu entgehen. Dabei legen Untersuchungen der Meeresforscherin Michelle Heupel und ihres Forschungsteams nahe, dass die Haie nicht auf Wind oder Wellen reagierten; vielmehr begannen sie mit ihrer Evakuierung in dem Augenblick, als sie spürten, wie der Luftdruck unter das für die Jahreszeit normale Niveau fiel.

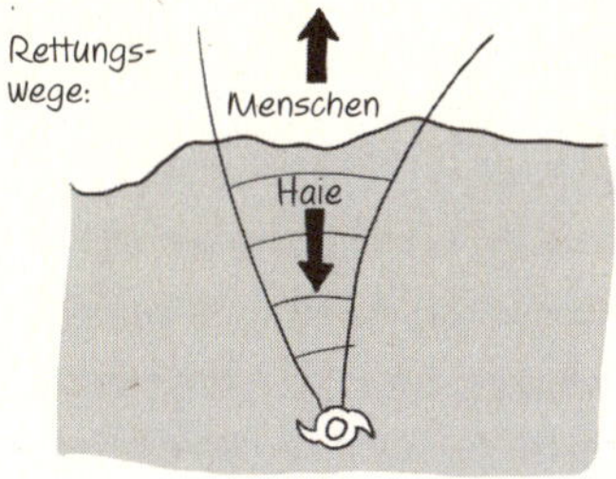

Fische werden keine Schwierigkeiten haben, in Ihrem Aquarium herumzuschwimmen, weil sie problemlos bei 90 Prozent des Luftdrucks auf Normalnull überleben können. Es kann aber sein, dass der veränderte Druck sie verwirrt. Es würde ihnen nicht schaden, könnte aber dazu führen, dass sie den plötzlichen Druckabfall als heraufziehenden Hurrikan fehlinterpretieren.

In einem ein Meter hohen Aquarium kann man ein paar interessante marine Lebensformen beobachten, doch wenn Sie richtig coole Meeresbewohner darin unterbringen wollen – zum Beispiel den berüchtigten Weißen Hai –, müssen Sie es schon noch ein bisschen weiter anheben. Ihr Behältnis reicht nämlich kaum aus, um die Rückenflosse eines ausgewachsenen Weißen Hais darin unterzubringen.

Der größte Bereich im Monterey Bay Aquarium trägt den Namen »Open Sea« und wartet mit einem über zehn Meter tiefen Aquarium auf. Man könnte meinen, es wäre super, die Tiefe Ihres Aquariums auf über zehn Meter zu bringen und so selbst für die größten Haie genug Platz zu haben.

Das würde aber nicht gut ausgehen.

Der Sog, der Wasser nach oben hebt, entsteht durch das Gewicht der Luft, die auf die Meeresoberfläche nach unten drückt. Der Luftdruck ist aber nicht stark genug, um eine Wassersäule mehr als 10 Meter weit nach oben zu heben. Sobald Ihre Wassersäule bei etwa 10 Meter angelangt wäre, würde ihre Oberfläche nicht weiter in die Höhe steigen – egal, wie viel höher Sie die Einfassung auch anheben würden. Stattdessen würde sich im oberen Bereich ein Vakuum auftun und das Wasser an der Oberfläche wegen des niedrigen Drucks zu kochen beginnen.

Falls Sie nicht wissen, wie hoch der Luftdruck in Ihrer Gegend ist, können Sie ihn durch einen Blick auf die Höhe des Wassers in der Röhre berechnen. Genau so funktionieren viele Barometer, wenngleich sie normalerweise Quecksilber statt Wasser nutzen, weil Quecksilber schwerer ist und damit kürzere Säulen ermöglicht. (Außerdem verkocht das Quecksilber an der Oberfläche nicht.) Wird der Druck als Millimeter-Quecksilbersäule oder mmHg angegeben, misst man damit die Höhe der Säule in einem Quecksilber-Sog-Aquarium.

Ihr Aquarium wäre allerdings ein schlechtes Barometer. Das kochende Wasser im oberen Bereich würde Dunst erzeugen, welcher das Vakuum füllen, das Wasser ein bisschen nach unten drücken und Ihnen ein ungenaues Resultat bescheren würde. *Genauso wenig* würde es als Aquarium funktionieren.

So würden Fische, die in der Säule nach oben schwimmen, feststellen, dass sich ihre Schwimmblasen zu sehr ausdehnen, wodurch sie unter Umständen unkontrolliert auftreiben würden. Im Flussbau greifen Fachleute bisweilen auf Hebewehre zurück, um Wasser mithilfe der Sogwirkung über ein Hindernis fließen zu lassen, wobei manchmal auch Fische durch die Schläuche schwimmen. Wenn solche Wehre die Fische mehr als etwa 1,5 bis 3 Meter hoch über das normale Niveau heben, führt die Druckveränderung zu schwerwiegenden oder sogar tödlichen Verletzungen, die denen von Tiefseefischen ähneln, die zu schnell an die Oberfläche gebracht werden.

Auch für alle Luft atmenden Säugetiere, die zu ihrem Unglück in so ein Sog-Aquarium hineinschwimmen, ist dies gefährlich. Bei dem Versuch aufzutauchen, würde sich die Luft in ihren Lungen ausdehnen und, sofern sie nicht ausatmeten, womöglich zu Lungenschäden führen. Sobald sie zur Oberfläche gelangten, müssten sie feststellen, dass die Luft, die in der Luftblase verbleibt, zu dünn zum Atmen wäre – ähnlich wie die Luft in der Todeszone auf dem Mount Everest.

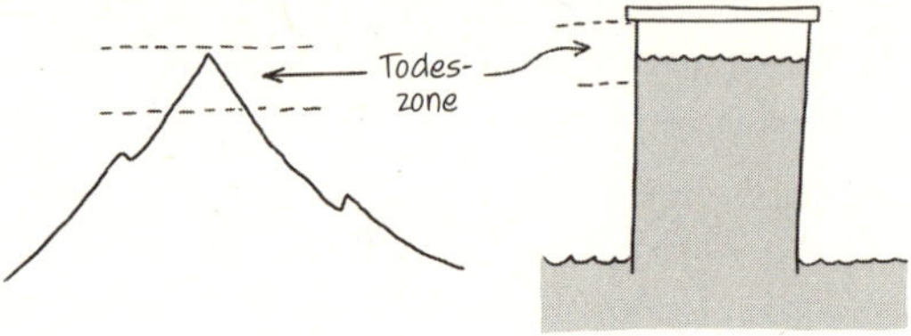

Zum Glück wäre es ziemlich schwierig, so ein Aquarium zu bauen. Darüber hinaus wäre es nur von kurzer Dauer! Wenn Sie versuchen, ein Aquarium dieser Art zu errichten, werden Sie merken, dass der Wasserspiegel mit der Zeit fällt. Wasser enthält gelösten Sauerstoff, der bei einer Verringerung des Drucks entweicht. Gelöster Sauerstoff würde das Wasser im Inneren Ihrer Säule verlassen und allmählich den Raum im oberen Bereich des Aquariums füllen, was den Druck steigen lassen und den Sog schwächen würde. Mit der Zeit würde das Wasser in den Ozean zurückfließen.

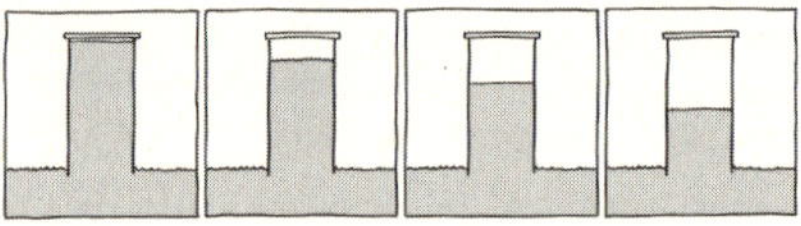

Andere Gasquellen könnten dazu führen, dass das Wasser sogar noch schneller aus Ihrem Aquarium abläuft. Luft atmende Säugetiere stoßen beim Schwimmen manchmal Gase aus, und es könnte gut sein, dass dann und wann ein Wal unter Ihrem Aquarium vorbeischwimmt.

Mit anderen Worten …

… es wäre denkbar, dass Ihr Aquarium durch Walfürze zerstört wird.

IRDISCHES AUGE

Wenn die Erde ein gigantisches Auge wäre, wie weit könnte es sehen?

Alasdair

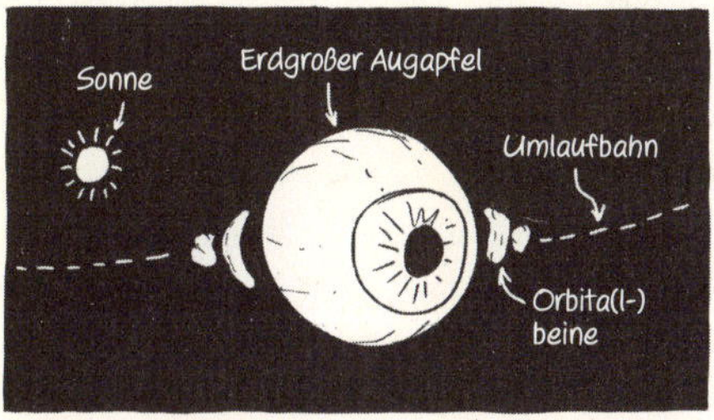

EIN AUGE VON DER GRÖSSE DER ERDE besäße eine mehrere Tausend Kilometer weite Pupille. Eine Kontaktlinse würde bis zum Rand dessen vorspringen, was eigentlich die Atmosphäre sein sollte, und eine einzige Träne würde etwa so viel Wasser enthalten wie alle Ozeane der Erde zusammen.

Ein echter erdgroßer Augapfel würde nicht funktionieren. Licht wäre nicht in der Lage, durch einen so großen Glaskörper zu dringen, sodass die Netzhaut nichts als Dunkelheit sähe, während die Linse nicht in der Lage wäre, ihre Form gegen die Schwerkraft zu bewahren, und das Auge somit nicht fokussieren könnte. Das Vergrößern der Netzhaut würde ebenfalls Probleme mit sich bringen –

wenn man die einzelnen Zellen größer macht, sind sie nicht mehr in der Lage, die Wellenlängen des sichtbaren Lichts wahrzunehmen.

Stellen wir uns also, um derartigen Problemen aus dem Weg zu gehen, einen erdgroßen Augapfel vor, der wie die größere Version eines normalen Auges funktioniert – mit einer im Verhältnis größeren Pupille und einem ebenso größeren Netzhautbereich, aber der gleichen Form und Transparenz eines kleineren Auges. Dieser Augapfel hätte ein unheimlich gutes Sehvermögen. Die Auflösung eines Teleskops hängt davon ab, wie groß seine Lichtöffnung ist – was auch der Grund ist, warum eine Kamera mit einem großen Teleobjektiv besser ranzoomen kann als die Kamera in Ihrem Smartphone –, und die riesige Pupille und Linse jenes Auges würden ihm eine enorme Lichtstärke verschaffen.

Solange eine Linse frei von Fehlern und Farbverfälschungen ist, wird der Grad ihrer Fähigkeit zur Detailwahrnehmung hauptsächlich durch Beugung limitiert, eine durch den Wellencharakter des Lichts verursachte Unschärfe.

$$\text{Winkelauflösung} = 1{,}22 \times \frac{\text{Wellenlänge des Lichts}}{\text{Linsendurchmesser}}$$

$$\text{Sichtweite} = \frac{\text{Größe des Objekts}}{\text{Winkelauflösung}}$$

Wenn wir uns ein T-Shirt mit Punkten anschauen, die 5 Zentimeter auseinanderliegen, können wir die Gleichung zur Sichtbarkeitsentfernung nutzen und damit berechnen, dass die einzelnen Punkte nicht mehr sichtbar sein werden, wenn man das Shirt aus über 200 Metern Entfernung sieht, und der Stoff stattdessen einfarbig erscheinen wird.

Wie das T-Shirt aus der Nähe aussieht

Wie das T-Shirt aus 200 Metern Entfernung aussieht

Die Auflösung eines Auges von der Größe der Erde wäre eine halbe Milliarde Mal besser als die Auflösung eines normalen Auges. Dieses Auge könnte, da es nur durch die Beugung limitiert wäre, sehen, ob ein T-Shirt, das von einem Astronauten *auf dem Mars* getragen wird, gemustert oder einfarbig ist.

Theoretisch könnte man mit diesem Teleskop eine bedruckte Seite lesen, die auf der Mondoberfläche liegt, oder die Form der Kontinente auf der Oberfläche eines Exoplaneten erkennen, der um Alpha Centauri kreist.

Die Frage »Wie *weit* könnte der Augapfel sehen?« ist eigentlich ziemlich leicht zu beantworten – genau wie das James-Webb-Weltraumteleskop wäre es in der Lage, in so ziemlich alle Ecken des Universums zu schauen. Das Licht von den am weitesten entfernten Bereichen des beobachtbaren Universums ist durch die Expansion des Weltraums gestreckt worden, weshalb sich das meiste davon in den Infrarotbereich verlagert hat, doch das Erdauge wäre durchaus in der Lage, ein paar der entferntesten Galaxien klar und deutlich zu sehen.

Aufgrund des Flimmerns des Weltraums dürfte das Auge womöglich aber keine Details jener Galaxien ausmachen können.

Große Teleskope auf der Erde werden durch atomsphärische Turbulenzen gestört. Bilder von weit entfernten Objekten flimmern und werden unscharf, weil die Luft ihr Licht beugt und verzerrt. Diese Luftunruhe erfordert eine ausgeklügelte adaptive Optik, um dem Ganzen entgegenzuwirken, und reduziert die Auflösung erdgebundener Teleskope auf einen Bereich unter den theoretisch möglichen Beugungsgrenzen. Vom Weltraum aus werden die Bilder viel schärfer, sodass Weltraumteleskope in der Erdumlaufbahn genau an jenen Beugungsgrenzen operieren können.

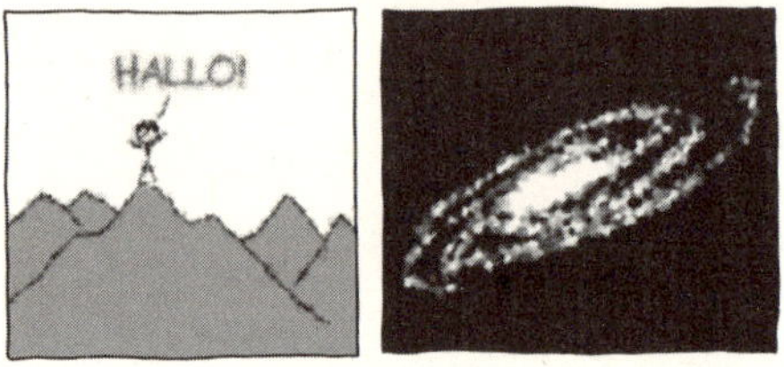

Atmosphärischer Dunst

Für einen erdgroßen Augapfel dürfte der Weltraum *selbst* dunstig und turbulent sein. In einem Artikel aus dem Jahr 2015 spricht der Astronom Eric Steinbring davon, dass Quantenfluktuationen in der Struktur des Weltraums das Licht entfernter Galaxien auf die gleiche Weise verzerren könnten, wie die Luft das Licht von Bergen in der Ferne verzerrt. Diese Verzerrung ist zu gering, um die Bilder unserer heutigen Weltraumteleskope zu beeinträchtigen. Sie könnte aber durchaus größere Teleskope beeinflussen und die Sicht eines erdgroßen Auges trüben.

Ein erdgroßes Auge könnte dennoch viel weiter sehen als ein normales menschliches Auge, selbst wenn die Dinge, die es sähe, unscharf wären. Das entfernteste Objekt, das ein durchschnittliches menschliches Auge verlässlich sehen kann, ist weniger als 3 Millionen Lichtjahre weit weg – die Andromedagalaxie, bei guten Augen und dunklem Himmel vielleicht auch der Dreiecksnebel. Das entspricht weniger als 0,01 Prozent der Entfernung zum Rand des beobachtbaren Universums. Der ganze Rest des Universums ist zu weit weg und sein Licht ist zu schwach, als dass wir ihn sehen könnten.

Die folgende Zeichnung zeigt die Milchstraße, die Andromedagalaxie und den Dreiecksnebel als drei Punkte. Wenn Sie dieses Buch in der Mitte einer Turnhalle auf den Boden legen, ist der Rand des beobachtbaren Universums ungefähr so weit entfernt wie die Wände der Halle. Alles, was sie sehen können, wenn Sie nach oben in den Nachthimmel schauen, befindet sich innerhalb des kleinen Kreises in der Mitte – ein winziger Bereich in einem weit ausgedehnten Universum.

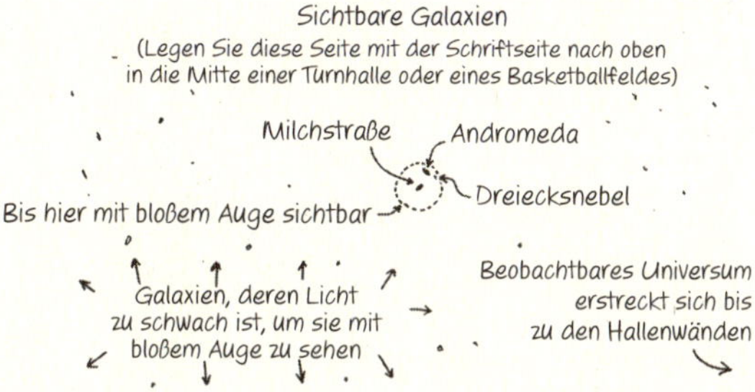

Doch obwohl unsere Sicht die meiste Zeit über auf Objekte innerhalb dieses Kreises beschränkt ist, können wir in manchen Fällen viel, viel weiter sehen.

Die Nacht vom 18. auf den 19. März 2008 war in weiten Teilen Nordamerikas bewölkt, doch der Himmel in Mexiko und im Südwesten der USA war klar. Hätten Sie in jener Nacht genau zum richtigen Zeitpunkt hoch zum Himmel geschaut, dann hätten Sie womöglich für rund 30 Sekunden einen schwachen Punkt im Sternbild Bärenhüter auftauchen sehen. Dieses Licht war der Blitz vom Kollaps eines supermassereichen Sterns in etwa 10 Milliarden Lichtjahren Entfernung[1], viele Tausend Male ferner als Andromeda. Damit stellte er einen neuen Rekord für das am weitesten entfernte bekannte Objekt auf, das mit bloßem Auge sichtbar war.

Solche kollabierenden Sterne emittieren – aus Gründen, die wir noch immer nicht ganz verstehen – von ihrem Nord- und Südpol aus Energiestrahlen. Da die Drehachse von GRB 080319B zufällig genau auf einer Linie mit der Erde lag, traf uns dieser Strahl. Deshalb war er selbst auf eine Entfernung von mehreren Milliarden Lichtjahren sichtbar. Die Explosion feuerte einen bleistiftdicken Lichtstrahl, eine Art kosmischen Laserpointer, quer durchs Universum direkt in unsere Augen.

1 Obwohl sich die Explosion vor etwa 7,5 Milliarden Jahren ereignete, hat die Ausdehnung des Universums sie seither weiter davongetragen, sodass sie weiter als 7,5 Milliarden Lichtjahre weg war.

Für das menschliche Auge dürfte das Licht von GRB 080319B ziemlich schwach ausgesehen haben, während es für eine Pupille von mehreren Tausend Kilometern Durchmesser möglicherweise blendend hell gewesen wäre. Es dürften sogar alle sichtbaren Sterne viel zu grell sein, um sie zu betrachten, weil das gebündelte Sonnenlicht die Oberfläche der gigantischen Netzhaut verbrennen könnte. Die meisten Menschen mit Augen im Kopf lernen, dass es gefährlich ist, direkt in die Sonne zu schauen. Aber auch der Blick auf andere Sterne dürfte für ein Auge von der Größe eines Planeten, das in der Lage ist, so viel Licht auf einen winzigen Punkt zu bündeln, gefährlich sein.

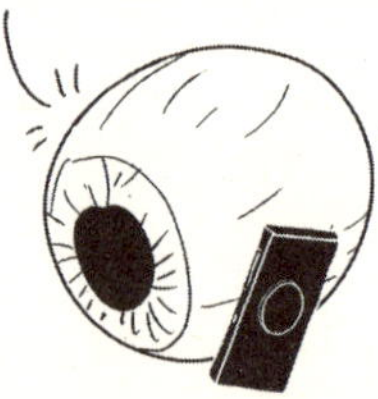

ROM AN EINEM TAG ERBAUEN

Wie viele Leute wären nötig, um Rom an einem Tag zu erbauen?

Lauren

DAS NADELÖHR IST NICHT UNBEDINGT die Zahl der Leute. Wie schon der alte Spruch sagt: Zu viele Köche verderben den Brei. Wenn man immer mehr Leute hinschickt, um Rom zu errichten, wird man irgendwann nur noch ein wildes und unkoordiniertes Chaos vorfinden.

Der Bauingenieur Daniel W. M. Chan und sein Team verwendeten für eine Reihe von Untersuchungen Daten aus den 1990er- und 2000er-Jahren zu Bauvorhaben in Hongkong, um mit ihrer Hilfe Berechnungsformeln dafür zu entwickeln, wie lange der Abschluss von Bauprojekten auf der Grundlage ihrer Gesamtkosten und ihrer realen Größe dauert.

Im Interesse einer sehr groben Schätzung legt ein Blick auf das Bruttoinlandsprodukt und die Immobilienwerte in ähnlich großen Städten nahe, dass der Gesamtwert aller Immobilien in Rom bei ungefähr 144 Milliarden Euro liegt. Wenn wir annehmen – noch mal, es handelt sich hier um eine sehr grobe Schätzung –, dass die Baukosten etwa 60 Prozent des Marktwerts betragen, dann belaufen sich die Kosten für die Errichtung Roms auf etwas mehr als 86 Milliarden Euro.[1] Wenn man diese Zahl nun in Chans Formel einfügt, lässt sie uns vermuten, dass der Bau von Rom 10 bis 15 Jahre dauern sollte. Wollten wir die Stadt in einem Tag fertigstellen, müssten wir das Ganze um den Faktor 5000 oder so beschleunigen.

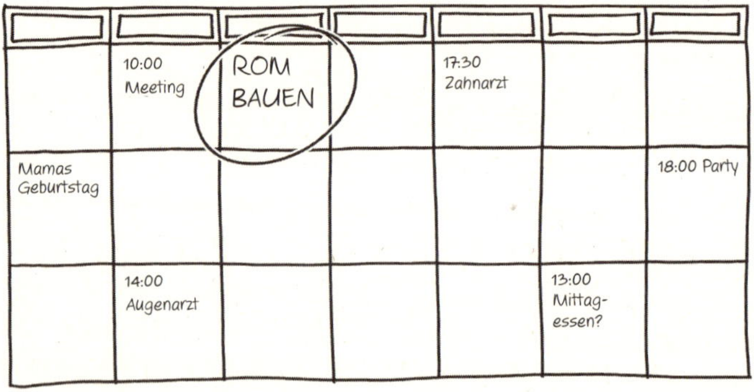

Mehr Leute können das Ganze nur bis zu einem gewissen Punkt beschleunigen. Das Nadelöhr wird irgendwann vor allem darin bestehen, die ganzen Leute auszubilden und zu koordinieren, um gigantische Staus zu vermeiden, während Lieferwagen immer mehr Menschen und Material herankarren. Man sagt, dass alle Wege nach Rom führen, was durchaus helfen würde, wenn es denn wahr wäre, doch ein kurzer Blick auf eine Landkarte zeigt, dass viele Straßen auf ganz anderen Kontinenten liegen.

1 Ein Blick auf ein paar US-amerikanische Städte zeigt uns, dass der Gesamtwert aller Immobilien einer Region in der Regel ein bisschen höher ist als das jährliche BIP der betreffenden Region. So wurde der Gesamtwert aller Immobilien in Cook County im Bundesstaat Illinois (Chicago) im Jahr 2018 auf ungefähr 600 Milliarden US-Dollar geschätzt, während das BIP des Bezirks bei knapp 400 Milliarden US-Dollar lag. New York City besitzt Immobilien im Wert von über 1,6 Billionen US-Dollar und ein BIP von 1 Billion US-Dollar. Das BIP von Rom liegt bei etwas über 100 Milliarden US-Dollar (etwa 96 Milliarden Euro), was nahelegt, dass der Gesamtwert aller Immobilien irgendwo bei 144 Milliarden Euro liegen dürfte.

Aber nehmen wir einfach mal an, dass wir die gesamte Weltbevölkerung[2] zusammentrommeln und all die Probleme bezüglich Ausbildung, Koordination und Verkehr lösen könnten, und konzentrieren uns nur auf den Aspekt der Arbeit. Wie schnell könnten wir Rom erbauen? Probieren wir ein paar unterschiedliche Ansätze aus, um die Antwort zu schätzen, und schauen uns an, inwieweit sie übereinstimmen.

Kürzlich haben Freunde von mir in ihrem Badezimmer einen neuen Fliesenboden verlegen lassen, wobei die Arbeitskosten fürs Fliesenlegen bei rund 100 Euro pro Quadratmeter lagen. Nehmen wir mal an – ich weiß, das klingt weit hergeholt, aber haben Sie etwas Geduld mit mir –, dass eine Stadt das Gleiche ist wie ein Fußboden aus Fliesen. Rom hat eine Fläche von 1285 Quadratkilometern, und das bedeutet, es würde etwa 130 Milliarden Euro kosten, die ganze Stadt zu fliesen, zumindest wenn die Stadt dieselbe Firma beauftragen würde wie meine Freunde.[3] Wenn die Welt rund 20 €/Stunde verlangt, dann sind das 7 Milliarden Stunden. Demnach sollten wir mit 8 Milliarden Menschen, die mit anpacken, in der Lage sein, das Ganze in etwas unter einer Stunde zu schaffen.

[2] Die gesamte Weltbevölkerung an einem Ort zu versammeln, wäre eine schlechte Idee, wie schon im Kapitel »Alle Welt hüpft« von *What if?* erörtert. Rom hat eine Fläche von 1285 Quadratkilometern, was bedeutet, dass wir mit moshpitartiger Dichte von sechs bis sieben Leuten pro Quadratmeter zusammengepfercht wären. Eine Menschenmenge, die viel zu dicht ist, um bequem herumzustehen, geschweige denn, Bauarbeiten zu verrichten.

[3] Wenn die Kommunalregierung von Rom einen Kostenvoranschlag wünscht, kann ich den Kontakt herstellen.

Versuchen wir es mit einem anderen Ansatz. Wenn wir unsere BIP-basierte Kostenschätzung von rund 86 Milliarden Euro für den Bau Roms hernehmen, und wenn 30 Prozent der Baukosten Arbeitskosten sind, dann sollte es bei rund 20 €/Stunde etwas unter 1,3 Milliarden Arbeitsstunden dauern, um Rom zu errichten. Mit 8 Milliarden arbeitenden Menschen landen wir hier bei knapp 10 Minuten – ein bisschen schneller als unsere Fliesenschätzung, aber noch immer in der gleichen Größenordnung.

Zeit, um Rom zu bauen

Ansatz	Ergebnis	ggü. historischen Fakten
Badezimmer-fliesen-Methode	50 Minuten	25 000 000 Mal schneller
Grobe BIP-Schätzung	10 Minuten	90 000 000 Mal schneller

Natürlich ist der Ansatz, eine Stadt voller Denkmäler, historisch bedeutender Kunstwerke und unbezahlbarer Schätze als Fliesenboden oder modernes Apartmentgebäude darzustellen, völlig unsinnig. Nähern wir uns dem Ganzen also aus einer anderen Richtung.

Die Decke der Sixtinischen Kapelle zählt zu den bekanntesten und kulturell bedeutendsten Kunstwerken der Welt. Michelangelo hat die ausgedehnte Serie von Gemälden, die eine Fläche von 523 Quadratmetern bedeckt, in vier Jahren erschaffen.[4]

Wenn wir annehmen, dass Michelangelo 40 Stunden pro Woche und 52 Wochen im Jahr gemalt hat, dann hat er mit einer Rate von 16 Stunden pro Quadratmeter gearbeitet. Bei diesem Tempo würde es 20 Milliarden Michelangelo-Stunden dauern, um ganz Rom mit einem stadtgroßen Meisterwerk aus der Renaissance zu überziehen. Auf 8 Milliarden Leute verteilt, sind das nur 2,5 Stunden beziehungsweise 150 Minuten Arbeitszeit.

[4] Maler sagen, dass er das an einem Wochenende geschafft hätte, wenn er eine Farbrolle verwendet hätte.

Zeit, um Rom zu bauen

Ansatz	Ergebnis	ggü. historischen Fakten
Badezimmer-fliesen-Methode	50 Minuten	25 000 000 Mal schneller
Grobe BIP-Schätzung	10 Minuten	90 000 000 Mal schneller
Sixtinische-Kapelle-Methode	150 Minuten	9 000 000 Mal schneller

Das unterscheidet sich nicht grundlegend von der 50-Minuten-Schätzung, die wir bei der Darstellung der Stadt als Fliesenboden herausbekommen haben, und legt einmal mehr nahe, dass es vom Standpunkt der Arbeit aus gar nicht so unglaubwürdig ist, Rom an einem Tag zu erbauen, wie es scheint.

Natürlich kann man Rom aber nicht an einem Tag erbauen. Zuerst mal wurde es bereits erbaut, sodass die Leute dort sauer wären, wenn Sie es noch mal versuchen würden. Und selbst wenn Sie Rom woanders errichten würden, wären Sie nicht in der Lage, die ganzen Leute in dem dafür nötigen Bereich unterzubringen und mit den erforderlichen Arbeitsmaterialien zu versorgen, um ihren individuellen Anteil zu leisten – geschweige denn dafür zu sorgen, dass alle bei der Sache bleiben und den Zeitplan einhalten.

Abgesehen von der Aufgabe, einfach zu entscheiden, wer sich um was kümmert, stünden Sie außerdem vor organisatorischen Problemen. Die Sixtinische Kapelle steht im Vatikan, der zwar in Rom liegt, genau genommen aber nicht zu Rom gehört, weshalb unklar ist, ob sie in Laurens Bauprojekt mit einbezogen wird oder nicht. Wenn dem so ist, wird das Bemalen der Kapellendecke auf Tausende unterschiedliche Personen verteilt werden.

Rechnen Sie also mit dem ein oder anderen Stilbruch.

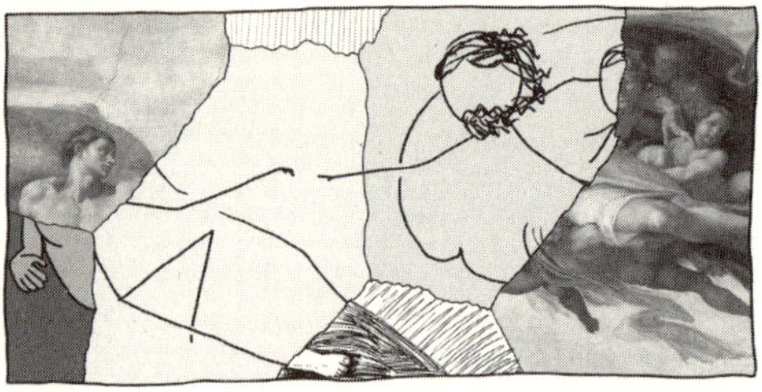

MARIANENGRABEN-RÖHRE

Wenn ich eine 20 Meter breite Röhre aus unzerstörbarem Glas im Meer platzieren würde, die bis ganz nach unten zum tiefsten Punkt des Ozeans reicht, wie wäre es, dort unten zu stehen? Wir wollen annehmen, dass der Lauf der Sonne genau senkrecht darüber vorbeiführt.

Zoku Čulo, Kanada

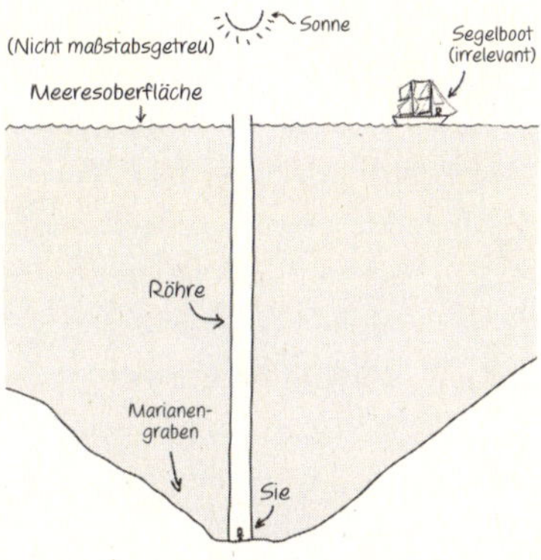

IHRE RÖHRE WÄRE DREIMAL SO TIEF wie die tiefsten Bergwerke. In tiefen Stollen herrschen Hitze und hoher Luftdruck. In Ihrer Röhre wäre Hitze nicht das Problem – die Hitze in Bergwerken stammt vom Gestein, das, je weiter man nach unten geht, immer heißer wird. In der Tiefsee liegt die Temperatur kaum über dem Gefrierpunkt, sodass die Wände Ihrer Röhre kalt wären und die Luft kühl halten würden.

Der Luftdruck in der Röhre wäre sehr hoch, ein Mehrfaches des Drucks an der Oberfläche. Dieser Druck hätte mit dem unter Hochdruck stehenden Wasser um Sie herum nichts zu tun, weil es von der Röhre zurückgehalten würde. Der hohe Druck wäre so hoch, weil sie sich so weit unter dem Meeresspiegel befänden. Beim Abstieg verdoppelt sich der Luftdruck alle 6 Kilometer, sodass er in 10 Kilometern Tiefe fast viermal so hoch wäre wie gewohnt. Zum Glück kommen Menschen mit derartigen Druckveränderungen ohne größere Probleme zurecht: Zur Behandlung bestimmter gesundheitlicher Beschwerden werden Menschen in hyperbaren Kammern ähnlichen Druckverhältnissen ausgesetzt. Sie sollten lediglich dafür sorgen, langsam nach unten zu steigen, um die sogenannte Taucherkrankheit zu vermeiden.

Die Sonne wird nur an wenigen Tagen im Jahr direkt über die Röhrenöffnung wandern, und zwar um den 20. April und den 23. August herum. An jenen Tagen könnten Sie tatsächlich ein oder zwei Minuten lang richtig gut sehen. Die Sonne ist, selbst wenn nur ein kleiner Ausschnitt davon sichtbar wäre, sehr hell[Beleg erforderlich], wodurch es am unteren Ende der Röhre genauso hell wäre wie in einem gut beleuchteten Zimmer. Die dichte Luft darüber würde zwar ein bisschen mehr Licht schlucken und streuen als üblich und das Sonnenlicht leicht dimmen, aber in so geringem Maße, dass es nicht auffiele.

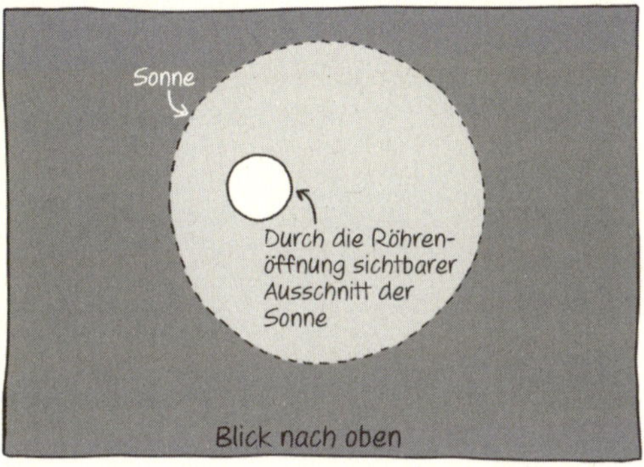

Das Wasser um Sie herum wäre dunkel. Wahrscheinlich würden Sie, wenn Sie mit einer Taschenlampe durch die Röhrenwand leuchten würden, hauptsächlich endlose leere Weiten aus Schlamm sehen, aber vielleicht auch das ein oder andere Kriechtier wie eine Seegurke. Machen Sie sich in diesem Fall bitte Notizen. Nur eine Handvoll Menschen hat den Grund des Grabens je besucht, sodass wir keine Ahnung haben, welche Lebensformen dort unten am häufigsten vorkommen.

Sobald die Sonne obendrüber vorbeigezogen ist, werden Sie weitere sechs Monate in pechschwarzer Dunkelheit festhängen. Es wäre also vielleicht besser, in den Aufzug zu hüpfen und an die Oberfläche zurückzukehren.

Falls es keinen Aufzug gibt, könnten Sie es immer noch mit dem lustigen Weg nach oben versuchen: Ein Loch in die Wand der Röhre machen und warten.

Stehen Sie nicht direkt davor, falls Sie beschließen, ein Loch in die Seitenwand der Röhre zu machen. Der immense Wasserdruck im Challengertief würde den Wasserstrahl mit Überschallgeschwindigkeit durch die Öffnung pressen.

Wenn Sie das untere Ende der Röhre komplett öffneten und das Meerwasser ungehindert einströmen ließen, würde die Wassersäule mit einer Geschwindigkeit von Mach 1,3 nach oben schießen. Bei dem Versuch, diesen Strahl nach oben zu reiten, würden Sie die brutale Beschleunigung durch den ersten Aufprall des Wassers nicht überleben. Um sicher aufsteigen zu können, müssten Sie zulassen, dass sich die Röhre am Anfang langsamer und kontrollierter füllt.

Sobald die ersten ein oder zwei Kilometer der Röhre erst mal voll wären, könnten Sie ihr unteres Ende ganz öffnen, ohne sich der Gefahr einer brutalen Beschleunigung auszusetzen. Wenn Sie dann noch eine Art Riesensaugglocke hätten, die das ganze Wasser unter Ihnen hielte, würde die Beschleunigung Sie in weniger als einer Minute aus der Röhre nach draußen schießen. Beim Erreichen der oberen Öffnung hätten Sie mehr als 800 Stundenkilometer drauf, bevor Sie auf einer Fontäne aus Eiswasser hoch über die Meeresoberfläche getragen würden.

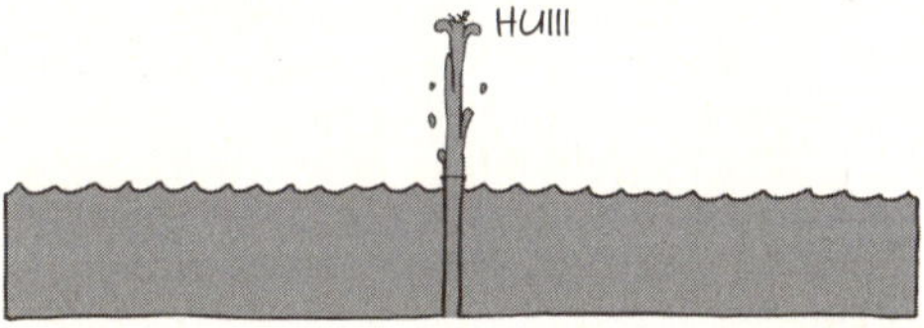

Verblüffenderweise sprudelt die Wasserfontäne unter Umständen selbst dann noch weiter, wenn alles vorbei ist. Im Jahr 1956 stellte der Ozeanograf Henry Stommel die folgende Hypothese auf. Wenn man durch ein Rohr die Oberfläche und die Tiefen des Meeres miteinander verbinden würde und Wasser hindurchpresste, würde dieses aufgrund der unterschiedlichen Temperaturen und des unterschiedlichen Salzgehalts auf unabsehbare Zeit weiterfließen.

Das Rohr würde allerdings kein Perpetuum mobile erzeugen. Der gleichbleibende Wasserfluss ist möglich, weil das Oberflächen- und das Tiefenwasser des Meeres dank einer klitzekleinen Ungleichheit beim wechselseitigen Ausbalancieren von Temperatur und Salzgehalt nicht ganz im Gleichgewicht sind. Stommels Berechnungen zeigten, dass die Röhre das Gleichgewicht im Ozean durcheinanderbringen und das Meer dazu bringen könnte, sich zu durchmischen, weil das Wasser im Inneren des Rohres durch die Rohrhülle hindurch seine Temperatur, nicht aber seinen Salzgehalt mit der Umgebung ausgleichen könnte. Im Jahr 2003 bestätigte ein Experiment mit einem PVC-Rohr über dem Marianengraben (es reichte nicht bis ganz runter!), dass dieser Effekt einen langsamen Wasseraustausch verursachen könnte.

Einige Leute haben vorgeschlagen, dieses Phänomen zu nutzen, um die Meeresoberfläche zum Abschwächen von Wirbelstürmen abzukühlen, das Wasser mit Nährstoffen aus der Tiefsee anzureichern und dadurch Wachstum zu fördern oder um Müll zu entsorgen. Stommel selbst war da skeptisch. Sein Aufsatz von 1956 endete mit dem Kommentar: »Es scheint verfrüht, über die praktische Bedeutung dieses Phänomens zu spekulieren«, und der Anmerkung, dass es »als Energiequelle alles andere als vielversprechend ist. Aus diesem Grund bleibt es in erster Linie eine Kuriosität«.

TEURER SCHUHKARTON

Wie könnte man einen Karton für Schuhe der Größe 45 so teuer wie möglich füllen? Vielleicht mit 64-GB-MicroSD-Karten voll legal erworbener Musik?

Rick Lewis

EIN SCHUHKARTON VOLL MIT KOSTBAREM Zeug erreicht seinen Maximalwert offenbar bei etwa zwei Milliarden US-Dollar. Überraschenderweise trifft das auf eine ganze Reihe von möglichen Füllungen zu.

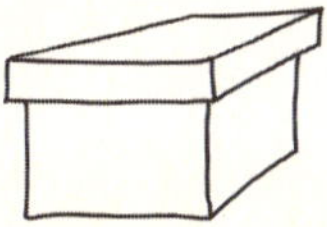

MicroSD-Karten sind eine gute Idee. Nehmen wir an, man bespielt sie mit Songs zu etwa einem US-Dollar das Stück, wobei MicroSD-Karten eine Kapazität von ungefähr 0,42 Petabyte pro Liter haben. Ein Karton für Männerschuhe der Größe 45 fasst je nach Marke und Schuhtyp 10 bis 15 Liter, sodass er bis zu 1,5 Milliarden 4-MB-Songs aufnehmen kann. (Oder 1,5 Milliarden Dateien eines einzigen Songs, wenn Sie einen bestimmten Künstler oder eine Künstlerin *ganz besonders* unterstützen wollen.)

Teure Unternehmenssoftware hat ein etwas höheres Kosten-pro-Megabyte-Verhältnis, weil sie im Einzelhandel oft für mehrere Tausend Dollar verkauft wird und mehrere Gigabyte Speicherplatz einnimmt.

Wenn Sie erst einmal über Softwarepreise nachzudenken beginnen, können Sie die »Kosten« von Dingen in einer Schuhschachtel wahrscheinlich so weit hochschrauben, wie Sie wollen, indem Sie im Bereich Kryptowährungen aktiv werden oder eine unbegrenzte Zahl von In-App-Käufen in einigen kostenpflichtigen mobilen Spielen vornehmen. Rein formal gesehen, mag der daraus resultierende Rollenspiel-Charakter der korrekte Gegenwert für den Einsatz von so viel Geld sein, und doch werden Sie nicht so leicht mit ernster Miene behaupten können, dass Ihr RPG-Charakter in welcher Hinsicht auch immer eine Billion Dollar wert sei.

Denken wir also lieber über handfeste Gegenstände nach.

Da wäre natürlich Gold. 13 Liter Gold sind, während ich dies schreibe, ungefähr 14 Millionen Dollar wert. Platin ist ein bisschen teurer – rund 16 Millionen Dollar pro Schuhkarton. Das ist ungefähr der zehnfache Wert eines Schuhkartons voller 100-Dollar-Scheine. Allerdings wäre eine Schuhschachtel voller Gold etwa so schwer wie ein kleines Pferd, sodass er zum Shoppen nicht ganz so praktisch wäre wie 100-Dollar-Scheine.

Manche Metalle sind noch teurer. Ein Gramm reines Plutonium würde beispielsweise um die 5000 Dollar kosten.[1] Obendrein ist Plutonium sogar noch dichter als Gold, und Sie könnten fast 300 Kilogramm davon in einem Schuhkarton unterbringen.

1 Zumindest soweit ich das nach einigen Suchanfragen im Internet einschätzen kann. Ansonsten stehe ich jetzt auf vielen Beobachtungslisten der Regierung.

Ehe Sie nun aber zwei Milliarden US-Dollar für Plutonium ausgeben, sollten Sie eins bedenken: Die kritische Masse von Plutonium liegt bei etwa 10 Kilogramm. Und so könnten Sie zwar 300 Kilogramm von diesem Metall in einen Schuhkarton packen, aber nur *für ganz kurze Zeit*.

Diamanten von hoher Qualität sind teuer, aber es ist schwer, ihrem genauen Preis auf die Spur zu kommen, denn ~~die ganze Branche beruht auf Schwindel~~ der Edelsteinmarkt verhält sich kompliziert. Die Website infoDiamond.com gibt für einen lupenreinen Diamanten mit einem Gewicht von 600 Milligramm (3 Karat) einen Preis von mehr als 200 000 Dollar an. Demnach könnte ein Schuhkarton voll makelloser Schmuckdiamanten satte 15 Milliarden Dollar wert sein – realistischer sind aber eine oder zwei Milliarden Dollar, weil man zum Ausfüllen eines Schuhkartons mehrere kleinere Diamanten zusammenpacken müsste.

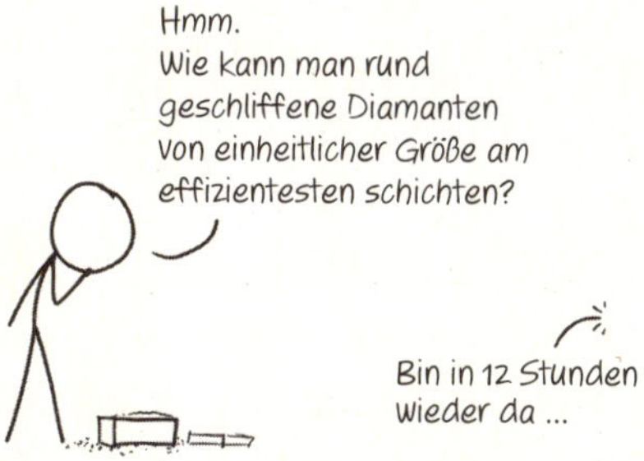

Viele illegale Drogen sind dem Gewicht nach wertvoller als Gold. Der Kokainpreis ist je nach Region sehr unterschiedlich, liegt aber in vielen Gebieten um die 100 Dollar pro Gramm.[2] Gold kostet gegenwärtig weniger als die Hälfte. Allerdings hat Kokain längst nicht die *Dichte* des Edelmetalls[3], sodass ein Schuhkarton voll Kokain weniger wert wäre als einer voll Gold.

Kokain ist nach dem Gewicht aber nicht die teuerste Droge der Welt. Das in Mikrogramm verkaufte LSD kostet pro Gewichtseinheit etwa tausendmal mehr als Kokain – und ist beinahe die einzige Substanz, die üblicherweise in Mikrogramm-Dosen gehandelt wird. Ein Schuhkarton voll reinem LSD wäre rund 2,5 Milliarden Dollar wert. Die aktiven Wirkstoffe in Impfstoffen werden ebenfalls oft in Mikrogramm gemessen, wenngleich die einzelne Dosis nicht ganz so teuer ist: Ein Schuhkarton voller mRNA- oder Influenza-Virus-Protein wäre ebenfalls Milliarden wert.

Am anderen Ende des Preis-pro-Dosis-Spektrums stehen einige verschreibungspflichtige Medikamente, die nicht besonders klein, dafür aber extrem teuer sind. Eine einzige Dosis Brentuximab Vedotin (Adcetris) kann 13 500 Dollar kosten, wodurch sein Schuhschachtelwert für einen Durchschnittspatienten im selben 2-Milliarden-Dollar-Bereich liegt wie der von LSD, Plutonium und MicroSD-Karten.

Natürlich steht es Ihnen auch immer noch frei, *Schuhe* in den Schuhkarton zu packen.

Judy Garlands Schuhe aus dem Film *Der Zauberer von Oz* kamen bei einer Auktion für 666 000 Dollar unter den Hammer, und im Unterschied zu allen anderen Dingen, die wir in Betracht ge-

2 Es gibt Neuigkeiten: Ich stehe jetzt auf allen Beobachtungslisten der Regierung.

3 Aber Moment mal – was ist eigentlich die Dichte von Kokain? Ich habe eine ganze Zeitlang damit verbracht, mir die herrlich aufrichtigen und zitatbeladenen Diskussionen auf dem Straight Dope Message Board durchzulesen, wo mehrere Leute dieser Frage bereits nachgegangen sind. Sie haben etwas über den Siedepunkt von Kokain erfahren und über seine Löslichkeit in Olivenöl, am Ende aber die Waffen gestreckt und beschlossen, dass die Dichte ungefähr bei einem Kilogramm pro Liter liegen müsse – wie bei den meisten organischen Substanzen.

zogen haben, könnten sie tatsächlich einmal in einem Schuhkarton gelegen haben.

Wenn Sie den Karton aber wirklich mit einer willkürlich festgelegten Riesensumme Geld füllen wollen, könnten Sie das Finanzministerium der Vereinigten Staaten dazu bringen, Ihnen eine 1-Billion-Dollar-Platinmünze zu prägen, wozu es theoretisch befugt ist – was an einem Schlupfloch in einem Gesetz über die Prägung von Gedenkmünzen liegt)[4].

Und wenn Sie unsere oberste Finanzbehörde dazu bewegen können, irgendeinem unbelebten Gegenstand Wert zu verleihen ...

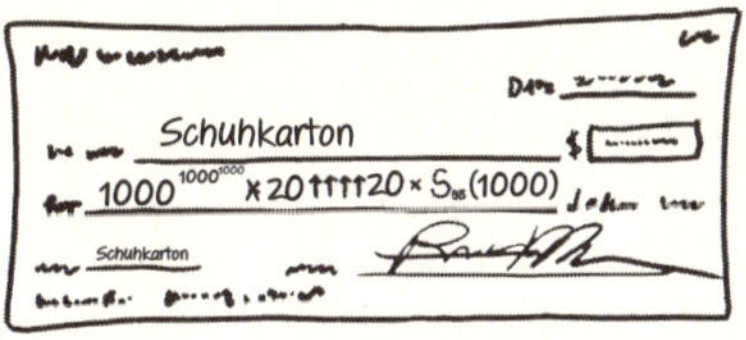

... dann könnten Sie auch einfach einen Scheck schreiben.

[4] Wenn Sie das hier lesen, ist dieses Schlupfloch hoffentlich weiterhin nichts als schräges Trivialwissen.

MRT-KOMPASS

MRT-Geräte erzeugen doch Magnetfelder. Warum zeigen Kompassnadeln dann nicht immer in Richtung des nächstgelegenen Krankenhauses?

D. Hughes

MACHEN SIE JA, UND DAS KANN Probleme verursachen!

MRT-Scanner, die in der Medizin Verwendung finden, bergen leistungsstarke Magnete in sich. Die Scanner werden abgeschirmt, und so verbleibt der stärkste Teil des Magnetfeldes innerhalb des Geräts. Trotzdem breitet sich in seiner Umgebung ein schwächeres Feld aus. Dieses magnetische Streufeld verliert rasch an Kraft, wenn man sich ein paar Schritte von der Maschine wegbewegt, aber sein Einfluss kann noch in einiger Entfernung wahrgenommen werden.

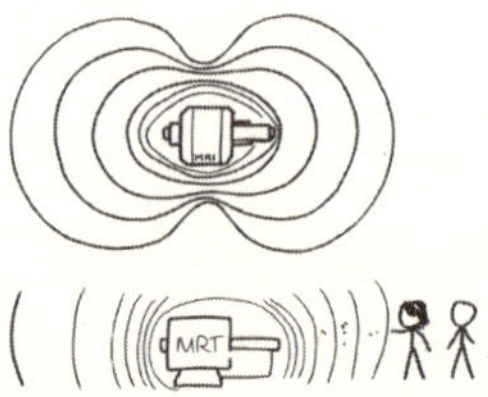

Im Benutzerhandbuch für einen verbreiteten MRT-Scanner steht, dass man bestimmte empfindliche Gegenstände von der Maschine fernhalten sollte, um Schäden durch das Streufeld zu vermeiden. So wird empfohlen, Kreditkarten und kleine Motoren auf drei Meter Abstand zu halten, Computer und Laufwerke auf vier Meter Abstand. Herzschrittmacher und Röntgenröhren sollten der Maschine nicht näher als fünf Meter kommen, und bei Elektronenmikroskopen sind es acht Meter.

Wenn Sie versuchen, mit einem Kompass in Richtung des magnetischen Nordpols der Erde zu gehen, könnte das Streufeld von einem MRT-Gerät Sie tatsächlich vom Weg abbringen, aber nur, wenn Sie nahe genug an das Gerät herankommen. Die Stärke des Erdmagnetfelds ist von Ort zu Ort unterschiedlich, aber meist liegt sie irgendwo zwischen 20 und 70 Mikrotesla. Das von einem MRT-Scanner erzeugte Streufeld fällt in ungefähr 10 Metern Entfernung vom Gerät unter diesen Wert. Das ist also in etwa die Distanz, innerhalb welcher Sie jemanden, der mit einem Kompass seinen Weg sucht, einfangen könnten.

Der Pfad der gekaperten Person würde eine Kurve vom Nordpol des MRT-Magneten hin zum Südpol beschreiben:

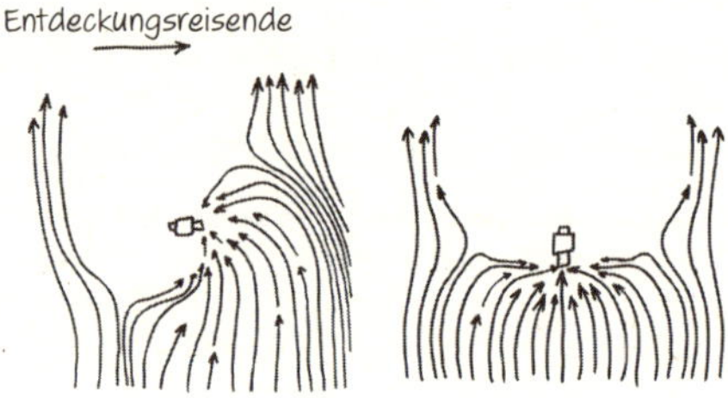

Es klingt vielleicht verwirrend, dass eine Person, die den Nordpol der Erde ansteuert, vom Südpol des MRT-Geräts angezogen wird. Aber das liegt daran, dass die Pole der Erde verkehrt herum benannt sind. Das »Nordende« eines Magneten zeigt nämlich zum Nordpol der Erde, was bedeutet, dass der magnetische Nordpol der Erde eigentlich ein magnetischer Südpol ist. Das missfällt mir zutiefst, aber wir können nichts daran ändern, und deshalb sollten wir wohl einfach so weitermachen.

Würde jemand mitten in Nordamerika in Richtung magnetischer Nordpol wandern und würden Sie versuchen, ihn abzufangen, indem Sie irgendwo in Kanada einen MRT-Scanner aufstellen, dann läge die Wahrscheinlichkeit, dass seine Kompassnadel abgelenkt wird, bei ungefähr 1 zu 500 000. Laut dem *Canadian Medical Imaging Inventory* waren im Jahre 2020 in Kanada 378 MRT-Scanner im Einsatz. Würde man diese übers ganze Land verteilen, könnte man ein Magnetnetz[1] schaffen, das etwa jede 1300. Person auf dem Weg zum Pol abfängt. Die übrigen 1299 würden den wirklichen magnetischen Nordpol erreichen. Selbst wenn man Hunderte von MRT-Scannern zur Verfügung hätte, wäre das also eine ziemlich ineffiziente Methode zum Einfangen von Entdeckungsreisenden.

[1] Oder, kurz gesagt, »einen Magneten«.

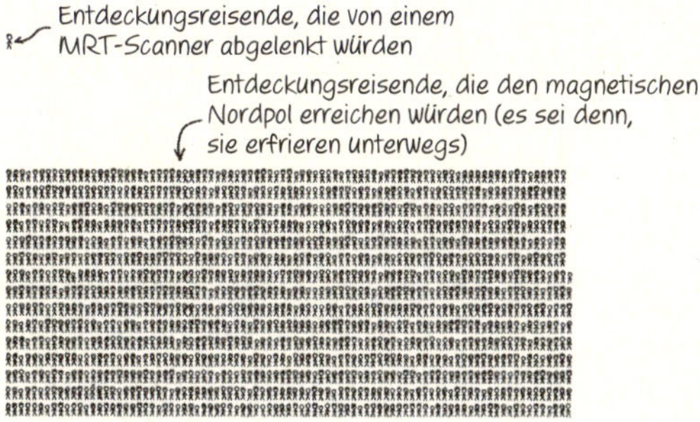

Aber dieses ganze Szenario ist gar nicht so unrealistisch, wie es klingt.

Wenngleich die Magnetfelder im Umkreis von MRT-Geräten nicht stark genug sind, um kompassgeleitete Entdeckungsreisende aus dem ganzen Land in die Falle zu locken, haben sie doch gelegentlich in klcinerem Maßstab schon ähnliche Streiche gespielt.

Ein Bericht des US-Verkehrsministeriums aus dem Jahre 1993 schilderte einen Zwischenfall, bei dem ein Rettungshubschrauber den Landeplatz auf dem Dach eines Krankenhauses ansteuerte. Als er sich der Landefläche näherte, zeigten der Magnetkompass und einige mit ihm verbundene Apparaturen plötzlich an, dass sich der Helikopter überraschend um 60 Grad gedreht habe. Zum Glück war der Pilot dazu imstande, die fehlerhaften Anzeigewerte zu ignorieren und sicher zu landen. Wie sich herausstellte, war der Übeltäter ein MRT-Scanner in einem Container, den man nahe dem Landeplatz abgestellt hatte.

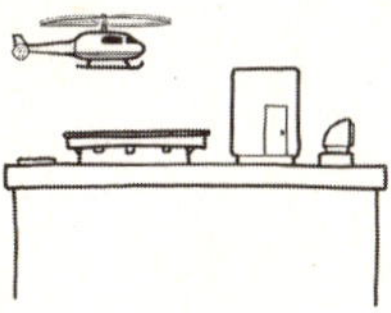

Sie brauchen also nicht zu befürchten, dass irgendein ferner MRT-Scanner Ihre kompassgestützte Navigation durch den Wald beeinflussen wird. Falls Sie aber mit einem Hubschrauber in der Nähe eines Krankenhauses landen müssen, sollten Sie sich unbedingt genau umschauen.

AHNENANTEIL

Letztens fiel mir auf, dass die Zahl der Personen im Familienstammbaum mit jeder Generation exponentiell wächst: Ich habe 2 Eltern, 4 Großeltern, 8 Urgroßeltern und so weiter. Das brachte mich zum Nachdenken: Stammen die meisten Menschen von der Mehrzahl der Homo sapiens ab, die je gelebt haben? Und wenn nicht: Wie viel Prozent aller Menschen, die je gelebt haben, sind meine Vorfahren?

Seamus

NEIN, SIE STAMMEN NICHT VON DER MEHRZAHL der Menschen ab, die je gelebt haben. Vermutlich stammen Sie von etwa 10 % von ihnen ab, aber es ist schwierig, genaue Zahlen zu ermitteln.

Eine Durchschnittsperson hat 2 Eltern und – abgesehen von Perioden globalen Bevölkerungsrückgangs – mindestens 2 Kinder.

Das bedeutet, dass *sowohl* die Zahl unserer Ahnen *als auch* die unserer Nachkommen im Prinzip exponentiell ansteigt. Egal, ob Sie in die Vergangenheit oder in die Zukunft schauen: Die Menge Ihrer Verwandten wächst. In jedem Kind verschmelzen zwei Stammbäume, und jede Abstammungslinie, die länger als ein paar Generationen überlebt, tendiert dazu, exponentiell zu wachsen, bis sie irgendwann einfach jeden einschließt.

Unsere Ahnenreihe wächst auf die gleiche Weise. Jeder unserer Vorfahren steht für die Verschmelzung zweier Stammbäume, und so kommen immer mehr Personen mit hinzu, je weiter wir in die Vergangenheit zurückgehen. Wenn Sie Ihren Stammbaum nachverfolgen, werden Sie eventuell herausfinden, dass er gelegentlich auch mal schmaler geworden ist – falls Sie beispielsweise eine Gruppe von Vorfahren hatten, die über viele Generationen hinweg isoliert lebten –, aber abgestorben ist er nie. Und wenn Sie ihn weit genug zurückverfolgen, bringt die unablässige Verdopplung es mit sich, dass Sie schließlich einen Punkt erreichen, an dem alle überlebenden Abstammungslinien in den Stammbaum Ihrer Familie eingeflossen sind. An diesem Punkt sind alle Menschen, die Nachkommen hinterließen, Ihre Ahnen, und Sie und jeder andere Mensch haben denselben Satz von Vorfahren.

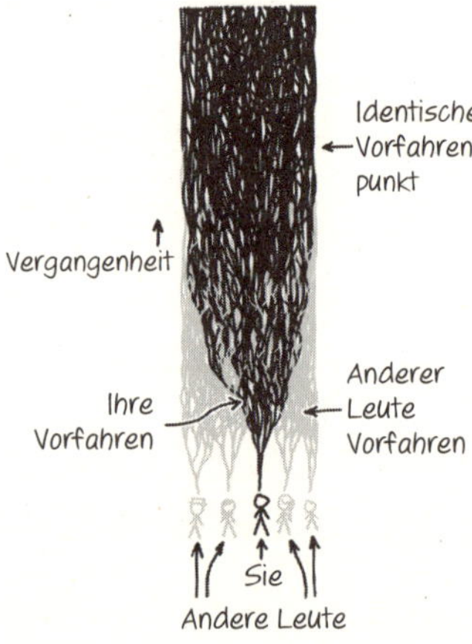

Eine Computersimulation von Douglas L. T. Rohde und Kollegen aus dem Jahr 2004 legt nahe, dass der Identische Vorfahrenpunkt irgendwo zwischen 5000 und 2000 v. Chr. liegt. Jeder Mensch, der zu dieser Zeit lebte und Nachkommen hinterlassen hat, ist Vorfahr aller heutigen Menschen. Jede Abstammungslinie aus dieser Zeit ist entweder erloschen oder aber so breit angewachsen, dass sie alle heute lebenden Menschen beinhaltet, und so haben, von jenem Punkt aus noch weiter rückwärts betrachtet, alle heute Lebenden genau die gleichen gemeinsamen Ahnen.

Die Mehrzahl aller Menschen, die Kinder haben, steuert am Ende etwas zu diesem Familienstammbaum bei. Rohde et al. schätzen, dass 60 % aller Menschen mit Kindern dauerhaft in den Stammbaum eingingen und dass 73 % aller Menschen, die das Erwachsenenalter erreichten, Kinder in die Welt setzten. Wenn wir annehmen, dass 55 % aller Neugeborenen die Kindheits- und Jugendphase überlebten (diese Zahl beruht auf Studien zur Kindersterblichkeit in früheren Epochen), würde das bedeuten, dass etwa 25 % aller Menschen, die je geboren wurden, selbst Kinder bekamen und eine beständige Linie von Nachkommen hinterließen.

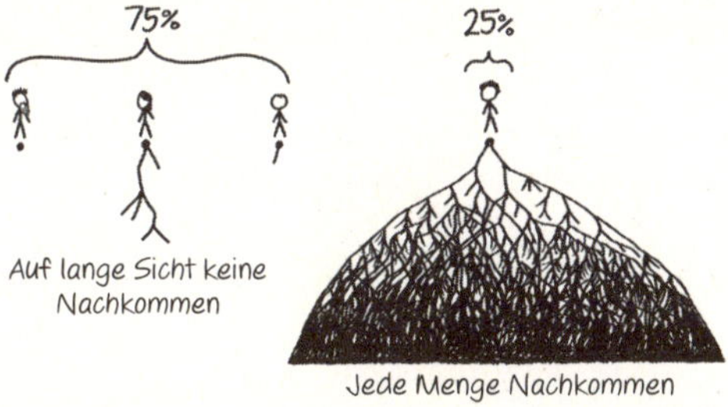

Kombiniert man diese Zahl mit Schätzwerten zur Weltbevölkerung vergangener Epochen und historischen Geburtenraten, dann deutet vieles darauf hin, dass es bis zum Identischen Vorfahrenpunkt insgesamt ungefähr 20 Milliarden Menschen auf der Erde gegeben hat – und das heißt, dass etwa 5 Milliarden davon Ihre Ahnen sind.

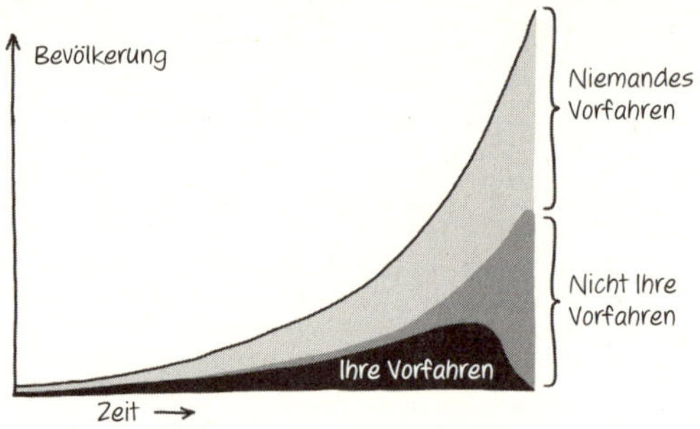

Nach dem Identischen Vorfahrenpunkt ist Ihre Ahnenreihe nicht mehr deckungsgleich mit der aller übrigen Menschen, und doch haben Sie immer noch eine ganze Menge gemeinsamer Vorfahren. Vor dem Identischen Vorfahrenpunkt ähnelt Ihr Familienstammbaum eher einem weitverzweigten Wasserlauf. Erst etwa im letzten Jahrtausend schrumpft er so, dass er schließlich wie ein Baum aussieht. Für diese Zeit können Sie sich wahrscheinlich weitere 5 bis 10 Milliarden Ahnen gutschreiben.

Alles in allem enthält Ihr Familienstammbaum also vermutlich 10 bis 15 Milliarden Vorfahren – nur einen Teil jener 120 Milliarden, die bisher insgesamt auf unserem Planeten gelebt haben. Das bedeutet, dass etwa 33 Millionen Ihrer Ahnen heute Geburtstag haben.

Es sei denn, heute ist der 29. Februar.

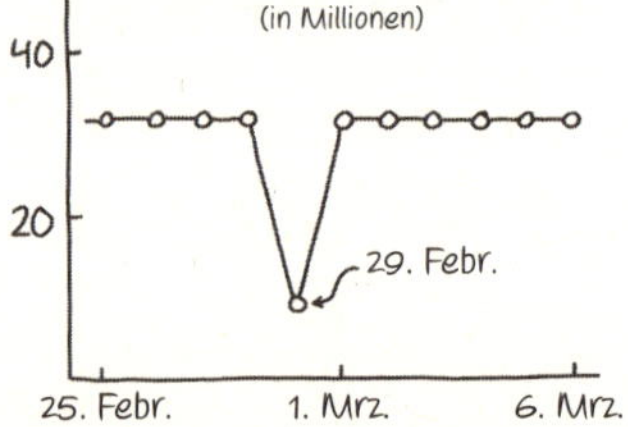

VOGELAUTO

Ich bin ein armer, kleiner Collegestudent, der sich mit einem Auto ohne Klimaanlage begnügen muss. Daher sind, wenn ich fahre, die Scheiben meist runtergelassen, und dabei kam mir ein Gedanke: Wenn nun ein Vogel zufällig genau im gleichen Tempo und in die gleiche Richtung unterwegs ist wie ich, und ich mache einen Schlenker, um ihn in meinem Wagen einzufangen – was würde dann passieren, außer dass ich einen verärgerten Vogel im Auto hätte? Würde er immer an der gleichen Stelle bleiben? Würde er an die Windschutzscheibe knallen? Oder würde er vielleicht auf die Sitzbank plumpsen? Mein Mitbewohner und ich sind da unterschiedlicher Meinung. Jede Art von Hilfe bei der Aufklärung dieser Frage würde uns beiden das Leben leichter machen.

Hunter W.

DAS IST EINE VON DIESEN SACHEN, die ganz unmöglich klingen, aber sosehr es mich auch schmerzt, muss ich doch sagen, dass so ein

Fall wirklich eintreten könnte. Der Vogel würde definitiv verwirrt und wütend sein, aber wenn Sie es irgendwie hinbekommen, den Überraschungsmoment auszunutzen und das Manöver erfolgreich durchzuziehen, würde er das Einfangen vermutlich intakt überstehen. Herzlichen Glückwunsch zu Ihrem neuen Haustier!

Schauen wir uns einmal an, was passiert, wenn Sie den Schlenker machen, um den Vogel mit Ihrem Auto zu schlucken.

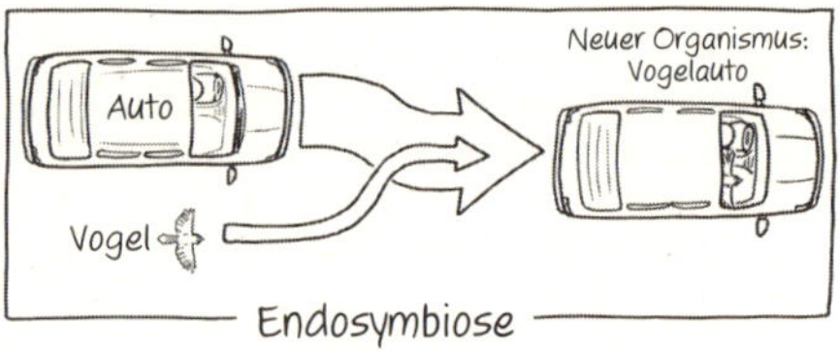

Nehmen wir an, Sie und der Vogel sind beide mit 70 km/h unterwegs. Wenn Sie einen Schlenker gemacht und ihn geschluckt haben, sind es immer noch 70 km/h – nur dass der Vogel nun in Ihrem Wagen ist. Aus der Sicht des Vogels bedeutet es, dass er 70 km/h Gegenwind hat, solange Sie neben ihm herfahren.

Um mit gleichbleibender Geschwindigkeit zu fliegen, schlagen Vögel mit den Flügeln.[Beleg erforderlich] Ein schnell fliegender Vogel ist starkem Luftwiderstand ausgesetzt. Er kämpft mit seinen Flügelschlägen dagegen an, um Schubkraft zu erzeugen.

Die Luft innerhalb des Autos bewegt sich ebenfalls mit 70 km/h. Wenn der Vogel durchs offene Fenster hineinfliegt, kommt der Gegenwind, dem er bis dahin ausgesetzt war, abrupt zum Erliegen. Ohne diesen Luftwiderstand gibt es nur noch die Schubkraft aus dem Flügelschlagen. Würde der Vogel also weiter die Schwingen heben und senken, dann würde er im Vergleich zum Auto vorwärtsbeschleunigen – so als würden Sie auf einem Laufband rennen, das plötzlich stehenbleibt.

Ein Breitflügelbussard, der mit 70 km/h fliegt, ist einem Luftwiderstand von etwa einem Drittel Newton ausgesetzt. Sein Flügelschlag muss also ein Drittel Newton Schubkraft produzieren, um dem entgegenzuwirken.[1] Würde der Bussard bei plötzlich fehlendem Luftwiderstand einfach so weiterflattern, dann würde die Schubkraft beginnen, ihn nach vorn zu beschleunigen.

Wenn man annimmt, dass die übrigen Kräfte gleich bleiben, würde dieses Drittelnewton ausreichen, um den Vogel mit 1 m/s² zu beschleunigen; er würde dann nach ein, zwei Sekunden sanft gegen die Windschutzscheibe schlagen. Aber die übrigen Kräfte bleiben nicht gleich.

Ohne den vorbeirauschenden Gegenwind würden die Schwingen dem Bussard keinen Auftrieb mehr verleihen, und er müsste erleben, wie er plötzlich absackt. Die Schwerkraft würde ihn mit 9,8 m/s² abwärtsbeschleunigen – deutlich mehr als die 1 m/s² Vorwärtsbeschleunigung aus dem andauernden Flügelschlag.

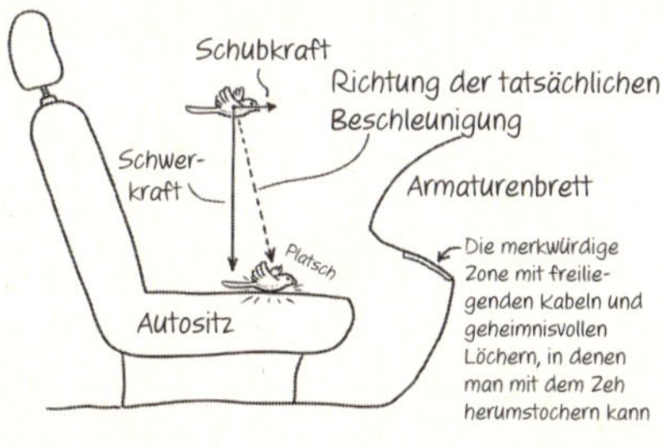

Die beiden Kräfte würden zusammenwirken und den Bussard auf den Beifahrersitz plumpsen lassen.

1 Das erklärt auch, weshalb diese Bussarde während des Vogelzugs nicht die ganze Zeit mit den Flügeln schlagen, sondern lieber gleiten – acht Stunden Flügelschlag würden ihr tägliches Kalorienbudget vollständig aufbrauchen.

Aber einen höchst wichtigen Faktor haben wir bisher vernachlässigt: Wie würde der Vogel reagieren? Die meisten Vögel sind nicht gerade scharf auf eine Spritztour mit Ihnen.[Beleg erforderlich] Wenn man Vögel aufschreckt, versuchen sie häufig, wegzufliegen und in eine Richtung zu verschwinden, die sie für freies Gelände halten. Häufig führt dies dazu, dass sie gegen Fensterscheiben prallen. Ist das Fenster nahe genug, hat der Vogel nicht die nötige Zeit, um so viel Tempo aufzunehmen, dass er sich schwer verletzen kann. Deshalb gibt die *Audubon Society*, eine große US-amerikanische Vogelschutzgesellschaft, auch folgende Empfehlung: Wenn Sie das Futterhäuschen nicht mindestens 10 Meter von einem Fenster entfernt aufstellen können, sollten Sie es auf *weniger* als 1 Meter heranrücken.

Die Windschutzscheibe Ihres Autos ist vielleicht nicht so weit entfernt, dass sich der Vogel ernsthaft verletzen würde, aber gewiss würde es ihm auch nicht guttun, wenn er hineinflöge. Sie haben geschrieben, dass Sie immer mit offenem Fenster fahren – hoffen wir also, dass der Vogel es in dieser unwahrscheinlichen Situation schaffen würde, wieder unverletzt aus dem Auto hinauszufinden.

Ein völlig andersgeartetes Problem würde entstehen, wenn er das Auto gar nicht mehr verlassen *möchte*. Dann sollten Sie wohl besser jemanden um Hilfe bitten, der sich mit der Auswilderung von Wildtieren auskennt.

Es sei denn, der Vogel hat es einfach satt, überall selbst hinzufliegen. Vielleicht würde er es ja zu schätzen wissen, auch mal mitfahren zu dürfen.

RENNEN OHNE REGELN

Wenn man bei einem Autorennen alle Regeln weglassen und einen Wettbewerb veranstalten würde, in dem es nur darum ginge, einen Menschen 200 Runden so schnell wie möglich fahren zu lassen, welche Strategie würde dann den Sieg davontragen? Nehmen wir an, der Rennfahrer soll es überleben.

Hunter Freyer

DIE BESTZEIT, IN DER MAN ES SCHAFFEN könnte, liegt bei ungefähr 90 Minuten.

Sie könnten Ihr Rennfahrzeug auf ganz verschiedene Weise konstruieren – als Elektroauto mit Rädern, die sich in den Kurven in den Belag eingraben, als raketengetriebenes Luftkissenfahrzeug oder als Kapsel, die auf einer Schiene über die Rennstrecke saust –, aber in jedem Fall wäre es ziemlich einfach, das Design bis zu jenem Punkt zu perfektionieren, an dem der Mensch die Schwachstelle bildet.

Das Problem ist die Beschleunigung. In den Kurvenbereichen der Rennstrecke werden die Fahrer gewaltigen *g*-Kräften ausgesetzt sein. Der Daytona International Speedway in Florida hat zwei Hauptkurven, und wenn die Fahrzeuge sie zu schnell nähmen, würden die Rennfahrer allein schon an der Beschleunigung sterben.

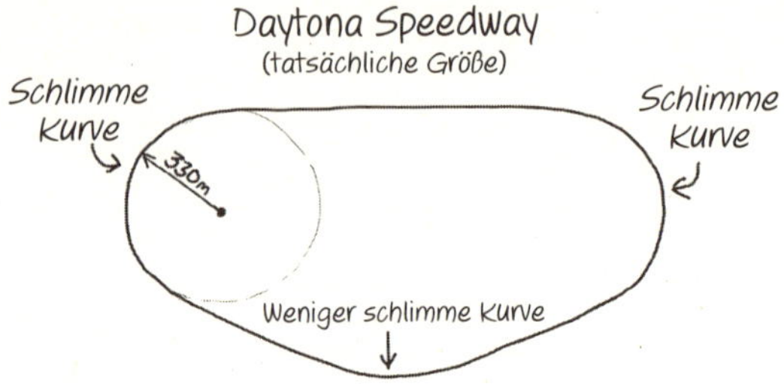

Für einen extrem kurzen Zeitraum (etwa bei Autounfällen) können Menschen Hunderten *g* ausgesetzt sein und es überleben. (1*g* ist die Zugkraft, die Sie verspüren, wenn Sie auf dem Boden stehen und die Gravitation der Erde auf Sie einwirkt.) Jagdflieger können bei einem Manöver bis zu 10*g* erleben, was vielleicht der Grund dafür ist, dass man 10*g* häufig als ungefähren Grenzwert für das angibt, was ein Mensch aushalten kann. Dennoch sind Jagdflieger nur sehr kurzzeitig 10*g* ausgesetzt. Unser Fahrer würde sie schubweise immer wieder ertragen müssen, und das über Minuten und wohl sogar Stunden hinweg.

Da es bei Raketenstarts zu einer starken, länger anhaltenden Beschleunigung kommt, hat die NASA umfangreiches Forschungsmaterial dazu gesammelt, inwieweit Menschen Beschleunigung vertragen können. Die lustigsten Daten stammen aber von John Paul Stapp, einem Oberst der Air Force. Stapp schnallte sich in einem Raketenschlitten fest und trieb seinen Körper immer wieder an die Grenzen des Möglichen, wobei er nach jedem Durchgang alles sorgfältig dokumentierte. Er war ein bemerkenswerter Typ; ein Artikel von Nick T. Spark im *Wings & Airpower Magazine* enthält die Zeile: »Stapp wurde zum Major befördert und daran erinnert, dass die Grenze der menschlichen Überlebensfähigkeit bei 18*g* liegt.«

Trotz Stapps Kurzzeitexperimenten mit extrem hohen Beschleunigungen zeigen die meisten Daten, dass normale Menschen etwa eine Stunde lang Beschleunigungen von 3 bis 6*g* wegstecken können. Wenn wir unser Fahrzeug auf 4*g* drosseln, wird seine Höchstgeschwindigkeit in den Kurven der Rennstrecke von Daytona bei rund 386 km/h liegen. Bei dieser Geschwindigkeit würde das Rennen ungefähr zwei Stunden dauern. Damit wäre unser Vehikel definitiv schneller als jedes reale Rennauto, das diese Strecke bisher gefahren ist – aber auch nicht *so* viel schneller.

Doch Moment mal! Was ist mit den Geradeaus-Abschnitten? Das Fahrzeug würde in den Kurven beschleunigen, aber auf gerader Strecke ausrollen. Stattdessen könnten wir es auf ein höheres Tempo beschleunigen, wenn es geradeaus fährt, und dann wieder abbremsen, wenn die nächste Kurve naht. Das würde ein Geschwindigkeitsprofil wie das folgende ergeben:

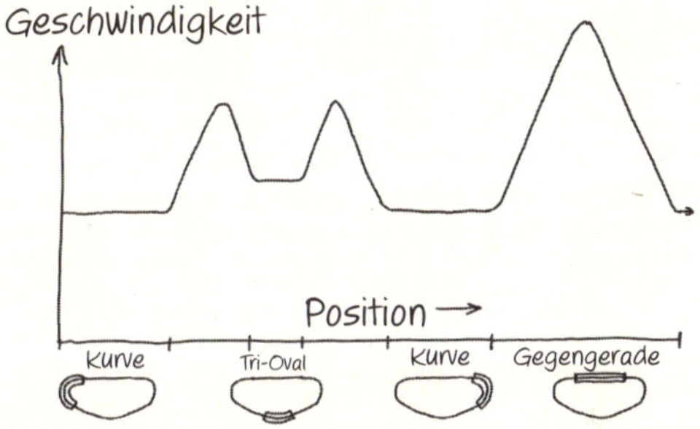

Eine solche Bahn mit unterschiedlicher Geschwindigkeit hat den zusätzlichen Vorteil, dass die Fahrer – mit einigen wenigen cleveren Hin-und-her-Manövern – über die gesamte Fahrt hinweg bei einer relativ konstanten Beschleunigung gehalten werden können, was die auf sie wirkenden Kräfte hoffentlich erträglicher werden lässt.

Beachten Sie dabei auch, dass sich die Ausrichtung der Beschleunigung immer wieder ändert. Der Mensch kann am besten überleben, wenn er vorwärtsbeschleunigt wird, dorthin, wo seine Brust hinzeigt – also wie ein Fahrer, der im Vorwärtsfahren beschleunigt. Am wenigsten gut verträgt es der Körper, wenn er zu den Füßen hin abwärts beschleunigt wird, weil sich dann nämlich das Blut im Kopf staut.

Um unseren Menschen im Cockpit am Leben zu halten, müssten wir ihn so herumschwenken, dass sein Rücken die ganze Zeit gegen die Lehne des Fahrersitzes gedrückt wird. (Aber dabei müssen wir aufpassen, dass sich die Richtung nicht zu rasch ändert, denn sonst würde die Zentrifuetalkraft[1] aus dem Herumschwenken des Sitzes schon selbst zur tödlichen Gefahr werden!)

Die schnellsten Rennfahrer unserer Tage brauchen für die 200 Runden von Daytona etwa drei Stunden. Wenn unser Fahrer maximal 4g ausgesetzt sein soll, wird er die Strecke in etwas weniger als 1 Stunde und 45 Minuten bewältigen. Setzen wir die Obergrenze auf 6g hinauf, verkürzt sich die Rennzeit auf 1 Stunde 20 Minuten.

[1] Ich habe die Nase voll von den Streitereien um »zentrifugal« oder »zentripetal« und möchte es deshalb beiden Seiten recht machen.

Bei 10*g* – weit jenseits dessen, was Menschen über einen längeren Zeitraum hinweg aushalten können – wäre es immer noch eine Stunde. (Und es würde beinhalten, dass man auf der Gegengeraden die Schallmauer durchbricht.)

Wenn man zweifelhafte und unerprobte Konzepte wie die Flüssigkeitsatmung – bei der die Lungen mit einer extra sauerstoffreichen Flüssigkeit gefüllt würden, was uns höhere Beschleunigungen ertragen ließe – einmal außen vor lässt, können wir aufgrund der biologischen Beschaffenheit des Menschen also in Daytona immer nur Rennzeiten von über einer Stunde erreichen.

Was wäre aber, wenn wir die Anforderung »überleben« fallen lassen? Wie schnell können wir das Fahrzeug über die Rennstrecke zischen lassen?

Stellen Sie sich ein »Fahrzeug« vor, das mit Kevlargurten an einem Angelpunkt in der Mitte der Rennstrecke verankert ist und mit Gegengewichten an der anderen Seite ausbalanciert wird. Das wäre im Grunde eine riesige Zentrifuge. Jetzt können wir eine meiner liebsten schrägen Gleichungen anwenden, die besagt, dass der Rand einer sich drehenden Scheibe nicht schneller sein kann als die Quadratwurzel der spezifischen Festigkeit[2] des Materials, aus dem diese Scheibe gemacht ist. Für sehr belastbare Materialien wie die Polyamid-Faser Kevlar beträgt diese Geschwindigkeit 1 bis 2 Kilometer pro Sekunde. Bei diesem Tempo sollte eine Kapsel das Rennen in etwa 10 Minuten beendet haben – wenn auch ganz sicher ohne lebenden Fahrer.

Okay, vergessen wir die Zentrifuge. Was wäre, wenn wir eine feste Rinne von der Art einer Bobbahn bauen und ein Kugellager (unser »Fahrzeug«) darin hinabschießen lassen? Leider schlägt die Scheibengleichung da erneut zu – das Kugellager kann nicht schneller rollen als ein paar Kilometer pro Sekunde. Dreht es sich schneller, wird es in Stücke reißen.

Aber wenn wir es nun nicht rollen, sondern gleiten lassen? Wir könnten uns einen Diamantwürfel vorstellen, der eine glatte Dia-

2 (Zugfestigkeit geteilt durch Dichte)

mantrinne entlanggleitet. Da er nicht zu rotieren braucht, könnte er theoretisch eine höhere Beschleunigung aushalten als ein rollendes Kugellager. Beim Gleiten würde allerdings deutlich mehr Reibung entstehen als in unserem Beispiel mit dem Kugellager, und der Diamant könnte Feuer fangen.

Um die Reibung in den Griff zu bekommen, könnten wir die Kapsel mit Magnetfeldern anheben und schweben lassen. Außerdem könnten wir sie immer kleiner und leichter machen, damit sie sich einfacher beschleunigen und steuern lässt. Huch – da haben wir aus Versehen einen Teilchenbeschleuniger konstruiert!

Ein Teilchenbeschleuniger taugt, obwohl er nicht wirklich den Kriterien aus Hunters Frage entspricht, wenigstens für einen hübschen Vergleich. Die Teilchen im Strahl des Large Hadron Collider (LHC) kommen der Lichtgeschwindigkeit sehr nahe. Bei diesem Tempo legen sie 805 Kilometer (30 Runden im Teilchenbeschleuniger) in 2,7 Millisekunden zurück.

Weltweit gibt es vermutlich etwa tausend Motorsport-Rennstrecken. Der LHC-Strahl könnte das Äquivalent eines vollen Daytona 500-Rennens (805 Kilometer) auf jeder dieser tausend Rennstrecken zurücklegen, eine nach der anderen, und würde dafür insgesamt rund 2 Sekunden brauchen – da sind die Fahrer noch nicht mal an der ersten Kurve angelangt.

Und das ist nun *wirklich* das maximale Tempo, mit dem man unterwegs sein kann.

#2
SELTSAM & BEUNRUHIGEND

? Was würde passieren, wenn man sich das Ende eines Staubsaugerschlauchs ans Auge hält und das Vakuum einschaltet?
Kitty Greer

? Ist es möglich, den Arm waagerecht aus einem Autofenster zu halten und damit einen Briefkasten sauber von seinem Pfahl zu säbeln? Könnte man es schaffen, ohne sich dabei die Hand zu brechen?
Ty Gwennap

? Wenn unsere Zähne immer weiterwachsen würden, bis sie voll ausgewachsen sind, und wenn sie dann ausfallen und wir sie verschlucken – wie lange würde es dauern, bis das Probleme verursacht?
Valen M.

? Wie viel Adrenalin (in einer Adrenalin-Fertigspritze) bräuchte ich in einer Notwehrsituation, um den möglichen Angreifer zu besiegen?
Henry M.

VAKUUMRÖHREN-SMARTPHONE

Was wäre, wenn mein Smartphone mit Vakuumröhren laufen würde? Wie groß wäre es dann?

Johnny

Eine Vakuumröhre

Ein Transistor

IM PRINZIP KANN JEDER COMPUTER, DER aus Transistoren gemacht ist, auch mit Vakuumröhren gebaut werden und umgekehrt.

Transistoren und Vakuumröhren nutzen unterschiedliche Mechanismen, um dieselbe Grundaufgabe zu erfüllen: Wenn sie ein elektrisches Signal erhalten, lassen sie einen Schalter in die eine Richtung schnipsen, und wenn kein elektrisches Signal kommt, legen sie ihn in die andere Richtung um. Dieser Schalter kontrolliert ein *anderes* elektrisches Signal, das dazu genutzt werden kann, *anderen* Schaltern zu sagen, was sie tun sollen. Wir bauen digitale Schaltungen, indem wir diese einzelnen Teile aneinanderfügen, und schaffen auf diese Weise komplizierte Reihen von Regeln zum Aufnehmen von Inputs und zum Erzeugen von Outputs.

Der Mathematiker Claude Shannon erörterte in seiner Masterarbeit aus dem Jahre 1937, wie man Vakuumröhren so anordnen kann, dass sie alle möglichen Reihen von logischen Schritten ausführen. Damit lieferte er eine Blaupause für die Konstruktion des Universalcomputers von Alan Turing aus konkreten elektrischen Komponenten. In den 1960er-Jahren hatten dann Transistoren die Vakuumröhren ersetzt, denn ein Transistor ist wesentlich kleiner und auch zuverlässiger. Man kann aber mit beiderlei Bauelementen die gleichen digitalen Schaltungen herstellen.

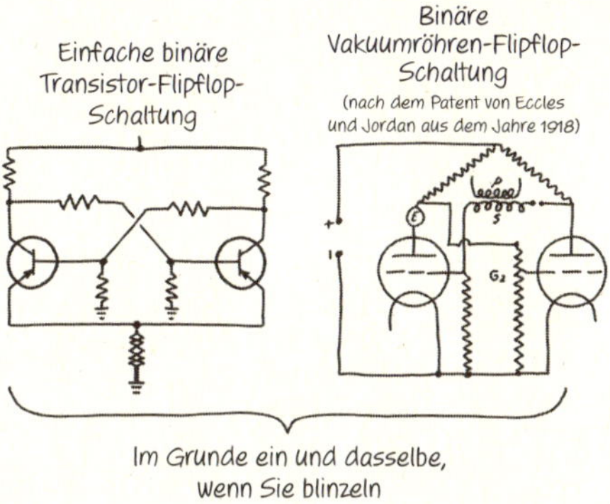

Frühe Computer waren nach heutigen Maßstäben enorm groß. Der erste programmierbare Computer (ENIAC) war übermannsgroß und 30 Meter lang. Der UNIVAC, ein wenige Jahre später gebauter kommerziell nutzbarer Computer, hatte zwar eine kompaktere Quaderform, aber immer noch die Ausmaße eines Zimmers.

Ein modernes Smartphone ist kleiner als der ENIAC oder der UNIVAC, hat aber *viel* mehr Digitalschalter. Der UNIVAC hatte in seinem 25 m³ großen Gehäuse etwas mehr als 5000 Vakuumröhren. Das 80-ml-Gehäuse eines iPhone 12 ist mit 11,8 Milliarden Transistoren vollgepackt, was ungefähr 1 Billion Mal mehr Computer pro Liter ergibt.

Würden Sie ein iPhone mit Vakuumröhren anstelle der Transistoren bauen und diese Röhren so dicht anordnen wie im UNIVAC, hätte dieses Smartphone, wenn es auf der Seite liegen würde, in etwa die Größe von fünf Häuserblöcken.

Würden Sie umgekehrt den ursprünglichen UNIVAC aus Komponenten in iPhone-Größe nachbauen, würde das gesamte Gerät nicht einmal 300 Mikrometer messen – und wäre damit klein genug, um in einem einzigen Salzkörnchen Platz zu finden.

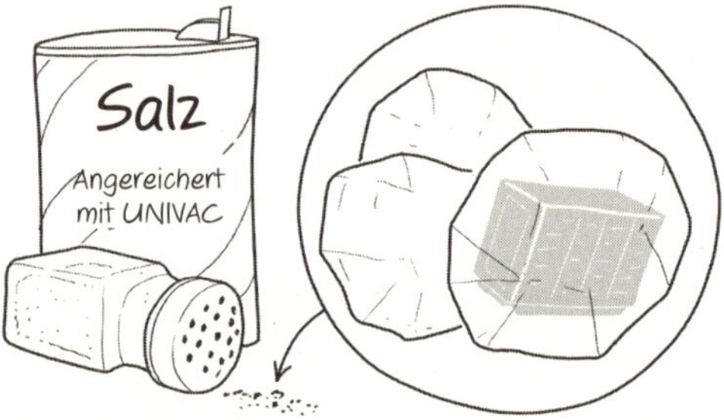

Die Vakuumröhren selbst würden gar nicht den ganzen Platz beanspruchen. Könnten Sie alle anderen Teile Ihres VacPhones aus modernen Komponenten bauen, würde das ganze Ding schon kleiner ausfallen. Eine gebräuchliche Vakuumröhre aus den frühen Tagen des Computerzeitalters war die 7AK7, die ungefähr die Größe eines Stücks Straßenmalkreide hatte. Wenn man 11,8 Milliarden 7AK7-Röhren so zusammenpackt, dass das Ergebnis die Form eines iPhones hat, würden sie schon in einen einzigen Häuserblock passen.

Ihr neues Smartphone würde einige Probleme bekommen. Eines davon ist, dass es nicht gerade schnell laufen würde. Digitalschaltungen verrichten ihre Schritte einen nach dem anderen, wobei der Übergang von einem Schritt zum nächsten von einer Art Uhr koordiniert wird. Je schneller die Uhr läuft, desto mehr Schritte kann der Computer pro Sekunde ausführen. Vakuumröhren sind eigentlich recht gut im Hochgeschwindigkeits-Schalten, aber der UNIVAC verwendete damals nur eine 2 MHz-Uhr, die etwa tausend Mal langsamer arbeitete als die in modernen Computern.

Ihr Smartphone wäre so groß, dass Sie sich wegen der Lichtgeschwindigkeit Sorgen machen müssten. Die Signale würden so viel Zeit benötigen, um vom einen Ende des Geräts zum anderen zu gelangen, dass die verschiedenen Teile des Smartphones nicht synchron miteinander laufen würden. Würde Ihr Smartphone mit 2 MHz arbeiten, dann würde die Uhr am einen Ende ticken, und das Signal aus diesem Takt hätte nicht genügend Zeit, das andere Ende des Geräts zu erreichen, bevor der nächste Takt kommt.

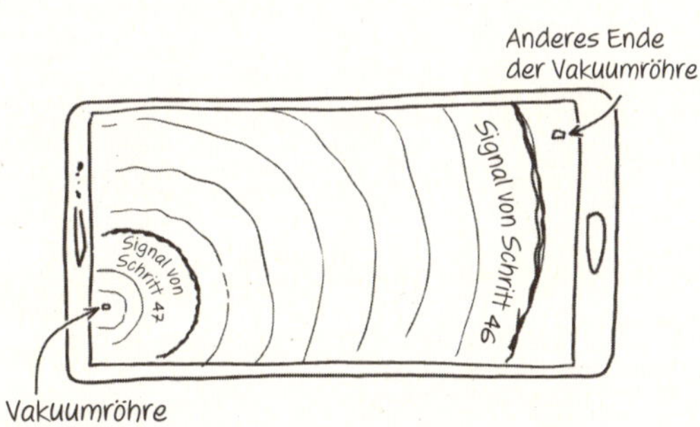

Die schneckenhaft langsame Lichtgeschwindigkeit bringt es mit sich, dass Sie die Komponenten Ihres Smartphones so arrangieren müssen, dass sie möglichst parallelgeschaltet laufen. Auf diese Weise wird eine Rechenoperation am einen Ende des Smartphones nicht so lange in der Warteschleife hängen, bis das Ergebnis einer anderen Rechenoperation vom gegenüberliegenden Ende des Smartphones eingetroffen ist.

Das klingt lachhaft, aber moderne Computer haben genau dieses Problem. Wenn ein Chip mit 3 GHz läuft, haben das Licht und auch die elektrischen Signale nicht genug Zeit, um während eines einzigen Taktzyklus vom einen Ende des Computers zum anderen zu gelangen. Verschiedene Teile Ihres Computers laufen nicht mehr synchron. Wenn es zwischen zwei Einzelteilen sehr schnell hin und her gehen soll, müssen die Leiterplattendesigner sie nahe nebeneinander anordnen, sodass sie von der lahmarschigen Lichtgeschwindigkeit nicht aufgehalten werden.

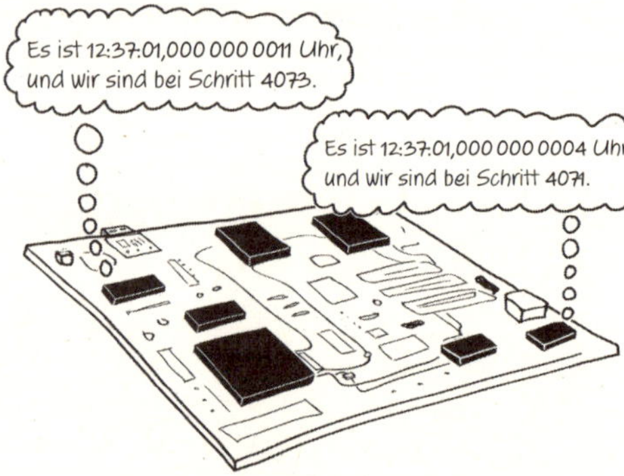

Aber das Problem, das Ihrem VacPhone tatsächlich zum Verhängnis würde, wäre nicht die Geschwindigkeit, sondern die Leistung. Vakuumröhren benötigen eine Menge Strom: Eine 7AK7 verbraucht bei ihrer Tätigkeit mehrere Watt, was bedeutet, dass Ihr Smartphone insgesamt 10^{11} Watt Wärme abgeben würde. Wie heiß würde es dabei werden? Das können wir mit dem Stefan-

Boltzmann-Gesetz für thermisch abgestrahlte Leistung herausfinden:

$$\text{Leistung} = \overbrace{A}^{\text{Größe der Handyoberfläche}} \times \left(\overbrace{T_{\text{Handy}}}^{\text{Handytemperatur}}{}^{4} - \overbrace{T_{\text{Umgebung}}}^{\text{Umgebungstemperatur}}{}^{4} \right) \times \overbrace{e\sigma}^{\text{Physik-Zeug}}$$

$$T = \sqrt[4]{\frac{\text{Leistung}}{A_{\text{Oberfläche}} \times e\sigma} - (T_{\text{Umg}})^4} = \sqrt[4]{\frac{10^{11}\,\text{Watt}}{100\,000\,\text{m}^2 \times e\sigma} - (20\,^\circ\text{C})^4}$$

$$T_{\text{Handy}} = \mathbf{1780\,^\circ C}$$

Selbst wenn Ihr Smartphone auf magische Weise unzerstörbar wäre – die übrige Welt ist es nicht. Eine Temperatur von 1780 °C liegt über dem Schmelzpunkt von Granit. Falls Sie Ihr Smartphone also einmal fallen lassen, könnte es sich seine Bahn durch die Erdkruste schmelzen.

Ich empfehle eine Schutzhülle.

LASERSCHIRM

Es ist einfach langweilig, einen Schirm oder ein Zelt zu nehmen, um Sachen vor Regen zu schützen. Was wäre, wenn man versuchte, Regen mit einem Laser zu stoppen, der jeden herannahenden Tropfen ins Visier nimmt und verdampft, ehe er sich dem Boden bis auf drei Meter nähert?

Zach

REGEN MIT EINEM LASER ZU STOPPEN, ist eine Idee, die erst mal total vernünftig klingt, aber wenn Sie …

Obgleich die Idee eines Laser-Regenschirms womöglich ihren Reiz hat, ist es …

Na gut. Die Idee, Regen mit einem Laser zu stoppen, ist ein Thema, über das wir gerade sprechen.

Es ist keine besonders praktikable Idee.

Werfen wir zunächst einen Blick auf den grundlegenden Energiebedarf. Um einen Liter Wasser zu verdampfen, braucht man ungefähr 2,6 Megajoule[1], und bei heftigen Regengüssen kann durchaus ein halber Inch (12,7 mm) pro Quadratmeter und Stunde niedergehen. Hier haben wir mal einen Fall, wo die Gleichung nicht kompliziert ist – Sie müssen die 2,6 Megajoule pro Liter bloß mit der Regenmenge multiplizieren und erhalten den Energiebedarf Ihres

[1] Wenn das Wasser kälter ist, braucht man mehr Energie, aber auch nicht so viel mehr. Um das Wasser bis nahe an den Siedepunkt zu erhitzen, sind nur ein kleiner Teil der 2,6 Megajoule vonnöten. Der größte Teil wird dafür verbraucht, es über die Schwelle von 100 Grad heißem Wasser zu 100 Grad heißem Wasserdampf zu bringen.

Laserschirms in Watt pro Quadratmeter des beschirmten Geländes. Es ist schon seltsam, wenn sich die Maßeinheiten so komplikationslos auseinander ergeben:

$$2{,}6\ \frac{\text{Megajoule}}{\text{Liter}} \times 12{,}7\ \frac{\text{Millimeter}}{\text{Stunde}} = 9200\ \frac{\text{Watt}}{\text{Quadratmeter}}$$

Neun Kilowatt pro Quadratmeter sind fast das Zehnfache der Energie, die das Sonnenlicht auf die Erdoberfläche schickt, und so würde sich Ihre Umgebung ziemlich schnell aufheizen. Im Grunde würden Sie um sich herum eine Dampfwolke erzeugen, in die Sie unablässig weitere Laserenergie pumpen.

Mit anderen Worten: Sie würden einen Autoklav in Menschengröße bauen. Das ist ein Gerät, mit dem man Gegenstände sterilisieren kann, indem es organische Stoffe in seinem Inneren verbrennt. »Organische Stoffe in seinem Inneren verbrennen« ist jedoch keine so gute Eigenschaft für einen Regenschirm.

Aber es kommt noch schlimmer! Das Eindampfen eines Wassertropfens mit einem Laser ist schwieriger, als es sich anhört.[2] Man braucht eine Menge sehr schnell abgegebener Energie, damit der Tropfen wirklich verdampft und sich nicht einfach in kleinere Tröpfchen aufspaltet. Einen Tropfen sauber einzudampfen, erfordert vermutlich noch größere als die ohnehin schon unvernünftig großen Energiemengen, von denen bereits die Rede war.

Dann stellt sich das Problem des Zielens. In der Theorie ist es vermutlich lösbar. Die adaptive Optik, mit denen man Teleskopspiegel rasch nachjustieren kann, um Turbulenzen in der Atmosphäre auszugleichen, ermöglicht eine unglaublich schnelle und präzise Kontrolle von Lichtstrahlen. Um eine Fläche von 100 Quadratmetern abzudecken (davon war in Zachs vollständigem Brief die Rede), würde man etwa 50 000 Pulse pro Sekunde benötigen. Das ist immerhin noch nicht so schnell, dass man irgendwelche *direkten* Probleme mit der Relativität bekäme, aber die Apparatur

[2] Und es hört sich, ehrlich gesagt, schon ganz schön schwierig an.

müsste sehr viel komplizierter sein als ein simpler Laserpointer auf einer schwenkbaren Basis.

Es könnte einfacher sein, auf das Zielen überhaupt zu verzichten und die Laser nach dem Zufallsprinzip in alle Richtungen abzufeuern.[3] Wenn Sie einen Laserstrahl in eine zufällig gewählte Richtung lenken, wie weit müsste er dann wandern, bevor er auf einen Tropfen trifft? Diese Frage ist recht einfach zu beantworten, denn man hätte auch fragen können, wie weit man bei Regen sehen kann – meist nämlich mehrere Hundert Meter. Es wird also wahrscheinlich nicht helfen, leistungsstarke Laserstrahlen in zufällige Richtungen abzufeuern, es sei denn, Sie möchten versuchen, Ihre gesamte Nachbarschaft vor Regen zu schützen.

Und, ehrlich gesagt, wenn Sie *wirklich* versuchen wollten, Ihre gesamte Nachbarschaft zu schützen, …

… dann wäre das Abfeuern leistungsstarker Laserstrahlen in zufällige Richtungen definitiv *nicht hilfreich*.

[3] Mal im Ernst, welches Problem ließe sich mit so einer Strategie *nicht* lösen?

ISS DOCH MAL 'NE WOLKE!

Könnte ein Mensch eine ganze Wolke aufessen?

Tak

NEIN, AUSSER WENN VORHER DIE LUFT rausgequetscht würde.

Wolken bestehen aus Wasser, und das ist essbar. Oder vielleicht eher »trinkbar«? Ich war mir noch nie richtig sicher, wo die Grenze zwischen Essen und Trinken verläuft.

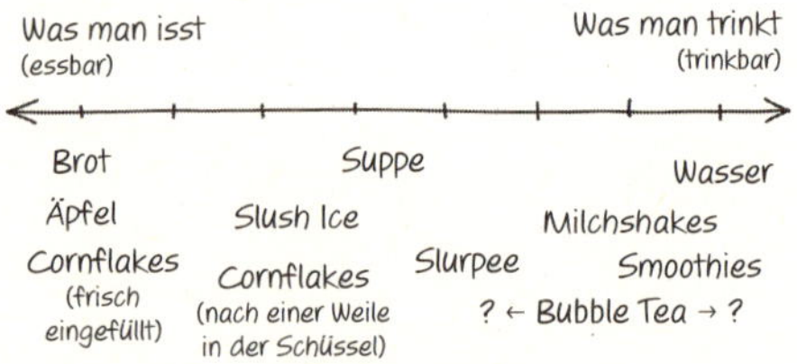

Außerdem enthalten Wolken Luft. Bei den Bestandteilen der Nahrung wird Luft normalerweise nicht mitgezählt, denn beim Kauen entweicht sie unserem Mund – manchmal auch erst kurz nach dem Hinunterschlucken.

Sie können gewiss ein Stückchen Wolke in den Mund nehmen und das darin enthaltene Wasser schlucken. Das Problem liegt darin, dass Sie die Luft rauslassen müssen – aber Luft, die einmal in Ihrem Körper ist, absorbiert dort eine Menge Feuchtigkeit. Wenn sie Ihnen wieder zum Mund rauskommt, trägt sie diese Feuchtigkeit mit sich, und sobald sie dann auf die kühle, trübe Außenluft trifft, wird sie kondensieren. Mit anderen Worten: Wenn Sie versuchen, eine Wolke zu essen, werden Sie mehr Wolke ausrülpsen, als Sie beim Essen aufnehmen können.

Aber wenn Sie die Tröpfchen sammeln könnten – indem Sie die Wolke beispielsweise durch ein sehr feines Sieb streichen und ausdrücken oder indem Sie die Tröpfchen ionisieren und an geladenen Drähten auffangen –, nun ja, dann könnten Sie eine kleine Wolke ganz bestimmt aufessen.

Eine lockere Kumuluswolke von der Größe eines Hauses enthält ungefähr einen Liter flüssiges Wasser, was zwei bis drei großen Trinkgläsern entspricht. Das ist in etwa die Menge, die der menschliche Magen in einem Schwung aufnehmen kann. Eine riesengroße Wolke könnten Sie also nicht verzehren, aber durchaus eine von diesen hübschen, die so groß sind wie ein kleines Haus und sich mal für ein paar Sekunden vor die Sonne schieben, wenn sie am Himmel entlangschweben.

Eine Wolke ist so ziemlich das Größte, was Sie bei einer einzigen Mahlzeit aufessen könnten. Es gibt einfach nicht so viele Dinge, die noch fluffiger und von noch geringerer Dichte sind. Geschlagene Sahne macht einen recht schaumigen Eindruck, aber sie hat immerhin 15 % der Dichte von Wasser.[1] Würde man also einen 10-Liter-Eimer mit geschlagener Sahne füllen, wöge sie immerhin schon 1,5 Kilogramm. Selbst wenn man berücksichtigt, wie viel Luft wieder entweichen würde, könnte man nicht mehr als einen *kleinen* Eimer davon essen. Zuckerwatte gehört zu den wolkenähnlichsten Speisen und hat eine sehr geringe Dichte – nur etwa 5 % der Dichte von Wasser. Das heißt, dass Sie theoretisch etwa 28 Liter – fast drei große Wassereimer voll – bei einer einzigen Mahlzeit essen könnten. Gesund wäre das nicht unbedingt, aber immerhin möglich. Doch selbst wenn Sie Ihr ganzes Leben damit verbringen würden, Zuckerwatte zu essen, würden Sie nicht die Menge bewältigen, die dem Volumen eines Hauses entspricht – zumal es vermutlich auch Auswirkungen auf Ihre Lebensdauer hätte, wenn Sie nichts als Zuckerwatte äßen.

Andere extrem leichtgewichtige essbare Substanzen sind Schnee, Baisers und Beutel mit Kartoffelchips, aber auch davon könnten Sie in einem Zug nicht mehr als etwa drei Eimer voll essen.

[1] Quelle: Tracy V. Wilson, die den Podcast *Stuff You Missed in History Class* betreibt. Als mir die Frage gestellt wurde, hatte sie zufällig gerade eine Küchenwaage und einen Becher Schlagsahne zur Hand.

Wenn Sie also eine Wolke essen möchten, haben Sie ganz schön was zu tun, aber falls es Ihnen gelingt, dürfen Sie die höchst befriedigende innerliche Gewissheit hegen, dass Sie den wohl größten Gegenstand verzehrt haben, den man überhaupt hinunterkriegen kann.

Eine Wolke
Nährwertinformationen

Portionsgröße: eine Wolke
Portionen pro Himmel: unzählige

Kalorien insgesamt: 0

	in % der empfohlenen täglichen Aufnahme
Fett insgesamt:	0 g
davon gesättigte Fettsäuren:	0 g
davon Transfette:	0 g
Cholesterin:	0 g
Natrium:	0 g
Kohlenhydrate insgesamt:	0 g
davon Ballaststoffe:	0 g
davon Zucker:	0 g
Eiweiß:	hin und wieder ein Käfer

Calcium : 0 %	Eisen: 0 %*
Magnesium: 0 %	Zink: 0 %

* Eisengehalt kann höher sein, wenn Sie auf der windabgewandten Seite des Hauses aus Kapitel 45 leben.

Vergessen Sie aber nicht, Ihre Wolke in einer wiederverwendbaren Flasche aufzubewahren. Einwegplastikflaschen sind doch unnötige Verschwendung!

ELLENLANGE SONNENUNTERGÄNGE

Nehmen wir an, zwei Leute von unterschiedlicher Körpergröße (1,59 m und 2,06 m) stehen nebeneinander und betrachten den Sonnenuntergang. Wie viel länger wird die größere Person die Sonne sehen können?

Rasmus Bunde Nielsen

MEHR ALS EINE VOLLE SEKUNDE LÄNGER!

Für hoch aufgeschossene Leute geht die Sonne später unter, denn je größer Sie sind, desto weiter können Sie über den Horizont schauen.

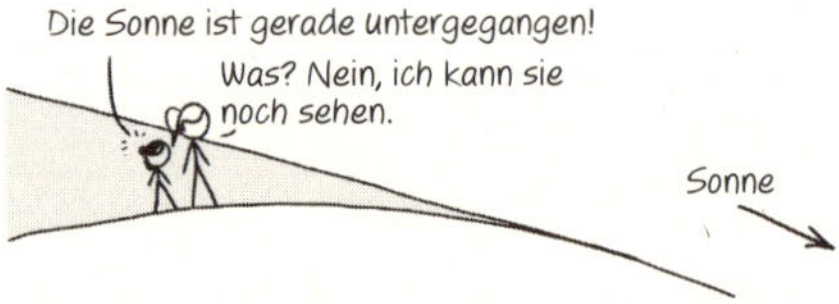

Größere Menschen erleben nicht nur spätere Sonnenuntergänge, sondern auch frühere Sonnenaufgänge, was bedeutet, dass der Tag für sie generell länger ist. Wenn Sie in Äquatornähe und auf Höhe des Meeresspiegels leben, beschert Ihnen jeder Zentimeter zusätzliche Körpergröße übers Jahr gerechnet fast eine halbe Extraminute Tageslicht; in höheren nördlichen oder südlichen Breitengraden ist es sogar noch mehr. Auf einer Höhe von 30 Metern über dem Meeresspiegel ist der Effekt nicht so ausgeprägt, aber jeder zusätzliche Zentimeter Körpergröße bringt Ihnen immer noch mindestens vier Extrasekunden Tageslicht pro Jahr ein.

Andererseits sind große Leute stärkeren Winden ausgesetzt; sie stoßen sich beim Treppensteigen häufiger den Kopf, laufen öfter in Spinnennetze und haben ein höheres Risiko, von freischwingenden Klingen enthauptet zu werden, wenn sie zufällig in einen mit Fallen versehenen alten Tempel geraten. (Ich weiß nicht genau, wie hoch die Wahrscheinlichkeit ist, dass so etwas passiert, aber zumindest weiß ich, dass das Risiko mit der Körpergröße wächst.)

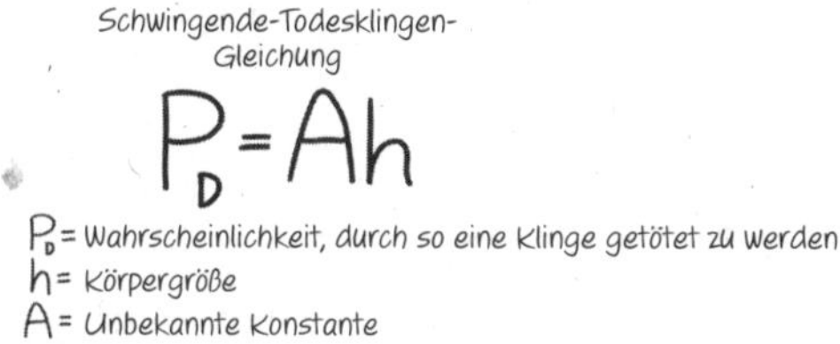

Wenn Sie ungefähr auf Meeresspiegelniveau leben und einen guten Ausblick auf den Horizont haben, können Sie diesen Höheneffekt nutzen, um zwei Sonnenauf- oder -untergänge nacheinander zu erleben. Alles, was Sie brauchen, sind ein Treppenhaus oder eine Leiter oder auch ein Hügel, den Sie schnell rauf- bzw. runterrennen können.

Es ist einfacher, das mit dem Sonnenaufgang auszuprobieren, denn man kommt eine Treppe leichter runter als hoch, aber dafür muss man natürlich auch früh aufwachen.

Wenn Ihr Ziel allerdings darin besteht, mehr Sonnenlicht zu erhaschen, lohnt es sich vielleicht schon, früh am Morgen aufzustehen. Nehmen wir an, Sie leben auf Höhe des Meeresspiegels und schlafen normalerweise lange. Falls Sie dann jeden Tag zehn Sekunden früher aufstehen, wird Ihnen das genauso viel zusätzliches Tageslicht einbringen, als wenn Sie sechs Meter wachsen würden.

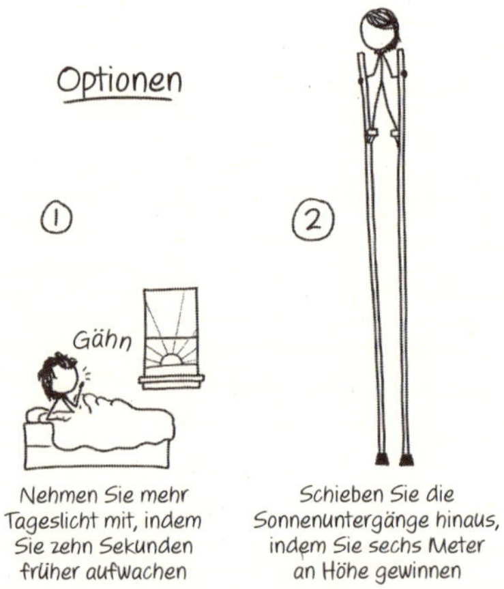

Andererseits ist es auch schön, mal richtig auszuschlafen.

LAVALAMPE

Was wäre, wenn ich eine Lavalampe aus richtiger Lava machen würde? Was könnte ich dann als durchsichtiges Medium nehmen? Und aus welcher Entfernung dürfte ich mir die Lampe anschauen?

Kathy Johnstone, Lehrerin in einer 6. Klasse (übermittelt von einem Schüler)

DAS IST EINE ÜBERRASCHEND VERNÜNFTIGE IDEE, zumindest nach *What if*-Standards.

Na ja, so ganz vernünftig ist sie auch wieder nicht. Ich schätze, Sie würden mindestens Ihre Lehrbefugnis verlieren und möglicherweise auch einige Schülerinnen und Schüler aus der vordersten Reihe. Aber tun könnten Sie es schon.

Was durchsichtige Materialien angeht, die Lava in sich halten könnten, ohne zu bersten und das halbe Klassenzimmer mit rotglühenden Tröpfchen zu bespritzen, so haben Sie ein paar Möglichkeiten. Quarzglas wäre großartig. Es ist das gleiche Zeug, das man für Hochintensitäts-Glühbirnen verwendet, deren Oberfläche sich schnell einmal bis auf mittlere Lavatemperatur erhitzen kann.[1] Eine andere Möglichkeit sind Saphire, die bei Temperaturen von bis zu 2000° C fest bleiben und häufig als Fenster für Hochtemperaturkammern eingesetzt werden.

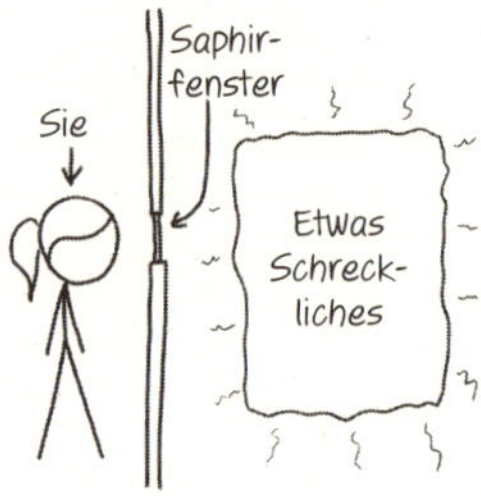

Die Frage nach dem durchsichtigen Medium im Inneren der Lampe ist schon kniffliger. Angenommen, wir finden ein klares Glas, das schon bei niedriger Temperatur schmilzt. Selbst wenn wir darüber hinwegsehen, dass die Unreinheiten aus der heißen Lava das Glas vermutlich eintrüben würden, bekämen wir ein anderes Problem.[2]

Geschmolzenes Glas ist durchsichtig. Warum sieht es dann nicht auch durchsichtig aus?[3] Die Antwort ist einfach: Es glüht. Heiße Gegenstände geben Schwarzkörperstrahlung ab; geschmolzenes Glas glüht genauso wie geschmolzenes Gestein, also Lava – und aus dem gleichen Grund.

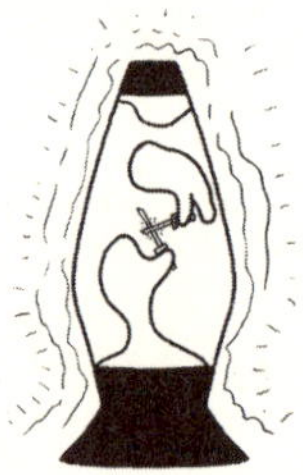

Das Problem mit einer Lavalampe ist demnach, dass beide ihrer Hälften gleich hell sein würden; es wird also schwer sein, die Lava zu erkennen. Wir könnten versuchen, in die obere Hälfte der Lampe *nichts* zu tun – immerhin blubbert Lava bei

1 Manche Glühlampen für Bühnenbeleuchtung werben damit, dass sie Temperaturen von bis zu 1000° C aushalten können, was heißer ist als viele Lava-Arten.

2 Und später, wenn die Schulbehörde Wind von der Sache bekommt, gleich noch eins.

3 Das hört sich irgendwie widersprüchlich an, oder? »Diese Musik ist laut, aber sie *klingt* nicht laut.«

entsprechender Hitze von selbst recht schön. Unglücklicherweise wäre aber auch die Lampe in Kontakt mit der Lava. Der Saphir dürfte zwar nicht so schnell schmelzen, aber dafür *glüht* auch er, wodurch man nur schwer sehen kann, was die Lava im Lampeninneren macht.

Falls Sie Ihre Lavalampe nicht mit einer wirklich hellen Glühbirne verbinden, würde sie rasch abkühlen. Genau wie in der Realität einzelne Lavaspritzer, die zu Boden fallen, bald erstarren, würde dies auch Ihre Lampe tun, und noch innerhalb der ersten Minute würde sie zu leuchten aufhören. Am Ende der Unterrichtsstunde könnten Sie sie vermutlich schon berühren, ohne sich die Finger zu verbrennen.

Eine Lavalampe mit erstarrtem Inhalt ist so ziemlich das Langweiligste auf der Welt. Und doch brachte mich dieses Szenario zum Nachdenken: Wenn eine Lampe aus flüssiger Lava nicht besonders aufregend wäre, wie wäre es dann mit einem Vulkan aus lauter Lampen?

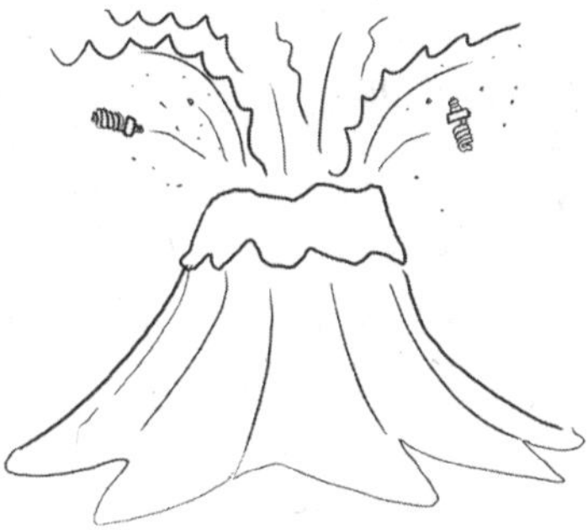

Es ist wahrscheinlich die nutzloseste Berechnung, die ich je angestellt habe[4], aber was wäre, wenn der Mount St. Helens heute noch einmal ausbrechen und nicht Tephra[5] ausspucken würde, sondern Kompaktleuchtstofflampen?

[4] Okay, das stimmt *ganz sicher* nicht.
[5] Der Fachbegriff für »alles, was so aus einem Vulkan rauskommt«.

Nun ja, in diesem Fall wäre die Freisetzung von Quecksilber in die Atmosphäre um mehrere Zehnerpotenzen größer als alle durch den Menschen verursachten Quecksilberemissionen weltweit.[6]

Alles in allem glaube ich, dass es eher wenig spannend wäre, eine Lavalampe aus Lava zu machen. Ich glaube auch, dass es vermutlich eine gute Sache ist, wenn der Mount St. Helens keine Kompaktleuchtstofflampen ausspeit. Und schließlich glaube ich, dass ich im Unterricht bei Ms. Johnstone lieber einen Platz in den hinteren Bankreihen wählen würde.

6 45 Prozent davon entstehen beim Goldabbau.

SISYPHUSKÜHLSCHRÄNKE

Nehmen wir an, alle, die einen Kühl- oder Gefrierschrank besitzen, würden ihre Geräte nach draußen stellen und zur gleichen Zeit aufmachen. Würde diese Kältemenge ausreichen, um die Temperatur spürbar zu verändern? Und wenn nicht, wie viele Kühlschränke wären nötig, um die Temperatur um, sagen wir, 5 Grad Fahrenheit zu senken? Und wenn man es sogar noch kälter haben möchte?

Nicholas Mittica

KÜHLSCHRÄNKE KÜHLEN IHRE UMGEBUNG NICHT, sie heizen sie auf.

Kühlschränke pumpen Wärme aus ihrem Inneren nach außen. Im Kühlschrank wird es kälter und um ihn herum wärmer. Wenn Sie die Tür öffnen, wird sich der Kühlschrank endlos abrackern: Von der Türseite her zieht er Wärme in sich hinein und gibt sie über die Rohrschleifen an seiner Rückseite an die Luft ab – aber gleichzeitig strömt schon wieder warme Luft in ihn ein. Dann muss er die ganze Prozedur von vorn beginnen wie Sisyphus, der für alle Ewigkeit einen Felsbrocken den Hügel hinaufrollt.

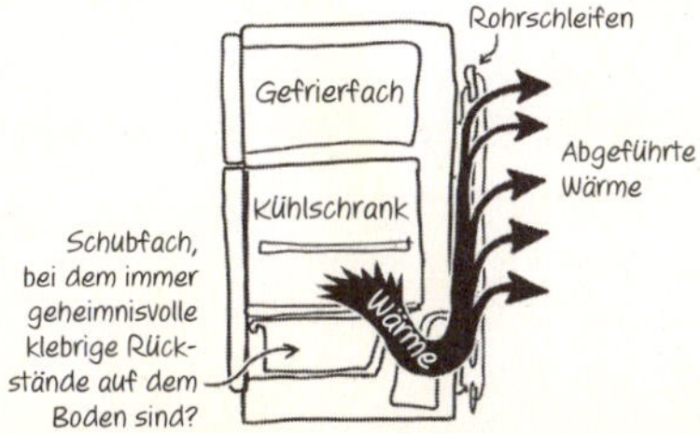

Um all diese Wärme herumzubewegen, verbraucht der Kühlschrank Strom, was zusätzlich Wärme erzeugt. Ein Kühlschrank, dessen Kompressor mit voller Kraft läuft – was bei offener Tür der Fall wäre –, kann gut und gern 150 Watt verbrauchen. Das bedeutet, dass außer der Wärme, die er sinnloserweise aus dem Inneren in die Rohrschleifen an der Rückseite befördert, auch noch eine Extrawärmemenge, die 150 Watt entspricht, in die Umgebung abgegeben würde.

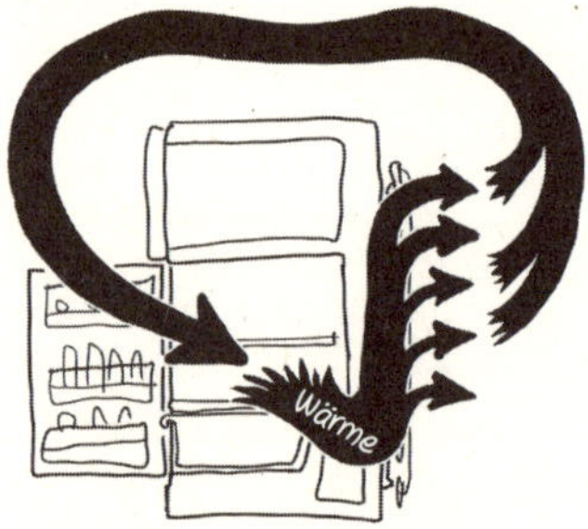

Diese zusätzlichen 150 Watt Wärme pro Kühlschrank würden theoretisch gesehen die Durchschnittstemperatur auf der Erde erhöhen, aber nur ein bisschen. Vermutlich gibt es aktuell einige Hundert Millionen Haushalte mit Kühlschrank, aber selbst wenn wir annehmen, dass jeder der acht Milliarden Menschen auf der Welt einen Kühlschrank besäße und alle Erdenbewohner ihre Geräte nach draußen schaffen und rund um die Uhr bei offener Tür laufen lassen würden, betrüge der globale Temperaturanstieg weniger als ein Tausendstel Grad Celsius, was bei Weitem zu wenig ist, als dass man es messen könnte.

Aber selbst wenn ihre direkte Abwärme zu vernachlässigen wäre, würden diese Kühlschränke die Erde trotzdem aufheizen. Eine Menge der in unseren Haushalten verwendeten Energie wird durch die Verbrennung fossiler Brennstoffe erzeugt. Wenn die acht Milliarden Outdoor-Kühlschränke von einem Energiemix angetrieben werden, der jenem der Vereinigten Staaten im Jahre 2022 entspricht, dann würden sie jedes Jahr etwa sechs Milliarden Tonnen zusätzliches CO_2 in die Atmosphäre schicken – ungefähr 15 Prozent des weltweiten Ausstoßes.

Würden die Kühlschränke diese Emissionen bis zum Ende des 21. Jahrhunderts unvermindert fortführen, ergäbe das, wie verschiedene Klimamodelle nahelegen, eine Erderwärmung um 0,3 Grad Celsius. Diese kämen noch zu dem hinzu, was der Mensch ohnehin schon an globaler Erwärmung verursacht.

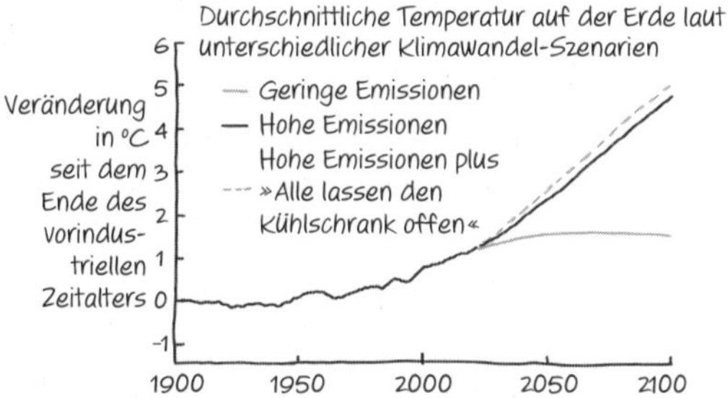

Wie lässt sich das mit anderen sinnlosen Aufgaben vergleichen? Die griechische Mythologie berichtet von Sisyphus, der für immer einen Felsbrocken einen Hügel hinaufwälzen muss. Homers Schilderung in der *Odyssee* macht deutlich, dass er mächtig hart arbeitet:

> *Auch den Sisyphos sah ich, von schrecklicher Mühe gefoltert,*
> *Einen schweren Marmor mit großer Gewalt fortheben.*
> *Angestemmt, arbeit' er stark mit Händen und Füßen,*
> *Ihn von der Au aufwälzend zum Berge. Doch glaubt' er ihn*
> *jetzo*
> *Auf den Gipfel zu drehn, da mit einmal stürzte die Last um;*
> *Hurtig mit Donnergepolter entrollte der tückische Marmor.*
> *Und von vorn arbeit' er, angestemmt, dass der Angstschweiß*
> *Seinen Gliedern entfloss und Staub sein Antlitz umwölkte.*
>
> *(Die Odyssee, 11. Gesang,*
> *Übersetzung von Johann Heinrich Voß)*

Wie das Datenmaterial von Ultramarathonläufern zeigt, liegen die Grenzen der Arbeit, die Menschen bei besonders langen Ausdaueranforderungen verrichten können, beim Zweieinhalbfachen ihrer Stoffwechselrate im Ruhezustand. Ich habe nicht einmal ansatzweise eine Idee, wie ich die Kalorienaufnahme von Sisyphus einigermaßen vernünftig schätzen könnte, aber er rackert sich auf jeden Fall tüchtig ab, und so können wir vielleicht ein berühmtes Muskelpaket an seine Stelle setzen, den Wrestler und Schauspieler Dwayne Johnson. Ich habe nachgeschaut, wie groß und wie schwer Johnson ist, und diese Werte in einen Internetrechner zum Ruhestoffwechsel eingegeben. Der lieferte mir einen Schätzwert von 2150 Kilokalorien pro Tag, was 105 Watt entspricht.

	Sisyphus von Korinth	Dwayne Johnson
Sehr stark	Ja	Ja
Berühmt für Geschichten, in denen er mehrmals um Haaresbreite dem Tode entrann	Ja (Der Mythos von Sisyphus)	Ja (Fast & Furious Franchise)
Nahm einmal den Platz eines Gottes ein	Ja (Thanatos, im Tartarus)	Ja (Maui, in Vaiana)
Größe und Gewicht leicht zu googeln	Nein	Ja

Legen wir 105 Watt für Sisyphus' Stoffwechselrate zugrunde, so können wir schätzen, dass seine maximale Langzeitleistung 260 Watt wären – ein wenig mehr als bei einem offenen Kühlschrank.

Wenn Sie also in Ihrem Vorgarten ein sinnloses Objekt haben möchten, das unablässig Energie verbraucht, ohne dass es einen guten Grund dafür gäbe, brauchen Sie nicht Ihren Kühlschrank anzuwerfen – lassen Sie doch einfach Sisyphus einen Felsblock wälzen. Es würde Ihrer Stromrechnung guttun, und die Auswirkungen auf den Klimawandel wären zu vernachlässigen, denn hier wären erneuerbare Energien im Spiel: der immerwährende Groll des Unterweltgottes Hades.

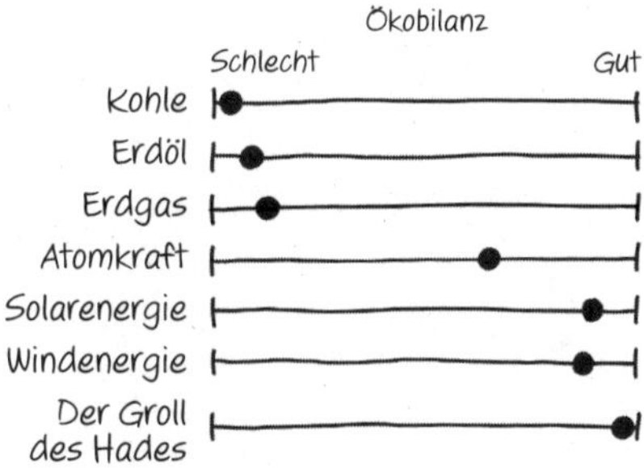

Wenn Sisyphus gerade nicht verfügbar ist, können Sie ja vielleicht Dwayne Johnson als Aushilfe kriegen.

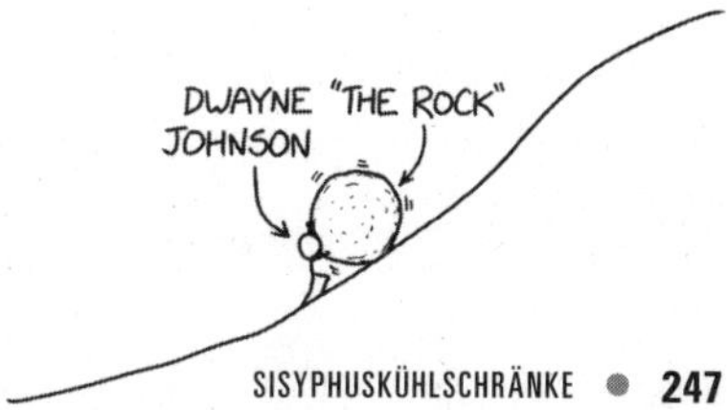

BLUTALKOHOL

Könnte man betrunken werden, wenn man das Blut einer betrunkenen Person trinkt?

Fin Byrne

DAZU MÜSSTEN SIE EINE MENGE Blut trinken.

Ein Mensch enthält etwa fünf Liter Blut, was ungefähr 14 Gläsern entspricht.

Nicht vergessen – trink jeden Tag deine 14 Gläser Blut!

Wenn Ihr Blut zu mehr als einem halben Prozent aus Alkohol besteht, ist die Wahrscheinlichkeit, dass Sie sterben, ziemlich groß. Es gibt eine Handvoll Fälle, in denen jemand mit einem Blutalkoholspiegel von mehr als einem Prozent überlebt hat, aber die LD_{50} – der Wert, bei dem 50 Prozent der betroffenen Personen sterben – liegt bei 0,40 (4 Promille).

Wenn jemand eine Blutalkoholkonzentration von 0,40 hätte, und Sie würden in kurzer Zeit alle 14 Gläser mit seinem Blut austrinken[1], dann müssten Sie sich übergeben.

1 Wenn Sie jemandem sein gesamtes Blut wegtrinken, liegt die Wahrscheinlichkeit, dass er stirbt, bei 100 Prozent.

Ich habe keine Lust, hier jemanden hinzuzeichnen, der mehrere Liter Blut erbricht.

Nehmen wir doch lieber ein Eichhörnchen.

Sie würden sich nicht wegen des Alkohols übergeben, sondern einfach nur, weil Sie Blut trinken. Wenn Sie irgendwie ums Erbrechen herumkämen, hätten Sie insgesamt 20 Gramm Ethanol aufgenommen. Das wäre ungefähr die Menge, die in einem halben Liter Bier steckt.

Je nachdem, wie schwer Sie sind, könnte das Trinken solcher Blutmengen dazu führen, dass Ihr eigener Blutalkoholspiegel auf etwa 0,5 Promille steigt. Das ist so niedrig, dass Sie sich in vielen Bundesstaaten der USA noch ans Lenkrad setzen dürften, aber gleichzeitig so hoch, dass sich Ihr Unfallrisiko verdoppeln würde, wenn Sie es wirklich täten.

Wenn Ihre Blutalkoholkonzentration bei 0,05 Prozent liegt, bedeutet das: Nur ein Achtel des Alkohols aus dem Blut der anderen Person hat es bis in Ihr Blut geschafft. Stellen Sie sich vor, Sie hätten das ganze Blut getrunken und jemand würde Sie töten und Ihr Blut trinken.[2] Dieser Jemand hätte dann eine Blutalkoholkonzentration von 0,006 Prozent. Würde sich dieser Vorgang 25 Mal wiederholen, verblieben im Blut der letzten Person weniger als acht Moleküle Ethanol. Nach ein paar weiteren Durchgängen würde

[2] Das wäre einfach nur gerecht.

vermutlich kein einziges Molekül mehr übrigbleiben[3], und die Leute würden ganz normales Blut trinken.[4]

Ob das Blut nun Alkohol enthält oder nicht – es wäre kein Vergnügen, 14 Gläser davon zu trinken. Es gibt zu diesem Thema zwar wenig medizinische Fachliteratur, aber Einzelberichte aus einigen alarmierenden Internetforen legen nahe, dass jeder normale Mensch, der mehr als einen halben Liter Blut zu trinken versucht, das Brechen kriegen wird. Sie können das aus folgender Illustration ersehen:

Wenn Sie über einen langen Zeitraum hinweg regelmäßig Blut trinken, könnte die Anreicherung von Eisen in Ihrem Körper zu einem Eisenüberschuss führen. Dieses Syndrom tritt bisweilen bei Menschen auf, die wiederholt Bluttransfusionen bekommen. Es zählt zu den wenigen Leiden, bei denen ein Aderlass die angemessene Behandlung ist.

Wenn Sie das Blut eines einzigen Menschen trinken, dürfte Ihnen das nicht gleich einen Eisenüberschuss einbringen. Was es Ihnen aber durchaus bescheren könnte, ist eine durch Blut übertragene Krankheit. Die meisten dieser Krankheiten werden von Viren verursacht, die zwar im Magen nicht überleben, aber durch einen Kratzer in Ihrem Mund oder Ihrer Kehle während des Trinkens leicht in die Blutbahn gelangen können.

Zu den Krankheiten, die Sie sich beim Trinken des Blutes einer infizierten Person zuziehen können, zählen Hepatitis B und C, AIDS und virale hämorrhagische Fieber wie eine Hantavirus- oder Ebola-Infektion. Ich bin kein Arzt und möchte in meinen Büchern

[3] Nach homöopathischen Standards ist es allerdings immer noch ziemlich hoch konzentriert.

[4] Was für Nieten.

keine medizinischen Ratschläge erteilen. Dennoch kann ich Ihnen getrost sagen, dass Sie das Blut von jemandem mit einem viralen hämorrhagischen Fieber lieber nicht trinken sollten.

Dinge, die Sie nicht tun sollten

(Aktualisierte Liste)

#156818	Die Erdkruste abpellen
#156819	Die Sahara per Hand anstreichen
#156820	Jemandem die Knochen entfernen, ohne ihn zu fragen
#156821	100 % des Staatshaushalts für den In-App-Kauf von Handyspielen ausgeben
#156822	Eine Lavalampe mit echter Lava füllen
#156823	**(Neu!)** Das Blut von jemandem trinken, der ein virales hämorrhagisches Fieber hat

Trotzdem ist es nichts Unerhörtes, Blut zu trinken oder zu essen. In vielen Kulturen ist es ein Tabu, aber der *black pudding*, der zum großen Teil aus Blut besteht, ist ein traditionelles britisches Gericht, und in Klein Kiesow und anderswo in Pommern liebt man *Tollatschen*, die aus Schweineblut, Mehl, Zucker, Rosinen und Lebkuchengewürzen gemacht werden. Ähnliche Gerichte gibt es rund um den Erdball. Die Massai-Hirten in Ostafrika lebten einst hauptsächlich von Milch, tranken aber manchmal auch Blut, das sie ihren Rindern abzapften und mit Milch vermischten, sodass eine Art hochdosierter Proteinshake entstand.

Kurzum: So viel fremdes Blut zu trinken, dass man davon betrunken wird, wäre sehr schwierig und vermutlich ganz schön unerfreulich; außerdem könnte es Ihnen einige üble Krankheiten bescheren. Es ist ziemlich egal, wie betrunken die andere Person war – das Blut selbst würde in Ihrem Körper schon schlimme Dinge anrichten, ehe der Alkohol überhaupt zum Zuge kommt.

BASKETBALL-ERDE

Wenn man einen Basketball auf der Fingerspitze rotieren lässt, gibt man ihm hin und wieder einen Schubs, damit er sich schneller dreht und besser ausbalanciert ist. Könnte ein Meteor, der nahe genug an der Erde vorbeizieht, unseren Planeten auf die gleiche Weise beschleunigen wie die Hand den Basketball?

Zayne Freshley

JA!

Es ist eines dieser Dinge, von denen man denkt, sie könnten so nicht funktionieren – und doch funktionieren sie, wie sich herausstellt, *exakt* auf diese Weise.

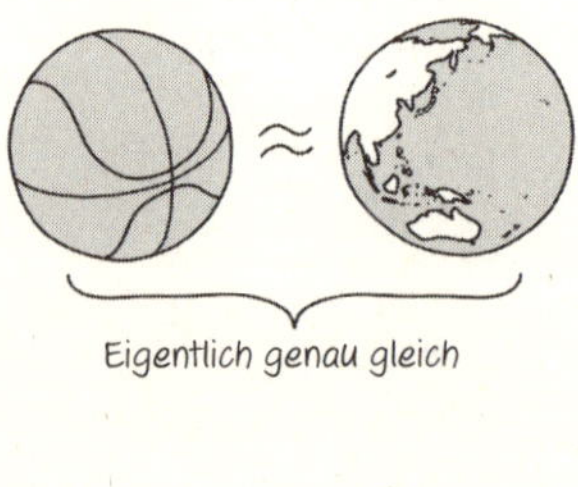

Wenn Meteoriten auf der Erde einschlagen oder durch die Erdatmosphäre stürzen, verändern sie die Rotation des Planeten.

Normalerweise fallen Meteoriten nicht genau senkrecht runter, wenn sie in die Atmosphäre eintreten. Außer wenn sie zufällig exakt den Erdmittelpunkt ansteuern, schlagen sie in einem bestimmten Winkel ein und geben der Erde einen kleinen Drehimpuls in die eine oder andere Richtung. Gehen sie in Richtung Osten nieder, beschleunigen sie den Planeten; wenn sie aber westwärts fallen, verlangsamen sie ihn.

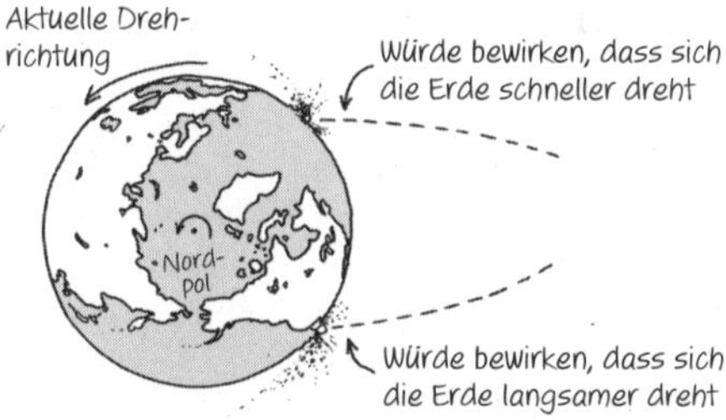

Ein Meteor, der im Weltraum einfach nur an der Erde vorbeifliegt, beeinflusst ihre Rotation nicht in messbarem Umfang. Dazu müsste er schon physischen Kontakt mit dem Planeten haben. Es ist allerdings nicht erforderlich, dass er den Erdboden erreicht. Wenn er in der Atmosphäre verglüht, geben seine Trümmer der Luft einen mächtigen Schub, und ein Teil dieser stark bewegten Luft zerrt durch den Strömungswiderstand schließlich am Erdboden.

Selbst wenn der Meteor nur durch die Atmosphäre stürzt und dann ins Weltall zurückfliegt, wird ein beträchtlicher Teil des Impulses, den er in der Atmosphäre verliert, letztendlich auf die Erdrotation übertragen. Solche haarscharf an der Erde vorbeischrammenden Feuerbälle sind selten, aber 1972 streifte einer die Atmosphäre über dem Westen der USA und Kanada, und andere sind von Himmelsbeobachtern, Teleskopen mit automatischer Steuerung und Radargeräten ausgemacht worden.

Die Erde ist groß**[Beleg erforderlich]**, und so dürften selbst verheerende Meteoriteneinschläge nicht groß etwas an der Tageslänge ändern. Der Chicxulub-Einschlag, der die Dinosaurier umbrachte und einen Krater von mehr als 100 Kilometern Durchmesser hinterließ, veränderte die Tageslänge vermutlich um maximal ein paar Millisekunden. Für die meisten Zwecke sind ein paar Millisekunden nicht weiter spürbar, und doch würde es bedeuten, dass man jedes Jahr eine Schaltsekunde hinzufügen müsste, um den Verlust auszugleichen.

Falls uns etwas von der Größe eines Mondes oder eines Planeten treffen sollte, *könnte* es die Tageslänge dramatisch verändern und noch viel größere Zerstörungen bewirken. Man nimmt an, dass unser Mond aus den Trümmern entstand, die vom Zusammenprall eines Mars-großen Objekts mit der gerade in Entstehung begriffenen Erde erzeugt wurden. Dieser Einschlag hatte vermutlich eine große Veränderung der Tageslänge zur Folge. In gewisser Weise waren seine Auswirkungen auf die *Monats*länge sogar noch größer …

Der allererste Monatskalender

… indem er die Monate überhaupt erst schuf.

SPINNEN VS. SONNE

Wer übt – physikalisch betrachtet – eine größere Anziehungskraft auf mich aus: die Sonne oder Spinnen? Gewiss, die Sonne ist viel größer, aber auch viel weiter weg, und ich habe in Physik gelernt, dass die Gravitationskraft umgekehrt proportional zum Quadrat des Abstands ist.

Marina Fleming

WÖRTLICH GENOMMEN, IST DIESE FRAGE absolut einleuchtend, obgleich man sie leicht so umformulieren könnte, dass sie völlig inkohärent klingt.

Die Gravitationskraft einer *einzelnen* Spinne, egal wie schwer sie auch sein mag, wird die der Sonne nie übertrumpfen. Die Goliath-Vogelspinne[1] wiegt so viel wie ein großer Apfel.[2] Selbst wenn Sie,

1 Bei Wikipedia findet sich die hilfreiche Anmerkung, dass diese Spinnen trotz ihres Namens »selten Jagd auf Vögel machen«.

2 Dies trifft sowohl auf das Obst als auch auf das iPhone zu.

was Gott verhüten möge, einer solchen Spinne so nahe wie möglich kämen, würde die Anziehungskraft der Sonne immer noch 50 Millionen Mal stärker sein.

Aber wenn man nun alle Spinnen der Welt zusammennimmt?

Eine Binsenweisheit besagt, dass die nächste Spinne immer nur ein paar Meter von uns entfernt ist. Das stimmt nicht, wenn man es wortwörtlich nimmt – Spinnen leben nicht im Wasser[3], also kann man sich schwimmend vor ihnen retten, und in Gebäuden gibt es nicht so viele wie in Feld und Flur. Aber wenn Sie irgendwo in freiem Gelände sind, und sei es in der arktischen Tundra, ist es durchaus wahrscheinlich, dass nur ein paar Meter entfernt Spinnen sitzen.

Egal ob die Binsenweisheit nun stimmt oder nicht: Da draußen krabbeln schrecklich viele Spinnen herum. Wie viele genau, ist schwer zu sagen, aber wir können eine grobe Schätzung vornehmen. Eine Studie zur Spinnendichte in Brasilien aus dem Jahr 2009 hat pro Quadratmeter Waldboden eine Spinnengesamtmasse im einstelligen Milligrammbereich ermittelt.[4] Wenn wir annehmen, dass etwa zehn Prozent der Landfläche eine solche Spinnendichte aufweisen und es ansonsten nirgendwo Spinnen gibt, kommen wir auf 200 Millionen Kilogramm Spinnen weltweit.[5]

Auch wenn unsere Zahlen mit der Realität wenig zu tun haben mögen, reichen sie aus, um Marinas Frage zu beantworten. Wenn wir annehmen, dass die Spinnen gleichmäßig über die Erdoberfläche verteilt sind, können wir Newtons Schalentheorem heranzie-

3 Mit Ausnahme von *Argyroneta aquatica*, der »Taucherglockenspinne«.

4 Dabei handelt es sich um die Trockenmasse. Um das Lebendgewicht zu erhalten, müssen Sie den Wert mit 3 oder 4 multiplizieren.

5 Eine Untersuchung von Feldern und Weideflächen in Neuseeland und England ergab eine zweistellige Spinnenanzahl pro Quadratmeter. Wenn jedes dieser Tiere ein Milligramm wiegt und wir erneut annehmen, dass etwa 10 Prozent der Landflächen der Erde eine solche Spinnendichte aufweisen, kommen wir insgesamt auf eine Spinnenbiomasse von 100 Millionen bis 1 Milliarde Kilogramm. Das stimmt zumindest mit unserer ersten Schätzung überein.

hen, um zu bestimmen, welche kollektive Gravitationskraft sie auf Objekte außerhalb der Erde ausüben. Wer es einmal durchrechnet, wird feststellen, dass die Anziehungskraft der Sonne um *13 Zehnerpotenzen stärker* ist.

Nun geht diese Berechnung aber von einigen Annahmen aus, die so nicht stimmen. Die Spinnenverteilung ist nicht überall gleich, sondern diskontinuierlich[6]; manche Gebiete haben mehr Spinnen als andere. Was wäre, wenn es ganz in Ihrer Nähe *jede Menge* Spinnen gäbe?

Im Jahr 2009 musste das Klärwerk Black River Wastewater Treatment Plant mit einer (wie sie es selbst nannten) »extremen Spinnensituation« klarkommen. Wie in einem faszinierenden und schreckenerregenden Artikel der Amerikanischen Entomologischen Gesellschaft beschrieben[7], hatten schätzungsweise 80 Millionen Radnetzspinnen das Werk besiedelt und alle Oberflächen mit dichten Lagen aus Spinnweben überzogen.[8]

Wie groß war die gemeinsame Gravitationskraft all dieser Spinnen? Zunächst einmal müssen wir ihre Masse kennen. Laut einem Aufsatz mit dem Titel »Sexueller Kannibalismus bei Radnetzspinnen: Ein ökonomisches Modell«[9] liegt sie bei etwa 20 Gramm für ein Männchen, während ein Weibchen ein Mehrfaches davon wiegt. Das Resultat der Berechnung: Selbst wenn Sie 2009 gleich neben dem Black-River-Klärwerk gestanden hätten, hätte die

6 Die Spinnen werden quantisiert.

7 Im Schlussteil des Aufsatzes findet sich diese absolut unglaubliche Passage: »Unsere Empfehlungen für eine Verbesserung der Lage enthielten folgende allgemeine Punkte: 1) Dem Personal vor Ort sollte versichert werden, dass die Spinnen harmlos sind, und das gewaltige Leichentuch aus Spinnweben, das die Anlage überdeckte, sollte in einem positiven Licht dargestellt werden, nämlich als rekordverdächtiges Wunder der Naturgeschichte.«

8 Welche ihrerseits von dicken Lagen aus Spinnen überzogen waren.

9 Nicht zu verwechseln mit »Kosten-Nutzen-Abwägung zwischen prä- und postkopulatorischem sexuellem Kannibalismus bei einer Wolfsspinnenart«. Das ist ein anderer, wenngleich ebenfalls wirklich existierender Aufsatz.

Anziehungskraft der darin lebenden Spinnen noch immer nur ein Fünfzigmillionstel der Sonnenanziehungskraft betragen.

Egal wie Sie es drehen und wenden – die Quintessenz ist, dass wir in einer Welt leben, in der wir von winzigen Spinnen umgeben sind und die von einem riesigen Stern beherrscht wird.

Na schön, wenigstens ist es nicht andersherum.

EINEN MENSCHEN EINATMEN

Wenn Hausstaub bis zu 80 Prozent tote Haut enthält, wie viele Personen – nach der Hautmenge berechnet – verzehrt bzw. inhaliert dann ein Mensch im Laufe seines Lebens?

Greg, Kapstadt (Südafrika)

DIE GUTE NACHRICHT: MAN KANN einen Menschen nicht einatmen, und Staub besteht auch nicht hauptsächlich aus abgestorbenen Hautzellen.

Dass Hausstaub weitgehend aus abgestorbener Haut besteht, ist eine weitverbreitete Behauptung. Wenn Sie danach googeln, werden Sie auf eine Menge Artikel stoßen, die es entweder bekräftigen oder widerlegen wollen.[1] Dass es sich so schwer auf den Punkt

1 Derek Muller vom Youtube-Kanal Veritasium hat zu diesem Thema ein langes und etwas umständliches Video produziert, in dem er ein Buch aus dem Jahre 1981 zitiert, das seinerseits eine holländische Publikation von 1967 zitiert, in der es um Reinigungsstandards geht. Letzten Endes landete er im »Wow, da ist echt 'ne Menge Haut drin«-Lager.

bringen lässt, liegt teilweise daran, dass Hausstaub kein genau definierter spezifischer Gegenstand ist. Er ist einfach nur ein unappetitlicher Salat aus allem, was in Ihrem Haus zufällig gerade herumliegt. Er kann Erdreich enthalten, Blütenstaub, Baumwollfasern, Brotkrümel, Puderzucker, Glitzer, Haare und Hautschuppen von Haustieren, Mikroplastik, Ruß, Menschen- oder Tierhaare, Mehl, Glas, Rauch, Milben und zahllose Klümpchen von kaum zu identifizierendem schmierigem Zeug.

Es ist definitiv auch etwas Haut darin enthalten, aber gewöhnlich ist sie nicht die Hauptzutat. Untersuchungen des Staubs von Büro- und Schulfußböden ergaben, dass der überwiegende Teil davon nicht einmal organischer Natur war, und eine 1973 in *Nature* veröffentlichte Studie, für die ganz unterschiedliche Umgebungen untersucht worden waren, fand heraus, dass Hautzellen zwischen 0,4 und 10 Prozent von in der Luft schwebendem Staub ausmachen.

Wir stoßen abgestorbene Haut in einer irrwitzigen Rate ab. Pro Stunde verlieren wir ungefähr 50 Milligramm Zellen, aber das meiste davon geht nicht in die Luft. Würden wir Stunde um Stunde 50 Milligramm Hautstaub in die Luft ausstoßen, wäre es in unseren Wohnungen so staubig wie in einer Kohlegrube oder einer Holzwerkstatt. Da die Luft nicht ständig voller Staub ist, muss er woanders geblieben sein. Ein Teil davon lagert sich rasch auf dem Fußboden ab, aber eine Menge geht auch in die Kanalisation, wenn wir uns waschen, setzt sich in unserer Kleidung fest und wird vom Waschpulver herausgelöst oder endet in unseren Kissen und Matratzen.

Selbst wenn man einen Weg fände, die Konzentration von Hautzellenstaub in der Luft zu maximieren, könnte man nicht einen ganzen Menschen einatmen. Würden Sie eine Maschine bauen, die Hautzellenstaub in einen Raum pumpt, und die Konzentration bis auf 10 Milligramm pro Kubikmeter erhöhen – was die Luft so staubig machen würde, dass es die Staubbelastungsgrenze für Bergleute in Kohlegruben überschreitet –, könnten Sie innerhalb einer durchschnittlichen Lebensspanne immer noch nur etwa drei Kilogramm Hautzellen einatmen.

Also nein, wir können keine ganze Person inhalieren, aber wir können einen größeren Teil von einer Person einatmen, als es jedem von uns behaglich sein dürfte.

Außerdem glaube ich nicht, dass ich weitere Fragen zum Thema Haut beantworten möchte.

CANDY-CRUSH-BLITZ

Wie viele Wint-O-Green Life Savers müsste man zerbeißen, um einen Blitz in Originalgröße zu erzeugen?

Violet M.

MILLIARDEN.

Wenn man im Dunkeln Zucker zerstößt, kann man Lichtblitze sehen. Dieses Phänomen wird als Triboluminеszenz bezeichnet. Das Licht kann ziemlich schwach sein, aber die guten alten Wint-O-Green Life Savers[1] sind berühmt dafür, dass sie einen besonders hellen Blitz erzeugen. Das haben sie einem Aromazusatzstoff zu verdanken. Der größte Teil des Lichts, das Zucker durch Triboluminеszenz aussendet, ist ultraviolett, aber bestimmte Sorten Life Savers enthalten das fluoreszierende Methylsalicylat. Es absorbiert das unsichtbare Ultraviolett und strahlt es als sichtbares blaues Licht ab.

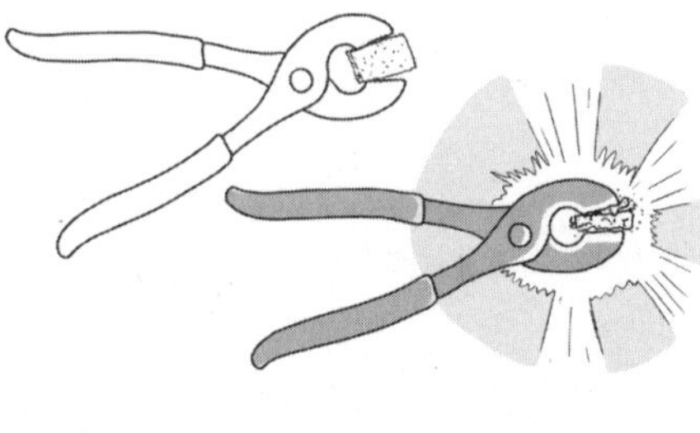

Wir wissen nicht wirklich, wie Triboluminеszenz funktioniert. Wenn sich bestimmte Materialien aneinander reiben oder man

[1] Amerikanische Pfefferminzbonbons in Form eines Rettungsringes (Anm. d. Übers.)

sie zerteilt, werden elektrische Ladungen bisweilen so herausgezogen, dass sie aneinanderstoßen und dabei Energie freisetzen. Aber Atome können auf vielerlei Weise zusammenprallen, und die Wissenschaft hat ihre Mühe damit, exakt zu bestimmen, welche Kombination von Effekten in einem Experiment Licht erzeugen wird.

Wenn Sie mit einer Kraft von neun Kilogramm auf einen Life Saver beißen, um ihn zu zermalmen, geben Sie etwa ein Joule mechanische Energie an die Zuckerkristalle ab.[2] Nur zum Vergleich: Ein Blitz trägt etwa fünf bis zehn Milliarden Joule Energie in sich. Um die gleiche Energiemenge verfügbar zu haben, müssten Sie also fünf bis zehn Milliarden Life Savers zerkauen.

2 Einige Formen von Triboluminieszenz könnten etwas mit der Freisetzung von gespeicherter chemischer Energie zu tun haben. Das könnte die Menge der für einen Blitz erforderlichen Life Savers verringern.

Beim Zermalmen eines Life Savers entsteht nicht wirklich ein Funke. Wenn Sie eine Türklinke berühren und es dabei zu einer Entladung kommt, ist der Funke ein echter; würden Sie ihn sich ganz aus der Nähe anschauen, sähe er wie ein klitzekleiner Blitz aus. Aber wenn man sich eine Zeitlupenaufnahme von zerbrechenden Life Savers ansieht, ist kein Blitz zu erkennen. Der Zucker leuchtet einfach nur kurz auf, wenn er zerbirst – ungefähr so wie ein Blitzlicht. Aber trotz des unterschiedlichen Erscheinungsbildes haben Life-Savers-Lichter und Blitze viele Gemeinsamkeiten. Bei beiden werden elektrische Ladungen auseinandergerissen, indem sich bestimmte Stoffe mechanisch aneinander reiben, und in beiden Fällen wird das Licht durch Energiefreisetzung erzeugt, wenn sich diese Ladungen ausgleichen.

Und wenn wir gerade dabei sind: Letzten Endes können wir uns Blitze auch nicht wirklich erklären. Wir wissen, dass Aufwinde bei Gewittern dazu führen, dass sich zwischen dem oberen und dem unteren Rand des Gewitters elektrische Ladungen aufbauen, und wir glauben, dass der Wind auch irgendwie Regen oder Eis hindurchblasen muss, aber auf welche Weise genau sich die Ladungen voneinander trennen, ist immer noch ein Rätsel.

4
KURZE ANTWORTEN

> **?** Können Menschen unbeschadet tollwütige Tiere verzehren?
> *Winston*

NEIN. MAN KANN NICHT GEFAHRLOS EIN TOLLWÜTIGES TIER ESSEN. Die Tollwut kann dabei übertragen werden. In der medizinischen Fachliteratur findet man mehrere Fälle von Tollwutpatienten, die sich das Virus vermutlich durch den Verzehr infizierter Tiere eingefangen haben.

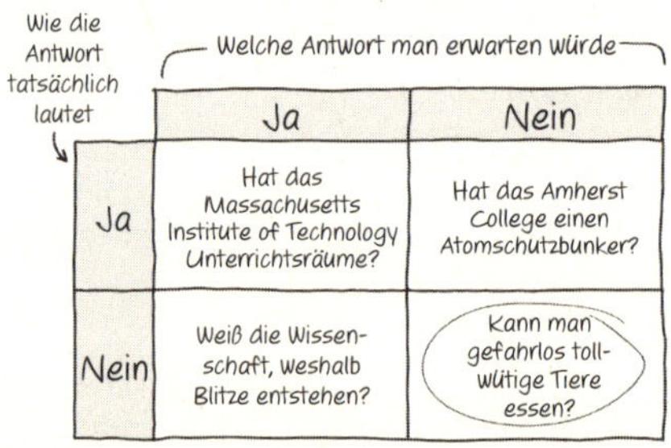

> **?** Was wäre, wenn der Erdkern plötzlich keine Wärme mehr erzeugen würde?
> *Laura*

EHRLICH GESAGT, ES WÜRDE UNS NICHT WEITER STÖREN.

Jede abrupte physische Veränderung in der Erde könnte theoretisch die Spannungen in der Kruste verändern und Erdbeben oder

Vulkanausbrüche auslösen. Wenn Sie aber voraussetzen, dass jenes Was-auch-immer, das die Wärmeerzeugung im Erdkern stoppte, auch diese kurzzeitigen Spannungen sanft verteilt, dann wären die Veränderungen im Wärmefluss kein großes Problem.

Den größten Teil der Wärme empfangen wir von der Sonne. Die Wärmeströmung durch die Erdkruste macht einen so kleinen Teil des gesamten Wärmegleichgewichts an der Erdoberfläche aus, dass sie die Atmosphäre nicht groß beeinflusst. Wenn der äußere Erdkern erstarrte, würden wir unser Magnetfeld einbüßen, aber egal was Ihnen der Film *The Core – Der innere Kern* (2003) auch erzählen mag, es würde nicht dazu führen, dass Mikrowellenstrahlen aus dem All die Golden Gate Bridge in zwei Hälften trennen oder ähnliche Geschichten anstellen. Es würde nur ganz leicht das Tempo erhöhen, in dem wir den oberen Teil unserer Atmosphäre an den Weltraum verlieren.

Irgendwann einmal würde die Plattentektonik – die von der inneren Hitze der Erde angetrieben wird – zum Stillstand kommen. Die Plattentektonik ist ein Schlüsselelement des langfristigen Kohlenstoffkreislaufs, der die Erdtemperatur regelt. Also würde dieser Thermostat schließlich ausfallen, und die Ozeane würden verdampfen. Aber das wird sowieso irgendwann passieren, weshalb ich mir darüber keine Sorgen machen würde.

? Könnte die Menschheit mit der heute verfügbaren Technik den Mond zerstören?

Tyler

? Kann die globale Erwärmung die Magnetfelder der Erde schwächen?

Pavaki

? Könnte man mit einem Laser etwas backen?

Andrew Liu

NEIN, NEIN, JA, IN DIESER REIHENFOLGE.

Können wir … / … mit Hilfe von …	Lasern	all unserer Technik	der Erderwärmung
den Mond zerstören?	Nein	(Nein)	Nein
das Magnetfeld der Erde schwächen?	Nein	Nein	(Nein)
Kekse backen?	(Ja)	Ja	Wenn es wirklich schlimm kommt

? Was wäre, wenn die Erde in zwei Hälften geschnitten würde wie ein Apfel? Wo sollte man dann sein, um die besten Überlebenschancen zu haben?

Anonym

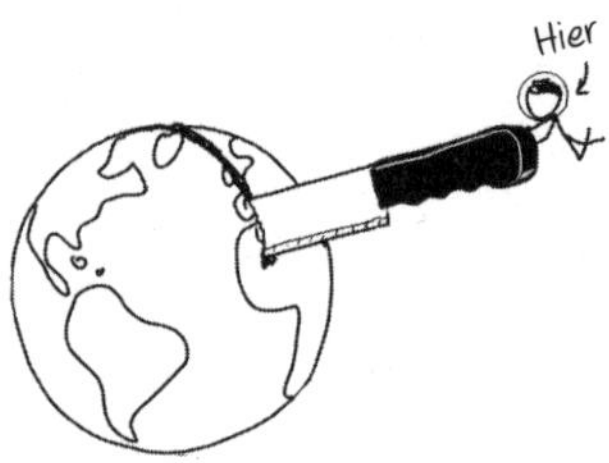

? Was würde passieren, wenn jemand in einen Swimmingpool voller Quallen fiele?

Lorenzo Belotti

KOMMT DARAUF AN, WELCHE ART ES IST. Die größten, die ich bisher gesehen habe, waren Ohrenquallen. Ihre Nesselzellen sondern ein so mildes Gift ab, dass Menschen oft gar nichts davon merken. Wenn man sie anfasst, sind sie überraschend fest – ein bisschen wie nasse Gummibärchen. Es ist also möglich, dass die Person im Schwimmbecken einfach nur ein paar glitschige neue Freunde findet!

? Wäre es möglich, einen Zimmerfußboden in einen riesigen Airhockey-Tisch umzuwandeln, sodass man hinterher schwere Möbel mühelos durch den Raum bewegen könnte?

Jacob Wood

JA, UND ICH WEISS JETZT, WAS mein nächstes Heimwerkerprojekt sein wird.

? Mein siebenjähriger Sohn fragte uns kürzlich beim Abendessen, bei wie viel Grad Kartoffeln schmelzen (ich nehme an, in einem Vakuum). Wir freuen uns auf Ihre Antwort.

Steffen

KARTOFFELN SCHMELZEN NICHT WIRKLICH, egal wie heiß es wird. Die Stärke bricht auf und verkleistert, was ein Bestandteil des normalen Kochprozesses ist; wenn die Hitze steigt, werden die verschiedenen Komponenten bei unterschiedlichen Temperaturen sublimiert, also direkt vom festen in den gasförmigen Zustand überführt.

Aber was ich wirklich gern wissen möchte: Fügen Sie zu allen Fragen Ihres Sohnes »in einem Vakuum« hinzu, weil Sie glauben, dass er es so gemeint hat?

? Könnte eine Taube es bis in den Weltraum schaffen, wenn sie nicht der Erdanziehungskraft ausgesetzt wäre?

Nick Evans

NEIN. VÖGEL KÖNNEN ZWAR AUCH in völliger Schwerelosigkeit herumflattern und so möglicherweise vorankommen, aber in der oberen Atmosphäre ist es zu kalt, und außerdem müssen Tauben atmen.

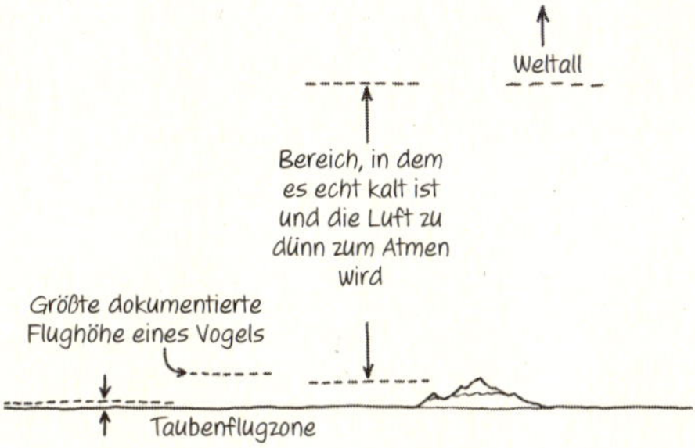

? Wenn man mit verbundenen Augen durch die Milchstraße flöge, wie groß wäre dann die Wahrscheinlichkeit, einen Stern oder einen Planeten zu rammen?

David

SELBST WENN SIE DIE GALAKTISCHE SCHEIBE von einem Rand zum gegenüberliegenden vollständig durchquerten und damit so viel Zeit wie möglich in ihr zubrächten, läge die Wahrscheinlichkeit, dass Sie auf einen Stern treffen, nur bei etwa 1 zu 10 Milliarden. (Und dass Sie gegen einen Planeten prallen, ist noch tausend Mal unwahrscheinlicher.)

Um einen Vergleich heranzuziehen: Es ist ungefähr ebenso wahrscheinlich, als wenn Sie beschließen, Barack Obama anzurufen, dann zehn zufällige Ziffern auf Ihrem Handy eintippen und gleich beim ersten Versuch die richtige Telefonnummer erwischen.

Der Flug durch die Galaxis würde aber eine ganze Weile dauern. Wenn Sie es alle 30 Sekunden mit einer neuen Telefonnummer versuchen, würden Sie nur 10 000 Jahre brauchen, um alle durchprobiert zu haben. Die Reise durch die Milchstraße würde viel länger dauern – zehn Millionen Jahre, wenn Sie mit einem Hundertstel der Lichtgeschwindigkeit unterwegs sind. Falls Sie irgendwann Obamas richtige Nummer erwischen, haben Sie also alle Zeit der Welt für einen Plausch.

? Wie lange könnte man auf der Oberfläche verschiedener Himmelskörper unseres Sonnensystems (bei den Gasriesen wollen wir annehmen, dass man irgendwo in ihrer Atmosphäre auf einer magischen Plattform stehen würde, die man halbwegs als Oberfläche betrachten könnte) mit keinerlei Ausrüstung außer einem unendlichen Vorrat an Luft und warmen Wintersachen ungefähr überleben (Planeten mit ähnlichen Bedingungen können Sie gern zusammenfassen)? Also weder Astronautenhelm noch Druckanzug, über Nase und Mund nur eine Atemmaske, die mit einem magischen Luftgenerator verbunden ist, und Kleidung, die, sagen wir mal, passend für einen Wintertag in Chicago ist. (Keine netten Tricks wie die Nutzung der magischen Luftzufuhr zur Wärmeerzeugung oder Ähnliches.)

Melissa Trible

- **Erde:** um die 100 Jahre
- **Venus:** Wochen oder Monate
- **Überall sonst:** Minuten oder Stunden

IN DER VENUSATMOSPHÄRE GIBT ES EINE SCHICHT, in der Temperatur und Druck den Normalbedingungen auf der Erdoberfläche relativ nahekommen. Außer auf der Erde und im Inneren von Raumschiffen ist das im ganzen Sonnensystem nur dort der Fall. Aber ich glaube, dass Ihre Haut ziemlich bald Probleme mit dem Schwefelsäurenebel bekommen würde.

> **?** Was würde passieren, wenn jemand aus dem Weltall einen Amboss auf uns wirft?
> *Sam Stiehl, 10 Jahre, Evanston (Illinois)*

ZUERST DIE GUTE NACHRICHT: Ein Amboss ist klein genug, um von der Atmosphäre bis auf Endgeschwindigkeit abgebremst zu werden, ehe er unseren Kopf erreicht. Die schlechte Nachricht: Die Endgeschwindigkeit eines Ambosses liegt bei ungefähr 800 km/h.

Wenn ein Amboss auf dir landet, ist es ziemlich egal, aus welcher Höhe er herabgefallen ist.

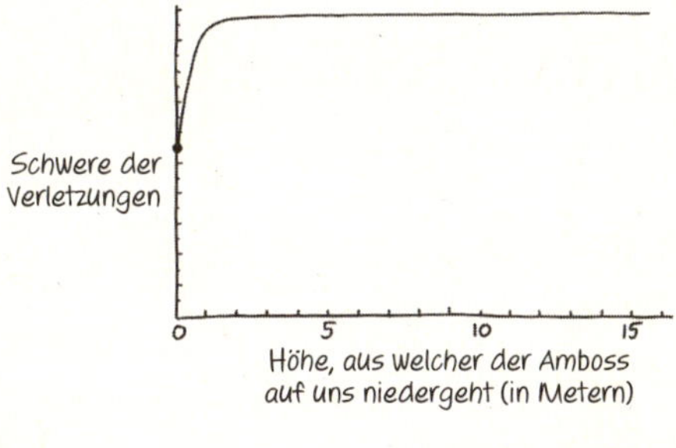

TOASTWARM

Was wäre, wenn ich mein Haus mit Toastern heizen würde? Wie viele würde ich dann brauchen?

Peter Ahlström, Schweden

GAR NICHT SO VIELE, DENN IHR HAUS würde vermutlich Feuer fangen, wenn Sie die Toaster pausenlos laufen lassen. Von da an würde Ihr Haus für den Rest seines Daseins selbstheizend sein.

Aber für die kurze Zeitspanne, bis das Haus Feuer fängt, würden die Toaster es schön warm halten.

Elektrische Raumheizgeräte sind nicht immer die beste Wahl zum Beheizen einer Wohnung – wenn man Strom auf direkte Weise zur Wärmeerzeugung einsetzt, ist das meist nicht so effizient, als wenn man diese Energie dazu nutzt, mittels einer Wärmepumpe die Außenluft zu erwärmen. Mancherorts kann Elektrizität auch so teuer sein, dass eine Heizung auf Erdgas- oder Ölbasis günstiger kommt. Aber trotzdem haben Heizgeräte eine ganz nette Eigenschaft: Sie sind alle gleich effizient. Für jedes Watt Elektrizität, das sie aus dem Stromnetz ziehen, produzieren sie ein Watt Wärme.

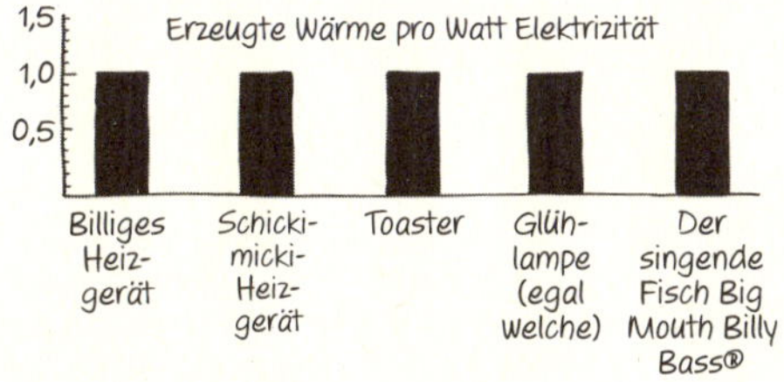

Nach den Gesetzen der Thermodynamik setzt nämlich so ziemlich *jedes* elektrische Gerät, das Energie verbraucht, diese Energie letztendlich in Wärme um – und zwar in ein und derselben Rate. Eine 60-Watt-Glühbirne erzeugt Licht, aber dieses Licht trifft auf eine Oberfläche und erwärmt sie. Am Ende bringt sie dieselben 60 Watt Wärme hervor wie ein 60-Watt-Heizgerät. Toaster, Mixer, Mikrowellen und Glühlampen produzieren allesamt aus 1 Watt Strom 1 Watt Wärme – genau wie ein Heizgerät.

Ein durchschnittlicher Toaster verbraucht ungefähr 1200 Watt elektrische Energie, und ein Heizsystem für ein typisches Wohnhaus im Norden der USA dürfte etwa 25 kWh pro Stunde, oder 25 kW, benötigen. Ein solches Haus zu beheizen, würde rund 20 Toaster erfordern.

Falls Sie Ihre Toaster nicht leer laufen lassen möchten, könnten Sie versuchen, nebenbei jede Menge Brotscheiben zu toasten, aber schon bald würden es mehr sein, als Sie essen können. Wenn jeder Toaster zwei Scheiben aufnehmen kann und das Toasten einer jeden Scheibe rund zwei Minuten dauert, würden Ihre Toaster zusammen etwa 30 Packungen Toastbrot pro Stunde bewältigen. Zu Spitzenzeiten würden Sie dann so viel Brot konsumieren wie eine mittelgroße amerikanische Stadt.

PROTONENERDE, ELEKTRONENMOND

Was wäre, wenn die Erde ganz und gar aus Protonen bestünde und der Mond vollständig aus Elektronen?

Noah Williams

DAS WÄRE VIELLEICHT DAS ZERSTÖRERISCHSTE *What if*-Szenario, über das ich je geschrieben habe.

Man könnte sich einen Elektronenmond vorstellen, der um eine Protonenerde kreist, also eine Art gigantisches Wasserstoffatom. In gewisser Hinsicht ist das gar nicht mal so abwegig, denn Elektronen kreisen bekanntlich um Protonen und Monde um Planeten. Ein planetarisches Atommodell war tatsächlich für kurze Zeit populär (aber dann stellte sich heraus, dass es beim Verständnis der Atome nicht besonders weiterhalf).[1]

[1] Dieses Modell war schon in den 1920er-Jahren weitgehend überholt, aber es lebte in einem kunstvollen plastischen Schaubild aus Schaumstoff und Pfeifenreinigern weiter, das ich als Zwölfjähriger im Naturkundeunterricht an der Salem Church Middle School bastelte.

Wenn man zwei Elektronen zusammenbringt, versuchen sie einander zu entfliehen. Elektronen sind negativ geladen, und die Abstoßungskraft aus dieser Ladung ist um etwa 20 Zehnerpotenzen größer als die Anziehungskraft, die sie zueinanderbringen will.

Würde man, um einen Mond zu bauen, 10^{52} Elektronen auf einen Haufen packen, würden sie sich gegenseitig so stark abstoßen, dass jedes Elektron mit einer *wirklich unglaublichen* Energie fortgeschubst wird.

Jetzt zeigt sich, dass das planetarische Modell in Noahs Szenario von Elektronenmond und Protonenerde sogar noch unpassender ist als ohnehin schon. Der Mond würde die Erde gar nicht umkreisen, denn beide Himmelskörper hätten fast keine Chance, einander überhaupt zu beeinflussen; die Kräfte, die jeden von ihnen auseinandersprengen wollten, wären viel gewaltiger als jede Anziehungskraft, die zwischen ihnen wirken könnte.

Wenn wir für einen Augenblick die allgemeine Relativitätstheorie außer Acht lassen – keine Angst, wir kommen noch auf sie zurück –, können wir berechnen, dass die Energie aus diesen Elektronen, die einander allesamt fortstoßen, groß genug wäre, um sie mit annähernder Lichtgeschwindigkeit voneinander weg zu beschleunigen.[2] Teilchen auf ein solches Tempo zu beschleunigen, ist nichts Ungewöhnliches; bereits ein Desktop-Teilchenbeschleuniger – etwa ein Röhrenmonitor – kann Elektronen auf einen ansehnlichen Bruchteil der Lichtgeschwindigkeit bringen. Aber jedes Elektron in Noahs Mond würde viel, viel mehr Energie in sich tragen als die in normalen Teilchenbeschleunigern. Ihre Energie überträfe die Planck-Energie um mehrere Größenordnungen, und schon die liegt um viele Größenordnungen höher als die Energiemengen, die wir in unseren größten Teilchenbeschleunigern erreichen können. Mit anderen Worten: Noahs Frage trägt uns weit aus dem Bereich der normalen Physik heraus – mitten hinein in das hochtheoretische Reich von solchen Dingen wie Quantengravitation und Stringtheorie.

Also nahm ich Kontakt zu Dr. Cindy Keeler auf, einer Stringtheoretikerin vom Niels-Bohr-Institut, und fragte sie über Noahs Gedankenspiel aus.

2 Aber auch nicht schneller; wir ignorieren hier zwar die allgemeine Relativitätstheorie, nicht jedoch die spezielle.

Dr. Keeler stimmte mit mir darin überein, dass wir uns auf keine Berechnungen verlassen sollten, bei denen solche großen Energiemengen in jedes einzelne Elektron gepackt werden. Es ginge nämlich weit über das hinaus, was wir mit unseren Teilchenbeschleunigern überprüfen könnten. »Ich traue keinem Ding, das pro Teilchen so viel Energie hat, dass es schon jenseits der Planck-Skala liegt«, sagte sie. »Die größte Energie, die wir bisher wirklich beobachtet haben, lag in kosmischen Strahlen – um etwa 10^6 mehr als im Large Hadron Collider, wenn ich mich richtig erinnere. Das ist aber immer noch weit entfernt von der Planck-Energie. Als Stringtheoretikerin bin ich versucht zu sagen, dass *dann* etwas Stringartiges passieren würde, aber um ehrlich zu sein – wir wissen es nicht.«

Zum Glück ist das nicht das Ende der Geschichte. Erinnern Sie sich noch daran, dass wir beschlossen hatten, die allgemeine Relativitätstheorie außen vor zu lassen? Nun ja, hier haben wir eine der wenigen Situationen vor uns, in denen sich ein Problem *leichter* lösen lässt, wenn man die allgemeine Relativitätstheorie mit ins Spiel bringt.

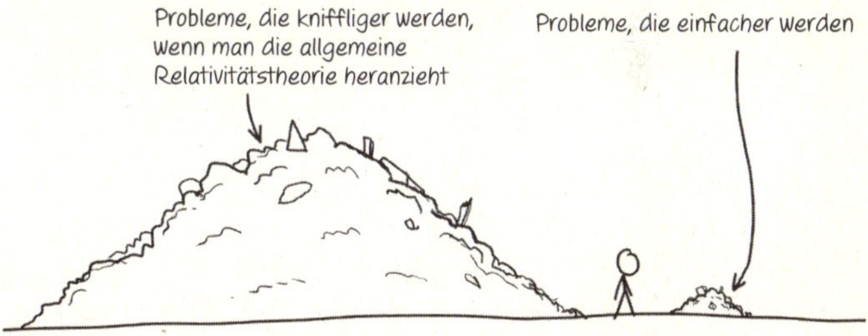

In diesem Szenario gibt es eine Riesenmenge an potenzieller Energie – nämlich die Energie all jener Elektronen, die danach streben, weit voneinander entfernt zu sein. Diese Energie krümmt Raum und Zeit genauso, wie eine riesige Masse es tun würde. Wie sich zeigt, ist die Energiemenge in unserem Elektronenmond ungefähr ebenso hoch wie Masse plus Energie des gesamten sichtbaren Universums. Die gesamte Masse und Energie eines Universums konzentriert auf den Raum unseres (relativ kleinen) Mondes würde die Raumzeit so stark krümmen, dass es die Abstoßungskraft jener 10^{52} Elektronen sogar noch überträfe.

Dr. Keelers Diagnose: »Jau, Schwarzes Loch!« Aber dieses hier wäre kein gewöhnliches Schwarzes Loch; es wäre ein Schwarzes Loch mit sehr starker elektrischer Ladung.[3] Und dafür braucht man eine andere Reihe von Gleichungen – nicht die sonst übliche Schwarzschild-Metrik, sondern die Reissner-Nordström-Metrik.

Die Reissner-Nordström-Metrik vergleicht die Kräftegewichtung zwischen der nach außen gerichteten Kraft der elektrischen Ladung und der inneren Sogwirkung der Gravitation. Wenn der nach außen gerichtete Schub durch die Ladung groß genug ist, kann es passieren, dass der Ereignishorizont um das Schwarze Loch herum vollständig verschwindet. Das würde ein unendlich dichtes Objekt hinterlassen, aus dem Licht entfliehen *kann* – man nennt das eine nackte Singularität.

Wenn man erst mal eine nackte Singularität hat, beginnen die Gesetze der Physik auf breiter Front wegzubrechen. Quantenmechanik und Allgemeine Relativitätstheorie liefern absurde Antworten, und es sind nicht einmal *die gleichen* absurden Antworten. Manche haben argumentiert, die physikalischen Gesetze würden das Eintreten einer solchen Situation gar nicht erlauben. Um mit Dr. Keeler zu sprechen: »Niemand mag eine nackte Singularität.«

Im Falle des Elektronenmondes wäre die Energie aus all den Elektronen, die gegeneinander stoßen, derart groß, dass am Ende der Sog der Schwerkraft die Oberhand gewinnen würde. Unsere Singularität würde dann ein normales Schwarzes Loch formen.

---

3 Die Protonenerde, die ebenfalls Teil dieses Schwarzen Lochs wäre, würde die Ladung reduzieren, aber da eine erdgleiche Masse von Protonen viel weniger Ladung hat als eine mondgleiche Masse von Elektronen, würde es das Ergebnis nicht groß beeinflussen.

»Normal« allerdings nur in gewisser Hinsicht – es wäre so schwer wie das gesamte beobachtbare Universum.[4]

Würde dieses Schwarze Loch das Universum zusammenbrechen lassen? Schwer zu sagen. Die Antwort hängt davon ab, was es mit der Dunklen Energie auf sich hat – und was es mit der Dunklen Energie auf sich hat, weiß *niemand.*

Nahegelegene Galaxien wären bis auf Weiteres aber erst mal sicher. Da sich der Gravitationseinfluss des Schwarzen Lochs nur mit Lichtgeschwindigkeit nach außen ausbreiten kann, würde ein großer Teil des uns umgebenden Universums von unserem lächerlichen Elektronenexperiment zum Glück nichts mitbekommen.

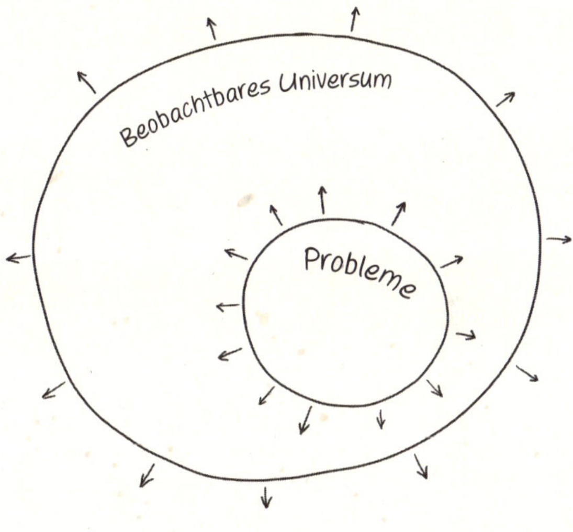

[4] Ein Schwarzes Loch von der Masse des beobachtbaren Universums hätte einen Radius von 13,8 Milliarden Lichtjahren. Nun ist unser Universum aber 13,8 Milliarden Jahre alt, woraufhin manche Leute sagten: »Das Universum ist ein Schwarzes Loch!« Das klingt nach einer tiefen Erkenntnis, stimmt aber nicht. Das Universum ist kein Schwarzes Loch. Das sieht man schon mal daran, dass in ihm alles auseinanderstrebt – was bei einem Schwarzen Loch bekanntlich nicht der Fall ist.

AUGAPFEL

Wenn ich mir den Augapfel herausreißen und so ausrichten würde, dass er in mein anderes Auge schaut – was würde ich dann sehen? (Nehmen wir an, Nerven und Blutgefäße bleiben unbeschädigt.)

Lenka, Tschechische Republik

SIE WÜRDEN EINEN AUGAPFEL SEHEN. Der Augapfel wäre von einem schleierhaften Zweitbild umgeben, das vor dem Hintergrund Ihres Zimmers ein teilweise deckungsgleiches Gesicht und eine Hand zeigen würde.

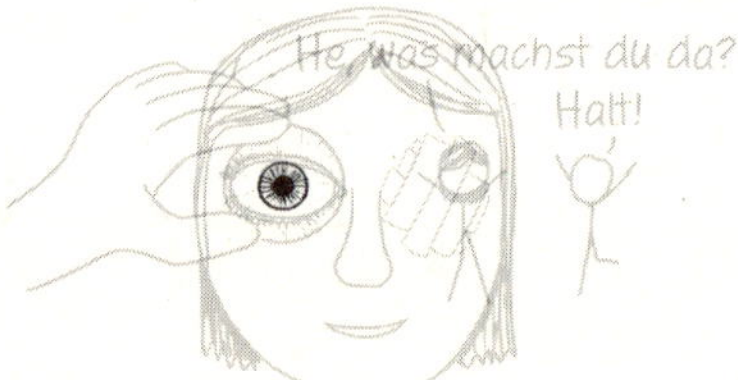

Wenn man einen Augapfel auf einen Augapfel richtet, schafft man damit keine verrückten Schleifen – anders als bei einer Kamera, die man auf ihren eigenen Videofeed hält. Jeder Augapfel sieht einfach nur einen Augapfel. Wenn Sie es schaffen, die beiden Augäpfel sorgfältig auszurichten, würden sie sich überlappen, und Ihr Gehirn würde versuchen, die beiden ähnlichen Bilder zu kombinieren, ganz so, wie es das auch sonst tut, wenn Sie mit beiden Augen auf irgendeine Szenerie schauen.

Außerhalb der Pupille und der Iris im Zentrum Ihres Gesichtsfelds würdc jedes Auge eine komplett andere Szenerie sehen. Das eine würde einen Augapfel erblicken, einen Kopf und die eine Seite des Raumes, in dem Sie sich befinden. Das andere Auge würde einen Augapfel sehen, eine Hand, einen Sehnerv und die andere Seite des Raumes. Ihr Gehirn wäre völlig außerstande, diese beiden einander überdeckenden Bilder zu kombinieren, und so würden Sie, außerhalb des kleinen Bereiches ganz in der Mitte, überall Doppelbilder wahrnehmen.

Wie schon erwähnt – ich bin kein Arzt, und meine medizinischen Empfehlungen sind mit Vorsicht zu genießen. Ich glaube aber nicht, dass Sie sich den Augapfel entfernen sollten.

Wenn Ihnen nicht nach Ophthalmochirurgie mit bloßen Händen zumute ist[1], können Sie trotzdem einen Eindruck von dem gewinnen, was Sie in dieser Versuchsanordnung sehen würden. Dazu brauchen Sie einen Spiegel. Wenn Sie sich einen gewöhnlichen Spiegel vors Gesicht halten und hineinschauen, wird jeder Augapfel auf sich selbst schauen – ähnlich so wie in Ihrem Augenentfernungs-Szenario. Um es noch genauer nachzuahmen, könnten Sie zwei Spiegel verwenden, die in einem rechten Winkel zueinander stehen. Dann wird jedes Auge in das andere schauen, ganz so, als würden Sie eines der Augen vor Ihr Gesicht halten.

1 Weshalb auch immer …

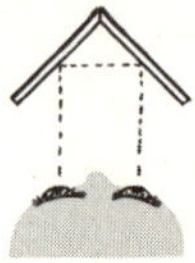

Wenn Sie das versuchen, wird Ihnen auffallen, dass Sie die Augen nicht näher als bis auf eine Handvoll Zentimeter Abstand scharfstellen können. Hier stößt die Linse in Ihrem Auge an ihre Grenzen. Dieser Fokus-Mindestabstand wird mit zunehmendem Alter immer größer. Bei Kindern beträgt er 5 bis 8 Zentimeter, bei 30- oder 40-Jährigen etwa 15 Zentimeter und bei 60- oder 70-Jährigen manchmal einen ganzen Meter. Aber unabhängig von Ihrem Alter werden Sie eine Lupe oder eine sehr starke Lesebrille benötigen, um die Spiegel so nahe heranhalten zu können, dass Sie Ihre Augen im Detail sehen. Zusätzliche Beleuchtung ist ebenfalls hilfreich, denn die Spiegel werden das Licht aus dem Zimmer abschirmen.

Da Ihre Augen nicht symmetrisch sind, werden die beiden Bilder nicht deckungsgleich sein. Mit den rechtwinkligen Spiegeln wird Ihr rechtes Auge ein Auge sehen, das seine *Plica semilunaris* (die kleine fleischige Membran im inneren Augenwinkel, gleich neben der Nase[2]) auf der linken Bildseite hat. Ihr linkes Auge wird es andersherum sehen. Selbst wenn die Regenbogenhäute beider Augen symmetrisch und frei von Farbflecken sind, würden an den Rändern immer noch Doppelbilder entstehen.

Das hört sich ganz hübsch an – ich habe es ausprobiert, als ich das Kapitel schrieb –, aber es lohnt sich definitiv nicht, dass man

2 Vögel haben eine Nickhaut, ein transparentes »drittes Augenlid«, das sie übers Auge fahren können, um es zu schützen und zu befeuchten. Viele andere Tiere haben so etwas auch, aber der Mensch und seine stammesgeschichtlichen Verwandten haben es eingebüßt. Das kleine Ding im inneren Augenwinkel ist der kümmerliche Rest Ihrer Nickhaut.

sich für dieses Experiment ein Auge ausreißt. Die Augen mögen zwar tatsächlich Fenster zur Seele sein, aber wenn Sie mal einen genaueren Blick in Ihre werfen wollen, würde ich an Ihrer Stelle zu Spiegeln greifen.

JAPAN IST MAL KURZ WEG

Wenn alle Inseln Japans verschwänden – würde das dann die natürlichen Gegebenheiten der Erde beeinflussen (Kontinentalplatten, Ozeane, Wirbelstürme, Klima usw.)?

Miyu Uchida, Japan

DIE JAPANISCHEN INSELN BILDEN einen Vulkanbogen. Auf der einen Seite liegt das Japanische Meer (auch Ostmeer genannt), auf der anderen der Pazifische Ozean.

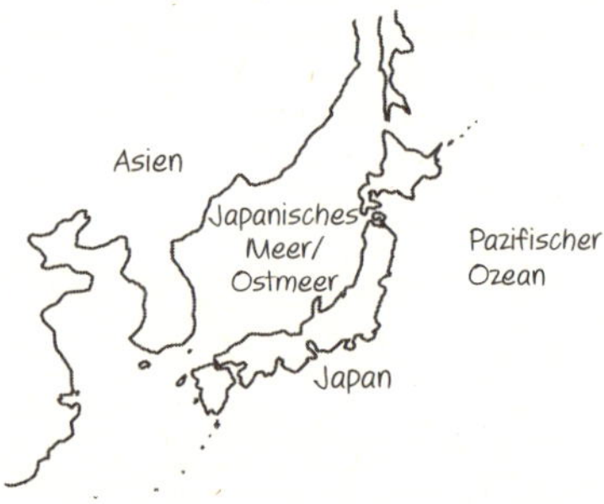

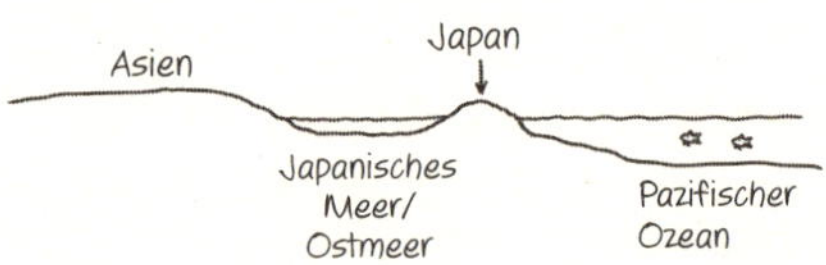

Ich weiß nicht, welche Art von Verschwinden Miyu plant, aber nehmen wir einmal an, die ganze Inselgruppe würde irgendwie für eine Weile davonzischen, um anderswo etwas zu erledigen.

Japan – jedenfalls der Teil, der über dem Meeresspiegel liegt – wiegt 440 Billionen Tonnen. Wenn allein dieser Teil fortgebeamt würde …

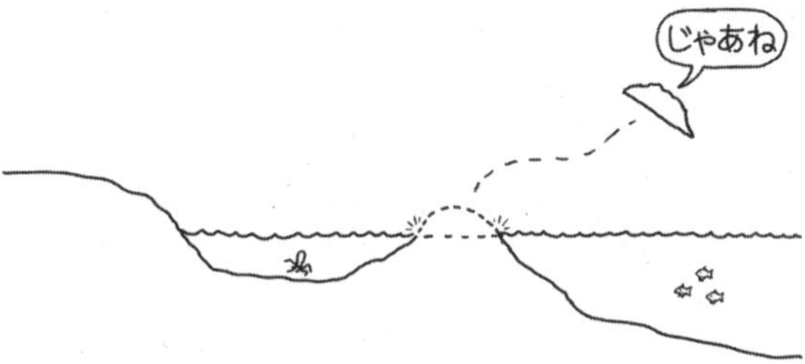

… würde es den Masseschwerpunkt der Erde und ihre Rotationsachse um etwa einen halben Meter in Richtung Uruguay verschieben – das südamerikanische Land ist nämlich Japans Antipode auf der anderen Seite der Erdkugel.

Die Veränderungen in der Erdanziehungskraft würden bewirken, dass die Ozeane ein wenig herumschwappen und sich auf einen neuen Meeresspiegel einpegeln, der den Konturen des neuen Geoids folgt. Ohne Japans Gravitationskraft würde der Ozean ein wenig an die andere Seite der Erde rutschen; um Ostasien herum würde der Meeresspiegel vermutlich um 30 bis 60 Zentimeter fallen, während er an den Küsten Südamerikas um den gleichen Wert stiege.[1]

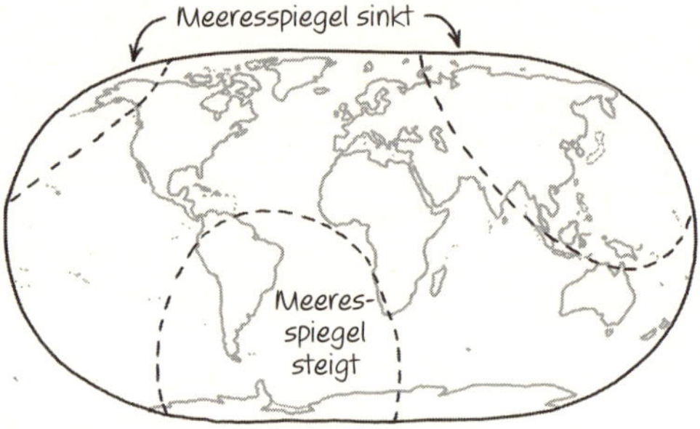

Ein solcher Anstieg des Meeresspiegels um vielleicht einen halben Meter hätte für Uruguay ziemlich dramatische Folgen – ein großer Teil der Küste würde überschwemmt. Für diese Art von Veränderung brauchen wir uns kein imaginäres Szenario auszudenken, denn ungefähr in dieser Größenordnung werden die Ozeanpegel aufgrund der menschlichen Treibhausgasemissionen in den nächsten 50 Jahren ohnehin steigen.

Bisher sind wir nur davon ausgegangen, dass wir von Japan alles abtragen, was über dem Meeresspiegel liegt. Aber was ist mit dem Rest? Was wäre, wenn wir auch den Teil wegnähmen, der sich *unter* dem Meeresspiegel befindet?

1 Dieser Effekt tritt auch ein, wenn große Mengen von Inlandeis schmelzen. Ihr Wasser lässt den Meeresspiegel insgesamt steigen, aber weil ihre einstige Gravitationskraft den Ozean nun nicht mehr zu sich heranzieht, kann der Meeresspiegel in der Umgebung der weggeschmolzenen Eispanzer sogar sinken. Auf der gegenüberliegenden Seite der Erdkugel wird er hingegen mehr steigen, als man es erwartet hätte. Falls bzw. wenn Grönland abschmilzt, wären Australien und Neuseeland am schlimmsten überflutet. Mehr dazu in *How To*, Kapitel 2 »Wie man's hinkriegt, eine Poolparty zu schmeißen«.

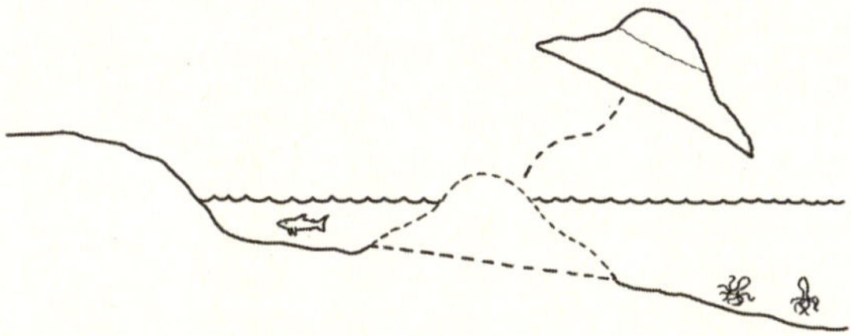

Dieser Teil von Japan ist mehr als zehn Mal schwerer als das Stück, das aus dem Wasser ragt.

Wenn man die Unterwasserpartien von Japan fortnähme, würde sich die Erdachse viel stärker verschieben (um drei bis sechs Meter), und auch die Pegelstände des Meeresspiegels würden sich drastisch erhöhen.

Japan zu entfernen, hätte auch große Auswirkungen auf die Meeresströmungen. Das Meer an der Westseite Japans ist mit den benachbarten Ozeanen nur durch ein paar flache Meerengen verbunden. Deshalb ist sein Wasser relativ abgeschottet von dem, was im Pazifik vor sich geht. Es hat seine eigene Zirkulation, welche die verschiedenen Wasserschichten gut durchmischt. Im Grunde ist es die Miniaturversion eines Ozeans wie des Nordatlantiks. Wenn die japanischen Inseln es nicht mehr beschirmen, würde sich dieses Meer unbehindert mit dem Pazifik vermischen.

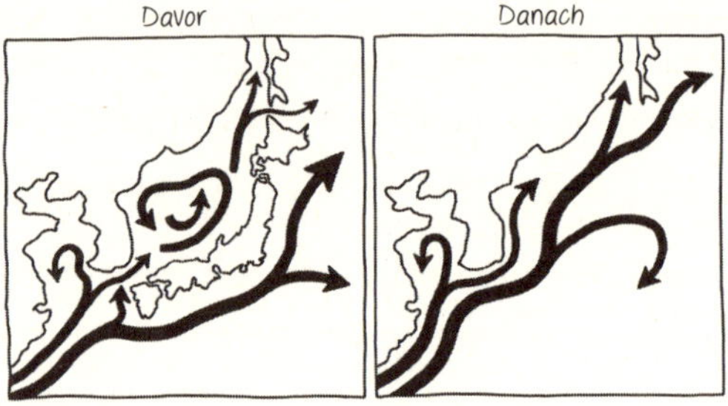

Die Auswirkungen für das Klima sind schwer vorauszusagen. Japan wird von der Kuroshio-Strömung erwärmt, die am westlichen Rand des Pazifischen Ozeans warmes Wasser nach Norden fließen lässt und dabei auch an der Ostseite der Inseln vorbeiführt. Sollte diese Barriere verschwinden, würde die Strömung vermutlich direkt auf die asiatische Küste treffen, was wärmeres Wasser für die Gegend um Wladiwostok und ein leicht erhöhtes Taifun-Risiko für die koreanische Halbinsel und die russische Fernostküste bedeuten würde. Trotzdem müssten sie sich keine Sorgen wegen möglicher Sturmfluten machen, denn der Meeresspiegel wäre ja gefallen, und die Glasstrände von Wladiwostok[2] lägen trocken da.

Dass sie sich nicht vor Sturmfluten fürchten müssen, gilt zumindest auf lange Sicht. Wenn Japan bis tief auf den Meeresgrund hinunter verschwinden würde, hinterließe es im Ozean eine gewaltige Aushöhlung. Der Ozean würde hineinströmen, um das Loch zu füllen, und das würde einen Platscher auslösen, wie man ihn auf Erden seit dem letzten großen Meteoriteneinschlag nicht mehr gesehen hat.[3] Die Flutwelle würde die asiatische Ostküste ver-

2 Wenn Sie davon noch nichts gehört haben, empfehle ich Ihnen eine kurze Bildersuche im Internet. Geben Sie einfach »Glasstrände von Wladiwostok« ein – Sie werden es nicht bereuen!

3 Der letzte Meteoriten-Tsunami dieser Größenordnung ereignete sich, als vor 35 Millionen Jahren ein riesiger Brocken aus dem All die nordamerikanische Ostküste traf. Ich habe an der Christopher Newport University in Virginia studiert, die man auf dem Rand des vom Einschlag geschaffenen Kraters errichtet hat.

wüsten und selbst nach ihrer Wanderung über den Pazifik noch groß genug sein, um die Westküsten von Nord- und Südamerika zu überschwemmen und gegen die Anden und die Sierra Nevada zu prallen.

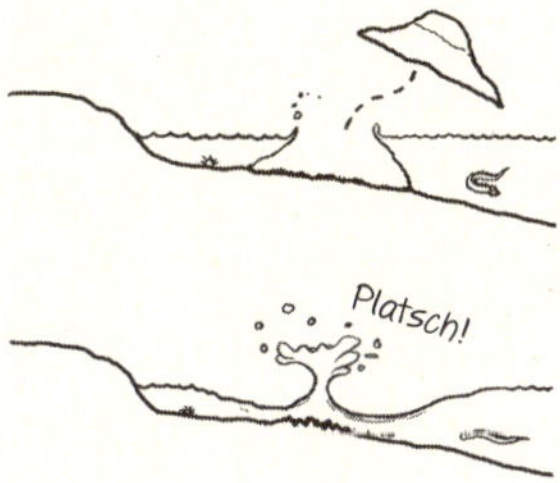

Wenn das Wasser in die Ozeanbecken zurückkehrt, würde der Meeresspiegel niedriger liegen als zuvor, denn im westlichen Pazifik musste ja dieses große japanförmige Loch ausgefüllt werden. Und wenn Japan von seinem Ausflug zurückkommt und sich erneut an seiner gewohnten Stelle niederlassen möchte, riskiert es, die eben beschriebenen Naturkatastrophen noch einmal auszulösen.

Andererseits hat Miyu ja nie gesagt, wo Japan eigentlich hin ist.

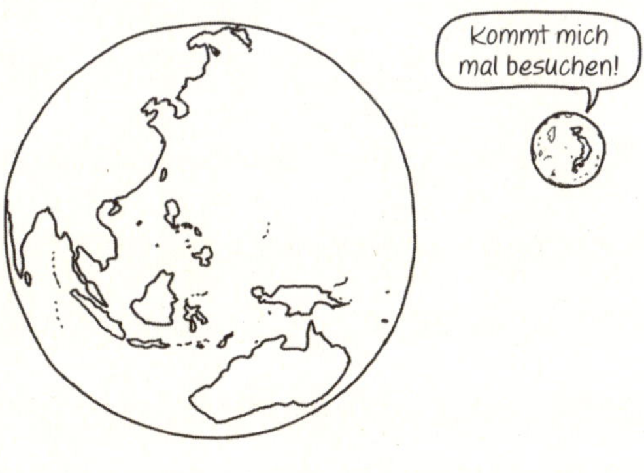

Vielleicht war es ja ein Umzug für immer.

FEUER AUS MONDLICHT

Kann man mit Lupe und Mondlicht ein Feuer entfachen?

Rogier

DAS HÖRT SICH ERST EINMAL nach einer ziemlich einfachen Frage an.

Eine Lupe bündelt das Licht und richtet es auf eine kleine Stelle. Wie Ihnen viele zu Streichen aufgelegte Kinder berichten können, vermag schon eine 6 Quadratzentimeter große Lupe genügend Licht zu bündeln, um ein Feuer zu entfachen. Wenn Sie ein wenig googeln, werden Sie schnell herausfinden, dass die Sonne 400 000 Mal heller als der Mond ist. Also brauchen wir einfach eine 2,4 Millionen Quadratzentimeter beziehungsweise 240 Quadratmeter große Lupe, stimmt's?

Die richtige Antwort lautet: Mit Mondlicht kann man kein Feuer entzünden[1], egal wie groß die Lupe ist. Der Grund dafür ist ziemlich verzwickt. Er beinhaltet eine Menge Argumente, die

[1] Ich glaube, Bruce Springsteen hat es in seinem Song »Dancing in the Dark« schon gesungen: »You can't start a fire with moonlight …«

falsch klingen, es aber nicht sind, und wir werden dadurch, ähnlich wie Alice im Wunderland in ein unendlich tiefes Kaninchenloch rutschte, in die tiefsten Abgründe der Optik hineingezogen.

Zunächst eine allgemeine Faustregel: **Mit Linsen und Spiegeln kann man nichts heißer machen, als es die Oberfläche der Lichtquelle selbst ist.** Mit anderen Worten: Man kann Sonnenlicht nicht dazu verwenden, etwas heißer zu machen als die Oberfläche der Sonne.

Die Richtigkeit dieser Regel lässt sich mit den Gesetzen der Optik auf vielerlei Art beweisen, aber ein schlichteres – wenn auch vielleicht innerlich nicht so befriedigendes – Argument kommt aus der Thermodynamik:

Linsen und Spiegel arbeiten quasi gratis; sie müssen keine Energie aufnehmen, um zu funktionieren.[2] Wenn Sie Linsen und Spiegel dazu verwenden könnten, Wärme von der Sonne auf eine Stelle fließen zu lassen, die dann heißer als die Sonne wird, würden Sie Wärme von einem kälteren an einen heißeren Ort fließen lassen, ohne dafür Energie aufzuwenden. Der Zweite Hauptsatz der Thermodynamik besagt jedoch, dass so etwas nicht möglich ist. Wäre es anders, könnten Sie ein Perpetuum mobile bauen.

2 Genauer gesagt: Alles, was sie machen, ist vollkommen reversibel. Das bedeutet, dass sie die Entropie des Systems nicht erhöhen.

Die Sonne ist ungefähr 5000 Grad Celsius heiß, weshalb wir gemäß unserer Regel das Sonnenlicht mit Linsen und Spiegeln nicht so bündeln können, dass wir etwas Heißeres als 5000 Grad herausbekommen. Die sonnenbeschienene Oberfläche des Mondes ist etwas mehr als 100 Grad Celsius heiß, weshalb wir das Mondlicht nicht so bündeln können, dass sich damit ein Gegenstand auf mehr als ungefähr 100 Grad Celsius erhitzen lässt. Bei den allermeisten Materialien reicht das nicht aus, um sie zum Brennen zu bringen.

»Aber Moment mal«, könnten Sie einwenden, »Mondlicht ist etwas anderes als Sonnenlicht! Die Sonne ist ein Schwarzer Körper – bei ihr ist der Lichtausstoß mit ihrer hohen Temperatur verknüpft. Der Mond scheint mit reflektiertem Sonnenlicht, das eine ›Temperatur‹ von Tausenden Grad hat, also zieht das Argument nicht!«

Wie sich noch herausstellen wird, zieht es *doch*, aber zunächst mal sollten wir uns fragen, ob diese Regel denn überhaupt für die Sonne stimmt. Sicher klingt das Argument mit der Thermodynamik klar und eindeutig genug, aber für jemanden mit einem physikalischen Hintergrund, der es gewohnt ist, an den Energiefluss zu denken, kann es sich ein bisschen verwirrend anhören. Warum könnten wir nicht einfach Unmengen von Sonnenlicht auf einen Punkt konzentrieren und ihn auf diese Weise sehr heiß machen? Linsen können doch Licht auf einen winzigen Punkt bündeln, nicht wahr? Warum kann man nicht einfach mehr und immer mehr Sonnenlicht auf ein und denselben Fleck konzentrieren? Da uns mehr als

10^{26} Watt zur Verfügung stehen, sollten wir es doch wohl schaffen, einen Punkt so heiß zu kriegen, wie wir wollen?!

Doch Linsen bündeln das Licht nicht auf einen einzigen Punkt – es sei denn, die Lichtquelle ist selbst nur ein Punkt. Sie konzentrieren das Licht auf einen *Bereich* und schaffen damit ein winziges Abbild der Sonne.[3] Dieser Unterschied ist ausschlaggebend. Um zu begreifen, warum, sollten wir uns ein Beispiel anschauen:

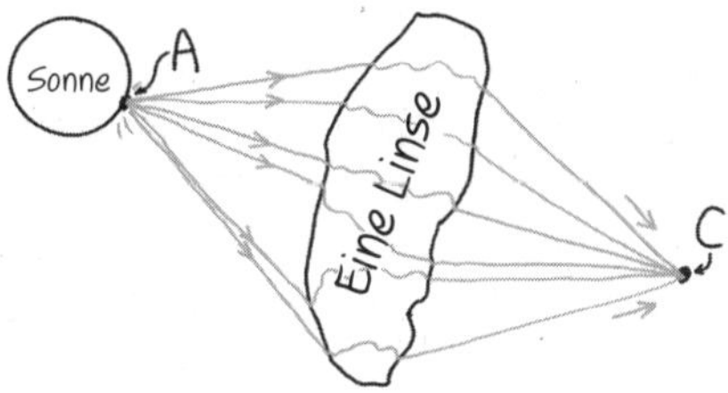

Diese Linse lenkt alles Licht von Punkt A zu Punkt C. So weit, so gut. Aber wenn sie das ganze Licht der Sonne auf einen Punkt konzentrieren sollte, müsste sie auch alles Licht von Punkt B auf Punkt C lenken:

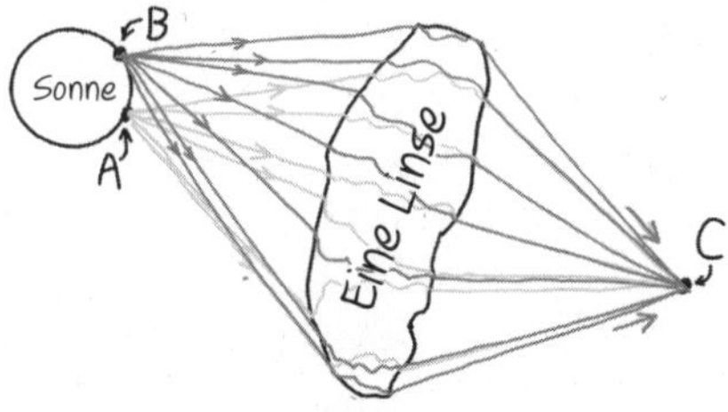

[3] Oder auch ein großes – manche Teleskope für den Hausgebrauch, so etwa der holzgerahmte *Sunspotter*, verwenden Linsen, um ein detailliertes Abbild der Sonne auf ein Blatt Papier zu projizieren. Sie sind so etwas wie die hochauflösende Version einer Lochkamera. Wenngleich sie ein bisschen teuer sind, stellen sie doch ein großartiges Hilfsmittel zur sicheren Beobachtung von Sonnenflecken oder Sonnenfinsternissen dar.

Nun haben wir ein Problem. Was passiert, wenn Lichtstrahlen von Punkt C zur Linse zurückreflektiert werden? Optische Systeme sind ja reversibel, also sollte das Licht dazu imstande sein, an seinen Ursprungsort zurückzukehren – aber wie kann die Linse wissen, ob es von B oder von A kam?

Ganz allgemein ist die Antwort, dass es keine Möglichkeit gibt, Lichtstrahlen »übereinanderzuschichten«, denn dies würde die Reversibilität, also die Umkehrbarkeit des Systems, verletzen. Durch diese Regel ist es uns verwehrt, aus einer bestimmten Richtung mehr Lichtstrahlen auf ein Ziel loszuschicken, als es hier schon gibt. Das setzt eine Grenze für die maximale Lichtmenge, die man von einer Quelle aus auf ein Ziel richten kann.

Na gut, vielleicht können wir Lichtstrahlen nicht deckungsgleich übereinanderlegen, aber wie wäre es damit, sie enger aneinanderzudrücken, sodass mehr von ihnen nebeneinander sind? Dann könnte man viele solche aneinandergeschmiegte Strahlen sammeln und sie aus leicht unterschiedlichen Winkeln auf ein Ziel richten.

Aber nein, auch das lässt sich nicht bewerkstelligen.[4]

Wie sich zeigt, folgen alle passiven optischen Systeme einem Gesetz namens »Erhaltung der Étendue«. Es besagt Folgendes: Wenn Licht aus einem Bündel verschiedener Winkel *und* über eine große Eintrittsfläche in ein System gelangt, dann sind Eintrittsfläche mal Eintrittswinkel[5] gleich Austrittsfläche mal Austrittswinkel. Falls Ihr Licht auf eine kleinere Austrittsfläche konzentriert ist, muss es sich zwangsläufig über einen größeren Austrittswinkel verstreuen.

4 Das wussten wir natürlich schon, denn haben wir weiter oben nicht gesagt, dass es dem Zweiten Hauptsatz der Thermodynamik widersprechen würde?

5 Oder Raumwinkel (in 3D-Systemen).

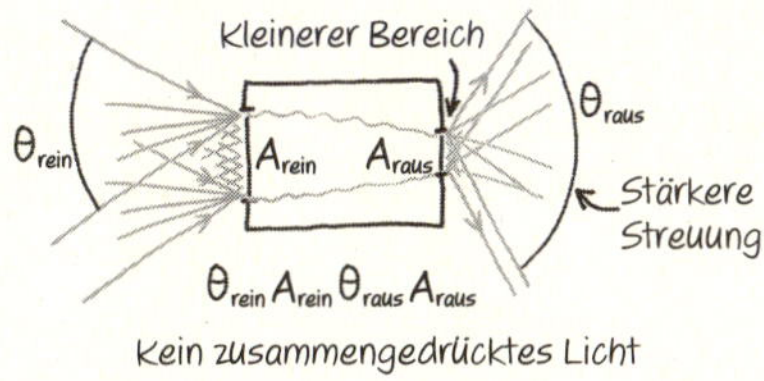

Mit anderen Worten: Man kann Lichtstrahlen nicht aneinanderdrücken, ohne sie gleichzeitig weniger parallel zu machen – es ist also nicht möglich, sie auf eine weit entfernte Stelle zu richten.

Diese Eigenschaft von Linsen lässt sich noch auf eine andere Weise betrachten: Linsen bewirken lediglich, dass Lichtquellen einen größeren Bereich des Himmels einfangen. Sie können das von irgendeinem bestimmten Punkt ausgehende Licht aber nicht heller machen. Überprüfen können Sie das selbst, indem Sie eine Linse auf eine Mauer richten. Egal was für eine Linse Sie verwenden, sie wird keinen Bereich der Mauer heller machen; sie wird lediglich beeinflussen, welchen Teil Mauer Sie in dieser Richtung sehen. Es ließe sich zeigen[6], dass es die Regeln der Étendue verletzen würde, wenn man eine Lichtquelle heller machen könnte. Daher ist kein Linsensystem imstande, das zu tun. Es kann nur jede Sichtlinie auf der Oberfläche einer Lichtquelle enden lassen, was gleichbedeutend damit ist, dass die Lichtquelle das Zielobjekt nun quasi umgibt.

6 Physiksprech für: »Es ist vermutlich nicht allzu schwer, aber ich habe jetzt keine Lust, es zu tun.«

Wenn Sie vom Oberflächenmaterial der Sonne »umgeben« sind, schweben Sie gewissermaßen innerhalb der Sonne. Sie erreichen dann rasch die Temperatur Ihrer Umgebung.[7]

Wenn Sie von der hellen Oberfläche des Mondes umgeben sind, wie heiß können Sie dann werden? Nun ja, Felsblöcke auf der Mondoberfläche sind von ihr nahezu umgeben und erreichen die entsprechende Temperatur (denn sie *sind* ja die Mondoberfläche). Ein Linsensystem, welches das Mondlicht bündelt, kann also nichts heißer machen, als ein Stein heiß ist, der irgendwo auf der Mondoberfläche in einer kleinen Kuhle liegt.

Das führt uns zu einer letzten Beweismöglichkeit, um zu zeigen, dass man mit Mondlicht kein Feuer entzünden kann: Die Apollo-Astronauten haben dort überlebt.

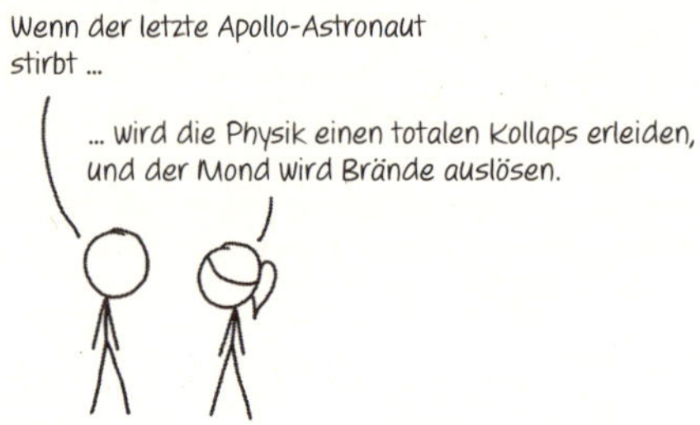

[7] Zu den aufregenden Erfahrungen, die Sie bei einem Besuch der Sonne sammeln können, siehe auch die Kapitel 61 bis 63 und die Kurzen Antworten #5.

ALLE GESETZE LESEN

Wenn jemand alle Rechts- und Verwaltungsdokumente lesen wollte, die ihn selbst betreffen – angefangen von den Verfassungen des Bundes und der Bundesstaaten über Vorschriften, die von bestimmten Behörden erlassen wurden, Bundes- und Landesgesetze bis hin zu lokalen Verordnungen etc. –, wie viele Seiten müsste er da durcharbeiten?

Keith Yearman

GESETZE GIBT ES EINE GANZE MENGE. Um herauszufinden, was in ihnen steht, muss man sie lesen. Andernfalls könnte man ein Verbrechen begehen, ohne zu wissen, dass es eins ist. Alle Ihre scheinbar so gewöhnlichen Hobbys oder Aktivitäten könnten ja irgendein obskures Gesetz verletzen.

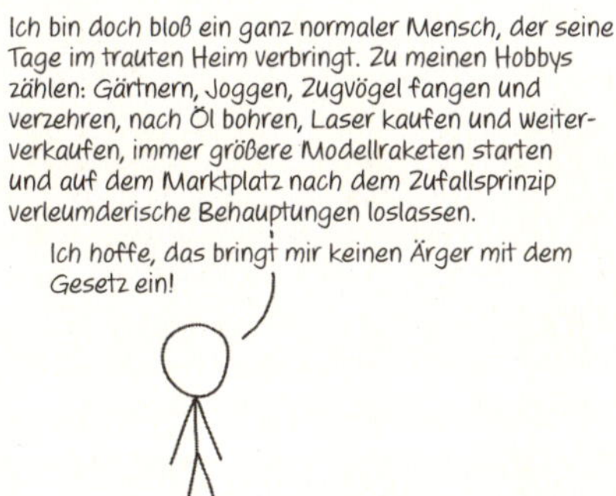

Ich lebe in einer Stadt im Bundesstaat Massachusetts, und so unterliege ich folgenden Rechts- und Gesetzestexten:

- der Verfassung der Vereinigten Staaten von Amerika (26 Seiten)
- den Bundesgesetzen (82 000 Seiten[1])
- der Verfassung von Massachusetts (122 Seiten)
- den Gesetzen des Bundesstaats Massachusetts (63 000 Seiten)
- den Gesetzen meiner Heimatstadt (450 Seiten)

Zusammen sind das etwa 145 000 Seiten. Wenn Sie 300 Wörter pro Minute schaffen und 16 Stunden am Tag lesen, brauchen Sie etwa sechs Monate, um alles durchzuarbeiten.

Aber das sind nur die Gesetze, die von einem Legislativorgan verabschiedet wurden. Hinzu kommen auch noch die Vorschriften – also Regelungen, die von dazu befugten staatlichen Organen herausgegeben wurden. Sie werden oft gemeinsam mit den Gesetzen veröffentlicht, und zu ihnen zählen unter anderem:

- Bundesverordnungen (295 000 Seiten)
- Verordnungen des Bundesstaates Massachusetts (31 000 Seiten)
- kommunale Verordnungen in meiner Stadt (500 Seiten)

Wollte man all diese Verordnungen[2] mit einbeziehen, würde sich unser Lesepensum mehr als verdreifachen, und die Gesamtzeit für die Lektüre betrüge nun fast zwei Jahre.

---

1 In manchen Fällen übernehme ich die tatsächliche Seitenzählung, in anderen schaue ich auf die Wortzahl und nehme an, dass eine Seite 350 Wörter fasst – ein typischer Wert für gedruckte Gesetzestexte.

2 Es gibt auch noch andere Vorschriften, etwa elektrische Sicherheitsnormen, die »mittels Verweis aufgenommen« werden. Ein Gesetz könnte beispielsweise besagen: »Wenn Sie irgendwelche Fantasietrinkhalme verkaufen wollen, müssen die dem Fantasietrinkhalmestandard 385-1.2 entsprechen, welcher vom Nationalen Dachverband der Fantasietrinkhalmeproduzenten herausgegeben wurde.« Solche Dinge müssen Sie manchmal lesen, um Gesetze interpretieren zu können, aber sie gelten nicht wirklich als eigene primäre Gesetzesquelle, weshalb wir sie hier nicht weiter beachten.

Artikel VI der Verfassung der Vereinigten Staaten fügt noch eine andere Rechtsquelle hinzu, nämlich die Verträge:

> *»Diese Verfassung, die in ihrem Verfolg zu erlassenden Gesetze der Vereinigten Staaten sowie alle im Namen der Vereinigten Staaten abgeschlossenen oder künftig abzuschließenden Verträge sind das oberste Gesetz des Landes (…)«*
> *Artikel VI*

Das US-Außenministerium veröffentlicht jährlich eine Liste aller geltenden Staatsverträge und Abkommen, die von den Vereinigten Staaten abgeschlossen wurden. Die Liste für 2020 ist 570 Seiten lang. Das ist wohlgemerkt nicht die Länge der Verträge, sondern nur die Länge der *Listung* der Verträge. Bei ungefähr 14 Verträgen pro Seite wären das insgesamt 7700 Verträge. Im Januar 2005 – wir wählen hier einen zufälligen Zeitpunkt aus – betrug die durchschnittliche Länge eines Staatsvertrags 33 Seiten. Wenn man dem gesamten Vertragskorpus diesen Durchschnitt zugrunde legt, summiert sich das auf eine Viertelmillion Seiten, was unsere Gesamtzahl auf etwa 700 000 Seiten anschwellen lässt. Um die zu lesen, würden wir zweieinhalb Jahre brauchen.

Dann gibt es da noch das *Fallrecht*. Wenn der Oberste Gerichtshof der Vereinigten Staaten ein Gesetz »aufhebt«, ist es damit nicht wirklich gelöscht. Der Gerichtshof sagt lediglich, dass es nicht länger durchgesetzt werden kann, und manchmal weist er die Leute oder die Vollzugsbehörden an, anders als bisher vorzugehen.[3] Aber er nimmt keine Änderungen am Gesetzestext selbst vor, und so merkt jemand, der das ursprüngliche Gesetz liest, vielleicht gar nicht, dass es von einem Gerichtshof aufgehoben oder abgewandelt wurde. Wenn Sie sich über solche »Updates« informieren wollen, müssen Sie sich die Entscheidungen des Gerichtshofs durchlesen, und wie sich herausstellt, gibt es davon jede Menge.

Das Fallrecht des Bundesstaates Massachusetts umfasst etwa eine halbe Million Seiten, die noch einmal zwei Jahre zu unserer Gesamtlesezeit hinzufügen. Das Fallrecht des Bundes lässt all die übrigen Rechtsquellen winzig erscheinen, denn es steuert zu unserem Lesepensum satte 12,3 Millionen Seiten bei. Wenn man das alles lesen wollte – auch das, was von anderen Bundesgerichtsbezirken kommt, denn dort könnte man bundesweite Verfügungen erlassen, die auch für Sie bindend sind –, bräuchte man dafür 41 Jahre, womit wir bei einer Gesamtzeit von 45 Jahren wären.[4]

Muss ich all diese Gesetze wirklich lesen?

DIE MEISTEN GESETZE BETREFFEN SIE gar nicht. So setzt der *U. S. Code § 2141(b)* dem Energieministerium Grenzen bei der Verbreitung nuklearen Materials. Wenn Sie nicht gerade das Energieministerium sind, müssen Sie sich keine Gedanken darüber machen.[5]

3 Bisweilen wird ein Gesetz schlicht und einfach »aufgehoben«, manchmal *erweitert* der Supreme Court ein Gesetz aber auch.

4 Je nach Ihrer Sicht auf die bundesweiten Verfügungen könnten Sie damit durchkommen, nur die Entscheidungen des Obersten Gerichtshofs und die Ihres eigenen Gerichtsbezirks lesen zu müssen. Damit würde die Lesedauer auf sieben Jahre sinken, was schon überschaubarer ist, aber vermutlich immer noch schwer zu bewältigen wäre.

5 Eine Nachricht an alle, die das Energieministerium *sind* oder dort arbeiten: Hallo! Ich bin ein großer Fan Ihrer Arbeit und von Energie ganz allgemein.

Doch ohne die Gesetze zu lesen, kriegen Sie leider nicht wirklich raus, welche Sie betreffen und welche nicht. Wenn Sie die Gesetzeslage nicht kennen, gibt es zahlreiche Aktivitäten, die Ihnen Ärger einbringen können. So verbietet ein kalifornisches Gesetz, der »Food and Agricultural Code § 27637«, jedem Bürger falsche oder irreführende Aussagen über Eier. Zum Glück lebe ich nicht in Kalifornien, und so kann ich meine Eiertheorien weiterhin mit aller Welt teilen.

Okay, aber wie soll ich denn wissen, was verboten ist?

UM DARAUF EIN PAAR ANTWORTEN zu bekommen, habe ich mich an eine juristische Bibliothek gewandt, die Harvard Law Library, und den Wissenschaftlichen Bibliothekar A.J. Blechner gefragt, wie ich – ein braver kleiner Bürger, der nur ganz normalen Hobbys wie Raketentechnik oder Verleumdung nachgehen möchte – eigentlich wissen soll, was gesetzlich erlaubt ist und was nicht.

»Ihre öffentliche Rechtsbibliothek könnte Ihnen dabei helfen, bestimmte Dinge herauszufinden«, sagte mir Blechner. Außerdem hätten Gerichte oft eigene Bibliotheken, die der Öffentlichkeit zugänglich seien. »Die wurden geschaffen, um Richtern und Anwälten zu helfen, aber da Sie ein Teil der Öffentlichkeit sind, können auch Sie einfach so hineinspazieren und Hilfe bekommen. Es ist eine großartige, aber kaum bekannte Ressource.«

Solche juristischen Bibliotheken sind eine tolle Quelle, um etwas über Gesetze zu erfahren, aber wenn Sie sich besorgt fragen, ob Sie demnächst vielleicht mit dem Gesetz in Konflikt kommen könnten, hat Blechner für Sie noch einen konkreteren Rat: »Falls Sie ein rechtliches Problem haben, bei dem Sie sich nicht sicher sind, ist es wahrscheinlich gut, mit einem Rechtsanwalt zu sprechen.«

Brauchen wir all diese Gesetze wirklich?

GESETZE VERLEIHEN MENSCHEN MACHT. Wenn ein Gesetz kompliziert ist, verleiht es solchen Leuten Macht, die es sich leisten können, zu seiner Interpretation Anwälte heranzuziehen. »Gesetze, die kompliziert und willkürlich sind oder der Intuition zuwiderlaufen, geben dem Staat mehr Macht«, sagt Jonathan Zittrain, Professor für Internationales Recht und Direktor der Harvard Law Library, »denn dank seiner Ermessensfreiheit kann sich der Staatsanwalt herauspicken, gegen wen er vorgehen will, und damit auf diskriminierende Weise selektiv sein.«

Aber wenn man die Gesetze einfacher und unbestimmter macht, verlagert das die Macht nicht automatisch vom Staat zum Volk hin. Man könnte eine Menge Gesetze abschaffen und sie durch die Formel ersetzen: »Jeder muss sich einfach angemessen benehmen.« Aber dann wäre es wieder an den Strafverfolgungsbehörden zu entscheiden, was »angemessen« eigentlich bedeutet.

In gewisser Weise ist das Gesetz von unendlicher Länge, denn es umfasst nicht nur die Worte, sondern auch das gesellschaftliche Verständnis von dem, was diese Worte meinen. Kalifornien sagt, dass ich keine falschen oder irreführenden Informationen über Eier verbreiten darf. Wenn ich sage, dass man aus einem Pokéball ein originalgroßes Pikachu ausbrüten kann, ist das eine falsche Behauptung, aber ist es eine Behauptung über Eier? Sind Pokébälle eine Art Eier?

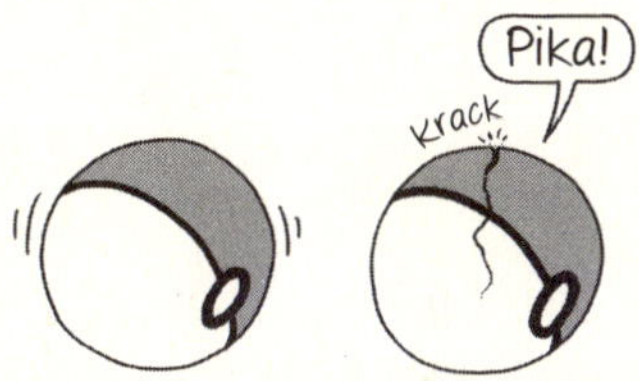

Ich persönlich glaube nicht, dass Pokébälle Eier sind. Aber vielleicht glauben es die meisten anderen Menschen, und ich weiß das nur nicht, weil ich es mit Pokémons nicht so habe. Dies könnte aber darüber entscheiden, ob etwas gesetzlich oder ungesetzlich ist, doch die Frage, ob ein Pokéball als Ei anzusehen ist, wird im Gesetzestext nicht geklärt. So ist jedenfalls der Stand der Dinge, während ich diese Zeilen schreibe.

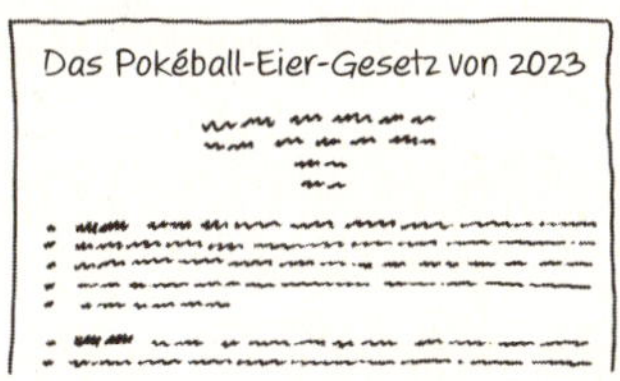

Ihr eigenes Gesetz

WAS WÄRE, WENN SIE ALLE GESETZE durchgelesen haben, aber dabei so viel Spaß hatten, dass Sie gar nicht wieder aufhören mögen?

In manchen Fällen können Sie laut Professor Zittrain zusätzliche Gesetzestexte erzeugen, indem Sie die Regierung einfach nur um eine Klärung bitten: »Im Bereich der Steuergesetze können Sie einen Brief an die Bundessteuerbehörde IRS schreiben und dort anfragen, ob etwas, das Sie zu tun beabsichtigen, möglicherweise die Gesetze brechen würde. Die Antwort des IRS ist ein bisschen zusätzlicher Gesetzestext – extra für Sie!«

Wenn Sie also Ihr ganz persönliches Stück Gesetz haben möchten, können Sie sich an den IRS wenden und eine *privatrechtliche Verfügung* anfordern. Dann erhalten Sie eine verbindliche Regelung. Der IRS erhebt für diesen Service gewöhnlich eine Gebühr, die gepfeffert ausfallen kann – je nachdem, wie viel Aufwand mit Ihrer Anfrage verbunden war. Aber am Ende haben Sie dann Ihr ganz eigenes offizielles Stückchen Gesetz, das Ihnen Ihre Frage beantwortet, egal wie die ausgesehen haben mag.

#3
SELTSAM & BEUNRUHIGEND

? Wenn ich in einen Behälter mit Flüssigstickstoff springen würde (oder eine Leiche auf diese Weise entsorgen möchte), wie tief müsste er dann sein, damit ich oder die Leiche am Boden in gefrorene Stücke zerspringen?

Stella Wohnig

? Was würde passieren, wenn in Ihrer Blutbahn plötzlich eine Ameisenkolonie auftaucht?

Matt (für seinen Sohn Declan, 8 Jahre alt)

? Wenn Harry Potter vergisst, wo der unsichtbare Zugang zu Bahnsteig 9 ¾ liegt, wie lange müsste er dann nach dem Zufallsprinzip gegen Wände rennen, bis er ihn findet?

Max Plankar

SPUCKEPOOL

Wie lange würde es dauern, bis eine einzelne Person mit ihrer eigenen Spucke einen ganzen Swimmingpool füllen könnte?

Mary Griffin, 9. Klasse

Ein durchschnittliches Kind produziert pro Tag ungefähr einen halben Liter Spucke. Das geht aus dem Aufsatz »Abschätzung des täglichen Gesamtspeichelvolumens fünfjähriger Kinder« hervor, der – so male ich es mir zumindest aus – in einem leicht klebrigen, tropfnassen Briefumschlag bei der Fachzeitschrift *Archives of Oral Biology* eingesandt wurde.

Fünfjährige sollten eigentlich ihrer Größe entsprechend weniger Speichel produzieren als Erwachsene. Andererseits würde ich nicht gern darauf wetten, dass überhaupt irgendjemand mehr Sabber erzeugt als ein Kleinkind, also übernehmen wir sicherheitshalber die Zahlen aus dem Aufsatz.

Wenn du deine Spucke sammelst[1], kannst du sie nicht mehr beim Essen verwenden.[2] Dieses Problem ließe sich lösen, indem du Kaugummi oder etwas anderes kaust, um den Körper anzuregen, zusätzlichen Speichel zu produzieren. Du kannst aber auch Flüssignahrung zu dir nehmen oder zu intravenöser Ernährung übergehen.

Bei 500 Millilitern pro Tag würdest du ungefähr ein Jahr brauchen, um eine gewöhnliche Badewanne zu füllen.

Zu den Nebenwirkungen beim Befüllen einer Badewanne mit Speichel zählt Mundtrockenheit.

Eine Badewanne voller Spucke ist ziemlich ekelhaft, aber danach hattest du ja nicht gefragt. Aus irgendeinem Grund – ich möchte wirklich nicht wissen, weshalb – warst du daran interessiert, einen ganzen Swimmingpool damit zu füllen.

Stellen wir uns ein olympisches Schwimmbecken vor, das 25 mal 50 Meter misst. Die Wassertiefe ist unterschiedlich[3], aber nehmen wir an, dass dieses hier 1,20 m hoch gefüllt ist; du könntest darin also vermutlich noch stehen.

1 Ganz nebenbei bemerkt: Deine Frage ist superekli g.

2 Hoffe ich zumindest.

3 Auf der Website des Internationalen Schwimmverbandes FINA heißt es, dass ein Schwimmbecken mit Startblöcken an jedem Ende ein wenig tiefer sein muss, in der Mitte aber flacher sein darf. Von einer Maximaltiefe steht in den Regeln offenbar nichts, also denke ich mal, dass man einen Pool ausheben dürfte, der durch den ganzen Erdball bis ans andere Ende der Welt geht. Aber dann würde es Probleme geben, wenn man die Vorschriften in Abschnitt FR2.14 befolgen wollte, der Bahnmarkierungen auf dem Beckengrund fordert.

Bei einem halben Liter pro Tag würde ein Mensch 8345 Jahre benötigen, um dieses Schwimmbecken zu füllen. Für uns, die wir am Beckenrand stehen und warten, ist das verdammt lange, also stellen wir uns vor, du hättest eine Zeitreise in die Vergangenheit gemacht, um mit deinem Projekt früher loslegen zu können.

Vor acht Jahrtausenden war die Eisdecke, die einen großen Teil der Nordhalbkugel überzogen hatte, weitgehend zurückgewichen, und die Menschen hatten gerade damit begonnen, Landwirtschaft zu betreiben. Malen wir uns aus, du hättest dein Projekt damals gestartet.

Im Jahr 4000 v. Chr., als sich die Zivilisationen im Fruchtbaren Halbmond zu entwickeln begannen (heute liegt dort der Irak), hätte die Spucke 30 Zentimeter hoch gestanden und deine Füße und Knöchel bedeckt.

Um das Jahr 3200 v. Chr., als die Schrift erfunden wurde, wäre die Spucke langsam über deine Knie gekrochen.

Etwa in der Mitte des dritten Jahrtausends v. Chr. wurde die Cheops-Pyramide erbaut, und die frühen mesoamerikanischen Kulturen bildeten sich heraus. In dieser Zeit hätte der Speichel schon fast bis an deine Fingerspitzen gereicht, bei runterhängenden Armen jedenfalls.

Um das Jahr 1600 v. Chr. herum führte der Ausbruch eines großen Vulkans auf der griechischen Insel, die heute Santorin heißt, zu einem gewaltigen Tsunami, der verheerende Folgen für die Minoische Kultur hatte und möglicherweise ihren endgültigen Untergang auslöste. Als dies geschah, war die Spucke vermutlich fast bis auf Hüfthöhe gestiegen.

Über die nächsten drei Jahrtausende hinweg würde die Spucke immer weiter steigen, und beim Anbruch der Industriellen Revolution in Europa stände sie dir schon bis zur Brust – das würde locker reichen, um darin zu schwimmen. Die letzten 200 Jahre würden die noch fehlenden drei Zentimeter beisteuern, und das Becken wäre endlich gefüllt.

Sicher, es würde viel, viel Zeit brauchen. Und doch wäre es alle Mühe wert, denn am Ende hättest du ein olympisches Schwimmbecken voller Spucke! Und ist es nicht das, wovon wir alle insgeheim träumen?![4]

4 Nein, ist es nicht.

SCHNEEBALL

Was wäre, wenn ich einen Schneeball vom Gipfel des Mount Everest hinabrollen ließe? Wie groß würde der Schneeball sein, wenn er den Fuß des Berges erreicht, und wie lange würde das dauern?

Michaeline Yates

WENN SCHNEEBÄLLE DURCH NASSEN, pappigen Schnee rollen, werden sie größer. Bei trockenem Schnee, wie man ihn auf dem Mount Everest vorfindet, würde sich ein rollender Schneeball nicht vergrößern; er würde den Berg einfach hinabkollern wie jeder andere Gegenstand.

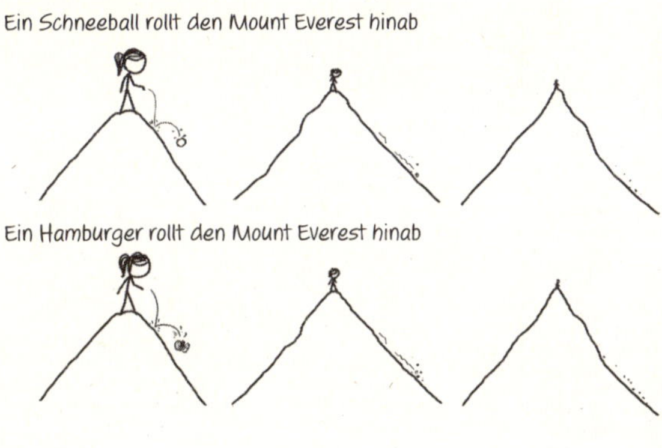

Aber selbst wenn der Mount Everest mit nassem Schnee bedeckt wäre, der gute Schneebälle ergibt, würde ein Schneeball gar nicht so groß werden.

Ein rollender Schneeball nimmt Schnee auf und wird größer, und ein größerer Schneeball nimmt noch mehr Schnee auf.

Das mag nach einem Rezept für exponentielles Wachstum klingen, aber die Wachstumsrate eines idealisierten Schneeballs verringert sich mit der Zeit. Er wird zwar immer noch größer und breiter, aber jeder neue Meter auf seiner Rollbahn fügt weniger zu seinem Durchmesser hinzu. Das Wachstum verlangsamt sich, weil die Breite der Schneeballspur – und damit die Schneemenge, die an ihm haften bleibt – proportional zu seinem Radius ist, aber die Oberfläche, die der neue Schnee bedecken muss, proportional zum Quadrat des Radius. Das bedeutet, dass sich jeder neue Schneebatzen auf eine immer größere Fläche verteilen muss. Wir denken beim »Schneeballeffekt« an etwas, das schneller und schneller wächst, aber in Wahrheit verhält es sich andersherum.

Der Mount Everest ist sehr hoch[Beleg erforderlich], sodass selbst bei einer verlangsamten Wachstumsrate für einen Schneeball noch genügend Raum bleibt, um Schnee aufzunehmen. Die drei Hauptseiten des Berges reichen etwa fünf Kilometer weit hinab, ehe sie in Gletschertälern auslaufen. Theoretisch würde ein Idealschneeball auf einem fünf Kilometer langen Hang über so viel Schnee rollen, dass er am Fuß des Berges einen Durchmesser von 10 bis 20 Metern hat.

In der Praxis würde er nur ein paar Hundert Meter weit trudeln, selbst bei perfektem Pappschnee. Für das Wachstum von Schneebällen gibt es nämlich eine Obergrenze; haben sie die erreicht, brechen sie unter ihrem eigenen Gewicht auseinander. Die Gravitation zieht die Ränder eines Schneeballs nach unten, sodass das Innere unter Spannung steht. Wird der Schneeball zu groß, bricht er entzwei.

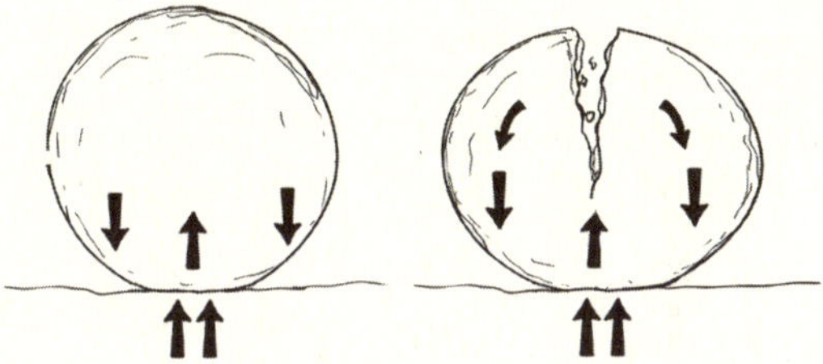

Schnee hat eine bestimmte Zugfestigkeit, das heißt, er sträubt sich dagegen, auseinandergezogen zu werden. Seine Zugfestigkeit ist nicht *so* berauschend – deshalb sieht man selten Seile, die aus Schnee gemacht sind –, aber bei null liegt sie auch nicht. Ein typischer Wert für gut zusammengebackten Schnee könnte bei einigen Kilopascal liegen, was immerhin mehr ist als bei nassem Sand, wenn auch weniger als bei den meisten Käsesorten und nur ein Zehntausendstel so viel wie bei den meisten Metallen.

In den Ingenieurwissenschaften gibt es einen Wert dafür, wie lang ein frei herunterbaumelndes Stück eines Materials werden kann, bis es unter seinem eigenen Gewicht reißt. Man nennt diese Größe »freie Reißlänge«, und sie errechnet sich aus der Zugfestigkeit des betreffenden Stoffes, seiner Dichte und der Schwerkraft.

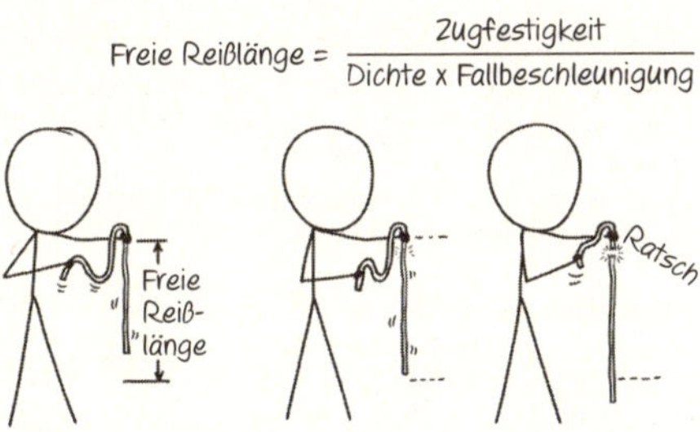

Mithilfe der freien Reißlänge kann man ziemlich gut abschätzen (zumindest auf eine Zehnerpotenz genau), wie groß ein Ball aus einem bestimmten Material maximal werden kann. Bei Schnee reicht dieser Wert von weniger als einem Meter (Pulverschnee) bis zu ein, zwei Metern (schwerer, zusammengebackter Schnee).

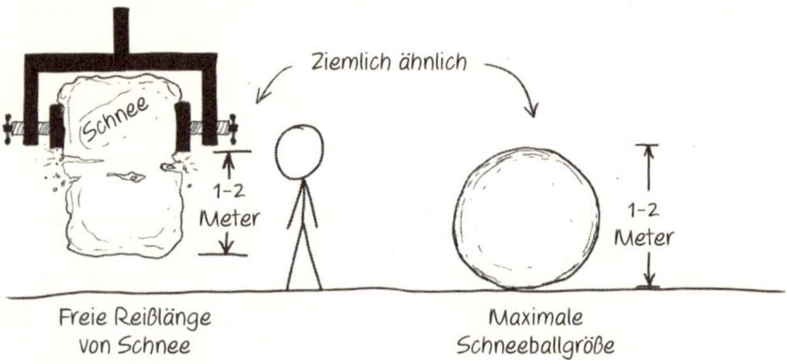

Diese Formel erlaubt uns den Vergleich verschiedener Materialien. Sie verrät uns, dass der dickste mögliche Schneeball größer wäre als der dickste mögliche Sandball (denn Sand ist noch weniger zugfest, aber dafür viel dichter als Schnee). Er wäre jedoch kleiner als der dickste mögliche Ball aus Hartkäse und nicht annähernd so groß wie der dickste mögliche Eisenball.

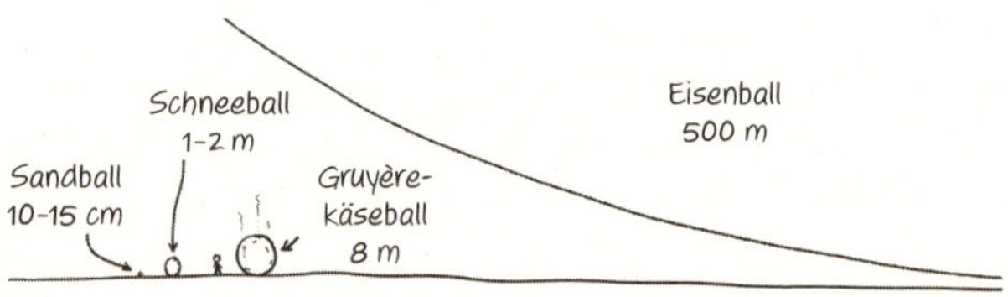

Schauen Sie sich einmal Videos von Leuten an, die große Schneekugeln einen Hügel hinabrollen. Sie werden sehen, dass diese Kugeln gewöhnlich auseinanderbrechen, wenn sie eine Größe von wenigen Metern erreichen – genau wie die Formel es nahelegt.

Aber Hänge, die selbstwachsende Schneebälle tragen können, sind selten, und sie sind selten, *weil* sie selbstwachsende Schneebälle tragen können. Wenn ein Schneeball einen Hügel hinabrollt und dabei wächst, wird er irgendwann zerbrechen. Ein Schneeball, der zerbricht, wird zu einem Haufen kleiner Schneebälle, die ebenso zu wachsen beginnen wie vorher das Original.

Glückwunsch, Sie haben die Lawine erfunden!

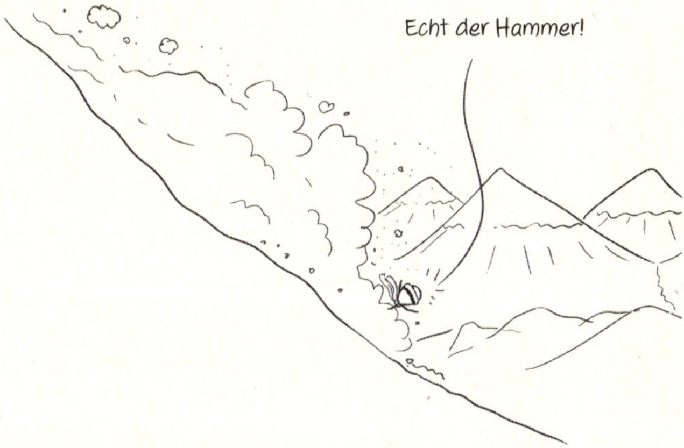

NIAGARAHALM

Was würde passieren, wenn jemand die Niagarafälle durch einen Trinkhalm zu zwängen versuchte?

David Gwizdala

DIESE PERSON WÜRDE ÄRGER mit dem International Niagara Committee bekommen, mit dem International Niagara Board of Control, mit der International Joint Commission, dem International Niagara Board Working Committee und vermutlich auch dem Great Lakes-St. Lawrence River Adaptive Management Committee.[1] Außerdem würde dabei die Erde zerstört.

Okay, das stimmt nicht ganz. Auch wenn ich vielleicht Banales verkünde – die richtige Antwort lautet: »Die Niagarafälle würden nicht durch einen Strohhalm passen.«

Man kann Flüssigkeiten nicht unbegrenzt schnell durch andere Dinge schicken. Pumpt man eine Flüssigkeit durch eine enge Öff-

1 Das, wenn ich das Organigramm dieser Institution richtig verstanden habe, wiederum ein Dachverband dreier Gremien für unterschiedliche Gewässer ist.

nung, nimmt ihre Geschwindigkeit zu. Wenn die Flüssigkeit ein Gas ist[2], gerät der Durchfluss ins Stocken, sobald das Tempo des durch die Öffnung strömenden Gases die Schallgeschwindigkeit erreicht. Ab diesem Punkt kann sich das Gas nicht mehr schneller bewegen – obwohl man immer noch mehr Masse durch das Loch schicken kann, indem man den Druck erhöht, was das Gas weiter komprimiert.

Bei Wasser ist es ein anderer Effekt, der es ins Stocken geraten lässt. Wenn eine Flüssigkeit mit ausreichend hoher Geschwindigkeit durch eine Öffnung fließt, sinkt der Druck in dieser Flüssigkeit nach dem Bernoullischen Gesetz ab. Das Wasser »möchte« immer kochen, aber es wird durch den Luftdruck zusammengehalten. Wenn der Druck plötzlich abfällt, bilden sich im Wasser Dampfblasen. Man nennt das »Kavitation«.

Wird das Wasser mit hoher Geschwindigkeit durch eine Öffnung gezwängt, bewirken die Kavitationsblasen, dass es insgesamt an Dichte verliert. Erhöht man den Druck, um das Wasser mit mehr Kraft hindurchzuschieben, wird man es dadurch nur noch rascher zum Kochen bringen.[3] Die Gesamtwassermenge, die es durch die Öffnung schafft, kann deshalb nicht ansteigen, auch wenn sich der Wasser-Dampf-Mix nun schneller bewegt.

Eine andere Grenze für die Wasserdurchflussrate wird durch die Schallgeschwindigkeit gesetzt. Mithilfe von Druck lässt sich Wasser nicht schneller als bis auf Schallgeschwindigkeit durch eine Öffnung beschleunigen (gemeint ist hier die Schallgeschwindigkeit in Wasser).[4] Dennoch erreicht Wasser diesen Punkt nur sehr selten,

2 In der Physik werden Gase als eine besondere Art Flüssigkeit betrachtet.

3 Bei der Entwicklung von Ventilen versucht man, die Bildung solcher Dampfblasen zu verhindern, denn nachdem sich diese Blasen geformt haben, brechen sie schnell wieder in sich zusammen, weil der Druck an der anderen Seite des Ventils wieder ansteigt. Die Kräfte, die bei diesem Zusammenbrechen entstehen, können eine Rohrleitung allmählich zerfressen.

4 Es ist so ähnlich wie bei einem Verkehrsstau – wenn man dort am Ende immer mehr Autos auffahren lässt, geht es vorn ja auch nicht schneller voran. Die Analogie zwischen Verkehrsstaus und ins Stocken geratenen Flüssigkeiten ist nicht perfekt, aber ich mag sie trotzdem, denn es ist eine lustige Vorstellung, dass jemand versucht, Staus aufzulösen, indem er mit einem Bulldozer noch immer mehr Autos in sie hineinschiebt.

denn die Schallgeschwindigkeit in Wasser ist sehr hoch. Wasser ist schwer, und wenn Sie versuchen, es auf solche Geschwindigkeiten zu bringen, wird es dazu neigen, die Krümmer in Ihren Rohrleitungen einfach zu ignorieren.

Die Frage lautet also: Wie schnell müssten die Niagarafälle fließen, um durch einen Trinkhalm zu passen, und wäre das schneller als Schallgeschwindigkeit? Das lässt sich leicht herausfinden – alles, was wir brauchen, ist die Abflussmenge an der Wasserfallkante und die Fläche am Eingang des Strohhalms. Dann können wir Ersteres durch Letzteres dividieren und erhalten die Geschwindigkeit.

Die Abflussrate über die Niagarafälle beträgt mindestens 100 000 Kubikfuß (etwa 2,8 Millionen Liter) pro Sekunde. Das ist sogar per Gesetz so vorgeschrieben. Der Niagara River versorgt die Fälle mit durchschnittlich 8,2 Millionen Litern pro Sekunde, aber eine Menge davon wird in Tunnel abgeleitet, um Elektrizität zu erzeugen. Da die Leute aber vor Wut schäumen würden, wenn man ihnen den berühmtesten Wasserfall der Welt einfach abdrehen würde, müssen die Kraftwerksbetreiber mindestens die oben erwähnten 100 000 Kubikfuß über die Wasserfallkante rauschen lassen, damit jeder etwas zum Anschauen hat (nachts und außerhalb der Saison sind es nur 50 000 Kubikfuß). Es gibt immer wieder Diskussionen darüber, ob man die Fälle für Wartungsarbeiten trockenlegen soll – vermutlich ist man auch neugierig, welches coole Zeug man dabei finden könnte.

Wichtige Anmerkung: Wenn Sie das Wasser in einen Trinkhalm ableiten, verletzen Sie ein Abkommen aus dem Jahre 1950, das die Hunderttausend-Kubikfuß-pro-Sekunde-Grenze regelt.[5] Überwacht wird das vom International Niagara Board of Control, das von einem US-Amerikaner und einem Kanadier gebildet wird.[6] Die beiden wären wohl ziemlich aufgebracht über Ihr Verhalten – und die übrigen anfangs erwähnten Institutionen nicht minder. Machen Sie also auf eigene Gefahr weiter!

Ein normaler Trinkhalm hat einen Durchmesser von etwa sieben Millimetern. Um herauszukriegen, wie schnell das Wasser strömt, teilen wir die Abflussmenge einfach durch die Fläche, die sich daraus ergibt. Wenn das Ergebnis über der Schallgeschwindigkeit liegt, gerät der Wasserdurchfluss vermutlich ins Stocken, was zu Problemen führt.

$$\frac{2\,800\,000\,\frac{\text{Liter}}{\text{Sekunde}}}{\pi\left(\frac{7\text{ mm}}{2}\right)^2} \approx 73\,000\,000\,\frac{\text{Meter}}{\text{Sekunde}} \approx 0.25\,c$$

5 Wer von Kapitel 52 dazu inspiriert wurde, alle Gesetze und Abkommen der Vereinigten Staaten zu lesen, weiß das natürlich längst.

6 Gegenwärtig (2021) sind der Kanadier Aaron Thompson und der US-Amerikaner Stephen Durrett die Wasserfallwächter. Ich schätze mal, dass sich ihre Vollzugsgewalt mehr oder weniger darauf beschränkt, Berichte abzuliefern, und doch male ich mir gern aus, dass sie ermächtigt sind, alle nur erdenklichen Maßnahmen zu ergreifen, um den Niagarafällen die gestohlene Wassermenge zurückzugeben.

Offensichtlich würde unser Wasser mit einem Viertel der *Licht*geschwindigkeit hindurchströmen.

Wassergeschwindigkeit in Viertel-c	Probleme?
0	Vielleicht
1	Ja
2	Ja
3	Ja
4	Ja hoch drei
5	Bitte aufhören

Auf der Plus-Seite stünde, dass wir uns nicht länger Gedanken um die Kavitation machen müssten, denn diese Wassermoleküle wären schnell genug unterwegs, um alle möglichen spannenden *nuklearen* Reaktionen auszulösen, wenn sie gegen die Innenwände des Trinkhalms stoßen. Bei dieser hohen Energie ist ohnehin alles Plasma, und so greifen die Vorstellungen von »Kochen« und »Kavitation« nicht mehr.

Aber es kommt noch schlimmer! Der Rückstoß des relativistischen Wasserstrahls wäre ziemlich stark. Er würde zwar nicht ausreichen, um die Nordamerikanische Kontinentalplatte nach Süden zu schieben, aber er wäre heftig genug, um alle denkbaren Apparate zu zerstören, mit denen man so einen Wasserstrahl erzeugen könnte.

Keine Maschine der Welt könnte Wasser auf relativistische Geschwindigkeiten beschleunigen. Teilchenbeschleuniger schaffen es zwar, etwas auf ein solches Tempo zu bringen, aber sie werden normalerweise mit einer kleinen Gasflasche gespeist. Man kann die Niagarafälle nicht so einfach an die Einspeise-Einrichtung eines Teilchenbeschleunigers anschließen. Jedenfalls würden die Forschenden dann schrecklich wütend werden.

Dass man es nicht hinbekommt, ist auch besser so, denn die Energie des in diesem Szenario geschaffenen Teilchenstrahls wäre größer als die des gesamten Sonnenlichts, das auf die Erde trifft. Ihr »Wasserfall« hätte eine Energieabstrahlung wie ein kleiner Stern, und seine Hitze und sein Licht würden die Temperatur unseres Planeten in die Höhe jagen, die Ozeane verdampfen lassen und dafür sorgen, dass die ganze Erde unbewohnbar wird.

Und doch möchte ich wetten, dass es dann *immer noch* jemanden geben würde, der versucht, sich in einem Fass hinunterzustürzen.

WANDERUNG IN DIE VERGANGENHEIT

Was wäre, wenn man beschließen würde, zu Fuß von Austin (Texas) nach New York City zu gehen, aber wenn einen jeder Schritt 30 Tage tiefer in die Vergangenheit zurückbrächte?

Jojo Yawson

Im ersten Band von *What if?* haben wir uns ausgemalt, was jemand sehen würde, der in New York steht und immer weiter in die Vergangenheit zurückspringt. Die neue Frage stellt nun eine andere Art von Zeitreise nach New York vor.

Wenn Sie Ihren Fuß heben, um den ersten Schritt zu tun, und die Zeit rückwärts zu laufen beginnt, wird die Sonne zu einem hellen Bogen, der quer über den Himmel reicht. Die Autos und Fußgänger um Sie herum verflüchtigen sich, denn jede menschliche Aktivität in Ihrer Umgebung verschwimmt so sehr, dass sie unsichtbar wird.

Die Sonne würde zu einem Stroboskoplicht am Himmel werden. Wenn Sie in normalem Gehtempo unterwegs sind, würden pro Sekunde 50 Tage aufflackern – die Welt würde also in einer Frequenz von 50 Hz zwischen Licht und Dunkelheit hin- und herwechseln. Diese Frequenz liegt gerade im Grenzbereich der »Flimmerverschmelzungsschwelle«: Wenn Lichtblitze so rasch aufeinander folgen, dass unser Auge sie nicht mehr unterscheiden kann, verschmelzen sie zu einem kontinuierlichen Leuchten. So würde auch in unserer Zeitreise das Licht weitgehend stetig und ununterbrochen wirken, wenn auch ein bisschen unnatürlich. Das wechselnde Wetter würde noch eine Extraebene von unregelmäßigem Flackern hinzufügen, weil der Himmel mal bewölkt ist und mal klar. Ihre Augen würden sich nach einer Weile hoffentlich daran gewöhnen.

Die Sonne würde als Band quer überm Himmel erscheinen und einer Leuchtstoffröhre ähneln. Dieses Band würde sich sacht auf und ab bewegen – alle sieben oder acht Sekunden einmal. Das wären die Sommer- und Winterzyklen. Um Sie herum würden sich, während Sie weiterspazieren, die Bäume langsam Richtung Erdboden zurückziehen. Mit jedem Jahreszyklus würden die Äste der Obstbäume nach unten schnappen, was an der plötzlichen Last der reifen Früchte liegt, die gerade vom Erdboden an den Baum zurückgesprungen sind. Dann würden sich die Äste allmählich wieder heben, während die Früchte immer kleiner und unreifer werden und sich schließlich ganz in die Äste zurückziehen.

Nehmen wir an, Sie wären in der Stadtmitte am Texas State Capitol gestartet. Von Austin aus gesehen, liegt New York City in nordöstlicher Richtung, und so steuern Sie nach Möglichkeit den Nordausgang des Kapitol-Bereiches an. Wenn Sie die West 15th Street am Rande der Grünanlagen erreicht haben, wären Sie im Jahr 2000.

Rechts auf der anderen Straßenseite würde sich ein großes Behördengebäude, das Robert E. Johnson Legislative Office Building, in Windeseile selbst zerlegen. Wenn Sie die Straße überqueren und die Congress Avenue entlangspazieren, würde alle fünf bis zehn Sekunden ein Wolkenkratzer schrumpfen und aus dem Sichtfeld verschwinden wie ein Präriehund, der sich in seinen Bau verkriecht.

Nach zehn Minuten würden Sie den Campus der University of Texas erreichen; nun befänden Sie sich irgendwo in der Mitte der 1940er Jahre. Während Sie an den Gebäuden vorbeigehen, würden diese auseinanderfallen und sich in den Erdboden zurückziehen. Und wenn Sie den Campus halb durchquert haben, wäre die 1883 gegründete Universität verschwunden.

So wie sich die Universität verflüchtigt, würden außerhalb der Stadt auch die Bahnlinien verschwinden und mit ihnen die Millionen Hektar gepflügtes Ackerland, dessen Entstehung sie ermöglichten. Innerhalb von ein, zwei Minuten würden die ausgedehnten Felder durch offenes Weideland ersetzt werden. Aber es wäre nicht das Grasland moderner Weideflächen, das hauptsächlich aus

Hundszahn- und Bahia-Gras besteht, sondern ein völlig anderes Ökosystem, nämlich ein Gräsermix, zwischen den hier und dort Bäume eingestreut sind: Amerikas verlorene Prärien.

Die gewaltsame Entfernung der indigenen Bevölkerung durch die Europäer würde sich in Ihrer Umgebung rückwärts abspielen, aber alles wäre so unscharf, dass Sie nichts davon sähen. Nach einer halben Wanderstunde wären die Europäer fort, und Sie befänden sich nun unter den Lipan Apache.

Wenn Sie weitergehen, würden kurze Feuerwellen übers Land jagen. Viele dieser Feuer hätten die Menschen selbst gelegt, um die Erhaltung des Graslands, das Herden von Bisons nährte, zu fördern. Die Farmen und Städte der Caddo würden noch ein Stück weiter nordöstlich liegen, aber bis Sie sie erreicht hätten, wären die Caddo schon nicht mehr da.

Wenn Sie von Austin aus 20 Meilen (32 Kilometer) zurückgelegt hätten, wären Sie bereits 4000 Jahre zurückgegangen. Die Mais- und Kürbisfelder würden seltener werden, weil sich die Entstehung der Landwirtschaft vor Ihren Augen rückabwickeln würde.

Nach zwölfstündiger Wanderung könnten Sie eine unheilvolle Entwicklung verfolgen. Auf der anderen Seite des Kontinents, im nördlichen Quebec, würde eine fladenförmige Eisplatte zu wachsen beginnen und sich allmählich über das Land ausbreiten. An der texanischen Küste südlich von Ihnen würde sich das Meer – dessen Pegel im Laufe Ihres Spaziergangs nach und nach um einige Meter gefallen wäre – abrupt von der Küste zurückziehen und hunderte Kilometer voller Grasebenen und Wälder freigeben.

Wenn Sie nach vierundzwanzigstündiger Wanderung den heutigen Ort Thorndale (Texas) erreicht haben, würden überall um Sie herum große Tiere auftauchen. Falls Sie ein wenig innehalten, könnten Sie vielleicht flüchtig ein Kamel erspähen, ein Mammut, den ausgestorbenen Wolf *Canis dirus* oder einen Säbelzahntiger. Ein Stückchen hinter Thorndale würden die Menschen vollends aus der Landschaft verschwinden. Wir wissen nicht genau, weshalb all die großen, coolen Tiere ungefähr in der Zeit ausstarben, als der Mensch die Bildfläche betrat. Viele Leute vermuten jedoch, dass es mehr als ein Zufall sein könnte.

Weiter nördlich würde der sich ausdehnende Eispanzer einen Großteil des Kontinents schlucken, aber er würde nicht ganz bis zu Ihnen gelangen, und so würden Sie ihn nur indirekt an seinen Auswirkungen spüren, indem sich das Klima um Sie herum änderte.

Nach einer Woche Wanderung würden Sie sich in Arkansas befinden. Während das Eis in den vergangenen Tagen plötzlich ins Innere des Kontinents eingebrochen war, hätte es sich inzwischen in stoßweisen Bewegungen langsam bis nach Kanada zurückgezogen, und der Meeresspiegel würde sich wieder heben und die nunmehr öden Küstengebiete bedecken. Ungefähr zur gleichen Zeit würde auf der indonesischen Insel Sumatra ein Supervulkan ausbrechen und den heutigen Tobasee erschaffen. Manche Wissenschaftler haben die Hypothese aufgestellt, dass die Eruption einen jahrzehntelangen globalen Winter herbeiführte und zu einem Einbruch der Weltbevölkerung führte, aber das ist umstritten. Wenn Sie eine kleine Pause einlegen könnten, um zu notieren, was Sie gerade sehen, würden das zahlreiche Forschende wirklich zu schätzen wissen.

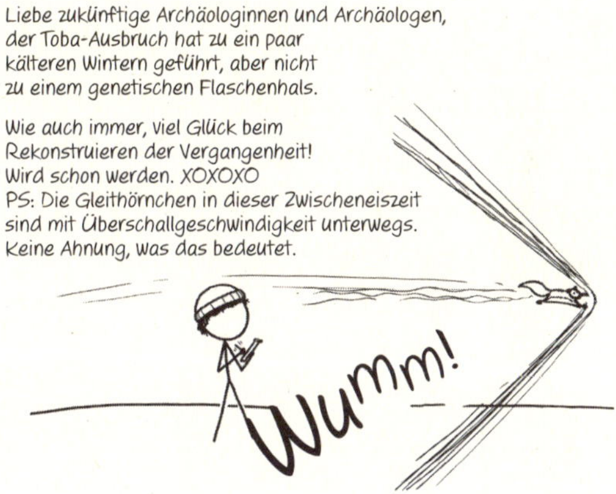

Nach weiteren zehn Tagen würden Sie den Mississippi erreichen – ein wenig früher, als Sie vielleicht erwartet hätten. Der Fluss ist alt (in der einen oder anderen Form gibt es ihn seit Millionen Jahren in dieser Gegend), aber er wandert ganz schön herum, und Sie würden ihn im Vergleich zu seiner heutigen Lage vermutlich etwas weiter westlich vorfinden. Wenn Sie sich ihm nähern, würden Sie sehen, wie er in einer Überschwemmungsebene immerzu vorprescht und zurückweicht; seine Schleifen springen fast im Gehtempo vor und zurück, und daneben flackern unscharf die jahreszeitlichen Überflutungen auf, welche die Ebenen um Sie herum immer wieder unter Wasser setzen. Hoffentlich kann der Prozess, der Ihre niedertourigen Lungen mit Luft versorgt, Sie auch vor dem Ertrinken bewahren, wenn Sie versuchen, einen Fluss zu überqueren, der – aus Ihrer Perspektive betrachtet – mit 1 bis 2 Prozent der Lichtgeschwindigkeit dahinströmt.

Nehmen wir an, Sie hätten es irgendwie geschafft, sich wild mit den Armen herumrudernd den Weg durch den Mississippi zu bahnen. Am anderen Ufer würden Sie dann eine viel arktisähnlichere Landschaft vorfinden. Na so was – die Gletscher der nächsten Eiszeit!

Diesmal ist es die Illinois-Kaltzeit, eine der extremsten Vereisungsphasen in Nordamerika. Ihr Weg würde ein bisschen zu weit südlich verlaufen, als dass die Gletscher Sie erreichen könnten, aber bevor sie sich ausdehnen, käme es um Sie herum zu Gletscherwasser-Überflutungen, die wie in einem rückwärts abgespielten Film verlaufen würden. Immer wieder würden Sturzfluten von Schmelzwasser aus dem Ozean auftauchen und an Ihnen vorbei Richtung Norden rauschen, um dort die Eiswände hinaufzufließen und zu gefrieren.

Zum Durchqueren der Fichten- und Kiefernwälder von Tennessee und Kentucky würden Sie ungefähr eine Woche brauchen. Während dieser Zeit würde die Temperatur stetig ansteigen.

Nach etwa dreiwöchiger Wanderung hätten Sie den Ohio River und die Appalachen erreicht, und das Klima wäre ausgesprochen warm. Sie befänden sich auf dem Höhepunkt einer Warmzeit vor 240 000 Jahren, als die Temperaturen fast so hoch waren wie heute.[1]

Wenn Sie die Appalachen queren, würde die Eisdecke zum letzten Mal einen Satz in Ihre Richtung machen, denn die sogenannte MIS-8-Eiszeit, die sich vor 250 000 bis 300 000 Jahren ereignete, wäre angebrochen. Ihre Wanderroute würde wahrscheinlich so weit südlich verlaufen, dass Sie den Eismassen ausweichen könnten, aber wenn Sie zufällig einen etwas nördlicher gelegenen Wanderweg wählen, könnten Sie auf eine pulsierende Eismauer treffen, die sich je nach Jahreszeit ausdehnt und wieder zurückzieht. Falls Sie zu nahe herantreten, könnten Ausbuchtungen des Eispanzers gelegentlich mit der Geschwindigkeit eines Güterzuges (und viel größerer Wucht) hervorgeschossen kommen. Halten Sie also lieber einen Sicherheitsabstand.

Wenn Sie von den Hügeln des nördlichen New Jersey hinabsteigen und sich New York City nähern, würden Sie zunächst eine Grasebene sehen, durch die Flüsse in südöstliche Richtung fließen. Aber wenn Sie näher kämen, geriete in der Ferne auch das Meer in Ihr Blickfeld. Es würde aussehen wie eine lange und träge Flutwelle, die stoßweise, manchmal fast mit Schrittgeschwindigkeit, über den Boden schwappt. Bis Sie New York City vollends erreicht haben – Sie sind jetzt 300 000 Jahre zurückspaziert –, ist auch der Strand da, um Sie zu begrüßen. Er würde sogar ziemlich genau der heutigen Küstenlinie folgen.

1 Ich schreibe dies im frühen 21. Jahrhundert.

Während der Ozean ungefähr an derselben Stelle wie heute läge, wäre die Landschaft um New York herum kaum wiederzuerkennen. Heute vertraute Orientierungspunkte wären im Laufe der 300 000 Jahre von Gletschern abgetragen und von Flüssen neu geformt worden.

Im ersten Band von *What if?* steht der Leser in New York City und springt in die Vergangenheit – erst 100 000 und dann sogar 1 000 000 Jahre zurück. Falls Sie zufällig genau am richtigen Ort stehen und genau im richtigen Moment »He! Sie da!« rufen, …

… dann könnten Sie sich mit ihm zu einem Imbiss treffen.

AMMONIAKSCHLAUCH

Was würde passieren, wenn Sie Ammoniak durch einen Schlauch in Ihren Magen leiten würden?
Wie hoch müsste die Durchflussrate sein, damit die freigesetzte Wärme den Magen verbrennt?
Und was würde das dabei entstehende Chlorgas mit Ihrem Magen tun?

Becca

ICH MACHE MIR EIN WENIG SORGEN, WENN ich an Ihren Chemieunterricht denke.

Unter allen Fragen, die mir zugesandt wurden, zählt diese eindeutig zu den eher alarmierenden. Ich muss allerdings zugeben, dass ich auf die Antwort extrem gespannt bin.

Derek Lowe, Forschungschemiker und Autor des Blogs *In the Pipeline*, hat selbst eine Menge Erfahrungen mit unerfreulichen Chemikalien gemacht, und so fragte ich ihn nach seiner Meinung dazu, was Ammoniak mit dem Magen anstellen würde. Zunächst hatte er eine gute Nachricht für mich: Die chemische Reaktion würde kein Chlorgas hervorbringen. Ammoniak ist eine Base, und so würde es direkt mit der Säure in Ihrem Magen reagieren und sie neutralisieren. Dabei würde ein Salz entstehen. Dieses Salz, Ammoniumchlorid, wirkt auf Ihr Verdauungssystem leicht reizend, aber an und für sich ist es nicht übermäßig schädlich. Doch die erwähnte Reaktion erzeugt auch eine Menge Wärme, und so würden Sie Magenverbrennungen erleiden, wenn sich die Säure und das Ammoniak neutralisieren.

Nicht das gesamte Ammoniak würde neutralisiert werden. »Der begrenzende Faktor wäre die Säure«, sagte mir Lowe. Sie haben in Ihrem Magen ja keine Unmengen von Säure, und so würde es nicht lange dauern, bis das Ammoniak alles davon neutralisiert hat. »Dann«, fuhr er fort, »geht es mit der direkten Gewebeschädigung los.«

Ein Bericht über die Giftwirkung von Ammoniak aus der medizinischen Onlinefachbibliothek StatPearls beinhaltet folgende Ausdrücke:

- Entzündungsreaktion
- Irreversible Vernarbungen
- Beträchtliche Hitzeschäden
- Kolliquationsnekrose
- Schädigungen entlang des Verdauungstraktes
- Proteindenaturierung
- Perforation der Eingeweide
- Saponifikation

Falls Sie jetzt wissen wollen, was Saponifikation ist: Es handelt sich um die Umwandlung von Lipiden – in diesem Fall den Membranen, die Ihre Zellen zusammenhalten – in Seife. Wenn das passiert, fällt der Inhalt Ihrer Zellen heraus, und weshalb das schlecht ist, muss ich hoffentlich nicht extra erklären.

Fazit:

1. Füllen Sie Ihren Magen nicht mit Ammoniak.
2. Jemand sollte mal in Beccas Chemieunterricht hospitieren.

EINE RUTSCHSTANGE VOM MOND ZUR ERDE

Mein fünfjähriger Sohn stellte mir heute folgende Frage: Wenn es vom Mond bis hinunter zur Erde eine Rutschstange gäbe wie bei der Feuerwehr, wie lange würde es dann dauern, bis man die ganze Strecke hinabgerutscht wäre?

Ramon Schönborn, Deutschland

LASSEN SIE UNS ZUNÄCHST EIN PAAR DINGE klarstellen:

In Wirklichkeit können wir Erde und Mond nicht durch eine Metallstange verbinden.[1] Das mondseitige Stangenende würde von der Mondanziehungskraft zum Mond hin gezerrt, die andere Seite von der Erdanziehungskraft zur Erde gezogen. Dabei würde die Stange entzweireißen.

Ein weiteres Problem bei diesem Plan: Die Oberfläche der Erde dreht sich schneller, als der Mond unseren Planeten umläuft, und so würde das erdseitige Ende der Stange abreißen, wenn man versuchte, es mit dem Boden zu verbinden.

1 Zum einen, weil dann jemand von der NASA mächtig mit uns schimpfen würde.

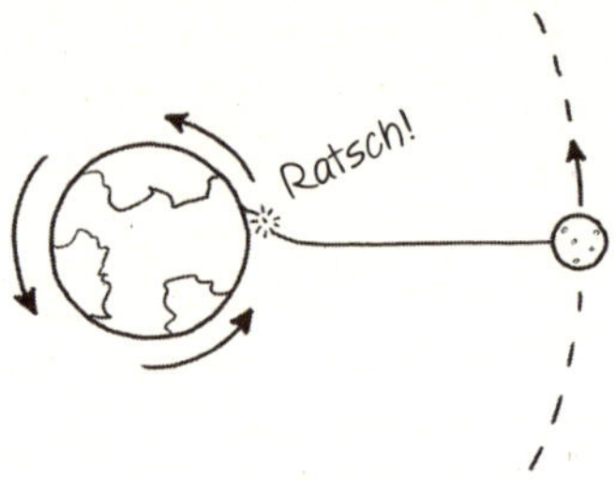

Und es gibt noch ein[2] Problem: Der Mond hat nicht immer die gleiche Entfernung von der Erde. Seine Umlaufbahn bringt ihn uns manchmal näher und lässt ihn dann wieder ferner rücken. Der Unterschied ist nicht wirklich groß, aber er reicht aus, um die Tausenden Kilometer Ihrer Feuerwehrstange einmal pro Monat heftig in die Erde zu rammen.

Aber sehen wir über diese Probleme einmal hinweg! Was wäre, wenn wir eine magische Stange hätten, die vom Mond bis genau über die Erdoberfläche hinabhängt und sich so ausdehnt oder zusammenzieht, dass sie den Boden nie ganz berührt? Wie lange würde es dann dauern, vom Mond bis auf die Erde hinabzurutschen?

Wenn Sie auf dem Mond am Fuße der Stange stünden, würde Ihnen ein Problem sofort auffallen: Sie müssten die Stange *aufwärts* rutschen, aber so funktioniert Rutschen normalerweise nicht.

2 Okay, stimmt nicht – irgendwie gibt es noch *mehrere Hundert* Probleme.

Statt zu rutschen, müssten Sie klettern.

Menschen können ziemlich schnell an Stangen hinaufklettern. Weltrekordhalter im Stangenklettern[3] schaffen bei Meisterschaften[4] mehr als einen Meter pro Sekunde. Auf dem Mond ist die Gravitation viel schwächer, also dürfte es mit dem Klettern einfacher sein. Andererseits müssten Sie einen Raumanzug tragen, was Sie vermutlich ein wenig verlangsamen würde.

Wenn Sie die Stange weit genug hinaufklettern, wird die Anziehungskraft der Erde das Zepter an sich reißen und an Ihnen zu ziehen beginnen. Wenn Sie an der Stange hängen, zerren sogar drei Kräfte an Ihnen: Die Schwerkraft der Erde zieht Sie erdwärts, die Schwerkraft des Mondes zieht Sie von der Erde fort, und die Zentrifugalkraft der herumschwingenden Stange zieht Sie ebenfalls von der Erde weg.[5] Zuerst ist die Kombination aus der Schwerkraft des Mondes und der Zentrifugalkraft stärker, und Sie werden zum Mond hingezogen; wenn Sie aber der Erde näher kommen, übernimmt die Erdanziehungskraft. Die Erde ist schwerer als der Mond, sodass Sie diese Stelle, die als Lagrange-Punkt L1 bekannt ist, erreichen werden, wenn Sie dem Mond noch ziemlich nahe sind.

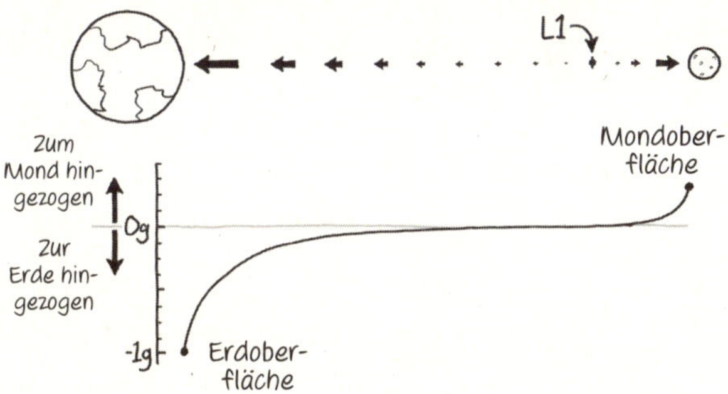

[3] *Selbstverständlich* gibt es einen Weltrekord im Stangenklettern.

[4] *Selbstverständlich* gibt es auch Meisterschaften.

[5] Das Reisetempo des Mondes und die Entfernung seiner Umlaufbahn von der Erde sind so beschaffen, dass die Zentrifugalkraft, die ihn fortstößt, exakt von der Erdanziehungskraft aufgewogen wird – das ist ja auch der Grund dafür, dass der Mond dort seine Kreise zieht.

Pech für Sie, aber das Weltall ist groß [Beleg erforderlich], und »ziemlich nahe« bedeutet immer noch eine weite Strecke. Selbst wenn Sie die Stange in neuer Weltrekordzeit hochklettern, würden Sie mehrere Jahre benötigen, um bis an den L1-Punkt zu gelangen.

Wenn Sie sich jenem Punkt nähern, können Sie vom Klettermodus zu »Anschubsen und Gleiten« überwechseln. Sie können einmal Schwung holen und dann eine lange Strecke an der Stange entlangrutschen. Dabei müssen Sie auch nicht abwarten, bis Sie wieder zum Stehen kommen – Sie können die Stange zwischendurch mehrmals anpacken und sich den einen oder anderen Schubs geben, um noch schneller unterwegs zu sein, ähnlich wie eine Skateboardfahrerin, die sich mit dem Fuß einige Male vom Boden abstößt, um Fahrt aufzunehmen.

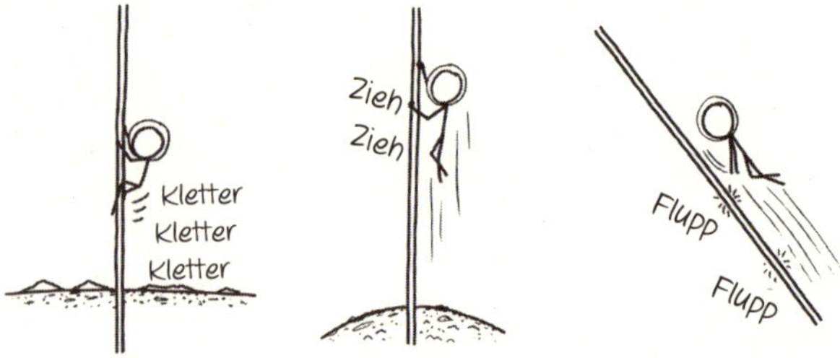

Wenn Sie schließlich in die Nähe des Lagrange-Punkts L1 kommen und nicht länger gegen die Schwerkraft ankämpfen müssen, wird Ihr Tempo nur noch davon begrenzt, wie schnell Sie die Stange packen und »hinter sich schleudern« können. Die besten Baseballwerfer können ihre Hände mit etwa 160 km/h bewegen, wenn sie Gegenstände werfen. Daher dürfen Sie vermutlich nicht erwarten, auf ein wesentlich höheres Tempo als diese Spitzensportler zu kommen.

Anmerkung: Wenn Sie Ihren Körper an der Rutschstange vorankatapultieren, müssen Sie aufpassen, dass Sie nicht abdriften und die Stange außer Reichweite gerät. Hoffentlich haben Sie eine Art Sicherheitsseil mitgenommen, um sich notfalls wieder an die Stange zurück zu retten.

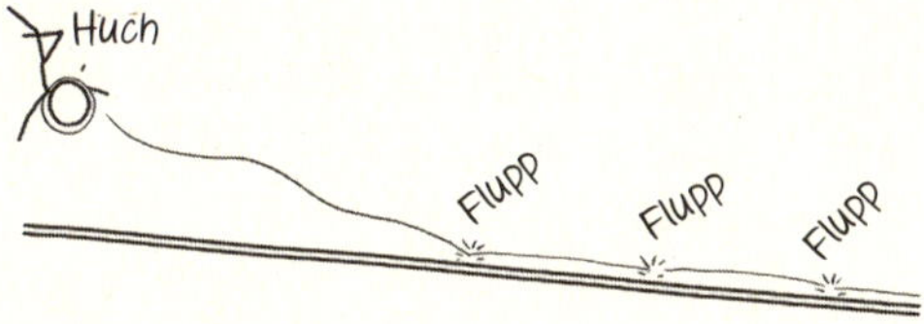

Nachdem Sie noch einige Wochen an der Stange entlang geglitten sind, spüren Sie allmählich die Erdanziehungskraft, die Sie schneller beschleunigt, als Sie es mit Ihrer Muskelkraft durch Voranstoßen schaffen könnten. Wenn das passiert, sollten Sie vorsichtig sein – schon bald werden Sie darauf achten müssen, nicht *zu* schnell voranzukommen.

Wenn Sie sich der Erde nähern und die Gravitation zunehmend an Ihnen zerrt, werden Sie ordentlich auf Touren kommen. Sofern Sie sich nicht bremsen, werden Sie den oberen Rand der Atmosphäre ungefähr mit Fluchtgeschwindigkeit (11 Kilometer pro Sekunde) erreichen, und der Aufprall auf die Luft wird so viel Wärme erzeugen, dass Sie zu verbrennen drohen. Bei Raumfahrzeugen wird dieses Problem mit Hitzeschilden gelöst, die die Wärme absorbieren und zerstreuen können, ohne die unter ihnen geschützten Flugkörper zu verbrennen. Da Sie aber diese praktische Rutschstange bei sich haben, können Sie Ihren Sinkflug steuern, indem Sie sich ganz fest an sie klammern und Ihr Abstiegstempo durch Reibung regulieren.

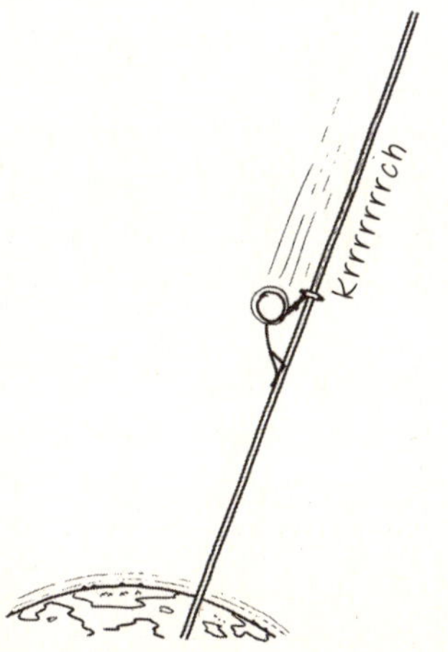

Achten Sie während des ganzen Annäherungs- und Abstiegsmanövers darauf, Ihre Geschwindigkeit niedrig zu halten, und legen Sie, wenn nötig, Pausen ein, um Ihre Hände oder Bremsbeläge runterzukühlen. Warten Sie mit der Verlangsamung nicht bis zum letzten Moment. Wenn Sie bis auf Fluchtgeschwindigkeit beschleunigen und sich erst in letzter Minute darauf besinnen, dass Sie langsamer werden müssten, würde eine unerfreuliche Überraschung auf Sie warten, wenn Sie die Stange zu packen versuchen. Im besten Fall würden Sie fortgeschleudert werden und zu Tode stürzen. Im schlimmsten Fall würden sowohl Ihre Hände als auch die Oberfläche der Stange in spannende neue Materieformen umgewandelt, und *dann* würden Sie fortgeschleudert werden und zu Tode stürzen.

Nehmen wir aber an, dass Sie sachte hinabrutschen und auf kontrollierte Weise die Erde erreichen. Dann würden Sie bald auf das nächste Problem stoßen: Ihre Stange bewegt sich nicht im selben Tempo wie die Erde. Nicht einmal annähernd. Das Festland und die Atmosphäre unter Ihnen sind – verglichen mit Ihnen – sehr schnell unterwegs. Sofort würden Sie in extrem starke Winde geraten.

Der Mond kreist mit einer Geschwindigkeit von ungefähr einem Kilometer pro Sekunde um die Erde. Damit zieht er etwa alle 29 Tage einen weiten, geschlossenen Bogen um unseren Planeten. Das mondseitige Ende unserer Feuerwehrstange würde also auch mit einem Kilometer pro Sekunde weiterwandern, während das erdseitige Ende der Stange in der gleichen Zeit einen viel kleineren Kreis beschreibt und sich, bezogen auf den Mittelpunkt der Mondumlaufbahn, nur mit einer Durchschnittsgeschwindigkeit von etwa 55 km/h bewegt.

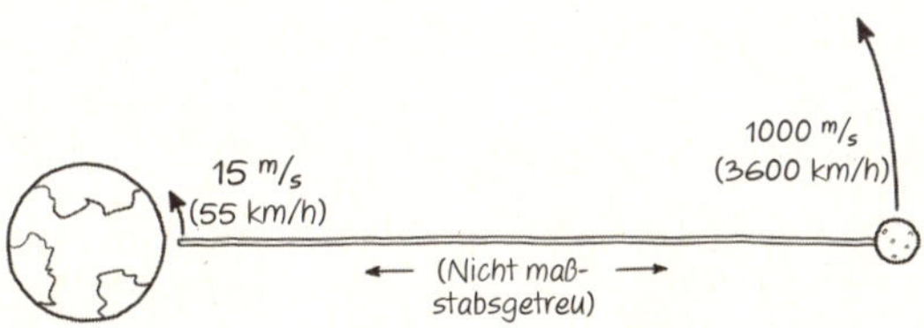

Nun klingen 55 Kilometer pro Stunde gar nicht mal so schlecht. Schade nur, dass sich die Erde *ebenfalls* dreht[6] – und ihre Ober-

6 »Schade nur« meine ich in diesem speziellen Kontext. Im Allgemeinen ist die Tatsache, dass sich die Erde um sich selbst dreht, sehr vorteilhaft für Sie und für die Bewohnbarkeit unseres Planeten.

fläche bewegt sich deutlich schneller als 55 km/h. Am Äquator kann diese Geschwindigkeit mehr als 1600 km/h betragen.[7]

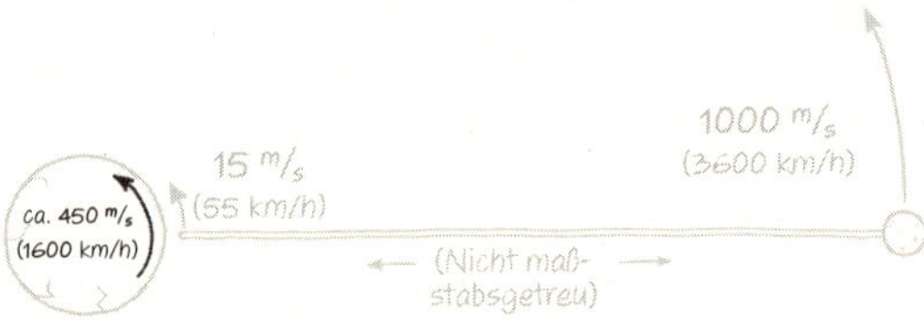

Selbst wenn sich das Stangenende im Verhältnis zur Erde in ihrer Ganzheit relativ langsam bewegt, ist es im Verhältnis zu ihrer *Oberfläche* doch sehr schnell unterwegs.

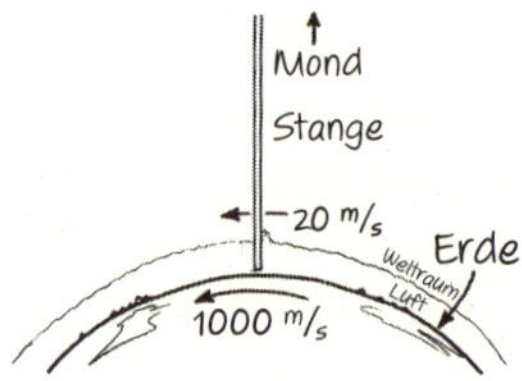

Wenn man fragt, wie schnell sich die Stange im Verhältnis zur Erdoberfläche bewegt, bedeutet das eigentlich, dass man nach der Geschwindigkeit über Grund des Mondes fragt. Die ist schwer auszurechnen, denn sie variiert auf komplizierte Weise. Zum Glück für

[7] Es gehört zum Allgemeinwissen, dass der Mount Everest der höchste Berg der Erde ist – jedenfalls vom Meeresspiegel aus gemessen. Ein weniger bekanntes Stückchen »unnützen Wissens« ist, dass kein Punkt der Erdoberfläche so weit von der Mitte unseres Planeten entfernt ist wie der Gipfel des Chimborazo in Ecuador. Das liegt daran, dass sich die Erde am Äquator vorwölbt. Sogar noch abseitiger ist die Frage, welcher Punkt der Erdoberfläche sich bei der Erdrotation am schnellsten bewegt (man hätte auch fragen können, welcher Punkt am weitesten von der Erdachse entfernt ist). Die Antwort lautet *weder* Chimborazo *noch* Everest. Wie sich herausstellt, ist jener schnellste Punkt die Spitze des Cayambe[7a], eines Vulkans, der nördlich vom Chimborazo liegt. Und wieder was dazugelernt …

[7a] Der Südhang des Cayambe ist zufällig auch der höchste direkt am Äquator gelegene Punkt der Erde. Ich weiß echt viel über Gebirge.

uns schwankt sie aber auch nicht unglaublich stark – gewöhnlich liegt sie irgendwo zwischen 390 und 450 m/s, also leicht über Mach 1 –, und so ist es gar nicht notwendig, den genauen Wert zu ermitteln.

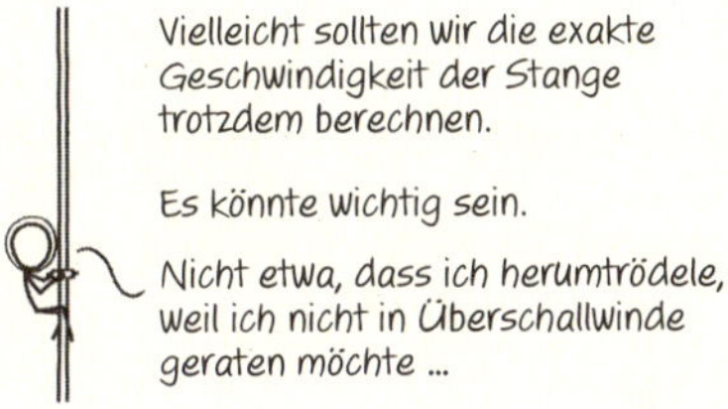

Erkaufen wir uns ein wenig Zeit, indem wir versuchen, es möglichst genau herauszubekommen.

Die Geschwindigkeit über Grund des Mondes schwankt ziemlich regelmäßig, was eine Art Sinuskurve ergibt. Sie hat jeden Monat zwei Höchstwerte, wenn der Mond über den schnell drehenden Äquator fliegt, und erreicht ihr Minimum, wenn er über die Tropen hinwegzieht, die sich langsamer bewegen. Auch seine Umlaufgeschwindigkeit ändert sich – je nachdem, ob er an einem nahen oder fernen Punkt seiner Umlaufbahn ist. Das führt zu einer Geschwindigkeit über Grund, die sich ungefähr sinusförmig darstellen lässt:

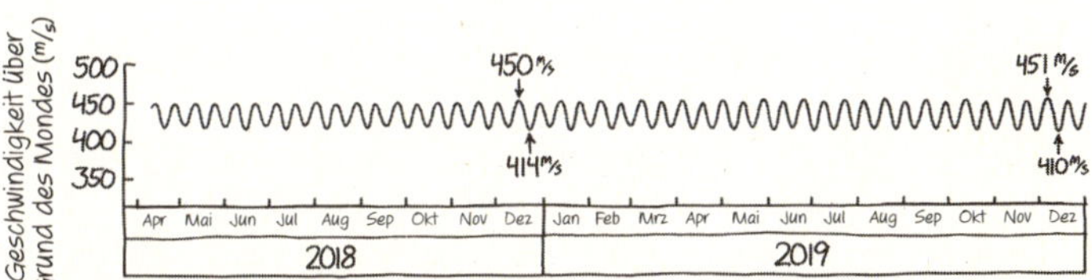

Nun denn, bereit zum Absprung?

Okay, gerne. Es gibt noch einen anderen Zyklus, den wir berücksichtigen können, um die Geschwindigkeit über Grund des Mondes wirklich hieb- und stichfest zu bestimmen. Die Umlaufbahn des Mondes ist gegenüber der Erde-Sonne-Ebene um etwa 5 Grad geneigt, während die Neigung der Erdachse 23,5 Grad beträgt. Das bedeutet, dass sich nicht nur der Breitengrad, über dem die Sonne steht, ändert, sondern auch der des Mondes: Zweimal jährlich bewegt sich der Erdtrabant von den nördlichen zu den südlichen Tropen.

Allerdings ist auch die Umlaufbahn des Mondes wiederum geneigt, und diese Neigung hat einen 18,9-Jahres-Zyklus. Wenn die Schrägstellung des Mondes in dieselbe Richtung weist wie die der Erde, bleibt er dem Äquator um 5 Grad näher als die Sonne, und wenn sie in die entgegengesetzte Richtung weist, erreicht er extremere Breitengrade. Befindet sich der Mond über einem äquatorferneren Punkt, hat er eine geringere Geschwindigkeit über Grund, und so reicht das untere Ende der Sinuskurve weiter hinab. Das folgende Diagramm zeigt, wie sich die Geschwindigkeit über Grund des Mondes in den nächsten Jahrzehnten entwickeln wird:

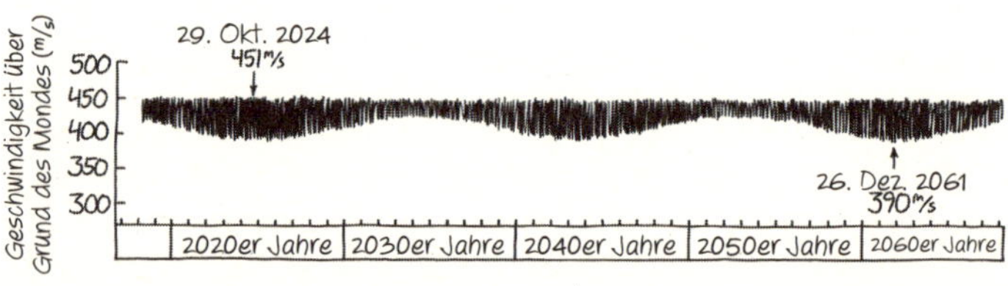

Die Höchstgeschwindigkeit des Mondes bleibt ziemlich konstant, aber die niedrigste Geschwindigkeit steigt und fällt in einem 18,9-Jahres-Zyklus. Die geringste Geschwindigkeit während des nächsten Zyklus wird er am 1. Mai 2025 haben. Falls Sie also mit dem Hinabrutschen bis 2025 warten möchten, können Sie auf die Atmosphäre auftreffen, wenn sich die Stange im Verhältnis zur Erdoberfläche mit lediglich 390 m/s bewegt.

Wenn Sie schließlich in die Atmosphäre eintreten, werden Sie am Rande der Tropen niedergehen. Versuchen Sie den Tropischen Jetstream zu meiden, einen Höhenwind, der in die gleiche Richtung bläst, in der sich die Erde um sich selbst dreht. Wenn Ihre Stange zufällig doch in diesen Jetstream gerät, könnte er die oben genannte Windgeschwindigkeit um weitere 50 bis 100 Meter pro Sekunde steigern.

Aber ganz unabhängig davon, wo Sie niedergehen – Sie werden mit Winden in Überschallgeschwindigkeit zu kämpfen haben. Deshalb sollten Sie jede Menge Schutzkleidung tragen. Achten Sie darauf, dass Sie fest an der Stange hängen, denn der Wind und diverse Stoßwellen werden Sie heftig beuteln und herumschleudern. Oft hört man den Ausspruch: »Es ist nicht der Fall, der einen tötet, sondern der plötzliche Halt am Ende.« Hier dürfte es unglücklicherweise das eine wie das andere sein.

Um den Boden zu erreichen, müssen Sie die Stange irgendwann loslassen. Weshalb, leuchtet schnell ein: Sie wollen schließlich nicht direkt in Mach-1-Tempo auf den Erdboden springen. Stattdessen sollten Sie vermutlich abwarten, bis Sie auf einer Höhe ankommen, in der es Flugverkehr gibt (dort, wo die Luft noch dünn ist und nicht zu sehr an Ihnen zerrt). Jetzt sollten Sie die Stange loslassen, und wenn die Luft Sie fortträgt und Sie der Erde entgegenfallen, können Sie Ihren Fallschirm öffnen.

Dann können Sie endlich sicher zu Boden schweben. Sie haben die Reise vom Mond bis zur Erde komplett mit eigener Muskelkraft bewältigt. Falls Sie nicht zu lange am Ende der Stange herumgehangen haben, um auf den perfekten Absprungmoment zu warten, hat die ganze Reise mehrere Jahre gedauert – wobei die meiste Zeit fürs Stangenklettern nahe der Mondoberfläche draufgegangen ist.

Wenn Sie fertig sind, sollten Sie nicht vergessen, die Rutschstange zu entfernen. Das Ding ist ganz eindeutig ein Sicherheitsrisiko.

#5
KURZE ANTWORTEN

? Könnte sich in einer ununterbrochen laufenden Mikrowelle Leben entwickeln?

Abby Doth

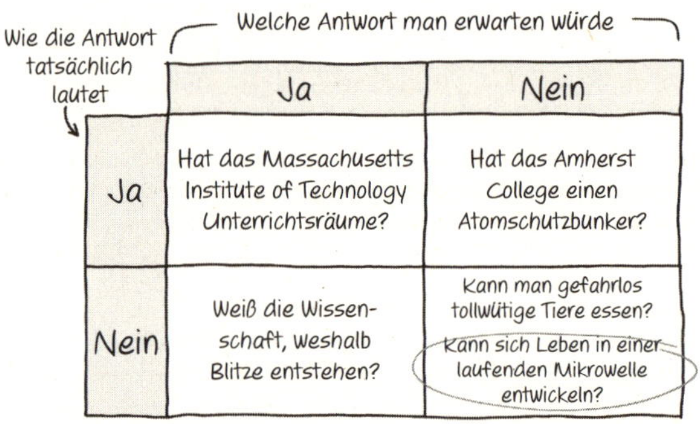

? Bei meiner Arbeit als Krankenpfleger in der Notaufnahme heute Abend bat mich ein Patient (der mit Amphetaminen vollgepumpt war) um ein Glas Wasser. Ich gab ihm einen Pappbecher mit Wasser, den er mir dann prompt an den Kopf warf. Der Becher verfehlte mich zwar, traf aber die Wand auf so unwahrscheinliche Weise, dass die Öffnung gegen die Wand knallte und das meiste Wasser im Becher blieb bzw. die Spritzer wieder auffing. Mir kam der Gedanke, dass man einen Becher mit Wasser derartig hart gegen eine Wand schleudern könnte, dass er die Mauer durchschlägt. Ist das möglich?

Pete, RN

KLAR, ALLES GEHT DURCH EINE WAND, wenn man es nur kräftig genug wirft. Im Übrigen denke ich, dass diese Frage eine Verletzung des Schutzes personenbezogener Daten beinhalten könnte.

? Wie langsam müsste man kauen, um bis in alle Ewigkeit an Gebäckstangen knabbern zu können?

Miller Broughton

Eine Gebäckstange mit Knoblauchtopping hat ungefähr 140 Kalorien. Um sich also genug Energie für Ihren Grundumsatz zuzuführen, müssten Sie etwas weniger als eine Stange pro Stunde essen.

Teilt man nun jede Stange in 20 Teile

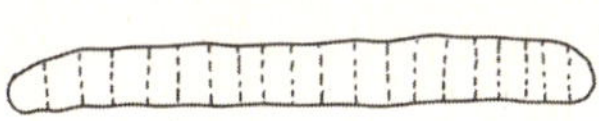

… und macht eine Kaubewegung pro Sekunde

… und kaut an jedem Bissen 200 Mal, was doppelt so viel ist

wie die 100 Kaubewegungen, die der kaubesessene Horace Fletcher Anfang des 20. Jahrhunderts empfahl, der übrigens kein Arzt war, …

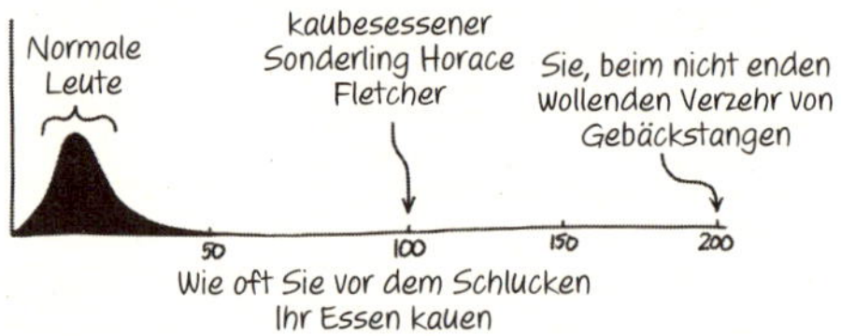

… dann können Sie ewig Gebäckstangen knabbern.

? Falls man irgendwie Eiweiß und Eigelb aus einem Ei entfernen und die Schale dann mit Helium füllen könnte, würde diese Schale in der Luft schweben?[1]

Elizabeth

LEIDER NEIN! EIN EI WIEGT im Durchschnitt 50 Gramm. Aber die Luft, die durch das Ei verdrängt wird, wiegt nur etwa 50 Milligramm. Selbst wenn in der Schale ein Vakuum wäre, würde der Auftrieb nicht mehr als 50 Milligramm Gewicht anheben.

Die Hühnereischale wiegt einige Gramm, also bliebe sie am Boden.

[1] Diese Frage ging aus einer Sendung der britischen Spielshow *Talkmaster* hervor, in der Kandidat Mawaan Rizwan genau das zu tun versuchte.

Man kann diese »Würde es schweben«-Frage hübsch ohne große Rechnung beantworten. Wasser ist ungefähr tausend Mal dichter als Luft.[2] Will man also wissen, ob etwas schwebt, wenn man es mit Helium füllt, muss man nur schätzen, wie schwer es mit Wasser gefüllt wäre, und dann das Dezimalkomma um drei Stellen verschieben. Das ergibt dann den Auftrieb, den es erzeugt, also wie leicht die massiven Teile sein müssen, um zu schweben.

Nehmen wir zum Beispiel an, das Wasser in einem Fischbassin wiegt ungefähr 150 Kilogramm. Es verdrängt demnach etwa 0,150 Kilogramm Luft, also ungefähr das Gewicht eines Handys. Da ein leeres Fischbassin definitiv mehr wiegt als ein Handy, würde ein mit Helium gefülltes Bassin sicher nicht schweben.

? Wie würden Sterne riechen, wenn es möglich wäre, sie zu riechen?
Finn Ellis

ÄTZEND, BEISSEND, WIE BLEICHMITTEL oder verbranntes Gummi.

2 Genau genommen sind es eher 830 Mal, aber wenn man das auf 1000 aufrundet, ist es nicht nur leichter zu rechnen, sondern berücksichtigt für die richtige Antwort auch nahezu perfekt das Gewicht von Helium – das wir hier vernachlässigen. Manchmal heben sich zwei Fehler in einer Berechnung gegenseitig auf.

Sterne bestehen aus ionisiertem Plasma – einer Menge geladener Teilchen, die mit hoher Geschwindigkeit umherschwirren. Es gibt keine Möglichkeit, sie zu riechen, ohne sich zu verbrennen. Aber stellen wir uns vor, Sie nehmen eine Probe des Plasmas und verlangsamen die Teilchen so weit, dass man einen Hauch davon riechen kann, ohne die chemische Zusammensetzung zu verändern.

Das Plasma würde sich sofort mit der Schleimhaut Ihrer Nase verbinden. Ionisierte Teilchen sind chemisch extrem reaktionsfreudig, und die Ionen würden Elektronen mit Ihrer Nasenschleimhaut austauschen und chemisch reaktive Moleküle – freie Radikale – in dem Schleim bilden, der Ihre Geruchsrezeptoren bedeckt. Diese Rezeptoren reagieren normalerweise sehr unterschiedlich, aber jene unspezifischen Moleküle können sich mit allem verbinden, sodass viele Rezeptoren auf einmal angesprochen würden.

Eine Vorstellung davon, wie ein Stern riechen könnte, vermittelt eine Studie aus dem Jahr 1991. Daran nahmen Menschen teil, deren Nasenhöhlen während einer Krebsbehandlung bestrahlt worden waren. Sie gaben an, einen unangenehmen Geruch beim Einschalten des Geräts wahrzunehmen, den sie als »Chlor«, »brennendes Ammoniak«, »heiß gelaufene Bremsen« oder »Sellerie oder Bleichmittel« charakterisierten. Der unangenehme Geruch bei den Strahlenbehandlungen wurde wahrscheinlich durch die Gammastrahlen verursacht, die den Schleim in der Nasenschleimhaut ionisierten und Ozon sowie freie Radikale erzeugten, die ihre Geruchsrezeptoren möglicherweise auf die gleiche Weise stimulierten wie Sternenplasma.

Mit anderen Worten: Sterne riechen wahrscheinlich nicht besonders gut.

Sie können diesen Geruch selbst nachvollziehen, wenn Sie jemals einen Hauch von Ozon zu spüren bekommen haben, das für den verbrannten Geruch elektrischer Funken verantwortlich ist. Diese entstehen in Hochspannungsanlagen, einigen Elektromotoren und bei Blitzeinschlägen.

Aber achten Sie darauf, nicht zu viel davon einzuatmen, denn etwas derartig Beißendes ist weder für Ihre Nase noch für Ihre Luftröhre oder Lunge gut.

Es ist eigentlich viel einfacher zu erraten, wie ein Stern *schmecken* würde: sauer. Die Säurerezeptoren auf unserer Zunge werden durch freie Wasserstoffionen aktiviert, die wir normalerweise in Lebensmitteln in Form von sauren Flüssigkeiten antreffen. Der Großteil der Atmosphäre eines Sterns besteht aus Wasserstoffionen, sodass sie diese Rezeptoren unmittelbar aktivieren, was einem Stern einen überwältigend sauren Geschmack verleihen würde.

> **?** Welche durchschnittliche Größe haben alle menschengemachten Gegenstände hier auf der Erde?
>
> *Max Carver*

NICHT SEHR GROSS, AUCH NICHT SEHR KLEIN. So mittel halt.

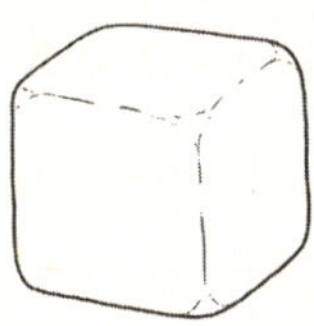

Gegenstand durchschnittlicher
Größe (nicht maßstabsgerecht)

? EEEEEEEEEEEEEEEEEEEEEEEEEEEEEEEEEEEEEEE-
EEEEEEEEEEEEEEEEEEEEEEEEEEEEEEEEEEEEEEE-
EEEEEEEEEEEEEEEEEEEEEEEEEEEEEEEEEEEEEEE-
EEEEEEEEEEEEEEEEEEEEEEEEEEEEEEEEEEEEEEE-
EEEEEEEEEEEEEEEEEEEEEEEEEEEEEEEEEEEEEEE-
EEEEEEEEEEEEEEEEEEEEEEEEEEEEEEEEEEEEEEE-
EEEEEEEEEEEEEEEEEEEEEEEEEEEEEEEEEEEEEEE-
EEEEEEEEEEEEEEEEEEEEEEEEEEEEEEEEEEEEEEE-
EEEEEEEEEEEEEEEEEEEEEEEEEEEEEEEEEEEEEEE-
EEEEEEEEEEEEEEEEEEEEEEEEEEEEEEEEEEEEEEE-
EEEEEEEEEEEEEEEEEEEEEEEEEEEEEEEEEEEEEEE-
EEEEEEEEEEEEEEEEEEEEEEEEEEEEEEEEEEEEEEE-
EEEEEEEEEEEEEEEEEEEEEEEEEEEEEEEEEEEEEEE-
EEEEEEEEEEEEEEEEEEEEEEEEEEEEEEEEEEEEEEE-
EEEEEEEEEEEEEEEEEEEEEEEEEEEEEEEEEEEEEEE-
EEEEEEEEEEEEEEEEEEEEEEEEEEEEEEEEEEEEEEE-
EEEEEEEEEEEEEEEEEEEEEEEEEEEEEEEEEEEEEEE-
EEEEEEEEEEEEEEEEEEEEEEEEEEEEEEEEEEEEEEE-
EEEEEEEEEEEEEEEEEEEEEEEEEEEEEEEEEEEEEEE-
EEEEEEEEEEEEEEEEEEEEEEEEEEEEEEEEEEEEEEE-
EEEEEEEEEEEEEEEEEEEEEEEEEEEEEEEEEEEEEEE

Nate Yu

ALLÜBERALL SCHNEE

Von meinem sieben Jahre alten Sohn Owen: Wie viele Schneeflocken würde man brauchen, um die ganze Welt mit einer 1,80 Meter dicken Schicht Schnee zu bedecken? (Keine Ahnung, warum gerade 1,80 Meter, aber genau danach hat er gefragt.)

Jed Scott

SCHNEE IST SEHR LUFTIG, WEIL ER eine Menge Luft enthält. Die gleiche Menge Wasser, die einen Zentimeter Niederschlag in Form von Regen ergibt, würde viel mehr als einen Zentimeter Schnee ergeben.

Ein Zentimeter Regen entspricht normalerweise etwa 12 Zentimeter Schnee, aber das hängt von der Art des Schnees ab. Wenn der Schnee leicht und locker ist, kann ein Zentimeter Regen über 20 Zentimeter Schnee ausmachen!

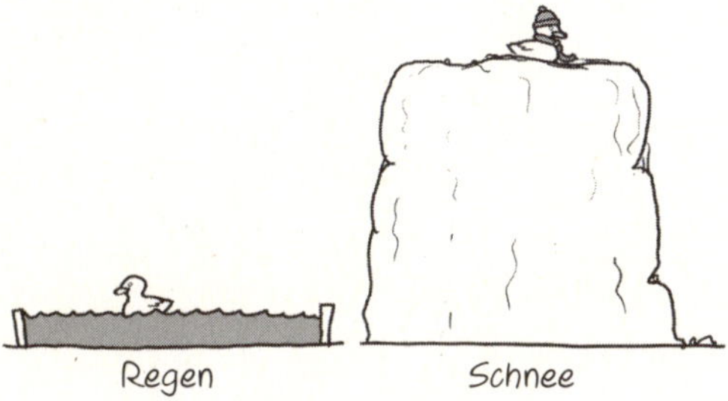

Zusammengenommen enthalten alle Wolken auf der Welt ungefähr 13 Billionen Tonnen Wasser. Würde all dieses Wasser gleichmäßig verteilt auf die Erde herunterregnen, ergäbe das eine etwa 2,5 Zentimeter dicke Wasserschicht – also 30 Zentimeter Schnee.

Der größte Teil der Erde ist mit Ozeanen bedeckt. Wenn wir den Regen nur auf das Land fallen lassen, würde es für 7 bis 10 Zentimeter Wasser reichen. Das ist die Menge, die bei einem Starkregen herunterkommt.

7 oder 10 Zentimeter Wasser sollten also entsprechend 84 oder 120 Zentimeter Schnee ergeben, richtig?

Ja, aber nicht ganz, denn es gibt ein Problem. Wenn sich Schnee auftürmt, wird der Schnee am Boden zusammengequetscht. Wenn ein halber Meter Schnee fällt und dann noch ein halber Meter, wird der Schnee unten zusammengequetscht. Das bedeutet, dass der ganze Haufen weniger als einen Meter hoch ist.

Lässt man den Schnee länger liegen, wird er langsam immer weniger, da er sich setzt und verdichtet. Selbst wenn also überall 1,80 Meter Schnee fallen würde, wäre er nur zu Anfang 1,80 Meter hoch. Schon bald darauf wären es nur noch 1,65 Meter. (Bei Menschen passiert das auch. Im Lauf des Tages wird man kleiner, weil der Körper sich ein bisschen zusammenzieht.)

Das kann es schwierig machen, genau zu erfassen, wie viel Schnee fällt, und manchmal haben es sogar Wetterexperten schwer! Wenn du bis zum Ende eines Schneesturms wartest, um die Schneehöhe zu messen, ist der Schnee vielleicht schon ganz zusammengedrückt, oder ein Teil des Schnees ist bereits geschmolzen, sodass dein Messergebnis zu klein ausfällt.

Anstatt bis zum Ende des Sturms zu warten, kannst du die

Schneehöhe portionsweise messen. Du lässt etwas Schnee fallen, misst ihn, räumst ihn weg und wartest, bis noch mehr Schnee fällt.

Du musst aber immer noch entscheiden, wie viel Schnee du wegräumst. Wenn du zu lange wartest, wird der Schnee vielleicht zu matschig, aber wenn du zu oft misst, wird er ganz leicht und luftig sein, und du bekommst eine viel zu hohe Zahl heraus.

Kaum zu glauben, aber der nationale Wetterdienst der USA hat für die Häufigkeit, mit der Schnee zu räumen ist, spezielle Richtlinien herausgegeben, damit jeder auf dieselbe Weise messen kann. Die Leute vom Wetterdienst benutzen dafür ein spezielles Schneemessbrett. Wahrscheinlich ist es einfach nur ein ganz normales Holzbrett, aber ich stelle mir gern vor, dass sie es wie ein Präzisionsinstrument behandeln und in einem besonderen Schrank wegschließen, bis es gebraucht wird.

Die offiziellen Richtlinien besagen, dass man den Schnee auf dem Schneemessbrett alle sechs Stunden räumen soll. Vor ein paar Jahren gab es einen großen Schneesturm, und am Flughafen von Baltimore wurden 72,6 Zentimeter Schnee gemessen. Das wäre ein neuer Rekord gewesen. Aber dann fand der nationale Wetterdienst heraus, dass die Person, die den Schnee gemessen hatte, die Tafel jede Stunde statt alle sechs Stunden geräumt hatte. Sie wussten also nicht, ob sie es als Rekordergebnis zählen sollten oder nicht.

Ich habe nicht verfolgt, was sie letztlich beschlossen haben, denn vier Tage später gab es *noch einen* Schneesturm in Baltimore und alle hatten plötzlich Wichtigeres zu tun. (Und dann gab es noch einige Schneestürme mehr. Es war ein schneereicher Winter.)

Dennoch haben die Menschen noch nie einen Winter mit einer Schneehöhe von 1,80 Meter auf der ganzen Welt erlebt.[1] Ein solcher Schneefall würde – um die ursprüngliche Frage zu beantworten – insgesamt etwa 10^{23} Schneeflocken enthalten, plus/minus ein paar Nullen. Bei so viel Schnee könnte jedes der 70 Millionen Kinder in den Vereinigten Staaten genug Schneebälle formen, um *jedes* andere Kind mindestens dreimal mit einem Schneeball zu treffen.

Oder du könntest, wenn dort, wo du wohnst, zur Zeit des globalen Schneefalls gerade ein heißer Sommer herrscht, die Schneebälle auch einfach für dich behalten.

1 Es sei denn, die Toba-Katastrophentheorie aus Kapitel 56 wäre tatsächlich wahr.

ÜBERLADUNG MIT HUNDEN

Angenommen, jeder vierte Mensch hat einen fünf Jahre alten Hund, und jeder Hund hat jedes Jahr fünf Nachkommen, und diese Welpen beginnen ihrerseits nach fünf Jahren, sich fortzupflanzen, hören damit nach 15 Lebensjahren auf und werden 20 Jahre alt. Wie lange würde es dauern, bis die Erde von Welpen überflutet wäre, vorausgesetzt, es gäbe genug Futter, Wasser und Luft, um sie am Leben zu halten?

Griffin

WENN EIN VIERTEL der 8 Milliarden Menschen einen Hund hätte, wären das 2 Milliarden Hunde, was schon ungeheuer viel ist. Niemand kann genau sagen, wie viele Hunde es derzeit auf der Welt gibt, aber die meisten Schätzungen liegen unter 2 Milliarden.

Im folgenden Jahr haben diese 2 Milliarden Hunde 10 Milliarden Welpen,[1] womit die Gesamtzahl auf 12 Milliarden hochschießen würde. Das reicht, um die restlichen drei Viertel der Weltbevölkerung mit einem eigenen Welpen zu versorgen.

Während der nächsten fünf Jahre würden die 2 Milliarden Hunde weiterhin jedes Jahr 10 Milliarden Welpen haben. Am Ende des fünften Jahres hätte jeder Einwohner der Erde im Schnitt sechs oder sieben Hunde.

Im sechsten Jahr würden die Welpen aus dem ersten Jahr ebenfalls erstmals werfen, und damit würde das exponentielle Wachstum erst richtig losgehen. In diesem Jahr würde sich die Anzahl der Hunde von 52 Milliarden auf 112 Milliarden verdoppeln. Im darauffolgenden Jahr würde sich ihre Zahl erneut nahezu verdoppeln. Im elften Jahr wäre der *101-Dalmatiner*-Punkt erreicht: Jeder Mensch hätte dann 101 Hunde, von denen 85 Prozent jünger als fünf Jahre alt wären.

1 Ich setze voraus, dass jeder einzelne Hund fünf Welpen hervorbringt und nicht jedes Hundepaar. Entweder paaren sie sich und haben zehn Welpen (fünf pro Elternteil), oder es sind alles Weibchen und sie erzeugen Klone durch Parthenogenese.

Am *Dalmatiner*-Punkt würde die Biomasse aller Hunde zusammengenommen die allen anderen tierischen Lebens auf der Erde übertreffen. Nach ein paar weiteren Jahren kämen auf jeden Menschen 1001 Hunde, und die Erde wäre so langsam ziemlich überfüllt. Gleichmäßig über die Erdoberfläche verteilt, hätten die Hunde einen Abstand von etwa 5 Metern zueinander.

Nach 15 Jahren hätten die ersten Hunde ein Alter von 20 Jahren erreicht – oder 140 in Hundejahren – und würden an Altersschwäche sterben, aber ihre Zahl wäre im Vergleich zur weltweiten Hundebevölkerung von etwa 10 Billionen Hunden so klein, dass ihr Verschwinden nur ein Rundungsfehler wäre.

Nach 20 Jahren wären die Hunde auf der gesamten Landfläche der Erde kaum noch einen Meter voneinander entfernt, sodass wir Menschen kaum genug Platz hätten, um uns umständlich zwischen sie zu quetschen. Aber egal, wo man sich befände, man könnte die Hand ausstrecken und einen Hund streicheln, das ist doch schon mal was.

Nach 25 oder 30 Jahren stünden die Hunde Schulter an Schulter und würden sich allmählich übereinander stapeln. Zum Glück garantieren ihnen Ihre Vorgaben Futter, Wasser und ein langes Leben, also gehen wir davon aus, dass diese Hunde sich gerne stapeln und dies problemlos tolerieren. In 40 Jahren würden unsere Wolkenkratzer allmählich in dem bellenden, glücklichen Ozean aus Fell untergehen.

In den nächsten zehn Jahren würde das Hundemeer die Berge überschwemmen und sich in die Ozeane ergießen. Zu diesem Zeitpunkt wäre die Wachstumsrate konstant, und die Anzahl der Hunde würde sich jedes Jahr um den Faktor 1,6578 vergrößern. Die Gesamtpopulation an Hunden in einem bestimmten Jahr kann nun durch eine einfache Exponentialfunktion genähert werden.

Bis zur 55-Jahres-Marke würden die Hunde die Atmosphäre verdrängt haben und zusammen mehr wiegen als der Mond. Und nach 65 Jahren, wenn ihre Population 1 Mol ($6{,}022\times10^{23}$) erreicht hat, würden sie mehr wiegen als die ganze Welt. Die Erde wäre nicht länger ein Planet mit Hunden, sie wäre ein Haufen Hunde, die einen Planeten zum Spielen gefunden haben.

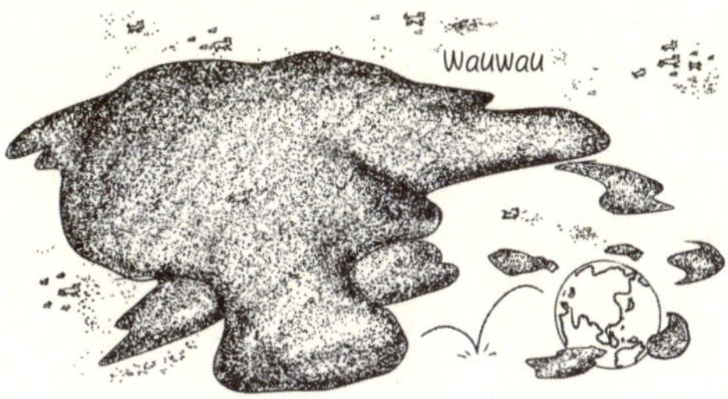

Das kann nicht ewig so weitergehen. Nach 120 Jahren hätte der Außenrand der Hundewolke die Sonne eingeschlossen. Selbst wenn man annimmt, dass die Hunde eine Art Dyson-Sphäre bilden, um das zu vermeiden …

… nach 110 Jahren oder so, wenn ihre Bevölkerungszahl 10^{30} überstiegen hätte, würden sie eine Anziehungskraft ausüben, die ausreicht, um einen relativistischen Kollaps zu bewirken.

Sollte die Kraft, die die Hunde am Leben und glücklich erhält, sie auch vor dem Kollaps bewahren, sind wir so weit von jedweder

Physik entfernt, dass es völlig sinnlos ist, darüber zu reden, was weiter passieren würde. Kurzum, hier sind die Eckpunkte der weiteren Entwicklung, mit denen Sie rechnen müssten:

- **150 Jahre:** Die Hunde verschlingen das Sonnensystem einschließlich des Kuipergürtels
- **197 Jahre:** Der äußere Rand der Hundesphäre beginnt sich mit mehr als Lichtgeschwindigkeit auszudehnen
- **200 Jahre:** Die Hunde erreichen Sirius
- **250 Jahre:** Die Hunde umhüllen die Milchstraße
- **330 Jahre:** Die Hundesphäre enthält das gesamte sichtbare Universum
- **417 Jahre:** Disney veröffentlicht seinen letzten Film der Reihe

IN DIE SONNE

Beim Schneeschippen an einem bitterkalten Tag in Colorado – ich war etwa 8 Jahre alt – wünschte ich mir, ich würde im Handumdrehen an die Sonnenoberfläche versetzt, nur eine Nanosekunde lang, und dann direkt wieder zurückgebracht. Ich dachte mir, das sollte reichen, um mich aufzuwärmen, wäre aber nicht lang genug, mir zu schaden. Was würde wirklich passieren?

AJ, Kansas City

OB SIE ES GLAUBEN ODER NICHT, das würde Sie nicht einmal aufwärmen.

Die Oberflächentemperatur der Sonne beträgt in etwa 5800 K.[1] Wenn Sie dort eine Weile blieben, würden Sie zu Asche verbrennen, aber eine Nanosekunde ist nicht sehr lang – gerade ausreichend für Licht, ziemlich genau 30 Zentimeter (also 1 Fuß) zurückzulegen.[2]

[1] Oder auch Grad Celsius. Sobald Temperaturwerte viele Stellen haben, macht es keinen großen Unterschied mehr.

[2] Eine Lichtnanosekunde ist 0,29979 Meter lang, was der Maßeinheit Fuß nervtötend nahekommt. Ich fände es gut, 1 Fuß umzudefinieren als genau 1 Lichtnanosekunde. Das zieht einige Fragen nach sich, zum Beispiel: Definieren wir jetzt auch die Meile neu, damit sie weiterhin genau 5280 Fuß lang bleibt? Oder: Definieren wir auch das Inch neu? Und: Moment mal, warum machen wir das überhaupt? Aber das können andere Leute klären, denke ich. Ich bin doch bloß der Typ mit den Ideen.

Ich werde davon ausgehen, dass Sie in Richtung Sonne schauen. Normalerweise sollte man vermeiden, direkt in die Sonne zu schauen, aber das wird schwierig, sobald sie 180 Grad Ihres Gesichtsfelds einnimmt.

In dieser einen Nanosekunde wird Ihr Auge etwa ein Mikrojoule Energie aufnehmen.

Ein Mikrojoule Licht ist nicht gerade viel. Wenn Sie mit geschlossenen Augen auf Ihren Computerbildschirm starren und dann kurz die Augen öffnen und gleich wieder schließen, wird Ihr Auge bei diesem umgekehrten Blinzeln[3] in etwa so viel Energie ausgesetzt wie bei dem Nanosekundenblick auf die Sonnenoberfläche.

3 Gibt es ein Wort dafür? Wir sollten ein Wort dafür haben!

Während der Nanosekunde auf der Sonne strömen Photonen von der Sonne in Ihr Auge und treffen auf Ihre Retina, Ihre Netzhautzellen. Dann, am Ende der Nanosekunde, würden Sie zurück nach Hause springen. Zu diesem Zeitpunkt hätten die Netzhautzellen noch nicht einmal begonnen zu reagieren. Während der nächsten paar Millionen Nanosekunden (also der nächsten Millisekunden) würden die Netzhautzellen – die gerade eine Menge Lichtenergie absorbiert haben – in Gang kommen und Ihrem Gehirn signalisieren, dass etwas passiert ist.

Sie wären eine Nanosekunde auf der Sonne gewesen, aber es würde 30 000 000 Nanosekunden dauern, bis Ihr Gehirn es bemerkt. Für Sie fühlte sich das an, wie einen Blitz zu sehen. Der Blitz würde Ihnen viel länger erhalten bleiben als Ihre Zeit auf der Sonne und erst verblassen, wenn Ihre Netzhautzellen zur Ruhe kommen.

Die von Ihrer Haut absorbierte Energie wäre gering – etwa 10^{-5} Joule pro Quadratzentimeter dem Licht ausgesetzter Haut. Zum Vergleich: Wenn Sie Ihren Finger 1 Sekunde lang in die blaue Flamme eines Butanfeuerzeugs halten, werden laut der internationalen Norm IEEE P1584 etwa 5 Joule pro Quadratzentimeter auf die Haut übertragen, in etwa die Schwelle für eine Verbrennung zweiten Grades. Die Hitze während Ihres Sonnenbesuchs wäre um fünf Größenordnungen schwächer. Wäre da nicht jenes schwache Aufblitzen in Ihren Augen, würden Sie es nicht einmal bemerken.

Was aber, wenn Sie sich bei den Koordinaten geirrt haben?

Die Oberfläche der Sonne ist relativ kühl. Sie ist heißer als z.B. Phoenix, Arizona [Beleg erforderlich], aber im Vergleich zum Inneren der Sonne ist es dort geradezu frisch. Die Oberfläche hat ein paar Tausend Grad, aber im Innern herrschen ein paar Millionen Grad.[4] Was wäre, wenn Sie *dort* eine Nanosekunde verbringen würden?

[4] Die Korona, eine dünne Gasschicht über der Sonnenoberfläche, hat ebenfalls einige Millionen Grad, und niemand weiß, warum.

Ein Mensch im Sonneninnern
(NASA-Simulation)

Mit dem Stefan-Boltzmann-Gesetz kann man berechnen, wie viel Wärme man im Inneren der Sonne ausgesetzt wäre. Das Ergebnis ist nicht gut. Schon nach einer *Femtosekunde* in der Sonne würden Sie die Norm IEEE P1584B für Verbrennungen zweiten Grades überschreiten. Eine Nanosekunde – die Zeit, die Sie dort verbringen – sind 1 000 000 Femtosekunden. Das geht nicht gut für Sie aus.

Die gute Nachricht ist: Tief im Innern der Sonne haben die energiereichen Photonen sehr kurze Wellenlängen – sie bestehen überwiegend aus einer Mischung harter und weicher Röntgenstrahlung, wie wir das nennen. Das heißt, sie dringen in unterschiedlicher Tiefe in den Körper ein, erhitzen die inneren Organe. Bevor sie überhaupt anfangen, Sie zu verbrennen, ionisieren sie Ihre DNA und verursachen irreversible Schäden. Ich sehe gerade, dass ich diesen Absatz mit »Die gute Nachricht ist« eingeleitet habe. Keine Ahnung, warum.

In der griechischen Sage kam Ikarus im Flug der Sonne zu nah, die Hitze ließ seine Flügel schmelzen, und er stürzte in den Tod. Aber »Schmelzen« ist ein Phasenübergang, der von der Temperatur abhängt. Temperatur ist ein Maß für die innere Energie, die sich als Integral über den einfallenden Energiefluss über die Zeit berechnen lässt. Seine Flügel schmolzen nicht, weil er der Sonne zu nahe kam, eigentlich schmolzen sie, weil er zu viel Zeit dort verbrachte.

Mit kurzen Stippvisiten können Sie überall hingehen.

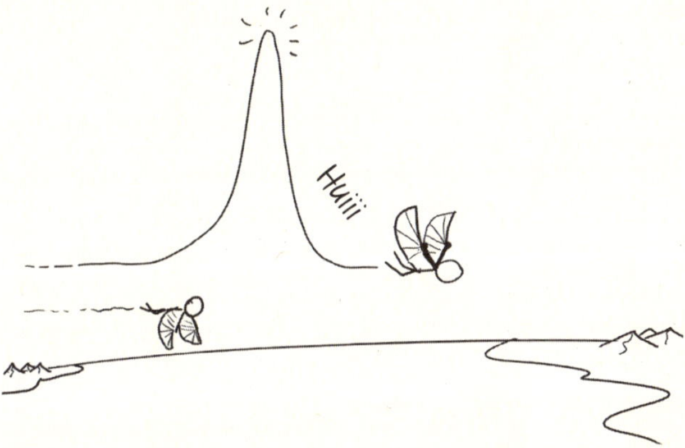

SONNENSCHUTZ

Vorausgesetzt, der Lichtschutzfaktor (LSF) in einer Sonnencreme hält, was er verspricht, welchen Lichtschutzfaktor würde man für einen einstündigen Trip zur Sonnenoberfläche brauchen?

Brian and Max Parker

WENN EIN SONNENSCHUTZMITTEL einen LSF 20 verspricht, bedeutet das, es sollte nur ein Zwanzigstel der UV-Strahlung von der Sonne durchlassen, was es Ihnen ermöglicht, zwanzigmal länger in der Sonne zu bleiben, bevor Sie einen Sonnenbrand bekommen.

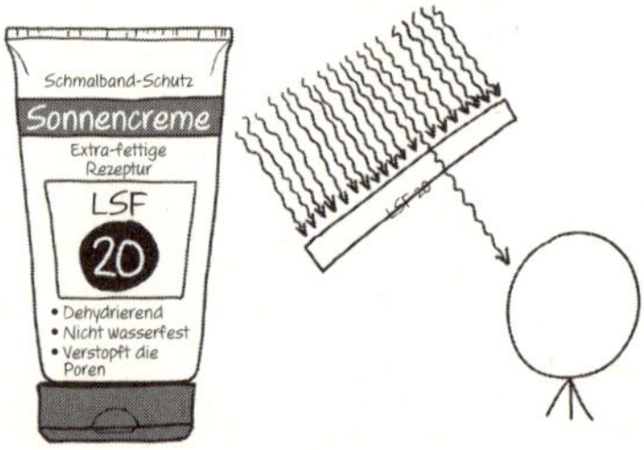

In der Nähe der Sonne ist es sehr heiß.[1] In der Nähe der Oberfläche sind Wärme- und Strahlungsintensität 45 000 Mal größer als hier in der Erdumlaufbahn. Um das zu kompensieren, brauchte man allein LSF 45 000.

1 Wie schon Santana in *Smooth* singen: »Man, it's a hot one – Like seven inches from the midday sun« Santana, C., I. Shur, R. Thomas (New York, NY: Arista, 1999).

Darüber hinaus gibt es noch zusätzliche UV-Weltraumstrahlung, vor der Sie die Erdatmosphäre dort nicht schützen kann.

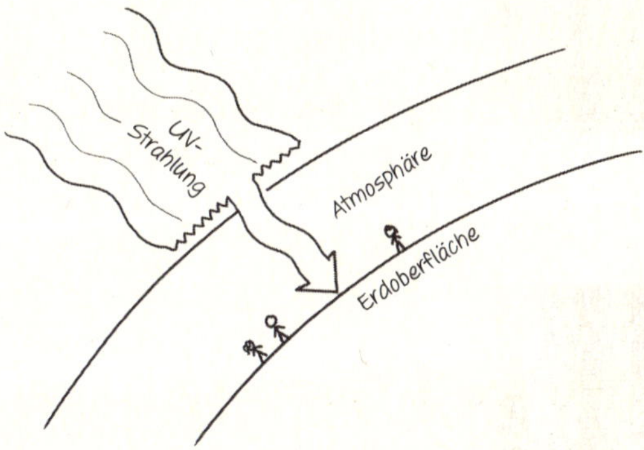

(Hätten Astronautinnen und Astronauten keine UV-abweisenden Anzüge, würden sie viel schneller als auf der Erde einen Sonnenbrand bekommen. (Der Legende nach hatte der Apollo-Astronaut Gene Cernan so viel Isoliermaterial in seinem Raumanzug kaputtgerissen, dass er sich einen schlimmen Sonnenbrand am unteren Rücken holte.)

Die Wellenlängenmischung im Weltraum ist ein wenig anders als auf der Erdoberfläche, aber insgesamt könnte der UV-Index im Weltraum etwa 30 Mal so hoch sein wie an einem sonnigen Tag auf der Erde. Folglich müsste der Schutz noch um den Faktor 30 erhöht werden, was den erforderlichen LSF auf 1,3 Millionen erhöht.

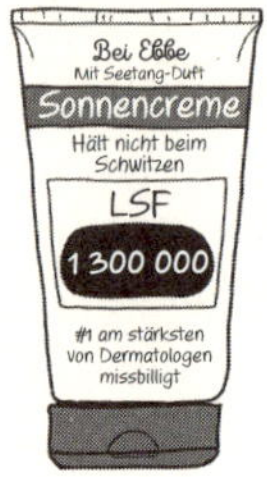

Zum Glück ist das gar nicht wirklich viel Sonnenschutzmittel. Da der LSF ein Multiplikator ist, sollten Sie beim Auftragen mehrerer Schichten deren LSF-Werte miteinander multiplizieren. Wenn Sie also eine Schicht Sonnenschutzmittel mit LSF 20 auftragen, erreicht nur ein Zwanzigstel der Sonneneinstrahlung Ihre Haut. Wenn Sie eine zweite Schicht desselben Sonnenschutzmittels auftragen, sollte dieses das erste Zwanzigstel um ein weiteres Zwanzigstel reduzieren, also auf insgesamt ein Vierhundertstel. Falls das stimmt, sollten zwei Schichten Sonnenschutzcreme mit LSF 20 einen LSF-400-Schutz bewirken.

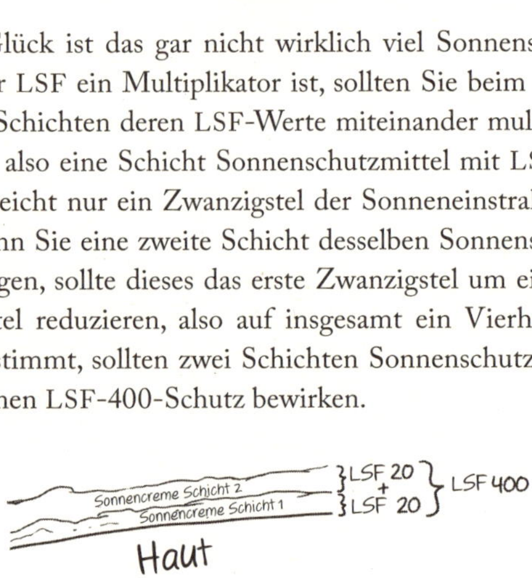

Fünf Schichten Sonnenschutzcreme mit LSF 20 entsprächen also einem Lichtschutzfaktor von 3,2 Millionen. Das reicht, um das UV-Licht auf der Sonnenoberfläche abzublocken.

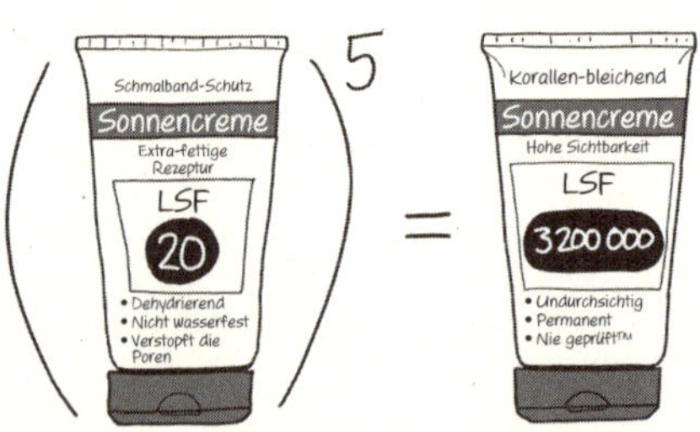

Die Teststandards der US-amerikanischen Lebensmittel- und Arzneimittelbehörde besagen, dass Sonnenschutzmittel etwa 20 Mikrometer dick aufgetragen werden sollten[2], was bedeutet, dass man theoretisch nur 100 Mikrometer Sonnenschutzmittel mit LSF 20 braucht, kaum dicker als ein menschliches Haar, um sich zu schützen, ganz gleich, wie nah man der Sonne kommt.

Das ist aus vielen verschiedenen Gründen offensichtlich falsch. Der wichtigste ist, dass die Sonnencreme lediglich die UV-Strahlung abhält, nicht aber die Hitze. Um erfolgreich die *Wärmestrahlung* der Sonne, die im Sichtbaren und Infrarotbereich liegt, mit Sonnencreme zu blockieren, braucht man eine wesentlich dickere Schutzschicht, die sich ihrerseits aufheizen und verdampfen würde. Selbst eine 10 Meter dicke Schicht könnte Sie nicht vor dem Gekochtwerden bewahren.

2 In der Praxis bildet das Sonnenschutzmittel eine unregelmäßige Schicht über den Rillen und Unebenheiten der Haut, und der größte Teil des »Sonnenbrands« entsteht durch die dünneren »Fenster«. Aufgrund der Unregelmäßigkeiten der Schicht und der Tatsache, dass die meisten Menschen Sonnenschutzmittel nicht dick genug auftragen, sind die LSF-Werte wahrscheinlich um den Faktor 2 oder mehr zu optimistisch.

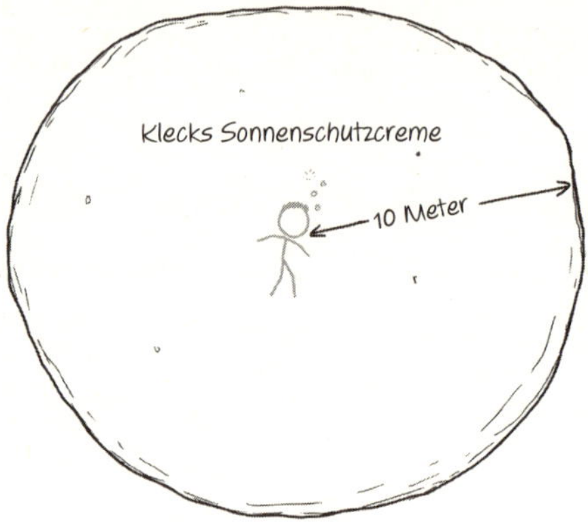

Theoretisch könnte eine ausreichend große Kugel Sonnenschutzmittel, die in der Nähe der Sonnenoberfläche platziert wird, lange genug halten, um Sie zu schützen, aber es gibt ein weiteres Problem: Sie müssen den ganzen Körper bedecken, um nicht zu verdampfen, und auf der Flasche steht *deutlich*, dass man vermeiden muss, von der Creme in die Augen zu bekommen.

Wir sollten wohl auch das auf unsere *Dinge, die Sie nicht tun sollten*-Liste setzen.

Dinge, die Sie nicht tun sollten

(Teil 3 649 von ????)

#56 824	das Fleisch tollwütiger Tiere essen
#56 825	Laserchirurgie am eigenen Auge
#56 826	der kalifornischen Behörde zur Regulierung von Geflügelerzeugnissen mitteilen, dass man Pokémon-Eier verkauft
#56 827	das gesamte Wasser der Niagarafälle in das offene Fenster eines Physiklabors leiten
#56 828	sich Ammoniak in den Bauchraum pumpen
#56 829	(Neu!) in einem 10-Meter-Ball Sonnenschutzcreme schweben und in die Sonne fallen

AUF DER SONNE SPAZIEREN

Nachdem die Sonne ihren Brennstoff aufgebraucht hat, wird sie zu einem Weißen Zwerg und kühlt langsam ab. Wann wird sie kalt genug sein, dass man sie anfassen kann?

Jabari Garland

DIE SONNE WIRD IN ETWA 20 MILLIARDEN Jahren Zimmertemperatur erreichen.

Momentan[1] wird die Sonne immer heißer, weil ihr Kern schwerer wird, wodurch der Druck durch die Schwerkraft zunimmt und Wasserstoff schneller verbrannt wird. In etwa 5 Milliarden Jahren wird der Wasserstoff als Brennstoff zur Neige gehen. Wenn der Kern dann unter seinem eigenen Gewicht kollabiert, wird die Hitze des Kollapses mehrere verzweifelte Fusionskrämpfe auslösen, die die äußeren Schichten aufblähen[2] und sie daraufhin wegsprengen werden. Dann wird das, was von der Sonne übrigbleibt, zu einem trägen, sich schnell drehenden Ball zusammengepresst, der etwas größer als die Erde ist – ein Weißer Zwerg.

Zunächst wird er durch die Gewalt des Kollapses weiß glühen, doch mit der Zeit wird er sich allmählich abkühlen, indem er die Wärme in den Weltraum abstrahlt. Nach ein paar Milliarden Jahren wird er kühler sein, als die Sonne heute ist. Nach 5 bis 10 Milliarden Jahren wird der Weiße Zwerg nicht wärmer als ein Lagerfeuer sein und seine gesamte Wärme in Form von Infrarotstrahlung abgeben.

1 2022.

2 Und vielleicht die Erde verschlingen.[2a]

2a Die Tatsache, dass die Zerstörung der Erde in eine Fußnote ausgelagert ist, gibt einen guten Hinweis, in welche Richtung sich dieses Kapitel entwickelt.

Nach weiteren 10 oder 20 Milliarden Jahren wird er dann Zimmertemperatur erreichen.[3]

Sie können dann versuchen, ihn zu berühren, sollten Sie aber lieber nicht. Um zu verstehen, warum nicht, stellen wir uns vor, Sie springen in ein Raumschiff und fliegen hin.

Der Überrest der Sonne, dieser Weiße Zwerg, ist viel kleiner als die alte Sonne. Wenn Ihr Raumschiff den vormaligen Ort der Sonnenoberfläche erreicht, wird die Restsonne nur noch ein bisschen größer erscheinen als der Vollmond am Himmel.[4]

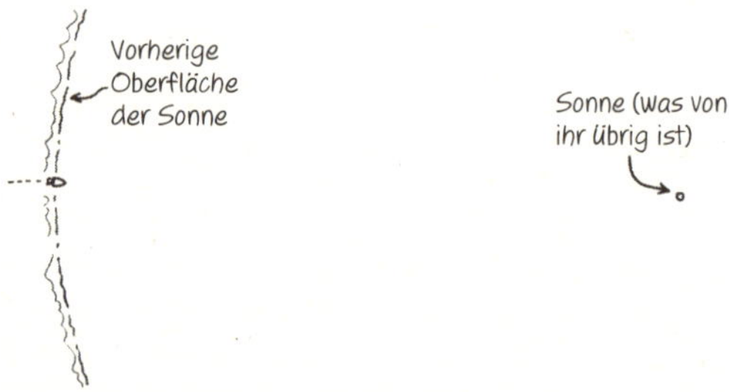

Anders als all die Weißen Zwerge, die es derzeit im Universum gibt, würde die Restsonne keinerlei Licht mehr spenden. Sie würden Scheinwerfer an Ihrem Raumschiff brauchen, um sie zu sehen.

[3] Derzeit können wir keine Sterne mit Zimmertemperatur am Himmel ausmachen, weil das Universum noch nicht alt genug ist. Die erste Generation Weißer Zwerge leuchtet noch von der Hitze ihres Kollapses. Es wird viele Milliarden Jahre dauern, bis sie abgekühlt sind. Das Universum ist noch jung.

[4] Damals hatten wir noch einen Mond.[4a]

[4a] Und einen Himmel.

Die Oberfläche wird wahrscheinlich eine stumpfgraue Farbe haben. Der größte Teil der Atmosphäre wird sich unter dem immensen Druck auf der Oberfläche abgesetzt haben, aber es könnte ein bläulicher Dunst von übriggebliebenem Wasserstoff über allem liegen.

Während Sie auf den Stern zufliegen, werden Sie sich wohlfühlen, aber sobald Sie versuchen, Ihr Raumschiff kurz anzuhalten, um die Aussicht zu genießen, werden Sie Probleme bekommen. Die Restsonne hat noch etwa die Hälfte der ursprünglichen Masse der Sonne, was bedeutet, dass die Anziehungskraft in dieser Entfernung bereits das Zehnfache der Erdanziehung beträgt. Wenn Sie versuchen, auf der Stelle zu treiben oder umzukehren, werden Sie aufgrund der Gravitationskräfte ohnmächtig, außer Sie tragen einen Anti-g-Anzug.

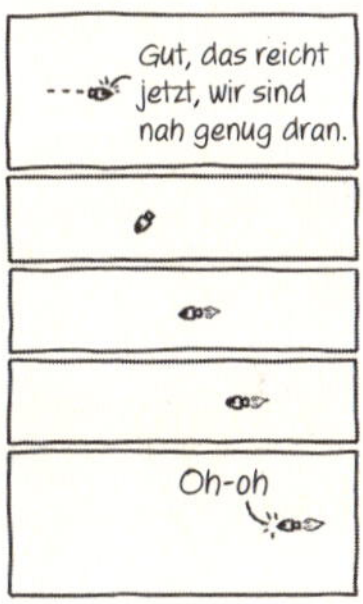

Aber wenn es schon ein Fehler ist umzukehren, dann ist es erst recht verkehrt weiterzufliegen, denn es gibt keine Möglichkeit, kontrolliert auf der Oberfläche eines erkalteten Zwergsterns zu landen. Nicht der Sturzflug ist dabei das Problem, sondern der Halt am Ende. Wenn man sich einfach auf den Stern fallen lässt, erreicht man an der Oberfläche etwa 1 Prozent der Lichtgeschwindigkeit und zerschellt beim Aufprall.

Wenn Sie wirklich mit einem Fahrzeug auf einem Weißen Zwerg landen wollen, könnten Sie es mit Surfen versuchen. Wartet man, bis sich die Atmosphäre größtenteils auf der Oberfläche abgesetzt hat, könnte man ein Fahrzeug in eine streifende Umlaufbahn schicken und versuchen, an der Oberfläche entlangzugleiten, um allmählich langsamer zu werden. Man würde ein riesiges wärmeabsorbierendes Surfbrett brauchen und auf einer Schicht Kernfusion reiten. Das ist ein schlechter Plan und würde mit Sicherheit nicht funktionieren, aber mir fällt nichts anderes ein, das Sie versuchen könnten.

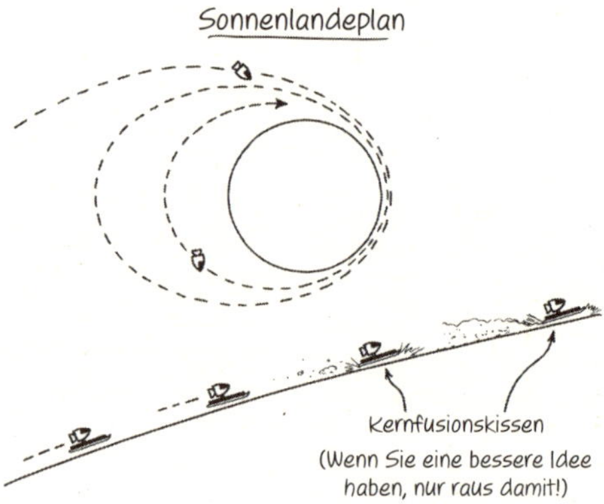

Man müsste eine Robotersonde schicken, denn ein Mensch könnte auf der Oberfläche eines Zwergsterns nicht überleben; kein Druckanzug und auch keine andersartige Stützstruktur könnte ihn am Leben erhalten.

Wenn es Ihnen gelänge, Ihre Robotersonde sanft auf der Oberfläche eines stellaren Überrests abzusetzen, würde sie nicht unbedingt von der Schwerkraft erdrückt werden. Ein Mensch könnte dort zwar nicht überleben, aber irgendeine Art Computer könnte es rein theoretisch vielleicht. Auf einem Neutronenstern, der viel kleiner und dichter ist, wird jede Materie, die aus Molekülen besteht, durch die enorme Schwerkraft zu einer dünnen atomaren Schicht verpresst, aber auf einem erdgroßen Sternüberrest könnten einige Strukturen sich selbst tragen.

Auf der Erde kann man kleine Skulpturen aus Eis machen, aber man kann sie nicht zu einem Berg anhäufen, der mehr als etwa anderthalbtausend Meter hoch ist, bevor das Eis unter seinem eigenen Gewicht zusammenbricht und wie ein Gletscher abfließt. Auf einem stellaren Überrest wären die Eisstrukturen auf etwa *zweieinhalb Zentimeter* Höhe beschränkt. Andere Arten Materie könnten auch größere Strukturen tragen, doch selbst ein Diamant – die härteste und am wenigsten komprimierbare Substanz, die wir kennen – würde zusammenbrechen, wenn man eine Pyramide in Wolkenkratzergröße aus ihm machen würde.

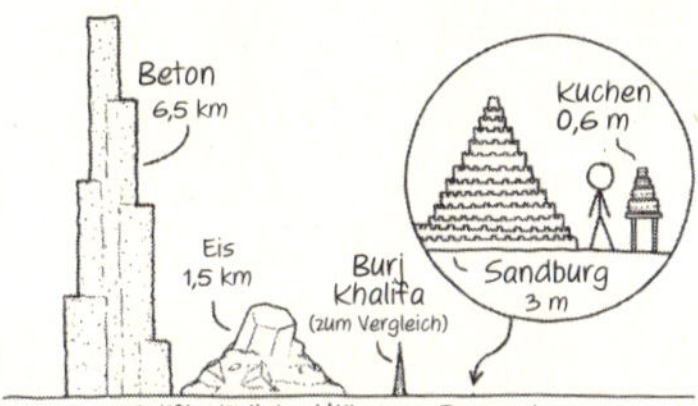

Größtmögliche Höhe von Bauwerken unter Erdschwerkraft

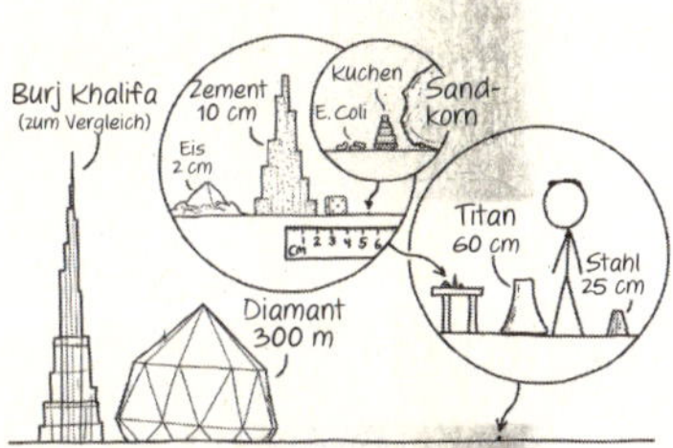

Größtmögliche Höhe von Bauwerken auf den Überresten der Sonne

Auf der Erde kann ein Stahlseil, das an einem Ende befestigt ist und ansonsten frei herunterhängt, etwa 6,5 Kilometer lang sein, bevor es unter seinem eigenen Gewicht reißt. Auf einem Weißen Zwerg könnten Kabel kaum 8 Zentimeter ihres Eigengewichts tragen. Die größtmögliche Hängebrücke auf einem Zwergstern würde nicht einmal einen Spalt von 2,5 Zentimeter überbrücken können. Der Bau einer größeren Brücke würde Materialien mit einem hohen Verhältnis von Festigkeit zu Gewicht erfordern, etwa die Seide eines Spinnennetzes.

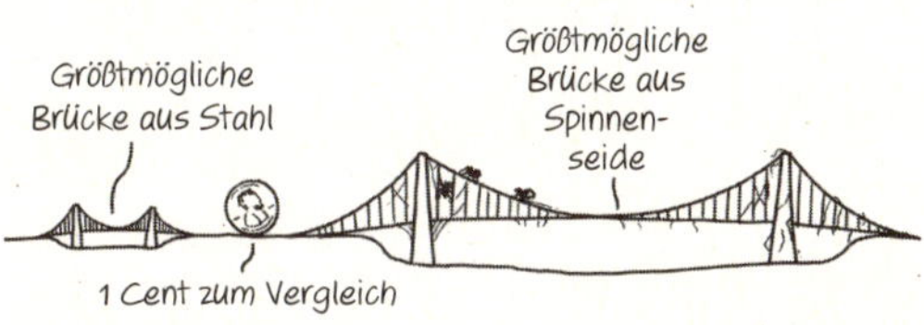

Aus all dem geht hervor, dass Ihr Landefahrzeug wahrscheinlich eher die Größe einer Ameise als die eines Menschen haben müsste. Und es sollte auch nicht allzu viele bewegliche Teile haben. Aber vielleicht können Sie einen kleinen Würfel mit eingebauter Elektronik konstruieren, der seine Beobachtungen per Funk an Sie übermitteln kann.

Würde die Landung einer Robotersonde als *Berührung* des Sterns gelten? Ich weiß es nicht; das ist eher eine philosophische Frage. Aber wenn Sie den Stern mit Ihrer Hand berühren wollen, dann lautet die Antwort: niemals. Selbst wenn ein Stern auf Raumtemperatur abkühlt, ist es unmöglich, ihn mit der eigenen Hand zu berühren und zu überleben.

Und wenn Ihnen die Sache mit dem Überleben egal ist …

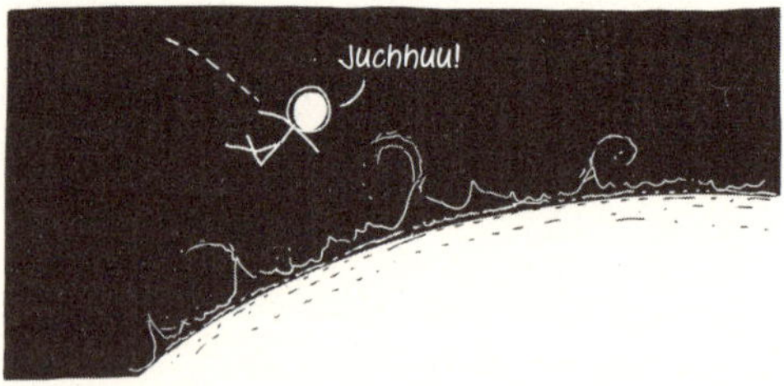

… dann könnten Sie eigentlich die Sonne *schon jetzt* anfassen.

SAURE DROPS UND GUMMIBÄRCHEN

Was wäre, wenn alle Regentropfen saure Drops und Gummibärchen wären?

Shuo Peskoe-Yang

> *Wenn alle Regentropfen saure Drops und*
> *Gummibärchen wären,*
> *was würde das für einen Regen geben!*
> *Ich wäre nur draußen, mit offenem Mund –*
> *ganz weit …*
>
> *Englisches Kinderlied*

SELBST NACH *WHAT IF?*-STANDARDS wäre das ein Katastrophenszenario.

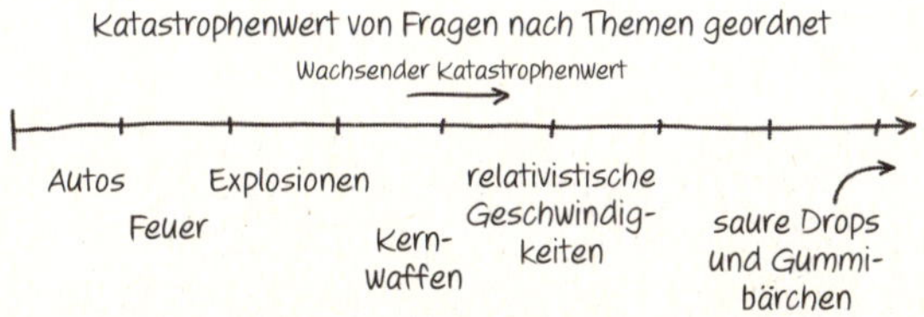

Die Endgeschwindigkeit eines sauren Drops beträgt etwa 10 Meter pro Sekunde. Das reicht vermutlich nicht, um Verletzungen zu verursachen, aber mit Sicherheit würden die Drops wehtun, wenn sie von den Zähnen abprallen.

Gummibärchen sind weicher als saure Drops, sodass sie nicht ganz so wehtun würden, aber sie mit dem Mund zu fangen, klingt immer noch nach einer guten Möglichkeit, auch gleich daran zu ersticken. Du wärst besser dran, wenn du wartest, bis der Regen vorbei ist, und sie dann vom Boden aufhebst.

Der erste Regen aus sauren Drops und Gummibärchen wäre köstlich. Sobald er vorbei wäre, könnte man durch die Felder rennen, Bonbons vom Boden auflesen und sich daran satt essen, wie aufgeregte Kinder, die Willy Wonkas Schokoladenfabrik besuchen – mit dem einzigen Unterschied, dass in Roald Dahls Geschichte bei Wonkas Fabrikführung nicht *alle* Besucher starben.

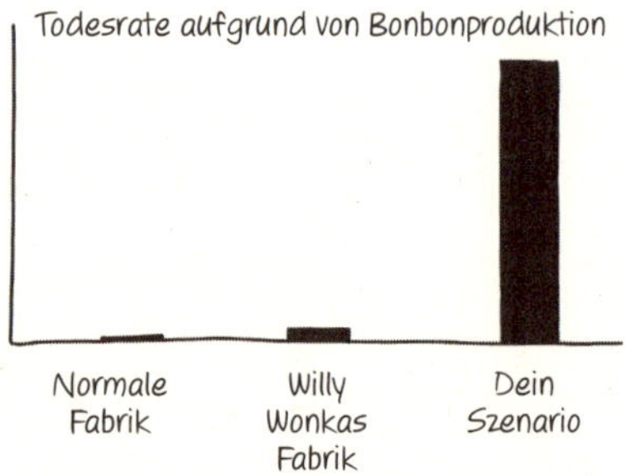

Wir nehmen an, das Wasser im Regen sei durch eine entsprechende Menge an sauren Drops und Gummibärchen ersetzt. Dann würde ein typischer Regenschauer den Boden knöcheltief mit Süßigkeiten bedecken. Anders als Regenwasser würden die Bonbons nicht in den Boden einsickern oder bergab fließen. Sie würden einfach auf dem Boden liegen bleiben. Kinder und Tiere würden eine kleine Delle in den Haufen machen, an anderer Stelle würden sich zuckerverdauende Bakterien stark vermehren, aber der Großteil der Süßigkeiten würde einfach daliegen und in der Sonne schmelzen.

Nach ein paar Wochen Bonbon-Regen ginge es dann mit dem Zusammenkrachen von Dächern los.

Hausdächer in schneereichen Gebieten müssen, je nach Dachart, zwischen 16 und 30 Kilo Gewicht pro Quadratmeter aushalten, was etwa 16 bis 30 Zentimetern Wasser entspricht. In Deutschland fallen im Jahr etwa 80 Zentimeter Regen, was bedeutet, dass innerhalb weniger Monate die meisten Dächer unter dem Gewicht zusammenbrechen würden.

Wir würden aber nicht alle sofort verdursten. Es gibt genug Grundwasser und Seen, womit wir uns eine ganze Weile versorgen können, wobei das Oberflächenwasser allerdings immer kalorienreicher würde.

Die Landwirtschaft würde zusammenbrechen. Das abrupte Ende des Wasserregens würde eine sofortige globale Dürre verursachen. Viele Feldfrüchte werden durch Bewässerungssysteme bewässert, die auf Seen und Grundwasserspeicher angewiesen sind, aber selbst diese würden schnell unter Süßigkeitenbergen begraben werden. Und selbst wenn die Feldfrüchte es schafften zu überleben, wäre die Ernte ein Albtraum – viel Spaß beim Fahren mit dem Traktor durch eine knietiefe klebrige Schicht aus sauren Drops und Gummibärchen!

Innerhalb weniger Jahre würden die meisten menschlichen Ansiedlungen unter Zuckerdecken begraben sein, ein ganzer Planet aus Zuckerland-Pompejis.

Die Orte, an denen die Landwirtschaft am längsten überleben würde, wären Wüstengebiete, wo das Wasser fast ausschließlich aus Bewässerungssystemen kommt, etwa die Anbauflächen entlang des Nils in Ägypten, das kalifornische Imperial Valley oder die Wüsten von Turkmenistan. Städte wie Kairo und Lima, die praktisch niederschlagsfrei sind, könnten eine relativ Bonbon-freie Existenz über Jahre aufrechterhalten, auch wenn die Zerstörung im Rest der Welt einige Probleme bereiten würde.

Letztendlich würde unsere Spezies wahrscheinlich nicht lange überleben, aber die Folgen des Bonbon-Szenarios wären viel schlimmer als nur das Aussterben der menschlichen Spezies. Innerhalb weniger Tage würden die Süßigkeiten mehr wiegen als alle

Lebewesen auf der Erde, und eine solch massive Zuckerdecke auf der Erde würde den Planeten grundlegend umgestalten.

Zucker ist ein Kohlenhydrat, das in CO_2 und Wasser zerlegt werden kann. Dabei wird Energie freigesetzt, weshalb Zucker bei energiegeladenen Lebewesen wie Kindern, Kolibris und Bakterien so beliebt ist. Setzt man dem Boden Zucker zu, wird ein Großteil von Bakterien verdaut und in Form von CO_2 und Wasser in die Umwelt zurückgeführt.

Alles, was von Zucker leben kann, würde sich plötzlich in einer durch nichts begrenzten Welt wiederfinden. Ein großer Teil der Süßigkeiten würde unverdaut verschüttet werden, aber ein Teil würde zersetzt oder durch andere Prozesse – wie Feuer – oxidiert. Wenn es dazu kommt, werden die CO_2-Werte in die Höhe schießen und der Planet wird sich aufheizen.

Saure Drops und Gummibärchen sind dichter als Wasser[1], also sinken die ins Meer gefallenen Drops, bevor sie sich auflösen können, sodass die Meeresoberflächen der Atmosphäre ausgesetzt wären. Mit der Erwärmung des Planeten würde das Oberflächenwasser des heißen und zunehmend zuckerhaltigen Ozeans immer schneller verdunsten.

1 Selbstversuch: Ich habe mir gerade ein Glas Wasser eingegossen und verschiedene Bonbons reingeworfen. Das ist Wissenschaft!

Wenn ein Planet mit Ozeanen zu heiß wird, kann sich die Atmosphäre mit Wasserdampf füllen. Dieser Wasserdampf kann wiederum mehr Wärme speichern, was zu einer Rückkopplungsschleife außer Kontrolle geratener Erwärmung führt, die sich fortsetzt, bis die Ozeane verkochen. Etwas Ähnliches könnte vor langer Zeit mit der Venus passiert sein. Glücklicherweise sind die Wissenschaftler nach einigen nervenaufreibenden Berechnungen zu dem Schluss gekommen, dass die Erde in absehbarer Zeit nicht von einem unkontrollierten Treibhauseffekt bedroht ist.

Es ist einfach nicht genug CO_2 in der Atmosphäre, um eine solche Ozean-zerstörende Hitzespirale auszulösen, selbst wenn wir auch noch das letzte bisschen fossiler Brennstoffe auf dem Planeten verbrennen.

Aber mit den Süßigkeiten könnte es passieren. Selbst nur ein Teil des Kohlenstoffs in den Bonbons könnte die CO_2-Werte in der Atmosphäre innerhalb weniger Jahre von heutigen[2] 0,042 auf 5 oder 10 Prozent hochschrauben, Werte, die die Erde nicht gesehen hat, seit sie noch jung und die Sonne kühler und kleiner war. Solche Werte, das zeigen Modellrechnungen, könnten sehr wohl einen galoppierenden Treibhauseffekt in Gang setzen.

Die globalen Temperaturen würden auf ein Niveau ansteigen, das

2 Ich schätze, dass dieser Wert ungefähr im Dezember 2024 schon nicht mehr stimmt.

dem eines Ofens gleicht, die Oberfläche der Erde praktisch sterilisieren und den Baum des Lebens absterben lassen. Niemand, außer vielleicht ein paar glücklichen zuckerfressenden thermophilen Bakterien, würde Zeuge werden, wie das Wasser des Planeten verkocht. Schon bald wäre die Erde ein verbrannter, lebloser Felsbrocken und die Ozeanböden mit dem zuckerhaltigen Schleim bedeckt, der zurückblieb, als die überzuckerten Ozeane wegkochten.

Ein letzter Lichtblick: Wenn die Ozeane erst einmal weggekocht sind, wird es keine Regentropfen mehr geben, die sich in saure Drops und Gummibärchen verwandeln, sodass zumindest der Regen aufhören würde. Die Erde könnte der Venus sehr ähnlich sein, mit wenig bis gar keinem Wasserdampf und Temperaturen, die zu hoch sind, als dass er zu Regen kondensieren könnte.

Die Venus ist nicht völlig frei von Niederschlägen. Ihre Berggipfel sind mit einer Substanz bedeckt, die wir »Schnee« nennen – in Wirklichkeit ist es eher Reif –, metallischer Dampf aus den Niederungen, der sich dort ablagert.

Die Erde nach einem unkontrollierten Treibhauseffekt könnte wie die Venus sein, mit trockenen, versengten Berggipfeln, die mit metallischem Schnee bedeckt sind.

Vielleicht sollten wir die nächste Strophe des Kinderliedes einfach auslassen.

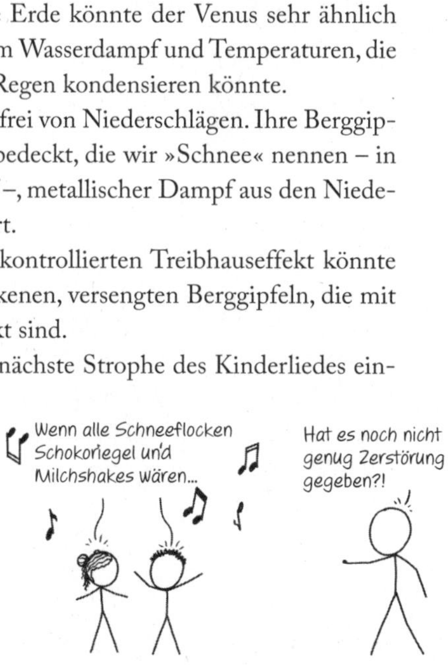

DANKSAGUNG

Eine Menge Leute haben dabei geholfen, dieses Buch möglich zu machen.

Ich danke allen, die mir ihren Sachverstand großzügig zur Verfügung gestellt haben. Danke an Cindy Keeler für die Beantwortung meiner Fragen zu energiereichen Teilchen; an Derek Lowe für seine Erläuterungen zu Ammoniak und Tribolumineszenz; und an Nathalie Mahowald für die Warnung, keinen Eisendunst einzuatmen. Ich danke A. J. Blechner, Jonathan Zittrain, Jack Cushman und allen am Library Innovation Lab der Universität Harvard für die Beantwortung meiner juristischen Fragen; Katie Mack für ihre Antworten zu Raum und Zeit; und Maya Bergamasco aus Harvard sowie Derek Spelay von der International Joint Commission für das Bereitstellen von Informationen über die mysteriöse und geheimnisvolle internationale Wasserfallpolizei, die die Niagarafälle bewacht. Danke an Phil Plait für seine Antworten im Hinblick auf Teleskope und an Tracy Wilson für das Wiegen von geschlagener Schlagsahne. Und danke an den Staatsanwalt, der mir sagte, dass das Begehen von Verbrechen schlecht sei, mich aber darum bat, anonym zu bleiben, weil »es so lustiger ist«.

Ich danke Kat Hagan, Janelle Shane, Reuven Lazarus und Nick Murdoch dafür, dass sie meine Antworten gelesen und kommentiert haben; und Christoph Night für das erstaunliche Unterfangen, die Überprüfung der Fakten für dieses Buch zu übernehmen und von den Größenlimits für Strukturen auf einem weißen Zwergstern bis zur Anzahl der Pilze in den einzelnen *Mario*-Levels alles Mögliche nachzurechnen. Alle verbleibenden Fehler gehen auf mein Konto.

Danke an meine Lektorin Courtney Young, die von Anfang an an mich geglaubt und dieses Buch bis zur Veröffentlichung geführt hat; und an die gesamte Mannschaft bei Riverhead, darunter Lorie Young, Jenny Moles, Kim Daly, Ashley Sutton, Ashley Garland, Jynne Martin, Geoff Kloske, Gabriel Levinson, Melissa Solis, Caitlin Noonan, Claire Vaccaro, Helen Yentus, Grace Han, Tyriq Moore, Linda Friedner und Anna Scheithauer.

Ich danke meiner lieben Freundin und unglaublich talentierten Designerin Christina Gleason, die meine Worte in die Form eines Buches gegossen hat. Und danke an Casey Blair für die Leitung des gesamten Projekts und ihre heroische Leistung, alles auf Kurs zu halten. Danke an Marissa Gunning für ihre organisatorische Unterstützung, an Derek, der mir geholfen hat, das Ganze Wirklichkeit werden zu lassen, und an meinen Agenten Seth Fishman sowie Jack Gernert, Rebecca Gardner, Will Roberts, Nora Gonzalez und die anderen Leute bei The Gernert Co.

Danke an alle, die mir ihre Fragen zugeschickt haben. Danke an die Forscherinnen und Forscher, die es möglich gemacht haben, sie zu beantworten. Und danke an meine Frau dafür, dass sie immer alles wissen will, der Welt mit Begeisterung begegnet und stets das Abenteuer sucht.

QUELLENVERZEICHNIS

1. Suppiter

Geraint F. Lewis, Juliana Kwan, »No Way Back: Maximizing Survival Time Below the Schwarzschild Event Horizon«, in: *Publications of the Astronomical Society of Australia*, 2007, https://arxiv.org/abs/0705.1029.

2. Helikopterritt

Julian Anthony, Wagdi G. Habashi, »Helicopter Rotor Ice Shedding and Trajectory Analyses in Forward Flight«, in: *Journal of Aircraft* 58, Nr. 5. (28. April 2021), https://doi.org/10.2514/1.C036043.

F. Liard (Hg.), *Helicopter Fatigue Design Guide*, Advisory Group for Aerospace Research and Development, November 1983, https://apps.dtic.mil/dtic/tr/fulltext/u2/a138963.pdf.

3. Gefährlich kalt

Mackenzie O'Connor, BS, Jordan V. Wang, MD, MBE, MBA, Anthony A. Gaspari, MD, »Cold Burn Injury After Treatment at Whole-Body Cryotherapy Facility«, in: *JAAD Case Reports* 5, Nr. 1 (4. Dezember 2018): S. 29–30, https://www.ncbi.nlm.nih.gov/pmc/articles/PMC6280691/.

Aaswath P. Raman, Marc Abou Anoma, Linxiao, Eden Raphaeli, Shanhui Fan, »Passive Radiative Cooling Below Ambient Air Temperature Under Direct Sunlight«, in: *Nature* 515 (2014): S. 540–544, https://doi.org/10.1038/nature13883.

»Safe Handling of Cryogenic Liquids«, *Health & Safety Manual: Section 7: Safety Guidelines & SOP's*, University of California, Berkeley: College of Chemistry, https://chemistry.berkeley.edu/research-safety/manual/section-7/cryogenic-liquids.

»Safety Instructions: Cryogenics Liquid Safety«, Oregon State University: Environmental Health & Safety, https://ehs.oregonstate.edu/sites/ehs.oregonstate.edu/files/pdf/si/cryogenics_si.pdf.

Xingshu Sun, Yubo Sun, Zhiguang Zhou, Muhammad Ashraful Alam, Peter Bermel, »Radiative Sky Cooling: Fundamental Physics, Materials, Structures, and Applications«, in: *Nanophotonics* 6, Nr. 5 (29. Juli 2017): S. 997–1015, https://www.degruyter.com/document/doi/10.1515/nanoph-2017-0020/html.

4. Eiserne Verdampfung

»Iron (Fe) Pellets Evaporation Materials«, Kurt J. Lesker Company, https://www.lesker.com/newweb/deposition_materials/depositionmaterials_evaporationmaterials_1.cfm?pgid=fe1.

Natalie M. Mahowald, Sebastian Engelstaedter, Chao Luo, Andrea Sealy, Paulo Artaxo, Claudia Benitez-Nelson, Sophie Bonnet, Ying Chen, Patrick Y. Chuang, David D. Cohen, Francois Dulac, Barak Herut, Anne M. Johansen, Nilgun Kubilay, Remi Losno, Willy Maenhaut, Adina Paytan, Joseph M. Prospero, Lindsey M. Shank, Ronald L. Siefert, »Atmospheric Iron Deposition: Global Distribution, Variability, and Human Perturbations«, in: *Annual Review of Marine Science* 1 (Januar 2009): S. 245–278, https://www.annualreviews.org/doi/abs/10.1146/annurev.marine.010908.163727.

T. Spalvins, W.A. Brainard, »Ion Plating with an Induction Heating Source«, in: NASA Lewis Research Center, January 1, 1976, https://ntrs.nasa.gov/citations/19760010307.

5. Kosmischer Roadtrip

»Early Estimate of Motor Vehicle Traffic Fatalities for the First Quarter of 2021«, in: *Traffic Safety Facts*, National Highway Traffic Safety Administration, U.S. Department of Transportation, August 2021, https://www.nhtsa.gov/sites/nhtsa.gov/files/2021-09/Early-Estimate-Motor-Vehicle-Traffic-Fatalities-Q1-2021.pdf.

»NHTSA Releases Q1 2021 Fatality Estimates, New Edition of ›Countermeasures That Work‹«, National Highway Traffic Safety Administration, U.S. Department of Transportation, September 2, 2021, https://www.nhtsa.gov/press-releases/q1-2021-fatality-estimates-10th-countermeasures-that-work.

6. Taubenstuhl

Michael Abs, *Physiology and Behaviour of the Pigeon* (Cambridge, MA: Academic Press, 1983), 119.

Angela M. Berg, Andrew A. Biewener, »Wing and Body Kinematics of Takeoff and Landing Flight in the Pigeon (*Columba livia*)«, in: *Journal of Expe-*

rimental Biology 213 (15. Mai 2010): S. 1651–1658, https://journals.biologists.com/jeb/article/213/10/1651/9685/Wing-and-body-kinematics-of-takeoff-and-landing.

Corey T. Callaghan, Shinichi Nakagawa, William K. Cornwell, »Global Abundance Estimates for 9,700 Bird Species«, in: *Proceedings of the National Academy of Sciences of the United States of America*, 25. Mai 2021, https://www.pnas.org/content/118/21/e2023170118/tab-figures-data.

Ting Ting Liu, Lei Cai, Hao Wang, Zhen Dong Dai, Wen Bo Wang, »The Bearing Capacity and the Rational Loading Mode of Pigeon During Takeoff«, in: *Applied Mechanics and Materials* 461 (November 2013): S. 122–127, https://www.scientific.net/AMM.461.122.

C.J. Pennycuick, G.A. Parker, »Structural Limitations on the Power Output of the Pigeon's Flight Muscles«, in: *Journal of Experimental Biology* 45, (1. Dezember 1966): S. 489–498, https://journals.biologists.com/jeb/article/45/3/489/34321/Structural-Limitations-on-the-Power-Output-of-the.

#1 Kurze Antworten

S.C. Bates, T.L. Altshuler, »Shear Strength Testing of Solid Oxygen«, in: *Cryogenics* 35, Nr. 9 (September 1995): S. 559–566, https://www.sciencedirect.com/science/article/abs/pii/001122759591254I.

7. T.-Rex-Kalorien

Reese E. Barrick, William J. Showers, »Thermophysiology and Biology of Gigantosaurus: Comparison with Tyrannosaurus«, in: *Palaeontologia Electronica* 2, Nr. 2 (1999), https://web.archive.org/web/20210612062144/https://palaeo-electronica.org/1999_2/gigan/issue2_99.htm.

John R. Hutchinson, Karl T. Bates, Julia Molnar, Vivian Allen, Peter J. Makovicky, »A Computational Analysis of Limb and Body Dimensions in Tyrannosaurus rex with Implications for Locomotion, Ontogeny, and Growth«, in: *PLOS ONE* 9, Nr. 5 (2011), https://journals.plos.org/plosone/article?id=10.1371/journal.pone.0026037.

Brian K. McNab, »Resources and Energetics Determined Dinosaur Maximal Size«, in: *PNAS* 106, Nr. 29 (2009): S. 12184–12188, https://www.pnas.org/content/106/29/12184.full.

Michael P. O'Connor, Peter Dodson, »Biophysical Constraints on the Thermal Ecology of Dinosaurs«, in: *Paleobiology* 25, Nr. 3 (1999): S. 341–368, https://www.jstor.org/stable/2666002.

8. Geysir

Roderick A. Hutchinson, James A. Westphal, Susan W. Kieffer, »In Situ Observations of Old Faithful Geyser«, in: *Geology* 25, Nr. 10 (1997): S. 875–878, https://doi.org/10.1130/0091-7613(1997)025<0875:ISOOOF>2.3.CO;2.

Leif Karlstrom, Shaul Hurwitz, Robert Sohn, Jean Vandemeulebrouck, Fred Murphy, Maxwell L. Rudolph, Malcolm J.S. Johnston, Michael Manga, R. Blaine McCleskey, »Eruptions at Lone Star Geyser, Yellowstone National Park, USA: 1. Energetics and Eruption Dynamics«, in: *Journal of Geophysical Research: Solid Earth* 118, Nr. 8 (19. Juni 2013): S. 4048–4062, https://agupubs.onlinelibrary.wiley.com/doi/abs/10.1002/jgrb.50251.

Susan Kieffer, »Geologic Nozzles«, in: *Reviews of Geophysics* 27, Nr. 1 (Februar 1989): S. 3–38, http://seismo.berkeley.edu/~manga/kieffer1989.pdf.

D. Kieran O'Hara, E.K. Esawi, »Model for the Eruption of the Old Faithful Geyser, Yellowstone National Park«, in: *GSA Today* 23, Nr. 6 (Juni 2013): S. 4–9, https://www.geosociety.org/gsatoday/archive/23/6/article/i1052-5173-23-6-4.htm.

»Superintendents of the Yellowstone National Parks Monthly Reports, June 1927«, Yellowstone National Park, 1927, https://archive.org/details/superintendentso27june.

Lee H. Whittlesey, *Death in Yellowstone: Accidents and Foolhardiness in the First National Park* (Plymouth, England: Roberts Rinehart Publishers, 1995).

10. Alle Bücher lesen

Eltjo Buring, Jan Luiten Van Zanden, »Charting the ›Rise of the West‹: Manuscripts and Printed Books in Europe, A Long-Term Perspective from the Sixth through Eighteenth Centuries«, in: *The Journal of Economic History* 69, Nr. 2 (2009): S. 409–445, doi:10.1017/S0022050709000837.

James Grout, »The Great Library of Alexandria«, in: *Encyclopaedia Romana*, http://penelope.uchicago.edu/~grout/encyclopaedia_romana/greece/paganism/library.html.

Denis Pelli, C. Bigelow, »A Writing Revolution«, in: *Seed: Science Is Culture* (2009), https://web.archive.org/web/20120331052409/http://seedmagazine.com/supplementary/a_writing_revolution/pelli_bigelow_sources.pdf.

11. Bananische Kirche

Amy Grant, »Banana Tree Harvesting: Learn How and When to Pick Bananas«, in: *Gardening Know How*, https://www.gardeningknowhow.com/edible/fruits/banana/banana-tree-harvesting.htm.

Pew Research Center, »How Religious Commitment Varies by Country Among People of All Ages«, *The Age Gap in Religion Around the World*, 13. Juni 2018, https://www.pewforum.org/2018/06/13/how-religious-commitment-varies-by-country-among-people-of-all-ages/.

Stark Bro's., »Harvesting Banana Plants« The Growing Guide: How to Grow Banana Plants, https://www.starkbros.com/growing-guide/how-to-grow/fruit-trees/banana-plants/harvesting.

12. Fang!

Centers for Disease Control and Prevention, »Morbidity and Mortality Weekly Report«, in: *MMWR* 53, Nr. 50 (24. Dezember 2004), https://www.cdc.gov/mmwr/PDF/wk/mm5350.pdf.

Close Focus Research, »Maximum Altitude for Bullets Fired Vertically«, http://www.closefocusresearch.com/maximum-altitude-bullets-fired-vertically.

»Model 1873 U.S. Springfield at Long Range«, in: *Rifle Magazine* 35, Nr. 5 (2003), https://web.archive.org/web/20160409042559/https://www.riflemagazine.com/magazine/article.cfm?magid=78&tocid=1094.

13. Wie man langsam und unheimlich kompliziert abnehmen kann

David Blackwell, Maria Richards, Zachary Frone, Joe Batir, Andrés Ruzo, Ryan Dingwall, Mitchell Williams, »Temperature-at-Depth Maps for the Conterminous US and Geothermal Resource Estimates«, SMU Geothermal Lab, 24. Oktober 2011, https://www.smu.edu/Dedman/Academics/Departments/Earth-Sciences/Research/GeothermalLab/DataMaps/TemperatureMaps.

16. Sternensand

J.O.Z. Abuodha, »Grain Size Distribution and Composition of Modern Dune and Beach Sediments, Malindi Bay Coast, Kenya«, in: *Journal of African Earth Sciences* 36 (2003): S. 41–54, http://www.vliz.be/imisdocs/publications/37337.pdf.

Donald K. Stauble, »A Review of the Role of Grain Size in Beach Nourishment Projects«, U.S. Army Engineer Research and Development Center: Coastal and Hydraulics Laboratory, 2005, https://www.fsbpa.com/05Proceedings/02-Don%20Stauble.pdf.

17. Schaukel

William B. Case, Mark A. Swanson, »The Pumping of a Swing from the Seated Position«, in: *American Journal of Physics* 58, Nr. 463 (1990), https://aapt.scitation.org/doi/10.1119/1.16477.

Stephen M. Curry, »How Children Swing«, in: *American Journal of Physics* 44, Nr. 924 (1976), https://aapt.scitation.org/doi/10.1119/1.10230.

A.A. Post, G. de Groot, A. Daffertshofer, P.J. Beek, »Pumping a Playground Wing«, in: *Motor Control* 11, Nr. 2 (2007): S. 136–150, https://research.vu.nl/en/publications/pumping-a-playground-swing.

P. Roura, J.A. González, »Towards a More Realistic Description of Swing Pumping Due to the Exchange of Angular Momentum«, in: *European Journal of Physics* 31, Nr. 5 (3. August 2010), https://iopscience.iop.org/article/10.1088/0143-0807/31/5/020.

Stephen Wirkus, Richard Rand, Andy Ruina, »How to Pump a Swing«, in: *The College Mathematics Journal* 29, Nr. 4 (2018): S. 266–275, https://www.tandfonline.com/doi/abs/10.1080/07468342.1998.11973953.

18. Flugzeugkatapult

»Eco-Climb«, Airbus, https://web.archive.org/web/20170111010030/https://www.airbus.com/innovation/future-by-airbus/smarter-skies/aircraft-take-off-in-continuous-eco-climb/.

Yashovardhan S. Chati, Hamsa Balakrishnan, »Analysis of Aircraft Fuel Burn and Emissions in the Landing and Take Off Cycle Using Operational Data«, 6th International Conference on Research in Air Transportation (ICRAT 2014), 10. Mai 2014, http://www.mit.edu/~hamsa/pubs/ICRAT_2014_YSC_HB_final.pdf.

19. Die langsame Dinosaurier-Apokalypse

G.B. Crosta, P. Frattini, E. Valbuzzi, F.V. De Blasio, »Introducing a New Inventory of Large Martian Landslides«, in: *Earth and Space Science* 5, Nr. 4 (1. März 2018): S. 89–119, https://agupubs.onlinelibrary.wiley.com/doi/full/10.1002/2017EA000324.

Robert A. DePalma, Jan Smit, David A. Burnham, Klaudia Kuiper, Phillip L. Manning, Anton Oleinik, Peter Larson, Florentin J. Maurrasse, Johan Vellekoop, Mark A. Richards, Loren Gurche, Walter Alvarez, »A Seismically Induced Onshore Surge Deposit at the KPg Boundary, North Dakota«, in: *PNAS* 116, Nr. 7 (1. April 2019): S. 8190–8199, https://doi.org/10.1073/pnas.1817407116.

D.G. Korycansky, Patrick J. Lynett, »Run-up from Impact Tsunami«, in: *Geophysical Journal International* 170, Nr. 3 (1. September 2007): S. 1076–1088, https://doi.org/10.1111/j.1365-246X.2007.03531.x.

Stanisław R. Massel, »Tsunami in Coastal Zone Due to Meteorite Impact«, in: *Coastal Engineering* 66, (2012): S. 40–49, https://doi.org/10.1016/j.coastaleng.2012.03.013.

Peter Schulte, Jan Smit, Alexander Deutsch, Tobias Salge, Andrea Friese, Kilian Beichel, »Tsunami Backwash Deposits with Chicxulub Impact Ejecta and Dinosaur Remains from the Cretaceous–Palaeogene Boundary in the La Popa Basin, Mexico«, in: *Sedimentology* 59, Nr. 3 (1. April 2012): S. 737–765, doi:10.1111/j.1365-3091.2011.01274.x.

Xing Su, Wanhong Wei, Weilin Ye, Xingmin Meng, Weijiang Wu, »Predicting Landslide Sliding Distance Based on Energy Dissipation and Mass Point Kinematics«, in: *Natural Hazards* 96 (2019): S. 1367–1385, https://doi.org/10.1007/s11069-019-03618-z.

K. Wünnemann, R. Weiss, »The Meteorite ImpactInduced Tsunami Hazard«, in: *The Royal Society* 373, Nr. 2053 (28. Oktober 2015), https://doi.org/10.1098/rsta.2014.0381.

23. Der Zwei-Sextillionen-Dollar-Prozess

Boston Consulting Group: Press Releases, »Despite COVID-19, Global Financial Wealth Soared to Record High of $250 Trillion in 2020«, 10. Juni 2021, https://www.bcg.com/press/10june2021-despite-covid-19-global-financial-wealth-soared-record-high-25-trillion-2020.

24. Wem gehören die Sterne?

Reid White, »Plugging the Leaks in Outer Space Criminal Jurisdiction: Advocation for the Creation of a Universal Outer Space Criminal Statute«, in: *Emory International Law Review* 35, Nr. 2 (2021), https://scholarlycommons.law.emory.edu/eilr/vol35/iss2/5/.

25. Reifengummi

Louise L. Halle, Annemette Palmqvist, Kristoffer Kampmann, Farhan R. Khana, »Ecotoxicology of Micronized Tire Rubber: Past, Present and Future Considerations«, in: *Science of the Total Environment* 706, Nr. 1, (März 2020), https://doi.org/10.1016/j.scitotenv.2019.135694.

Florence N.F. Parker-Jurd, Imogen E. Napper, Geoffrey D. Abbott, Simon Hann, Richard C. Thompson, »Quantifying the Release of Tyre Wear Particles to the Marine Environment Via Multiple Pathways«, in: *Marine Pollution Bulletin* 172 (November 2021), https://www.sciencedirect.com/science/article/abs/pii/S0025326X21009310.

Ramona Sieber, Delphine Kawecki, Bernd Nowack, »Dynamic Probabilistic Material Flow Analysis of Rubber Release from Tires into the Environment«, in: *Environmental Pollution* 258 (März 2020), https://www.sciencedirect.com/science/article/abs/pii/S0269749119333998.

Zhenyu Tian, Haoqi Zhao, Katherine T. Peter, Melissa Gonzalez, Jill Wetzel, Christopher Wu, Ximin Hu, Jasmine Prat, Emma Mudrock, Rachel Hettinger, Allan E. Cortina, Rajshree Ghosh Biswas, Flávio Vinicius Crizóstomo Kock, Ronald Soong, Amy Jenne, Bowen Du, Fan Hou, Huan He, Rachel Lundeen, Alicia Gilbreath, Rebecca Sutton, Nathaniel L. Scholz, Jay W. Davis, Michael C. Dodd, Andre Simpson, Jenifer K. McIntyre, Edward P. Kolodziej, »A Ubiquitous Tire Rubber-Derived Chemical Induces Acute Mortality in Coho Salmon«, in: *Science* 371, Nr. 6525 (8. Januar 2021): S. 185–189, https://www.science.org/doi/abs/10.1126/science.abd6951.

26. Plastikdinosaurier

Fuel Chemistry Division, »Petroleum«, https://personal.ems.psu.edu/~pisupati/ACSOutreach/Petroleum_2.html.

Miguel A. Goñi, Kathleen C. Ruttenberg, Timothy I. Eglinton, »Sources and Contribution of Terrigenous Organic Carbon to Surface Sediments in the Gulf of Mexico«, in: *Nature* 389 (1997): S. 275–278, https://www.whoi.edu/cms/files/goni_et_al_Nature_1997_35805.pdf.

Susan Libes, »The Origin of Petroleum in the Marine Environment«, Kap. 26, in: *Introduction to Marine Biogeochemistry* (Cambridge, MA: Elsevier, 2009), https://booksite.elsevier.com/9780120885305/casestudies/01-Ch26-P088530web.pdf.

T.G. Powell, »Developments in Concepts of Hydrocarbon Generation from Terrestrial Organic Matter«, 1989, https://archives.datapages.com/data/circ_pac/0011/0807_f.htm.

State of Louisiana: Department of Natural Resources, »Where Does Petroleum Come From? Why Is It Normally Found in Huge Pools Under Ground? Was It Formed in a Big Pool Where We Find It, or Did It Gather There Due to Outside Natural Forces?«, http://www.dnr.louisiana.gov/assets/TAD/education/BGBB/3/origin.html.

University of South Carolina, »School of the Earth, Ocean, and Environment«, https://sc.edu/study/colleges_schools/artsandsciences/earth_ocean_and_environment/index.php.

27. Sog-Aquarium

Helen Bailey, David H. Secor, »Coastal Evacuations by Fish During Extreme Weather Events«, in: *Sci Rep* 6, Nr. 30280 (2016), https://doi.org/10.1038/srep30280.

Frank A. Brown Jr., »Responses of the Swimbladder of the Guppy, Lebistes reticulatus, to Sudden Pressure Decreases«, in: *The Biological Bulletin* 76, Nr. 1 (1939): S. 48–58, https://www.jstor.org/stable/1537634.

M.R. Heupel, C.A. Simpfendorfer, R.E. Hueter, »Running Before the Storm: Blacktip Sharks Respond to Falling Barometric Pressure Associated with Tropical Storm Gabrielle«, in: *Journal of Fish Biology* 63 (2003): S. 1357–1363, https://onlinelibrary.wiley.com/doi/abs/10.1046/j.1095-8649.2003.00250.x.

Joe Hogan, »The Effects of High Vacuum on Fish«, in: *Transactions of the American Fisheries Society* 70, Nr. 1 (1941): S. 469–474, https://afspubs.onlinelibrary.wiley.com/doi/abs/10.1577/1548-8659%281940%2970%5B469%3ATEOHVO%5D2.0.CO%3B2.

R.I. Holbrook, T.B. de Perera, »Fish Navigation in the Vertical Dimension: Can Fish Use Hydrostatic Pressure to Determine Depth?«, in: *Fish and Fisheries* 12 (2011): S. 370–379, https://onlinelibrary.wiley.com/doi/10.1111/j.1467-2979.2010.00399.x.

Dan M. Sullivan, Robert W. Smith, E.J. Kemnitz, Kevin Barton, Robert M. Graham, Raymond A. Guenther, Larry Webber, »What Is Wrong with Water Barometers?«, in: *The Physics Teacher* 48, Nr. 3 (2010): S. 191–193, https://aapt.scitation.org/doi/10.1119/1.3317456.

28. Irdisches Auge

S. Mishima, A. Gasset, S.D. Klyce, J.L. Baum, »Determination of Tear Volume and Tear Flow«, in: *Invest. Ophthalmol. Vis. Sci.* 5, Nr. 3 (1966): S. 264–276, https://iovs.arvojournals.org/article.aspx?articleid=2203634.

Eric Steinbring, »Limits to Seeing High-Redshift Galaxies Due to Planck-Scale-Induced Blurring«, in: *Proceedings of the International Astronomical Union* 11, Nr. S319, S. 54–54, 2015, doi:10.1017/S1743921315009850.

29. Rom an einem Tag erbauen

The Civic Federation, »Estimated Full Value of Real Estate in Cook County Saw Six Straight Years of Growth Between 2012–2018«, 30. Oktober 2020, https://www.civicfed.org/civic-federation/blog/estimated-full-value-real-estate-cook-county-saw-six-straight-years-growth.

U.S. Bureau of Economic Analysis, »Gross Domestic Product: All Industries in Cook County, IL [GDPALL17031]«, abgerufen von der FRED, Federal Reserve Bank of St. Louis, am 20. November 2021, https://fred.stlouisfed.org/series/GDPALL17031.

30. Marianengraben-Röhre

Henry Stommel, Arnold B. Arons, Duncan Blanchard, »An Oceanographical Curiosity: The Perpetual Salt Fountain«, in: *Deep Sea Research* 3, Nr. 2 (1956): S. 152–153, https://www.sciencedirect.com/science/article/pii/0146631356900958.

31. Teurer Schuhkarton

»What is the volume of a kilogram of cocaine?«, The Straight Dope Message Board, https://boards.straightdope.com/t/what-is-the-volume-of-a-kilogram-of-cocaine/286573.

32. MRT-Kompass

NOAA, »Maps of Magnetic Elements from the WMM2020«, https://www.ngdc.noaa.gov/geomag /WMM/image.shtml.

Charles Tremblay, Sylvain Martel, Benjamin Conan, Dumitru Loghin, Alexandre Bigot, »Fringe Field Navigation for Catheterization«, in: *IFMBE Proceedings* 45 (2014), https://www.researchgate.net/publication/270759488_Fringe_Field_Navigation_for_Catheterization.

33. Ahnenanteil

Toshiko Kaneda, Carl Haub, »How Many People Have Ever Lived on Earth?«, in: *Population Reference Bureau,* 18. Mai 2021, https://www.prb.org/articles/how-many-people-have-ever-lived-on-earth/.

Douglas L.T. Rohde, Steve Olson, Joseph T. Chang, »Modelling the Recent Common Ancestry of All Living Humans«, in: *Nature* 431 (2004), S. 562–566, https://doi.org/10.1038/nature02842.

Max Roser, »Mortality in the Past – Around Half Died As Children«, in: *Our World in Data*, 11. Juni 2019, https://ourworldindata.org/child-mortality-in-the-past.

34. Vogelauto

James A. Mosher, Paul F. Matray, »Size Dimorphism: A Factor in Energy Savings for Broad-Winged Hawks«, in: *The Auk* 91, Nr. 2 (April 1974), S. 325–341, https://www.jstor.org/stable/4084511.

C.J. Pennycuick, Holliday H. Obrecht III, Mark R. Fuller, »Empirical Estimates of Body Drag of Large Waterfowl and Raptors«, in: *Journal of Experimental Biology* 135, Nr. 1 (März 1988), S. 253–264, https://journals.biologists.com/jeb/article/135/1/253/5435/Empirical-Estimates-of-Body-Drag-of-Large.

35. Rennen ohne Regeln

Vasantha K. Kumar, William T. Norfleet, »Issues on Human Acceleration Tolerance After Long-Duration Space Flights«, NASA Technical Memorandum 104753, 1. Oktober 1992, https://ntrs.nasa.gov/citations/19930020462.

National Aeronautics and Space Administration, »Astronautics and its Applications«, Environment of Manned Systems: Internal Environment of Manned Space Vehicles, S. 105–126, https://history.nasa.gov/conghand/mannedev.htm.

Nick T. Spark, »46.2 Gs!!!: The Story of John Paul Stapp, ›The Fastest Man on Earth‹«, in: *Wings/Airpower Magazine*, http://www.ejectionsite.com/stapp.htm.

36. Vakuumröhren-Smartphone

Anton Shilov, »Apple's A14 SoC under the Microscope: Die Size & Transistor Density Revealed«, Tom's Hardware, 29. Oktober 2020, https://www.tomshardware.com/news/apple-a14-bionic-revealed.

Sylvania, »Engineering Data Service«, http://www.nj7p.org/Tubes/PDFs/Frank/137-Sylvania/7AK7.pdf.

War Department: Bureau of Public Relations, »Physical Aspects, Operation of ENIAC are Described«, 16. Februar 1946, https://americanhistory.si.edu/comphist/pr4.pdf.

37. Laserschirm

Nicholas Hautière, Eric Dumont, Roland Brémond, Vincent Ledoux, »Review of the Mechanisms of Visibility Reduction by Rain and Wet Road«, ISAL Conference, 2009, https://www.researchgate.net/publication/258316669_Review_of_the_Mechanisms_of_Visibility_Reduction_by_Rain_and_Wet_Road.

J.D. Pendleton, »Water Droplets Irradiated by a Pulsed CO_2 Laser: Comparison of Computed Temperature Contours with Explosive Vaporization Patterns«, in: *Applied Optics* 24, Nr. 11 (1985), S. 1631–1637, https://www.osapublishing.org/ao/abstract.cfm?uri=ao-24-11-1631.

Gideon Sageev, John H. Seinfeld, »Laser Heating of an Aqueous Aerosol Particle«, *Applied Optics 23*, Nr. 23 (1. Dezember 1984), http://authors.library.caltech.edu/10136/1/SAGao84.pdf.

Atsushi Takamizawa, Shinji Kajimoto, Jonathan Hobley, Koji Hatanaka, Koji Ohtab, Hiroshi Fukumura, »Explosive Boiling of Water After Pulsed IR Laser Heating«, in: *Physical Chemistry Chemical Physics* 5 (2003), https://pubs.rsc.org/en/content/articlelanding/2003/CP/b210609d.

40. Lavalampe

UNEP Chemicals Branch, »The Global Atmospheric Mercury Assessment: Sources, Emissions and Transport«, UNEP-Chemicals, Geneva, 2008, https://wedocs.unep.org/bitstreamhandle/20.500.11822/13769/UNEP_Global AtmosphericMercuryAssessment_May2009.pdf?sequence=1&isAllowed=y.

41. Sisyphuskühlschrank

Caitlin Thurber, Lara R. Dugas, Cara Ocobock, Bryce Carlson, John R. Speakman, Herman Pontzer, »Extreme Events Reveal an Alimentary Limit on Sustained Maximal Human Energy Expenditure«, in: *Science Advances* 5, Nr. 6, https://www.science.org/doi/10.1126/sciadv.aaw0341.

42. Blutalkohol

Mein Dank geht an Conor Braman und andere, die in der Originalversion dieses Kapitels eine fehlende Null in den Berechnungen korrigiert haben.

Ruth Brady, Sara Suksiri, Stella Tan, John Dodds, David Aine, »Current Health and Environmental Status of the Maasai People in Sub-Saharan Africa«, in: *Cal Poly Student Research: Honors Journal 2008*, S. 17–32, https://digitalcommons.calpoly.edu/cgi/viewcontent.cgi?referer=&httpsredir=1&article=1005&context=honors.

United States Air Force Medical Service, »Alcohol Brief Counseling: Alcohol Education Module«, Air Force Alcohol and Drug Abuse Prevention and Treatment Tier II, Oktober 2007, https://www.minot.af.mil/Portals/51/documents/resiliency/AFD-111004-028.pdf?ver=2016-06-10-110043-200.

44. Spinnen vs. Sonne

Albert Greene, Jonathan A. Coddington, Nancy L. Breisch, Dana M. De Roche, Benedict B. Pagac Jr., »An Immense Concentration of Orb-Weaving Spiders with Communal Webbing in a Man-Made Structural Habitat (Arachnida: Araneae: Tetragnathidae, Araneidae)«, in: *American Entomologist,* Herbst 2010, S. 146–156, https://www.entsoc.org/PDF/2010/Orb-weaving-spiders.pdf.

Hubert Höfer, Ricardo Ott, »Estimating Biomass of Neotropical Spiders and Other Arachnids (Araneae, Opiliones, Pseudoscorpiones, Ricinulei) by Mass-Length Regressions«, in: *The Journal of Arachnology* 37, Nr. 2 (2009), S. 160–169, https://doi.org/10.1636/T08-21.1.

Jonathan A. Newman, Mark A. Elgar, »Sexual Cannibalism in Orb-Weaving Spiders: An Economic Model«, in: *The American Naturalist* 138, Nr. 6 (1991), S. 1372–1395, https://www.jstor.org/stable/2462552.

Chris J. Topping, Gabor L. Lovei, »Spider Density and Diversity in Relation to Disturbance in Agroecosystems in New Zealand, with a Comparison to England«, in: *New Zealand Journal of Ecology* 21, Nr. 2 (1997), S. 121–128, https://newzealandecology.org/nzje/2020.

Shawn M. Wilder, Ann L. Rypstra, »Trade-off Between Pre- and Postcopulatory Sexual Cannibalism in a Wolf Spider (Araneae, Lycosidae)«, in: *Behavioral Ecology and Sociobiology* 66 (2012), S. 217–222, https://link.springer.com/article/10.1007/s00265-011-1269-0.

45. Einen Menschen einatmen

R.P. Clark, S.G. Shirley, »Identification of Skin in Airborne Particulate Matter«, in: *Nature* 246 (1973), S. 39–40, https://www.nature.com/articles/246039a0.

Lidia Morawska, Tunga Salthammer (Hg.), *Indoor Environment: Airborne Particles and Settled Dust.* Hoboken, NJ (Wiley) 2003.

Charles J. Weschler, Sarka Langer, Andreas Fischer, Gabriel Bekö, Jørn Toftum, Geo Clausen, »Squalene and Cholesterol in Dust from Danish Homes and Daycare Centers«, in: *Environmental Science & Technology* 45, Nr. 9 (2011), S. 3872–3879, https://pubs.acs.org /doi/10.1021/es103894r.

46. Candy-Crush-Blitz

Yujun Xie, Zhen Li, »Triboluminescence: Recalling Interest and New Aspects«, in: *Chem* 4, Nr. 5, 10. Mai 2018, https://doi.org/10.1016/j.chempr.2018.01.001.

#4 Kurze Antworten

Wajira S. Ratnayake, David S. Jackson, »Gelatinization and Solubility of Corn Starch During Heating in Excess Water: New Insights«, in: *Journal of Agricultural and Food Chemistry* 54, Nr. 10 (2006), S. 3712– 3716, https://pubs.acs.org/doi/10.1021/jf0529114.

Heiman F.L. Wertheim, Thai Q. Nguyen, Kieu Anh T. Nguyen, Menno D. de Jong, Walter R.J. Taylor, Tan V. Le, Ha H. Nguyen, Hanh T.H. Nguyen, Jeremy Farrar, Peter Horby, Hien D. Nguyen, »Furious Rabies After an Atypical Exposure«, in: *PLOS Medicine* 6, Nr. 3 (2009): e1000044, https://doi.org/10.1371/journal .pmed.1000044.

48. Protonenerde, Elektronenmond

Sean Carroll, »The Universe Is Not a Black Hole«, 2010, http://www.preposterousuniverse.com/blog/2010/04/28/the-universe-is-not-a-black-hole/.

Todd S. Garon, Nelia Mann, »Re-examining the Value of Old Quantization and the Bohr Atom Approach«, in: *American Journal of Physics* 81, Nr. 2 (2013), S. 92, https://aapt.scitation.org/doi/10.1119/1.4769785.

50. Japan ist mal kurz weg

Rebecca Lindsey, »Climate Change: Global Sea Level«, Climate.gov, 14. August 2020, https://www.climate.gov/news-features/understanding-climate/climate-change-global-sea-level.

T. Gamo, N. Nakayama, N. Takahata, Y. Sano, J. Zhang, E. Yamazaki, S. Taniyasu, N. Yamashita, »Revealed by Time-Series Observations over the Last 30 Years«, 2014, https://www.semanticscholar.org/paper/Revealed-by-Time-Series-Observations-over-the-Last-Gamo-Nakayama/57bd09d9b01e7735cd593b5a2147a9c64bbd5b7e?p2df.

Steven N. Ward, Erik Asphaug, »Impact Tsunami-Eltanin«, in: *Deep-Sea Research II* 49 (2002), S. 1073–1079, https://websites.pmc.ucsc.edu/~ward/papers/final_eltanin.pdf.

51. Feuer aus Mondlicht

Phil Plait, »BAFact Math: The Sun Is 400,000 Times Brighter than the Full Moon«, in: *Discover Magazine: Bad Astronomy*, 27. August 2012, https://www.discovermagazine.com/the-sciences/bafact-math-the-sun-is-400-000-times-brighter-than-the-full-moon.

52. Alle Gesetze lesen

FindLaw, »California Code, Food and Agricultural Code (Formerly Agricultural Code) – FAC § 27637«, https://codes.findlaw.com/ca/food-and-agricultural-code-formerly-agricultural-code/fac-sect-27637.html.

Eric S. Fish, »Judicial Amendment of Statutes«, in: *84 George Washington Law Review* 563 (2016), https://papers.ssrn.com/sol3/papers.cfm?abstract_id=2656665.

GovInfo, »F Code of Federal Regulations (Annual Edition)«, https://www.govinfo.gov/app/collection/cfr.

Legal Information Institute, »Primary Authority«, Cornell Law, https://www.law.cornell.edu/wex/primary_authority.

U.S. Department of State, »Treaties in Force«, Office of Treaty Affairs, https://www.state.gov/treaties-in-force/.

Jonathan Zittrain, »The Supreme Court and Zombie Laws«, 2. Juli 2018, https://medium.com/@zittrain /the-supreme-court-and-zombie-laws-2087d7bb9a75.

53. Spuckepool

Fédération Internationale de Natation, »FR 2: Swimming Pools«, https://web.archive.org/web/20160902023159/http://www.fina.org/content/fr-2-swimming-pools.

S. Watanabe, M. Ohnishi, K. Imai, E. Kawano, S. Igarashi, »Estimation of the Total Saliva Volume Produced Per Day in Five-Year-Old Children«, in: *Archives of Oral Biology* 40, Nr. 8, S. 781–782, https://www.sciencedirect.com/science/article/abs /pii/000399699500026L?via%3Dihub.

55. Niagarahalm

Cashco, »Fluid Flow Basics of Throttling Valves«, 17, https://www.controlglobal.com/assets/Media /MediaManager/RefBook_Cashco_Fluid.pdf.

New York Power Authority, »Niagara River Water Level and Flow Fluctuations Study Final Report«, in: *Niagara Power Project FERC No. 2216*, August 2005, https://web.archive.org/web/20160229090220/http://niagara.nypa.gov/ALP%20working%20 documents/finalreports/html/IS23WL.htm.

56. Wanderung in die Vergangenheit

M.D. Blum, M.J. Guccione, D.A. Wysocki, P.C. Robnett, E.M. Rutledge, »Late Pleistocene Evolution of the Lower Mississippi River Valley, Southern Missouri to Arkansas«, in: *GSA Bulletin* 112, Nr. 2 (Februar 2000), S. 221–235, https://pubs.geoscienceworld.org/gsa/gsabulletin/article-abstract/112/2/221/183594/Late-Pleistocene-evolution-of-the-lower?redirectedFrom=fulltext.

Duane D. Braun, »The Glaciation of Pennsylvania, USA«, in: *Developments in Quaternary Sciences* 15 (2011), S. 521–529, https://www.sciencedirect.com/science/article/abs/pii/B9780444534477000404.

J. Bryant, M. Vaughn, »Paleoenvironments«, *Handbook of Texas Online*, 1995, https://www.tshaonline.org/handbook/entries/paleoenvironments.

Eric C. Carson, J. Elmo Rawling III, John W. Attig, Benjamin R. Bates, »Late Cenozoic Evolution of the Upper Mississippi River, Stream Piracy, and Reorganization of North American Mid-Continent Drainage Systems«, in: *GSA Today* 28, Nr. 7 (Juli 2018), S. 4–11, https://www.geosociety.org/gsatoday/science/G355A/abstract.htm.

Andrea Fildani, Angela M. Hessler, Cody C. Mason, Matthew P. McKay, Daniel F. Stockli, »Late Pleistocene Glacial Transitions in North America Altered Major River Drainages, as Revealed by DeepSea Sediment«, in: *Scientific Reports* 8 (2018), https://www.nature.com/articles/s41598-018-32268-7.

»Interglacials of the Last 800,000 Years«, in: *Reviews of Geophysics* 54, Nr. 1 (2015), S. 162–219, https://agupubs.onlinelibrary.wiley.com/doi/10.1002/2015RG000482.

James C. Knox, »Late Quaternary Upper Mississippi River Alluvial Episodes and Their Significance to the Lower Mississippi River System«, in: *Engineering Geology* 45, Nr. 1–4 (Dezember 1996), S. 263–285, https://www.sciencedirect.com/science/article/abs/pii/S0013795296000178?via%3Dihub.

Susan W.S. Millar, »Identification of Mapped Ice-Margin Positions in Western New York from Digital Terrain-Analysis and Soil Databases«, in: *Physical Geography* 25, Nr. 4 (2004), S. 347–359, https://www.tandfonline.com/doi/abs/10.2747/0272-3646.25.4.347.

Robert A. Sheldon, *Roadside Geology of Texas*. Missoula, MT (Mountain Press Publishing Company) 1991.

57. Ammoniakschlauch

Rana Prathap Padappayil, Judith Borger, »Ammonia Drug Toxicity«, StatPearls Publishing LLC, https://www.ncbi.nlm.nih.gov/books/NBK546677/.

#5 Kurze Antworten

Olive Garden, »Nutrition Information«, https://media.olivegarden.com/en_us/pdf/olive_garden_nutrition.pdf.

Stephen M. Sagar, Robert J. Thomas, L.T. Loverock, Margaret F. Spittle, »Olfactory Sensations Produced by High-Energy Photon Irradiation of the Olfactory Receptor Mucosa in Humans«, in: *International Journal of Radiation Oncology, Biology, Physics* 20, Nr. 4 (April 1991), S. 771–776, https://www.sciencedirect.com/science/article/abs/pii/036030169190021U.

59. Allüberall Schnee

J.M. Buckler, »Variations in Height Throughout the Day«, in: *Archives of Disease in Childhood* 53, Nr. 9 (1989), S. 762, http://dx.doi.org/10.1136/adc.53.9.762.

National Oceanic and Atmospheric Administration, »Welcome to: Cooperative Weather Observer: Snow Measurement Training«, National Weather Service, https://web.archive.org/web/20150221171450/http://www.srh.noaa.gov/images/mrx/coop /SnowMeasurementTraining.pdf.

Frank D. Roylance, »A Likely Record, but Experts Will Get Back to Us«, in: *Baltimore Sun*, https://web.archive.org/web/20140716134151/http://articles.baltimoresun.com/2010-02-07/news/bal-md.storm07feb07_1_baltimore-washington-forecast-office-snow-depth-biggest-storm.

61. In die Sonne

IEEE, org, »IEEE 1584–2018, IEEE Guide for Performing Arc-Flash Hazard Calculations«, https://www.techstreet.com/ieee/standards/ieee-1584-2018?gateway_code=ieee&vendor_id=5802&product _id=1985891.

62. Sonnenschutz

Food and Drug Administration, »Sunscreen Products«, https://www.regulations.gov/docket/FDA-1978-N-0018.

63. Auf der Sonne spazieren

S. Blouin, P. Dufour, C. Thibeault, N.F. Allard, »A New Generation of Cool White Dwarf Atmosphere Models. IV. Revisiting the Spectral Evolution of Cool White Dwarfs«, in: *The Astrophysical Journal* 878, Nr. 1 (2019), https://iopscience.iop.org/article/10.3847/1538-4357/ab1f82.

Eugene Y. Chen, Brad M.S. Hansen, »Cooling Curves and Chemical Evolution Curves of Convective Mixing White Dwarf Stars«, in: *Monthly Notices of the Royal Astronomical Society* 413, Nr. 4 (Juni 2011), S. 2827–2837, https://academic.oup.com/mnras/article/413/4/2827/965051.

Brian Koberlein, »Frozen Star«, 2. März 2014, https://briankoberlein.com/blog/frozen-star/.

I. Renedo, L.G. Althaus, M.M. Miller Bertolami, A.D. Romero, A.H. Córsico, R.D. Rohrmann, E. García-Berro, »New Cooling Sequences for Old White Dwarfs«, in: *The Astrophysics Journal* 717, Nr. 1 (2010), https://iopscience.iop.org/article/10.1088/0004-637X/717/1/183.

M. Salaris, L.G. Althaus, E. García-Berro, »Comparison of Theoretical White Dwarf Cooling Timescales«, in: *Astronomy & Astrophysics* 555 (Juli 2013), https://www.aanda.org/articles/aa/full_html/2013/07/aa20622-12/aa20622-12.html.

Ganesan Srinivasan, *Life and Death of the Stars*, Undergraduate Lecture Notes in Physics, 2014, https://link.springer.com/book/10.1007/978-3-642-45384-7.

Dimitri Veras, Kosuke Kurosawa, »Generating Metal-Polluting Debris in White Dwarf Planetary Systems from Small-Impact Crater Ejecta«, in: *Monthly Notices of the Royal Astronomical Society* 494, Nr. 1 (Mai 2020), S. 442–457, https://academic.oup.com/mnras/article-abstract/494/1/442/5788436?redirectedFrom=fulltext.

R. Mark Wilson, »White Dwarfs Crystallize as They Cool«, in: *Physics Today* 72, Nr. 3 (2019), S. 14, https://physicstoday.scitation.org/doi/10.1063/PT.3.4156.

64. Saure Drops und Gummibärchen

C. Goldblatt, T. Robinson, D. Crisp, »Low Simulated Radiation Limit for Runaway Greenhouse Climates«, in: *Nature Geoscience* 6 (2013), S. 661–667, https://www.semanticscholar.org/paper/Low-simulated-radiation-limit-for-runaway-climates-Goldblatt-Robinson/4be39d2e4114f1347569d81029f59005e141befe.

Anna Gunina, Yakov Kuzyakov, »Sugars in Soil and Sweets for Microorganisms: Review of Origin, Content, Composition and Fate«, in: *Soil Biology and Biochemistry 90* (2015), S. 87–100, https://www.sciencedirect.com/science/article/abs/pii/S0038071715002631.

Andrew J. Heymsfield, Ian M. Giammanco, Robert Wright, »Terminal Velocities and Kinetic Energies of Natural Hailstones«, in: *Geophysical Research Letters 41*, Nr. 23 (25. November 2014), S. 8666-8672, https://agupubs.onlinelibrary.wiley.com/doi/full/10.1002/2014GL062324.

G. Myhre, D. Shindell, F.-M. Bréon, W. Collins, J. Fuglestvedt, J. Huang, D. Koch, J.-F. Lamarque, D. Lee, B. Mendoza, T. Nakajima, A. Robock, G. Stephens, T. Takemura, H. Zhang, »Anthropogenic and Natural Radiative Forcing«, in: *Climate Change 2013: The Physical Science Basis*, https://www.ipcc.ch/site/assets/uploads/2018/02/WG1AR5_Chapter08_FINAL.pdf.